金麒麟

刘明琪 著

作家出版社

引　子

　　疙瘩冢有一阵又叫寡妇村。其实，疙瘩冢并不孤男寡女。从雷子老六他爷老雷子上溯三十五代，疙瘩冢一直人丁兴旺六畜繁衍充满了安宁与祥和气氛。那时候，雷子老六的先人从南山的更南边迁徙而来，与沟口几户看冢人家经过一个通宵的交涉，便在河沟向阳的窑洞里安顿下来。拂晓他们放了炮铳，把随身带来的扁担箩筐布袋棉絮扔在洞口干草地上，随之就在窑洞里生起了烟火。南山客总共有七个男人和七个女人，他们分别占据着两孔窑洞，剩下的一孔虽说空着，却首先垒了土炕锅台。最初一段日子，南山客一直龟缩不出，看冢人每年每月每日从冢上俯瞰，只在夜幕降临月朗星稀之时，看见他们成双成对依次去空窑洞里行男女之欢。某一日午后，南山客终于抛头露面了，看冢人来不及揉一下眼窝，就见从几孔窑洞里面，兔子一般蹦出了大大小小二十八个娃子。他们在窑院和河滩里尽情玩耍，忽然间又都齐刷刷长长了一截。南山客还在沟坡和窑垴上不舍昼夜地焚草开田。他们一律光着脊梁，赤着脚趾在烟雾蒸腾的泥土里刨挖掘进。他们将锄头高高抡起接住日月星辰，每次插入泥土，都有一种与女人做爱般的兴奋与畅释。他们的女人和娃子则倾巢出动，早晚分布在田野里铲剜野菜和捡拾柴火。看冢人曾在沟口拦住二三娃子的回路，试图在竹筐底下搜出粮稞薯块或豆秧豆荚来。也有人尾随女人钻进菜畦，看她们是否偷摘了架杆上的番茄豆角或别的什么东西。但结果总使他们大失所望。南山客的娃子不仅不慌不怯，而且还拿仇恨的目光瞅看伸进竹筐里的手指。那些个女人更是洁身自好，她们其所以要有所遮拦有所规避，为的是在解衣撒尿的时候，不让大冢上的眼睛看见女人最避讳的地方。那些日子，南山客白天里拼苦劳作，到夜晚男欢女爱也不敢忘记时令气候。他们在窑垴肥沃的泥土里播撒了第一料小麦，在沟坡松疏的沙地里埋下了山芋花生，又在河湾毗连看冢人的菜畦依样栽种了瓜果菜蔬。他们还整理窑院，移植榆桑，把第一声鸡鸣狗吠和牛吼马嘶引进河沟里面。于是看冢人逐渐知晓了南山客的厉害，等到某年某月某日某时悟觉过来，才发现一切已不可挽回了。一个细风融暖万物发情的春日，南山客在窑院敞阔的场地上，举行了荒古庄重的定居仪式。他们在场地中央摆设祭坛，拜天公地母，祈求风调雨顺五谷丰登。他们东向而跪，让雄鸡引颈高歌，让鸡婆静卧产卵。他们西向而跪，让公羊擎角侍立，让奶羊恬心哺乳。他们南向而跪，让牙狗猖猖吠叫，让母狗相随撒欢。他们北向而跪，让角猪母猪摇头摆尾，率群小争相进食。随后，他们又牵来牛马，让发情的牲口轮番在场地里追逐交配；他们则举着锄头权头，将它们团团围住，每当一物成功，便山崩地裂，长啸不已。夜晚，篝火一瞬间映红了整个河谷。朗朗星月之下，二十八个娃子绕着火堆，跳起了象征求偶和做欢的舞蹈。他们赤身裸体，首尾衔接，将胯下的阳物直直挺起，做奔、扑、掀、拥等等许多动作，在父辈庄严的吆喝声中，吼一种无词无调但节奏鲜明畅快至极的谣儿。看冢人在冢头看得呆了。他们感喟不已又人心惶惶。第二天，果然就有南山客的头人带人登上门来。他们带来了布帛牛羊谷麦米酒，一意要娶看冢人的女儿做他们娃子的妻室。南山客的头人鹤发童颜，双目如隼，说话铿铿锵锵不留分毫余地。看冢人一时来不及思量，便满口应诺将他们数十个处女嫁送过去。于是在吃过婚宴喜酒之后，双方以冢为界指定了庄基。看冢人居大冢之东，称上庄。南山客居大冢之西，称下庄。他们陆续从河沟里搬出，又陆续依看冢人的样式盖起了青砖屋舍。为庆贺村庄落成，南山客仿故乡佛寺，在大冢一侧修建了庙宇。庙门立于地表，庭院落地三丈。庙堂则依崖凿洞，中请释迦牟尼普贤文殊，左请观音菩萨送子娘娘，右请四大天王十八尊者，一时晨钟暮鼓，二时课诵，香烟缭绕竟代代不绝。

村子无名，人叫疙瘩冢。

庙宇因在村南，故曰南洞。

第一章

1

雷子老六连日来总要去南洞溜达溜达。这不由他。自从大年初十在保长家盛屋里输了麻将输了老婆，整整一个春天，雷子老六都颠三倒四洋洋昏昏像丢了魂魄一般。雷子老六不在乎他的八块大洋和五斗谷子，也不在乎家庆赢了他的银元谷米还要睡他的女人。究其实，在疙瘩冢上庄下庄四百多户人家眼里，雷子老六说话最是硬气做事却从不辉煌。这同样也不由他。雷子老六嫉恨财东家有庄园有骡马有长工短工有大小三几个婆娘；嫉恨保长保队副小甲长权柄在握横行乡里，一帮小喽啰狗仗人势一脸的谄媚和得意颜色。有时候，雷子老六也试图兑现他的某个承诺，比如请人喝酒或者出手利落地行红白喜事之礼，但不是底气不足就是说话悔话，结果免不了被人取笑被人嘲弄挖苦。当然，雷子老六也有他值得自豪且令人艳羡的地方。雷子老六自己虽说其貌不扬家境贫寒，却无端娶了一个模样俊美十里八乡少有的媳妇。雷子老六藉此本应心满意足心态平衡了，谁料媳妇年巧进门才一年光景，却由他自己拱手相送，让家庆那畜生轻而易举地弄了一回。那天晚上，雷子老六从保长家盛屋里出来，一个人高一脚低一脚地走在街巷里，忽然就想起村外的南洞来了。一想到洞庙雷子老六便兴奋异常激动不已，于是就掉转身子，不顾月落西天冷风凄凉村口有野狗追逐吠咬，一个人游魂一般朝大冢那边挪去。雷子老六围着大冢和洞庙转了三个圈儿仍舍不得离开。拂晓回到土屋上了土炕，他的魂魄似乎还在南洞那边撂着。翌日拂晓以及后来许多个拂晓，雷子老六只要睁开眼来，就会不由自主昏头踉跄地朝南洞跑去，其痴迷谵妄与流连忘返，差不多就跟小时候一模一样了。小的时候，南洞和大冢索性就是雷子老六的乐园。冬天洞里暖和，夏天洞里凉爽。但除了避风纳凉和少小相聚，雷子老六一伙还把偷来的酸杏毛桃藏在大佛的莲花宝座后面，或在庙院一隅烧烤抓来的麻雀螃蟹。雷子老六还喜欢跟同伴围绕大冢攀高爬低追逐戏耍。有时为了逞能，雷子老六会不顾荆棘刺破衣服刺破皮肉，一个人抱住脑壳像刺猬一样从冢头翻滚下来。有段时间，雷子老六不分阴晴雨雪不顾饥寒饱暖，从早到晚总泡在洞庙里面。于是他妈"走地平"就吓唬他，说南洞里有鬼哩，是个吊死的讨饭女人变的，红头发，绿眼睛，十根指甲每根都有三尺多长。而且那女鬼不扰大人专跟小孩儿过意不去。如果谁家娃子一不留心牵惹了女鬼，女鬼就会用指甲掐破他的大腿吮吸他的鲜血，或者干脆用挂在嘴边的舌头，把他整个儿卷进嘴里去。他爷"老雷子"则说南洞里有神。神明能保佑万物赐福于人，也能惩罚过失降祸于人。己巳年关中大旱，附近村子死的逃的不计其数，唯独疙瘩冢秧苗翠绿群蝗不欺童叟妇孺依然有吃有喝。老雷子说这些当然不是为了赞美南洞。他撕着雷子老六的耳朵警告他的这个宝贝孙儿，要他最好收了心思离开洞庙那种地方，不然某一天神明怪罪下来，要说后悔恐怕就来不及了。雷子老六开始不信他妈说的也不信他爷说的，因为他平日玩在洞里吃在洞里，有时候裤裆突然紧了，就把一泡热尿一股脑儿撒在佛像脚前，却从不见大佛从莲花宝座上下来抓他打他骂他；即使十八罗汉有面目狰狞或愁眉苦脸者，也一样岿然不动不曾迁怒于他。但是有年夏天，雷子老六攀上冢头，用土块和瓦片击打庙院梧桐树上缀满桐籽的"耳朵"，明明他打掉了许多，庙院潮湿的地面上也落了厚厚一层，谁知第二天再去看时，那"耳朵"一串一串又挂满了梧桐枝头。那阵儿大婆婆慧清居士和小婆婆慧心居士一先一后住进了洞庙。她们尚未受戒却俨然一副住持师太的模样。那个慧清面目冷峻煞有介事尤其邪乎得了得。她警告雷子老六，说洞庙里的一切，包括梧桐树在内都是佛祖所赐，其果不可随便品尝，其叶更不得恣意击打，即使打落净尽也会重新生出，说得雷子老六在原地愣怔了半天也没回过神来。还有一次，雷子老六因为疲惫在菩萨洞里睡了过去。雷子老六睡得很死也很香甜，等到一觉醒来，才知洞庙已经上了香火点了蜡烛。雷子老六伸过懒腰又揉惺忪睡眼，忽然发现菩萨头顶有一个时隐时现十分美丽的五彩光环。雷子老六新奇而又胆怯地看了许久，及至走出洞庙抬头看天，又发现围绕圆月也有一个隐隐约约硕大无朋的彩色光环。雷子老六一时惊讶极了也心虚极了，一连几天都从这个光环想到那个光环，又从那个光环想到这个光环上来。雷子老六由耳闻目睹切身体验得出结论，南洞里虽然没有红发绿眼三尺指甲的鬼魅，但神明断断不可否认。他不仅对慧清婆婆的告诫深信不疑，而且还大肆渲染他在洞庙里的所见所闻，把一些神神怪怪莫名其妙的事儿说了一遍又说一遍。于是下庄人都说雷子老六中了邪魔，纷纷劝他妈和他爷当心别出什么差池。有人甚至主张将雷子老六用拴狗的索链捆绑起来，不许他再去南洞跟两个居士婆婆厮混。雷子老六他爷老雷子当然不会把宝贝孙子当猪崽一样圈养，情急时最多只是拎起绳索吓唬吓唬。他妈走地平虽也刻刻提防，谁知稍不留心，雷子老六便像泥鳅一样从她的腋下溜走钻进洞庙里去，回来后又说些神神怪怪没边没沿的事体。最初人们并不在意雷子老六的胡言乱语，一厢姑妄说之，一厢姑且听之，说过听过都嘿嘿一笑也就罢了。但是有一天，雷子老六在庙院潮湿的青石板下，忽然捉到了一只黑颈黑翅黑尾的蛐蛐。那虫子出类拔萃奇异怪诞，身长不仅超过了族类中不会咬斗的"油葫芦"，即便与蚂蚱和螳螂相比也相差不了多少。雷子老六将蛐蛐放在一只腌菜的彩釉坛子里，整日里捧着在街巷里邀人决斗，举凡那些从骨头堆中辣子地里捉来的凶恶虫子，不管它们如何机警如何拼死抵抗，最终没一个不败在雷子老六的坛子里面。雷子老六宣称他的黑虫是神蛐蛐，是天兵天将从五彩云头下凡到了人间。有好事者不服，竟捉来一只大红公鸡，并择了吉日要与雷子老六一决高低，惹得下庄的男女老幼纷纷跑出家门，在村口打麦场上围成一个很大很大的圆圈。雷子老六和他的蛐蛐毫不示弱。那虫子才被主人从坛子里放出，就冲大红公鸡一声鸣唱，一下子便遮盖了人的嘈杂和蝉的聒噪。大红公鸡不敢迎战，先是愣愣地立在那里，见敌手抖须振翅威风凛凛一步一步逼近前来，竟嘎的一声哀叫，低着头拍打着翅膀从人缝里逃走了。下庄人惊异不已一时竟忘了欢呼雀跃，只有雷子老六收了蛐蛐挤出人群，早被一帮娃子前呼后拥浩浩荡荡地走离开了。还有一次，雷子老六从南洞捉回一条青蛇，奇怪的是，这条青蛇比一条吃泥的蚯蚓大不了多少。雷子老六将青蛇或装在兜里，或捂在手心，有时还挂在耳朵上面或夹在胳肢窝里招摇过市。雷子老六曾用青蛇吓唬比他还大几岁的娃子，他把青蛇悄悄塞进他们的衣领或裤筒里面，那虫子顺着脊梁或大腿恣意游窜，惹得娃子猴儿一般蹦跳驴儿一样叫唤，雷子老六则立在一旁，一个人咧着大嘴哈哈地笑个不停。甚至有那么一回，雷子老六居然溜进雷子老二的新房，把青蛇藏进新郎新娘鲜艳的绸缎被里，结果就在夜半时分，新娘的一声尖叫划破窗纸飞过屋檐，整个下庄都被这叫声从睡梦里惊醒过来。雷子老六为此头一回挨了他爷老雷子的拳脚，还被他妈走地平撕着扯着，前去给新娘新郎和其他受了惊吓的娃子，回了一箩筐好话。当然，雷子老六的青蛇并不咬人，失控时也不会伺机逃跑。只是雷子老六一旦把它放在地上，说声回去回去，不管在什么地方，它都会抄最近的路径，溜回南洞蜷卧在神坛或石板下面。如此一连三五个年头，雷子老六总要将青蛇带回街巷耍玩一阵。下庄人虽说习惯了雷子老六的耽痴迷惘，不过眼见那条小蛇不吃不喝不长一寸不减一分，又都暗自惊讶，多少相信雷子老六把玩的是一条神物。此后不久，雷子老六还邀下庄人去南洞看过一次大鳖。那个夏末初秋的晌午，疙瘩冢遭遇了百年不遇的狂风暴雨，山洪一下来，大水便漫过石桥漫过门槛溢满了整个庙院。天晴以后，下庄人操心的是各自的断墙和伏地的禾苗，雷子老六却撇下他妈的抱怨和他爷的叫骂，颠儿颠儿地又奔南洞去了。傍晚，雷子老六泥猴一般从南洞钻了出来，一进街巷就惊惊诧诧大呼小叫，惹得下庄人又是好笑又十分地奇怪。雷子老六说他在南洞里发现了一只大如手磨声如牛犊的花背大鳖。下庄人在雷子老六的怂恿下纷纷跑去观看，可是搜了洞里又搜洞外，搜了庙宇又搜大冢，却没一人看见大鳖或者鳖的影儿。于是人们都指责和笑骂雷子老六，雷子老六则十分诡秘地笑着，似乎将下庄人整个儿当猴儿耍了。那时雷子老六他爹还活在世上，见乡亲骂骂咧咧嘟嘟囔囔，自家儿子还嬉皮笑脸一副无赖样儿，遂拨开人群冲将过去，劈头盖脸就是一串耳光。雷子老六挨了瞎打哭哭啼啼满腹委屈，却指天发誓，一再坚持他的发现和缘分，并结结巴巴比比画画，详尽描述那只大鳖的形状和神态。念及以往，下庄人就不再追究不再计较了，差不多都相信这个奇异的娃子，在南洞和大冢上面，迟早还会弄出一串奇异的事来。

2

雷子老六的八块大洋是给驻地队伍刷马挣来的。在战争相持阶段，疙瘩冢得天时地利，从不见兵戈相向不闻硝烟弥散。人们津津乐道的是轰炸省城的东洋人的飞机。有一阵，那怪物在钟楼鼓楼周围扔了炸弹以后，总会嗡嗡隆隆渐行渐近渐近渐大旋到疙瘩冢来，下庄人只要攀上大冢，便能看见机翼上的图案编号和驾驶员的头盔。下庄人向来好奇多事，数十个青壮汉子聚在冢头，眼见飞机贴着树梢贴着头皮一掠而过，却都不慌不悚，还待二次来时瞧个仔细瞧个痛快。雷子老六这时候差不多又犯了癫傻劲儿，一个人呼哧呼哧跑回家里，从后院柴棚里抽出一根竹竿，又呼哧呼哧跑出街巷爬上大冢。雷子老六试图挥舞竹竿，像击打老鸹一样将飞机横扫下来，结果那飞机不仅不曾躲避，反而比先前飞得更近更低，有时还把翅膀摇摆几下，或者带过一阵强风，将雷子老六他们的头发和冢头的蒿草固执地吹向一边，大半天过去了也挺不起来。这样的日子持续了一段时间，有天夜半，疙瘩冢在沉睡中醒来，就听见村外官路上引擎轰鸣车马辚辚，似有天兵天将横空而过。第二天一早，下庄人出门看时，就见原坡上高高低低布置了七八门大炮。那些火炮粗笨蛮悍，远远望去，像骆驼或黄牛一般躺卧在下庄的庄稼地里。炮连官兵百十号人马分别占据了小学校的所有屋舍。下庄人虽说不敢轻易逼近，却能看到人影幢幢听见人吼马嘶，就连一向清静寂寞灰头土脸的学校门口，忽然也新鲜地有了持枪笔立的哨兵。这个早晨，下庄人不知是祸是福很是亢奋躁动了一阵。消息一经由雷子老六带回家里，他妈走地平和媳妇年巧在灶间就一直扯着这个话题。两个女人担心屋里的粮食会不会被队伍灌走，猪呀鸡呀会不会被捉去杀了。又说队伍上都是些身强力壮血气旺盛的光棍儿，他们会不会在夜半闯进村来，抑或在阡陌和河湾实施拦截，调戏和糟践下庄的姑娘媳妇。雷子老六他爷老雷子倒是不急不躁一副麻木老成的样儿。老雷子先是扫了庭院又喂猪崽，然后夹了他的长杆儿烟袋，一个人走出屋门走出街巷，往镇街打探风声去了。这个白天疙瘩冢毕竟与以往有些不同。炮连官兵虽说未骚扰妇女未抓鸡抓狗，可他们荷枪实弹气势汹汹扑进村来，免不了让下庄人惊出一身冷汗。雷子老六和上庄、下庄的后生被强行抓去修了一天掩体。两个当兵的冲进院子的时候，雷子老六端着大把儿老碗正蹲在厨屋门口的砖阶上吃面。那黏面是他妈走地平特意为他擀好下好调好，还要尝上一口才递到他的手里的。那一刻雷子老六吃得十分认真十分贪馋。他把面片一片一片夹起，然后再放回大碗里面，理顺了才哧溜一声吞咽下去。雷子老六吃面时不抬头看天不低头看地，也不跟任何人说话，似乎不吃出碗底不打几个饱嗝决不会停歇，因此当兵的立在他的面前都有好一阵儿了，他依然不急不慢不理不睬，坚持把一大碗面食吃光吃尽才挪动了一下。当兵的用枪刺指着院门让雷子老六跟他们出去，说是你磨蹭尿哩，你再磨蹭小心老子一枪把你崩了。雷子老六终于抬起头来，翻着眼珠说，阎王爷催命也不催食哩，你就是把我崩了，总得让我吃饱了肚子不是，不然我咋个抡镢头操锨给你挖坑坑哩。雷子老六的硬倔和不恭显然惹恼了两个小当兵的。其中一个气急败坏怒目圆睁，一把夺过雷子老六手中的空碗，随手就摔在了屋阶跟前。当兵的还试图用枪托击打雷子老六，不想雷子老六眼疾手快一个腾跃，早把一把铁铲抓在手里，直戳戳要跟真枪实弹的士兵拼命。雷子老六骂娘说，小丘八你个狗日的，你撒歪撒到老子屋里来了，今儿个你不开枪把老子毙了，老子非把你的脑壳拿铁铲铲下来当尿壶不可。当兵的也不示弱，一个啪地拉开了枪栓，另一个也啪地拉开了枪栓。雷子老六他妈和媳妇年巧见状赶紧跑了过来。他妈走地平张开双臂护住儿子，老总长老总短地向两个当兵的求情。媳妇年巧则把脸笑成一朵花儿，一口一个兵哥哥，一口又一个兵哥哥，这一幕一时间才这么了了。当然，雷子老六最终不会不去兵营刨挖掩体，但他心里不服嘴上也嘟嘟囔囔，直至来到街巷，仍慢慢吞吞不把当兵的放在眼里。其时街巷里已有许多人了。下庄的后生多数排成一溜行儿，由当兵的用刺刀押着，下庄的老人和妇女则七零八落立在各自的屋檐下瞅看，脸上布满了惊惧与狐疑之色。雷子老六为他的大把儿老碗一时愤恨难消，当兵的若再骂娘或乱晃刀枪，雷子老六便攥紧拳头怒目而视，说什么也要把对方的嚣张气焰打压下去。有一阵，雷子老六甚至眯了眼睛，不停地打量那个当兵的手中的枪托，如此三五个回合下来，当兵的反倒有点发怵有些慌乱了。当然，当兵的不会让雷子老六随便得了便宜，一到小学校操场就报告连长，说这小子不听命令白白耽误了时间不说，一路上还想夺我的武器杀我们弟兄，弄不好还会冲过来朝你长官动手哩。其他当兵的这时候也一哇声地跟着附和，说就是的就是的，这家伙就是想造反哩，跟着从两旁拧住雷子老六，往前推搡了几步要他们连长处置。炮连连长是个面目和善却十分要命的家伙。他下令集合了全连士兵，又把所有抓来的民夫用刺刀聚成一堆，然后就扯开嗓子给他们训话。炮连连长说起国防国事海阔天空头头是道，末了又大讲特讲炮连驻扎这里对百姓有多少好处。炮连连长演讲时，雷子老六一直被拧着胳膊，但他面不改色心不跳动一身的英雄气概。有一阵，雷子老六听着训示忽然把头朝一边歪去。这动作表示炮连连长说得慷慨激昂天花乱坠，但他雷子老六并不认可甚至还有几分嘲弄藏在里面。炮连连长注意到了这个细节。他本想杀一儆百把雷子老六毙了，或者扒光他的衣服狠狠地抽他几十马鞭，可他看见雷子老六不顾生死生愣蹭倔的样子，反而扑哧一声笑了。炮连连长拍一拍雷子老六肩膀，又朝一伙民夫一帮士兵跷一跷拇指，一句话不说就回连部去了。雷子老六对此并不领情。他借机挖苦和谩骂那个小当兵的，说他狐假虎威狗仗人势，说破了屁也不顶一个屁也不顶一根，气得小当兵的手脚颤动满脸紫涨就跟猪尿脬似的。雷子老六说归说骂归骂，只是到了挖沟时分，无端地却比谁个都肯卖力。这个白天，雷子老六挖了掩体又挖坑道，抬过石头又扛木头。别人两个抬一根檩条一步一挪也就罢了，雷子老六一人肩扛一根来回奔跑似乎还不过瘾。到了午后，众人吃了窝头喝了菜汤，陆陆续续都回街巷去了，只有雷子老六被炮连连长留在了兵营里面。炮连连长亲自安排伙夫给雷子老六端了白面馒头大肉粉条，又看着雷子老六狼吞虎咽将眼前的饭菜一扫而光，这才吩咐勤务兵拿来一把锯齿一样的刮子，要雷子老六干干净净洗妥十四匹军马的鬃毛蹄脚。炮连连长陪雷子老六来到马厩跟前，十分得意地把马儿指给雷子老六欣赏，末了不说奖赏也不说罚责，只是意味深长地冲雷子老六一笑。雷子老六干得非常出色。他把马一匹一匹牵到漉河滩上，洗净后又一匹一匹牵回兵营里面。那个黄昏太阳在西山坳里落下，月亮从东山顶上升起，雷子老六仍来来回回地跑着，比经管自家的牲口还要尽心。那些个马匹平日劳累惯了也邋遢惯了，又经常遭受士兵鞭笞呵斥，如今见雷子老六如此呵护它们，有时还把人面贴着马面，像抚摸绸缎一样抚摸它们的鬃毛背脊，一个个都不由变得温顺起来，时不时还朝雷子老六甩甩鬃尾蹒蹒蹄脚咴咴地叫唤几声。雷子老六尤其喜欢炮连连长的坐骑。那匹马高大颀长浑身黑透，奔跑起来快若游龙，远远看去就像一段闪闪发亮的乌金。雷子老六从炮连连长手中接过缰绳的时候，两个人在一瞬间似乎都有了物易其主的感觉。其时，一轮夕阳刚刚落在西山顶上，原野上山影亮丽河流亮丽，稼禾和草木也分外亮丽。一会儿，伴随浣衣归来牧牛归来的人影，河湾里又有岚霭悄没声地弥漫开来。雷子老六牵着高头大马，向世界和世人尽情展示内心的欢悦和自豪，一俟临近漉水边上，又把人间的纷扰全从意念中过滤掉了。有一阵，一人一马就立在没膝深的清水里。雷子老六十分小心地朝黑马身上撩水，细致地梳洗马的肥臀阔胸丰腰长腿，以及每一根鬃毛每一处骨节。雷子老六还踮起脚跟掏洗马的耳朵，这就让大黑马既受宠若惊又奇痒难耐，最终却是将头摇了几摇，跟着就用它的软热的鼻唇，去碰触雷子老六挂满了汗珠的脖颈。这个黄昏，雷子老六不仅把那匹高头大马洗刷得油光锃亮，返回时还把自己的褂子脱下来披在它的腰上。炮连连长赏识雷子老六的能干和殷勤，图一时高兴，竟当众丢给雷子老六八块大洋两包雪茄。炮连连长还特别邀请雷子老六到时候去看他的炮兵打炮。炮连连长说好兄弟呀你听着，全村我只请你一个，而且让你跟我一块坐最好的位置。又说你要是不怯场的话，本连长也让你打一炮，不过也就是拽一下绳儿，那炮弹日的一声就飞到河那边去了。雷子老六没想到炮连连长如此热情如此大方，乐得咧开嘴巴傻笑了半天也说不出一句话来。后来雷子老六尽管不曾见到炮兵打炮是怎样一个情景——因为大炮不是用来打天上的飞机，而是为防备境内另一支队伍进攻省城用的，但对八块大洋的赏赐还是兴奋了许多时日。雷子老六当晚回到家里，不吃饭不洗脚就要跟媳妇年巧上炕亲热。其时年巧洗刷完毕正在油灯底下纳鞋，雷子老六一进门就把她摁在炕头被卷儿上了。年巧说你干啥你干啥，我手里有锥子哩，你不怕我一不小心把你肚子戳个窟窿。雷子老六不管不顾仍压紧年巧，附耳说我想弄你我想弄你，弄完了我给你说件谐和事儿。年巧不明底里糊里糊涂，一时脱了胸衣又解裤绳，只是还剩一只花裤衩时，却再也不事配合了。年巧佯装生气说，说事就说事，还非得走这个过场不可。又说今儿个你把话先挑明了，到底是啥好事儿，要不就甭想动我一根指头。雷子老六虽说兴致极高却不勉强。他顺手从怀里掏出八块银元，先是层层叠叠托塔一般让年巧瞅了一眼，然后就扳平年巧身子，把银元一块一块摆放在她隆起的胸脯上面。年巧温热的身子一经碰触冰凉光滑的银元，人就咯咯地笑了起来。雷子老六则盘腿而坐，眯着眼睛从一旁观赏，既看银元映着灯芯熠熠闪光，又看年巧乳头耸动美目生辉，激动时连身在何处都要忘了。这一晚，雷子老六和媳妇年巧谁都不曾合眼，天快亮时，伴着疙瘩家此起彼伏悠扬嘹亮的鸡啼，两个人才似睡似醒胡乱打了一个盹儿。

3

那阵儿雷子老六娶回媳妇年巧才半年光景。新娘子的眉眼和腰身是漉河两岸出了名的。儿时在镇街她爹她娘的车马店里，南来北往的商贾和旅者很多很多。他们见店家有这么一个好看灵巧的女儿，免不了都要啧啧赞叹和夸奖一番，说这丫头现时还没长开哩，将来稍一扯条稍一打扮，一定是个光艳夺目人见人爱的美人坯子。此后十几年间，年巧果然越长越招人喜爱。有有钱人家打小就要认她做干女儿，或跟她爹她娘攀扯娃娃亲家。年巧嫁到下庄才下马车尚未拜天拜地那刻，半条街巷立时就沸沸扬扬甚嚣尘上了。雷子老六心疼媳妇，平日里殷勤归殷勤，表白归表白，私下里却无一个铜板一样物件讨年巧喜欢。因为家里的吃穿用度全由他妈走地平打理、操持。现在雷子老六忽然有了八块大洋，他便把它悄悄藏匿起来，对他妈和他爷只说被队伍拉了苦力，没挨鞭子没吃枪子儿已经很不错了，哪里会有一分一文一斤一两的进项。他答应开春之后给年巧买一件阴丹士林袄儿，扯一条穿着舒适、走起来很飘的真丝绸裤，再带她去镇街坐一回戏园子下一回蒸肉馆子。雷子老六做这番承诺自有他的渠渠道道儿。他知道年巧打小就迷恋戏园子的花旦青衣，做梦都想去那内帘儿后面，跟当时闻名遐迩的"九岁红"一块儿粉面云鬓，一块儿点着碎步甩着水袖，羞羞答答轻轻快快地旋上台来。他还知道年巧贪馋薛记羊肉铺的米粉蒸肉，每年的腊月里头，常常是拂晓时分，幼年的年巧还在花花绿绿的小梦里面，她爹就把热腾腾的蒸肉放在她的枕边了。雷子老六当然也知道怎样珍惜这样一笔财富。为保险起见，也为了人和银元的须臾不离分，他特意让年巧把银元缝在他内裤的夹兜里面。年巧穿针引线密密缝缀的时候，想着这银元整日里跟男人那玩意儿做伴，扯一线便扑哧一笑，扯一线又扑哧一笑，惹得雷子老六也憨憨地跟着笑起，俩人一时间都甜美得了得，就像头一回做爱罢了，头顶头大半天欢乐不够似的。这样一来，雷子老六走出屋门走上街巷的时候，忽然感到腿脚强劲了许多腰杆也硬直了许多。雷子老六志得意满地走东串西，不经意间，竟有了一个说大不大说小不小的痼癖动作。雷子老六平日里无论走路还是干活儿，只要顺手在裤裆那儿捏摸捏摸，浑身就会平添许多气力。雷子老六的怪异举动让下庄人好生蹊跷又震惊不已，久而久之，都以为这家伙贪恋漂亮媳妇，离了被窝离开家门，只要回头想起便又难以自持了。下庄人用十分尖刻十分下流的言语嘲笑和挖苦雷子老六，说他的东西是金刚钻和梨花枪，说他家年巧的私处是梅花朵和胖油糕，要不他们为何不分昼夜，天天儿地想着那号事情。雷子老六不管别人在背后喊喊喳喳指指戳戳，白天照样捏摸他的裤裆，每晚挨近媳妇之前，还要摆摆胯骨抖抖裤头，让年巧也让他自个儿，听一听银元相互碰撞锵里锵啷的美妙音响。到了熄灯睡觉的时候，雷子老六总是把内裤按银元形体折叠好了枕在脑壳底下，这做派让媳妇年巧既妒忌又无可奈何。有一回年巧跟雷子老六赌气，说兔娃子呀兔娃子，你连我都不放心，你放心谁哩。又说你就不能让我也搂着银元睡一会儿，好让我做个好梦给你怀个大胖小子。雷子老六一脸窘迫赶紧就作解释，强调他不枕着银元咋也睡不踏实，接着便重复以前多次做过的承诺，把自个儿的胸膛和年巧的屁股拍得啪啪作响。这年的秋天和冬天倒也平和安详，一场连绵细雨过后，又是一场纷纷扬扬飘飘摇摇的鹅毛大雪。炮连自打修好工事稳妥炮身，就不再搭理下庄人了。他们偶或会在小学校的操场上操练队列，在原坡的掩体里模拟打炮，只是晚间开饭之前，才把唱歌的吼声准时地送进下庄的街巷里来。雷子老六经一番亢奋也渐渐心平气和了。有一阵，雷子老六试图走近营房，试图再见一回炮连连长，指望着能得到新的指派新的赏赐，结果每一回忐忑小心地过去，每一回都被哨兵的刺刀和吆喝逼迫开来。雷子老六倒是常跟炮连司务长"骡子腿"见面。那家伙每次来村里买菜籴粮，雷子老六帮他装篓或者挑担，骡子腿虽说满脸笑意千谢万谢的，却大小舍不得掏一个子儿，这就使得雷子老六渐渐寡淡了兴致，只好将心思安顿在闲适琐屑的日子当中。如此也就到了年关。腊月祭灶一经起个头儿，年三十过了，大年初一过了，十五元宵节眼看着也要来了。那一天，大约是大年初十的傍晚，巷子里的家庆和满堂拉雷子老六去保长家盛屋里打牌。雷子老六本来不精此道，也不打算自食其言，输了钱物委屈了媳妇年巧。但是家庆和满堂纠缠得不行。先是满堂一个劲儿地嚷嚷。其时雷子老六遵从母命，正准备把刚挑来的新土隔着短墙铲到猪圈里去，满堂便推开街门咋咋呼呼地跑了进来。满堂一把夺过雷子老六手里的锨把，使着劲儿朝猪栅栏跟前一撇，又顺手搂住雷子老六的脖子，一时间亲热得就像同胞兄弟似的。满堂嘴里喷着热气说，走吧走吧，去保长屋里摸两圈，喝他的酒，吃他的菜，没准手气好了，还能赢俩核桃枣的。一会儿家庆也跑了进来。家庆见满堂拉扯雷子老六不动，便拿话刺激雷子老六。家庆说男人不打牌，枉到世上来，这大过年的，谁家的男人不搓个麻将喝个小酒啥的，就你一个像个娘儿们整日价缩在屋子里头，更何况娘儿们闲了下来也玩串串牌哩。又说好男人死在战场，屁囊鬼死在炕上，想必你大半天不肯出门，该不是舍不得年巧妹子的裤腰绳吧。雷子老六经不住家庆一番挖苦，一时间又仗着热血冲顶，一个屌字出口，便也咋咋呼呼疯疯张张地跟着去了。那边保长家盛早在堂屋里支好了麻将桌子，又备了上好的砖茶和半蒲篮黄亮黄亮的旱烟叶子。家盛保长还让他妈切了冻肉兑了米酒以备夜里打点，家盛的女人则不时撩起布帘，走进来给专注打牌的雷子老六和家庆满堂添加茶水。赌场就是战场，四个人哗哗啦啦搓来搓去熬到深夜，纠缠的牌局便一步一步有了高低、分晓。家庆和满堂存心要赢雷子老六。他们虽说不偷牌不藏牌，也不搞挂镜子、打暗号、使眼色等等一系列勾当，而且俩人之间也相互有所提防，但他们夹击雷子老六，让他牌差不能和牌好也不能和，有时眼看着就要成了，却横遭拦截徒叹奈何，结果一股脑儿输掉了身上的毛票儿不说，而且依时价折算，还把家里头储存的五老斗谷米贴赔进去了。雷子老六终于赌红了眼睛，在保长家盛满眼鄙薄和家庆满堂得意的笑声之中，忽然就刺啦一声撕开裤裆，将八块大洋响亮地拍在了桌子中央。于是家盛的堂屋一下子亮堂起来，人却一下子没了一丝一缕声息。少顷又都躁动不安大呼小叫起来。满堂咿呀咿呀地伸长脖子瞅看，把一枚银元当空翻了几个过儿，接着又放进嘴里，像啃干饼似的咬了又咬以辨真伪。满堂说老六这东西弄的这东西还真的是个东西，说话就跟绕口令似的，跟着还有涎水从嘴角哧溜一声坠落下来。家庆嘴脸㖞斜神色乖张，说话就更加难听了。家庆说老六呀，我当你平日里在裤裆胡尿地摸啥哩，没想到你还能摸出七块大洋来。又说你那玩意儿是金根根还是银棍棍，敢情能结出金币能长出银元，要不你亮出来让咱弟兄们观识观识。雷子老六也不松火，叫骂说家庆你个驴日的睁大眼窝看看，是八块还是七块，得是你的眼珠子叫鸡爪子鸹了。家庆说八块咋了七块又咋了，哪怕都是些金疙瘩银疙瘩，也犯不着整日里把它拴在驴屎上面。家庆说完一时不能自禁，便仰着身子晃着脑壳哈哈大笑起来。满堂跟着也笑，还拿开心放肆的眼光瞅看雷子老六，惹得雷子老六手脚僵硬热血冲顶差点儿就要恼了。保长家盛自然沉稳练达多了，他把内心的波澜掩藏在平静的外表下面，先是挨个儿给大家卷烟点火，然后就不紧不慢地整理散乱的麻将块儿。家盛保长还帮家庆和雷子老六摞了麻将，按顺序抓了起牌放在他们跟前，这就等于平息了争吵重又开启了牌局。那个夜晚疙瘩寨静谧极了。一轮将圆未圆的明月移动在寥廓清冷的天穹上面。下庄的街巷没有一点儿声息，只有保长家盛屋里的洗牌动静，偶或会柔和悦耳地在屋檐与屋檐之间流泻开来。牌桌上的博弈则昏天黑地难解难分，雷子老六的八块大洋和骨质麻将一起在桌面上拥挤、碰撞、弹跳，将八只眼睛激逗得毕毕剥剥全都喷射着绿色的火焰。拂晓来临之际，一场鏖战终于有了分晓，原本属于雷子老六的八块大洋已全部易主，整整齐齐地码在了家庆的眼皮底下。雷子老六再要赌时，家庆便按住他的手腕，阴鸷猥亵地瞅着他笑。家庆说没钱没东西了你还想要，你这不是糟蹋行当是干啥呢。见雷子老六面目怯懦尴尬地笑着，又说要不你干脆把年巧妹子押上，你和了我退你所有银元谷米，我和了跟年巧妹子脱裤子上炕，如何？家庆话一出口一圈人都吃了一惊。满堂一瞪眼一张口一露舌苔，大半天过去了仍是那副滑稽丑陋的样儿。保长家盛也没料到家庆会有这么一手，先愕然继而哂笑，接着便微收下颌微敛眼睑干咳起来。雷子老六知晓家庆早就垂涎于年巧的脸蛋腰身，心里虽说腻歪可脸面上并不服输，吼叫一声尿喀尿喀，尿大个事喀，便大大咧咧将花点朝城垒里扔去。接下来的情形似乎不难预料，家庆不仅再次赢了雷子老六，而且还要家盛做中满堂作证，执意要雷子老六安排时间兑现诺言。满堂幸灾乐祸手舞足蹈像个孩儿，连喊输老婆咧，输老婆咧，雷子老六输老婆咧，得意时竟逃离桌子板凳，在堂屋一隅的灯影里雀跃起来。保长家盛虽不像满堂那样直白浅薄，但出手似乎比家庆还狠。家盛当下拿来纸笔写了字据文书，又摸出一盒说干不干说软不软的印泥要雷子老六画押。家盛不急不躁不动声色，其沉稳冷静让家庆瞠目结舌让满堂腋下直冒寒气。家盛保长告诫雷子老六，说这事儿可不是闹着玩的，此一时拍胸口哩，说大话哩，像个男子汉大丈夫，转过身若是心疼了，反悔了，怕就不是个牛牛娃咧。雷子老六是个痛快坏子，一言出口便不打算收回。雷子老六说这是个尿事，尿大个事喀。又说我不反悔，我绝不反悔，我要是食言我就是王八羔子就是你的孙子。摁手印时，雷子老六心劲不散心血奔涌，比绿林好汉绑赴刑场还要慷慨激昂。他将手指直直戳进印泥盒里，拔起来瞪大眼睛反反复复看了，又使着劲儿直直朝字据上面戳去。雷子老六做完这事就准备离开了。雷子老六不看家庆一眼，也不看满堂和保长家盛一眼。家庆走前一步试图扶雷子老六一把，他是担心雷子老六承受不起，怕他歪斜了身子跌破了额头，却被雷子老六猛地一击前胸，只好讪笑着往后退了几步。雷子老六出门时居然背着双手迈着方步。一时间庭院和街巷那边无声无息，堂屋这边也无声无息。这样挨过一段儿时光，雷子老六在街巷那头突然放开喉咙吼叫了两声。雷子老六的叫声怪异洪亮，不独惊动了下庄的梦境和枝头的睡鸟，家盛家庆和满堂在这边堂屋也都被他吓了一跳。当日回去，雷子老六满脸痛苦，一身晦气。早晨补觉前，他妈走地平匆匆忙忙做了葱花面片搁在他的枕头跟前，他闻着香气却硬是不理不睬，他妈再次催促时，他烦躁地瞪他妈一眼，遂翻转身子面朝墙角睡去了。晌午他爷老雷子跟他说话，他仍然满脸沮丧前言不搭后语。到了夜晚，媳妇年巧小心翼翼地贴近他，劝慰他，问他今儿个这是咋么了，要他有啥心事尽管说给她听。雷子老六便借机开导年巧。年巧听说雷子老六输了银元谷米还把自己搭了进去，脸上的颜色突然就像窗纸一样白了。年巧眼里蓄满了羞辱和怨恨，第一次破口就骂得十分难听。年巧说兔娃子你不嫌羞，你妈生你没脸没皮你为啥不把你妈输了也让人弄去。雷子老六开始不还口也不动手，只是嘟囔说牌场有牌场的规矩，不然我何以在人前讲话我真的成了龟孙子咧。但年巧骂着骂着就哭泣起来，雷子老六心里烦躁，顺手一掌打去，媳妇年巧就腮帮脆响嘴角流血睁大了惊恐的眼睛。雷子老六不见鲜血也罢，见了血色便越发地失态越发地不可收拾了。雷子老六一连抽了年巧四五个耳光，再要打时，忽然一个激灵醒悟过来，又举起手掌，照着自己的脸腮啪啪地抽打起来。雷子老六的自责固执而且蛮狠。结果是媳妇年巧渐渐停了抽搐停了哭泣，雷子老六反倒悲从中来，一时双腿触地双手抱头，呜呜咽咽地恸哭开了。

4

家庆眼馋年巧嫉妒雷子老六的时间，跟雷子老六的婚姻一样长短。年巧被扎着花篷的马车从镇街接回下庄那天，家庆和下庄的男男女女一样，都为年巧迷人的腰身和漂亮的脸蛋大吃了一惊。若在以往，只要娶回的新娘被扶下马车，燃放的鞭炮差不多快要声消烟散时，围观的人们除过一帮娃儿，便也渐渐地走离开了。但是这一回，下庄的男人和女人都似乎意犹未尽。大家三三两两扎堆儿议论，既说新娘如何相貌超群如何拔了下庄的梢子，又说雷子老六艳福不浅不知往后能否消受得了。家庆尤其心旌摇曳呆痴迷离。家庆看新娘款款进门时，就已忘记了自己身在何处，及至花篷马车被人赶出街巷，他仍然呆呆痴痴在原地戳着。有人有几次跟他评说新娘，他要么支支吾吾，要么压根儿听不进一个词儿。白天吃席的时候，家庆对红烧丸子和蒸碗肘子丝毫不感兴趣，却一连喝了三碗由新娘斟酌的桂花稠酒。新娘斟酒的一刻，家庆歪着脖子眯着眼睛瞅看新娘的手指，就跟此前隔着桌子偷看她的脸蛋腰身一样入迷。到了夜里，下庄的后生依乡俗都去雷子老六屋里闹房，家庆不顾长雷子老六几岁，也不顾自己屋里早就有了女人，撂下饭碗就失急慌忙地跟了过去。下庄的后生生着法子让雷子老六和媳妇年巧做许多亲热动作。他们逼两人搂腰亲嘴，面对面够咬旋荡在空中的红皮枣儿，末了依惯例又分作两拨，将新娘置于中间推来搡去嗷嗷长啸，几乎掀翻了屋顶震破了窗纸。趁着混乱，家庆有几回不由自主地伸出手去，掐了年巧腰眼又拧年巧屁股，有一阵还把激动的身子紧紧地贴住年巧，一时间天昏地暗灵魂出窍，感觉就要死了过去。夜半回到自个屋里，家庆满以为会跟自己的女人厮缠一番以泄心头欲火，谁知推开门扉点亮油灯，却见自家的女人张着嘴巴打着呼噜，还把一绺涎水挂在粗黑的下巴上面，似乎不到天亮，谁也休想把她从睡梦中摇醒过来。家庆一下子冷淡了心思冰凉了手脚，平生还是头一回嫌恶女人并感到了莫大的失落。家庆为此一个晚上也没合眼。其间他的女人有两回翻过身来，把一只大腿沉重地压在他的身上，都被他厌烦地捆到一边去了。此后一段时间，家庆就很少跟他的女人亲近了。偶尔他迫于无奈骑在她的腰间，心思却在另一个美人儿身上，想象着这一个就是那一个，往往就迷乱了眼目败坏了兴致。他有时甚至不理会她的暗示或者明示，独自在静夜里瞅着屋梁出神。家庆的女人虽说孤陋粗浅，在这个事上却跟其他女人一样敏感。

有一天她盛饭刚递到家庆手里，突然说家庆你给我好好听着，你不要吃着碗里瞅着锅里，采了五花还想六花哩。家庆回敬说我不光吃着碗里瞅着锅里，从早到晚，我还想着地里头哩。家庆还辱骂女人说，你不自量力说你是五朵花儿，你这是羞先人哩，随之就端了老碗到街巷吃饭去了。家庆和雷子老六门对着门儿住着，这一来，家庆只要端着大碗来街巷就堆儿吃饭，便会时不时抬起头来朝对面院子里瞅看。他试图捕捉年巧移动的身影或与婆婆说话的声音，并从中获得一点奇妙的感觉和快乐。但这往往让他大失所望以至懊丧不已。当然，新娘子年巧偶尔也有出门的时候，比如去漉河湾里为雷子老六和老雷子濯洗衣裳，去后巷雷子老二的店铺里买些油盐酱醋或针头线脑，家庆只要逮着机会，总会曲里拐弯地跟她迎面相遇，像饕餮之徒一般饱餐一顿她的美色，而且往往年巧已走离大半天了，家庆仍远远望着她的背影不肯动弹。有一阵，家庆不知何故居然跟年巧搭上了话茬，见年巧未如所料拒他于千里之外，遂涎着脸皮不咸不淡跟她说了许多闲话。久而久之，有年长者依据世故就看出一点端倪来了，于是便在街头巷尾或瓜棚柳下，讲述起一桩婚姻的包袱和确切来历。原来雷子老六的媳妇是他爹用性命换过来的。早年雷子老六他爹在镇街为年巧爹妈的车马店帮工，有一夜车马店突然失火，将年巧和她妈困在了堂屋西偏房里。年巧她妈在里面呼天抢地她爹却被熊熊烈焰堵在了客厅门口。那阵儿雷子老六他爹正好从外面回来，他拨开东家不顾一切冲进大火里面，先将年巧她妈从墙脚背出，又隔着一道门槛，像抛布袋一样把年巧抛给她爹，他自己瞬间则被倾塌的屋梁砸死在客厅里了。雷子老六他爹拼死救人的故事也许没多少曲折，镇街和下庄人说过几年也就不新鲜了，但年巧爹妈的所作所为，却让人津津乐道唏嘘不已。为报答雷子老六他爹的救命之恩，还在年巧裹着肚兜不谙人事的时候，年巧她爹就托中人来到下庄，一意要将心肝一样的女儿许给雷子老六。年巧她爹还在年节提了四色礼品，亲自登门看望雷子老六他爷老雷子。

老雷子悲中添喜心潮难平，一时哭了笑了笑了哭了，当晚又跑到酒馆一连喝了三碗烈酒，及至醉成烂泥被人抬回家里，又一连睡了三天才睁开眼来。雷子老六他妈原本可以再嫁或者招赘，如今眼见儿子的婚事有了着落，又怜念老雷子的火暴脾性和单薄身影，便守在一老一小爷孙两个跟前不再打算离去了。此后十余年里，年巧爹妈刻意呵护女儿又精心调教女儿。年巧她妈教年巧女红饮食，熟知缝补浆洗与一日三餐。她甚至在天井一隅安置了筐笼，把本应放在农家小院的鸡和兔子豢养在年巧的窗牖下面。年巧她爹虽说也宠爱女儿，但他从不让年巧去镇街戏班里学戏，生怕女儿模样甜美声音甜美一旦唱出名声，心思也就跟着野了。有年除夕，年巧她爹还把商会会长马道南为公子托付的媒人挡在了大门外面。其时马道南的临街铺面和设在西安、天津、上海、汉口的生意红火得了得。马道南接替前任刚刚做了会长，一时声名鹊起如日中天人也轻狂得了得。年巧她爹直截了当毫不掩饰，高声说大火中的鬼魂才是我的儿女亲家，我的女婿这一阵正在疙瘩豖一天天往大里长哩。不仅如此，在年巧从绞脸到出阁的几天里，年巧她爹还反复告诫女儿，要她过门之后须得孝敬老人勤俭持家杜绝懒馋不惹是非，更不得轻佻浮浪败坏了两门家风和先人名声。如此话题和实例还有许多许多。年迈人当众讲出一段典故一种说辞，意在警示家庆抑或更多的下庄后生，要他们趁早收了心思，莫要丢人现眼做出荒唐事来。但家庆鬼迷心窍置之不理，两厢比较总觉得上天眷顾雷子老六对他家庆极不公平。甚至有那么一天，年巧帮雷子老六往原坡麦田里挑送鸡粪，上坡时，明明雷子老六就在不远处挖沟，家庆却厚着脸皮从一旁横插过来，硬是夺过年巧肩头的扁担，替她把两笼鸡粪挑到雷子老六跟前。雷子老六一脸不悦要拉年巧回家，家庆得意忘形居然训斥雷子老六，说兔娃子你羞先人哩，你让一个女人家挑着担子爬坡，你一个大老爷们儿却在大老远立着看着。又说我要是有这么一个让人心疼的媳妇，我把她搂在怀里不说，我还要把她含在嘴里头哩。家庆猥亵下流又装聋卖傻，说得雷子老六一时无言，但年巧腾地一下脸就红了起来。还有一次，保长家盛家的黄牛从土崖跌落河谷摔死了。家盛保长为笼络人心，让人剥了牛皮自个儿留着，却把牛肉牛骨摊摆在皂荚树下，分割了贱卖给各家各户。那个晌午下庄的街巷像过节一样热闹。家庆排在不长不短的队列里，一回头，忽然发现年巧隔几人立在他的后面。家庆于是心就热了起来。他借故跟旁边凑热闹的雷子十三说话，往前让过一人又让一人，直到把年巧也让了过去，他这才跟在她的后面，一步一步朝前挪着身子。家庆的心思和目的昭然若揭。家庆恣意欣赏年巧腰肢的眼神更是让人看了别扭。于是偌大一条街巷登时由嘈杂变得沉寂了。年巧虽说不曾回头，却能感到家庆的目光像锥子或芒刺一样戳着她的脊背，及至拿到属于她的一份牛肉牛骨，她来不及付钱就匆匆离开了。当然话说回来，家庆虽说神魂颠倒热血沸腾，但他并不打算强占年巧便宜。他在等待时机，抑或只是一个臆念一种无奈的释放而已。家庆绝没想到事情会来得如此突然又如此快捷——雷子老六不光输了谷米输了银元，一时猴急居然把屋里女人押到牌桌上了。因此那天拂晓，雷子老六一走出保长家盛屋门，家庆便扬扬得意又惶突不已，解嘲说把他家的把他家的，又是赢米又是赢钱，还有花骨朵儿一样的女人在那儿等着，难道这世上真有这等好事，莫不是我家庆烧了碌碡粗的香了。满堂则一脸谄笑一副淫亵口气，说不弄白不弄，弄了也就弄了，家庆你这是胡尿做作啥哩。家庆于是吼叫一声我受不了啦，跟着蹲下身子一阵沉默，立起时又喊我受不了啦，我他妈的真的受不了啦。保长家盛毕竟是一保之长，他从一旁观察既久，直到家庆满堂折腾够了，这才把一只大手搭在家庆肩上。家盛说小老弟呀小老弟，你不要得了好处还卖乖嘴儿，我和满堂尽管啥都没得，也一样替你高兴哩。家庆明白家盛话里有话，就把银元拿出一半，三颗给了家盛，一颗给了满堂，见满堂迟迟不肯收回手掌、目光，又摸摸索索从兜里掏出一颗放在他的手里。这个白天，家庆只是稍稍打了一个盹儿就醒了过来。于是盼过早晨又盼晌午，盼过晌午又盼黄昏。其间还不时跑到院子里看天，总觉得这日头不是那日头，这日子咋的就比那日子长了许多。当天夜里，雷子老六通过保长家盛捎过话来，说他将他爷他妈安顿睡了，并留了街门和屋门门闩，他自己则图个眼目干净耳根清净，往村南洞庙烧香拜佛去了。家庆得到消息心花怒放兴奋不已。但他并不急于出门。他先是搓着双手在屋里兜了二十多个圈儿，间或还跳着蹦着摸打头顶的木椽和檩条，随后就蹲在地上不停歇地抽烟，以平息暴突的心脏和奔涌的热血。末了家庆为壮行色搜出半瓶烈酒，仰起脖子咕嘟咕嘟喝了，这才醉醉醺醺跌跌绊绊穿过街巷朝年巧屋里扑去。在此之前，家庆一直琢磨年巧会不会轻易就范，也担心他的偷嘴有可能惊动老人惊扰四邻，结果逮鸡不成反蚀了一把谷米。谁知年巧不仅没有逃避或者防范，而且还早早地点了青灯脱了衣服，静静地缩在被窝里面。年巧凄美的面容在夜晚柔弱的光晕里比白天更加迷人，家庆插上门闩以后，二话不说就骑在她的身上了。有一阵，年巧没有反抗却用冰冷的眼光瞅看家庆。年巧说家庆呀我把你叫哥哩，咱们门对门面对面，一天不见两天见哩。又说这号事情得两厢情愿两厢愉悦不是，要不跟弄木头石头有啥区别哩。末了年巧还警告家庆，说家庆哥你不要昧了良心做缺德事儿，也不要连累我日后跟着惹祸招灾。年巧满以为她的劝诚会起作用会在半道儿上拦了家庆，可家庆被酒精和欲火两样东西炙烤着燃烧着，早把尘世的一切丢到脑后去了。其时，雷子老六立在洞庙梧桐树下，看一群善男信女在慧清婆婆指点下，热热闹闹为筹备元宵庙会操忙，一时竟专心其中忘却了烦恼忧愁。其间雷子老六还帮慧心婆婆擦拭几案，为释迦牟尼、观音菩萨、普贤文殊轻轻拂去尘世的灰土。冷月西沉之际，雷子老六估摸家庆差不多已经离开他的屋子了，就抽出身子蹒蹒地往家里走去。雷子老六没想到家庆不曾离去不说，他自己还与专门跑来偷听墙根的满堂撞了一个满怀。满堂淫亵阴晦的窃笑简直让人无法忍受。雷子老六一时躲避不及，只好直直地戳在了自家窗棂外面。不久一股冷风袭来，雷子老六分明听到了家庆牛一样粗野狗一样欢快的喘息。雷子老六不由打了一个寒战。好在年巧自始至终未像平日与雷子老六做爱时那样幸福甜蜜地呻吟，这让雷子老六多少得到了一点儿慰藉。这天夜里，雷子老六还想到下庄人常说的一句粗鄙的话语——拔了萝卜坑儿还在，于是在凄凉酸楚之中，又坚信年巧的身子和心，依然是属于他的。

5

那天夜里，雷子老六重新唤起了对南洞的向往。绿帽子是他自己套在头上的，装乌龟头装窝囊熊并且目睹耳闻了家庆一伙的嘴脸行径，却让他获得了另一种人生体验。他无法估量出卖妻子的耻辱和代价，但更多忍受的是无奈无助和自卑沮丧，以及由此而来的巨大钻心的疼痛。雷子老六此刻比谁都要清楚，他不能在下庄再这样窝囊地生活下去了。他必须出人头地，必须有理气长像模像样在下庄的街巷里走进走出，最起码也不能再次丧失做人的尊严和脸面。年少时期的迷谵和神异之事虽已属于过往，但雷子老六从不怀疑大冢的神奇和魔力。住窑洞，配牲口，脱掉衣裳光着屁股跳舞，是上庄人代代嘲笑下庄的把柄和俚语。说这话让下庄人听了满脸燥气暴跳如雷，雷子老六却据此以为，他的先人千里跋涉，其所以在此定居且代代繁衍，由上庄守护的大冢必定有它辉煌的历史和绝好的风水。此外疙瘩冢地处通衢要道，从来商贾往来强人盘结，有关剪道害命夺金掠银的故事传说，雷子老六打小就听得多了。雷子老六认定大冢里藏有东西，得之一二就一定能发一笔横财。那个夜晚，雷子老六为自己的臆想和憧憬很是激动了一阵儿。他甚至忽视了才刚蒙羞一直躺在身旁的媳妇年巧。年巧起初头脑麻木一动不动他没有理她。渐渐地，年巧的眼窝就有泪水漫溢出来了。雷子老六感觉得到年巧的泪水打湿了耳边的席枕，及至年巧嘤嘤地抽泣开来，又隐忍将眼泪和委屈强行吞咽下去，雷子老六仍纠缠在雪耻的意念之中。后来，年巧终于不能自持爆发开来。她呜呜叫着撕扯和捶打雷子老六，隔会儿受情绪和心血激荡，突然张口咬住了雷子老六的肩膀，一缕血水登时就从嘴角流了出来。雷子老六任年巧恣意宣泄，却说你打吧，咬吧，打了咬了又能咋样。又咬牙切齿说道，今生不消此恨，我陈守信就不是牛牛娃不是雷子种，就不再干梆硬脆立于天地之间。自此以后，雷子老六虽说不计前辱，依然耽迷年巧俊俏的眉眼和温软的身子，却从来不敢忘却既定的抱负和心头的秘密。雷子老六喜欢独处一隅琢磨他的宏伟计划。每天清晨，媳妇年巧稍事梳理早早就开门出去了，雷子老六却仍旧缩在屋里，还把窗棂和门缝遮得严严实实不透一丝亮光。雷子老六悄没声息一窝就是一个整天。其间窗外有公鸡母鸡追逐戏耍，有麻雀叽叽喳喳蹦来跳去觅食，屋内一二小鼠钻出土洞爬上木柜，有时甚至卧在炕头或被面儿上了，雷子老六竟也浑然不觉浑然不理。初始家里人以为他贪欢过度疲软了身子，相互间谁也不愿说破谁也不去计较。他妈走地平除了尽心安排饭食，还把媳妇年巧悄悄儿叫到一边，训诫说受活归受活身子归身子，哪个要紧哪个次之，你这孩子要仔细掂量掂量。又说这事儿跟吃饭一样要细水长流，千万不敢饥一顿饱一顿的，说得年巧腾地一下赤红了耳根窘迫了脸颊。雷子老六他妈还打发他爷老雷子到镇街保和堂抓了鹿鞭、龟板、红参、枸杞、桂圆，隔几日便熬成汤汁让雷子老六服用一些。雷子老六嫌汤药不比饭食总有一股甜腻怪诞味儿，他妈走地平就守在他的跟前，看着他一口一口吞咽净尽才肯离开。不过雷子老六吃了上好茶饭喝了滋补药汤，不仅未能提起精神，反倒越发地痴呆迷离了。甚至有那么一回，雷子老六吃过早饭又在屋里窝了一天，黄昏时分才稀里糊涂打开屋门走了出来。其时他妈走地平正在厨屋门口淘米，他爷老雷子叉开双腿立在柴房跟前，抡起斧子拼命劈砍一坨榆木疙瘩。见雷子老六终于出了屋门，他们一时既生他气又有些许释然。老雷子甚至停了劈柴，将长柄斧子直立着拄在胸前，期待雷子老六能就此醒转过来，像常人一样在庭院生活去田野劳作。谁知雷子老六拖沓着步脚只朝前走了两步，便抽掉裤绳，立在屋阶底下尿起尿来。雷子老六把一泡尿水尿得长而且高。他爷老雷子瞪起牛眼，脸颊也一点一点扭曲起来，连说我羞先人哩，我这是羞俺先人哩。他妈走地平一时不知所措，将一双湿手提起来悬在空中，张大了嘴巴却喊不出一句话来。最后还是媳妇年巧走上去推了雷子老六一把，又赶紧跑去关闭了街门，生怕外人看见了传扬开去。这样的日子持续了一段时间，一家人不知情由底细，便商量要不要去看郎中，或请南洞里的慧清慧心来家里布置一场法事，却被年巧思来想去悄悄儿拦挡住了。年巧当然知道雷子老六的心病，也知道他憋足了劲儿究竟为了什么。但随后发生的一件事儿还是让她大吃了一惊。一天夜里，雷子老六忽然钻进媳妇年巧被窝，似乎要与年巧亲近做欢。年巧虽说未忘婆母的叮咛，却也不好拒绝推托。谁知下面的事情竟那样怪异那样悚惧，年巧业已宽衣解带，颤巍巍将男人牵上胸脯且入了身子，雷子老六却突然喊叫一声，马无夜草不肥，人无横财不发，随之便停了抽动，夜色里一双眼睛一闪一闪地放射亮光。雷子老六的举动让年巧惊讶不已也惶恐不已。她无法想象雷子老六会在这个时候神游天外，被旁的一件什么事情鼓荡着，燃烧着。她试图将雷子老六从自己身上掀翻开去，但雷子老六既不离开又凝止不动，隔会儿把那句话叫喊一遍，隔会儿又把那句话叫喊一遍，使得她在他的身下，一连打了几个冷战。第二天一早，做媳妇的不好将夜里发生的事情突兀说起，挨至晌午还不见男人从屋里出来，便几分害羞几分遮掩地对老雷子讲了。随后便出现了让全家难堪，让下庄人误解并嘲笑了多年的场面：老雷子踹门而入，一把将雷子老六从被窝里扯出，当院便狠狠地掴了一掌。雷子老六就势转了三个圈儿，一经灵醒过来，才发现口腔里聚满了黏稠的血液。老雷子心疼地打过孙子之后，仍继续在那里跳脚咒骂，骂的话要多难听有多难听。雷子老六并不计较他爷老雷子的失态粗野，也不明着或暗着跟老雷子对抗。他平心静气若无其事地走进厨屋，用木瓢舀了凉水将嘴巴涮了，然后就朝多日不曾光顾的街巷走去。从此以后，雷子老六便不再贪恋被窝苦思冥想了。但他每天黄昏总要步出街巷站立田塍，于落霞岚霭之中，不远不近将洞庙和大冢审视一番。有时傍晚出了月亮起了清风，雷子老六还会走下田埂远离屋舍，静静悠悠地跑到大冢后面去，于是大冢巍峨的影子，便把他和一股神秘同时遮挡住了。夜里睡觉他不再挨近年巧的身子，白天无论蹲着还是坐着，总喜欢用柴棍或手指，在地上画一种谁也无法弄懂的图案和符号。有一次，雷子老六端着大把儿老碗去巷口皂荚树下与人闲谝。吃饭时他还又说又笑，灵醒得跟常人没什么两样，待大家吃罢饭食各个散了，他自己却将大碗扔在龙走蛇盘的老树根上，一个人用筷子在地上画起了画儿。雷子老六画得十分认真十分投入，以至有二三鸡婆跑来抢啄碗里的残食他也不曾看见，抑或是瞥见了鸡的影子听见了鸡的叫唤也全然不管不顾。总之下一顿吃饭时候，下庄人发现雷子老六并不在人堆里面，可那只属于雷子老六的大碗仍在树根上撂着，再看地上的那些画儿，不由都出了一口凉气。于是在那个黄昏，下庄人挤眉弄眼喊喊喳喳，开始传播一个新奇而又神秘的见闻。有人断定雷子老六画的是一幅污浊画儿：圆包是男人的东西，黑洞是女人的私处，中间的连线则意味着男人跟女人要做那种事情。飞短流长一经漫过街巷进入雷子老六院里，气得他爷老雷子暴跳如雷捶胸顿足，骂了子孙又骂先人，末了还用手掌不停地扇打自己如柴的脸颊。雷子老六他妈则跑到街巷里替儿子鸣冤叫屈，说她的儿子守着俊俏心疼的媳妇不弄，偏偏就看上谁家的婆娘谁家的女子谁家的老母了，一句话便臭了整个一条街巷。下庄人冷眼观看雷子老六他妈撒泼。有人主张用猪草或抹布把她的嘴巴堵上，有人主张拧了她的胳膊将她强行送回家去。有人干脆准备了泔水粪便，如果雷子老六他妈胆敢骂到自己窗下，就用秽物兜头将她浇个透湿呛个半死。不过下庄人那一刻没一个承头站立出来。他们大都不愿招惹是非把自己牵扯进去，抑或以宽怀大度自居，轻易不与一个失态的女人计较。于是雷子老六他妈便更加放肆，出言出语越发地不能入耳了。那阵儿雷子老六刚从大冢那边回来，带着满脚泥草满身激情满目痴迷。雷子老六无视下庄人的鄙薄或嘲笑，也不在乎他妈走地平骂街是否与自己相关。雷子老六走到他妈跟前，顺便伸出手去抓住她的后颈和衣领，像抓一只兔子一样将她悬在胯边，任凭他妈在空中胡乱扑腾，三步并作两步就跑了回去。一进家门，又顺手将他妈丢在厨屋门口的沿阶上，他自己则蹲在堂屋门口那边，像欣赏戏文一样看他妈哭一阵叫一阵的，间或就有一丝冷笑浮到嘴角上来。之后雷子老六他妈好不容易安生了一阵儿，不想媳妇年巧防不胜防又哭闹起来。年巧不能不琢磨雷子老六画的那些画儿，又联系男人多日里神神昏昏再也不肯亲近自己，以为雷子老六因家庆沾惹了她的身子厌恶她了，保不准还迷上了别的女人，于是就关起屋门，狼一样凄厉猫一样委屈地哭起了冤枉，连晚炊的烟火也给一家人断了。不过雷子老六不急不躁心静如初，一连几天照吃照喝照睡，全不管街巷里沸沸扬扬屋里头天塌地陷，心里烦时，便一声不吭直奔南洞而去。

6

雷子老六很早以前就发现南洞菩萨洞里还有一个偏洞。这是他的秘密。小时候恪守这个秘密仅是一个秘密：或者跟小伙伴捉迷藏让谁也发现不了，或者家里人来南洞喊他，轻易不让他们捉他回去。现在他仍然把它作为一个秘密，则是因为这个年节过后，他的心里渐渐又有了一个秘密。雷子老六自始至终认为，在下庄乃至上庄所有人里面，只有他一个知晓洞庙里洞中有洞洞洞相连，即便是慧清婆婆或慧心婆婆，别看她们整日里打扫洞庙和烧香礼佛，也未必清楚洞中洞洞里洞是怎样一个情景。雷子老六依稀记得，那个小偏洞仅容一人钻进钻出，黑咕隆咚黏黏湿湿弥散着一股厚重的阴腐气息。少小时候，雷子老六以为小偏洞很深很深，往里一直会钻到大冢底下，不料有次斗胆钻爬进去，却发现底里被一块石头堵着，满打满算不过三两丈远。雷子老六感到那块石头又光又大，仅凭一个少年的气力根本无法将它挪开，因此便渐渐打消了猎奇冒险的念头。现在雷子老六比儿时强壮多了，如果借助工具，他会轻而易举将石头从黑洞里掏出，或者另辟蹊径绕开那块顽劣的石头。雷子老六的算计其实并不复杂，实施起来也不会耗费太多时间力气。只是雷子老六怯惧和腻烦洞庙里的两个婆婆。慧心婆婆继慧清婆婆之后住进南洞那阵，雷子老六一直搞不明白，慧清矮小瘦弱人们叫她大婆婆，慧心高大强健人们却叫她小婆婆。而且自从她们把持了洞庙，雷子老六一伙就不能恣意妄为了。慧清虾背蜂腰黑衣黑裤像个幽灵，白日里总缩在菩萨洞口，用老鹰一样阴鸷慑人的眼光瞅看雷子老六他们。雷子老六每次从她跟前经过，头皮总会一阵发紧，头发也会一根一根参竖起来。慧心虽说慈眉善眼从早到晚笑呵呵的，遇事却爱念阿弥陀佛，这就让雷子老六感到她不是祈福求善而是在诅咒他人。现在，雷子老六最怯惧的还是慧清婆婆。雷子老六心里明白，只要慧清婆婆还在洞庙里面，那么他的任何举动都难以实施，任何阴谋都休想得逞。这天夜里，雷子老六像年节打牌输了媳妇一样，又把年巧跟他的作想连在了一起。其时雷子老六靠着背栏抽烟，年巧则扒着他的身子，侧卧着熟睡过去了。年巧睡眠的姿态缱绻而又甜美，雷子老六替她梳理散乱的鬓发，抚摸她光滑玉润的臂膀，忽然就在暗影里冷酷地笑了一声。雷子老六知道拿年巧做道具多少有些残酷，何况此前他让她出卖肉体时，已让她伤透一次心了。

当然，雷子老六这一回冠冕堂皇似乎理直气壮多了。南洞里不单有如来大佛和十八罗汉，而且还有观音菩萨送子娘娘。每年这个时候，方圆数十里总有不少年轻的女人来南洞磕头烧香，祈盼得到菩萨泽被保佑，来年能生一个大胖小子。她们的虔诚让人感动大约也让菩萨感动，因此她们的愿望大多都会实现。雷子老六打算也带年巧去几回南洞。他的用意未必就在顶礼膜拜祈求贵子，但却必须以此为幌子，让他重新介入洞庙，并求得慧清婆婆和慧心婆婆的信赖。他想只要他能从容自在地出入洞庙，那他就一定寻求得到下手的机会和方式。雷子老六为此琢磨了一个通宵。第二天晌午，雷子老六故弄玄虚云里雾里把想法跟他妈说了，他妈走地平先是一愣，继而又哎呀一声，说米不忘记面不忘记，我咋就把这理儿忘严严的忘死死的了，我就说谁家女人进门已年把光景，咋的不作酸不嘴馋不见肚子，这不是让俺娃白使力气白费精神么。雷子老六他妈说罢便坚决不再淘米不再洗菜了。她一边撩起围裙擦手，一边迈着碎步就往镇街走去，赶傍晚回来，竹篮里全是香蜡纸表和干果点心一类用于佛事的东西。雷子老六他妈还极力鼓动儿子给洞庙捐钱。雷子老六搜遍全身也没几个子儿，他妈走地平便把木头匣子和针线蒲篮翻了个底儿朝天，又跑到他爷老雷子屋里，朝他索要卖菜时积攒的几个零钱，硬是凑够了一点拿得出手的功德。雷子老六见状兴奋极了，没等夜里睡觉做梦，就看见他和年巧的影子已在洞庙里了。雷子老六还想象他在洞庙烧香磕头的滑稽样儿，把求佛仪式虚构了一遍再虚构一遍。但是雷子老六没想到媳妇年巧会不事配合。当晚一家人还说得好好儿的，年巧虽不多言也未见有什么不悦，谁知翌日一早俩人刚刚走出村口，年巧就把嘴巴一噘把竹篮儿往雷子老六怀里一塞，说什么也不愿朝前挪动一步了。雷子老六此前骗过了他妈骗过了他爷，心下正得意着，现在见年巧使性儿脾气，心里头一下子又毛躁起来。雷子老六耐心劝导媳妇年巧。他斟词酌句啰里啰唆说了许多废话，心想年巧大约不好意思，最多忸怩一阵也就过去了。不料年巧不仅纹丝不动，见雷子老六一时说话多了，遂把头脸拧向一边，一副牛犟牛犟不屑一顾的鄙夷神情。雷子老六不由来了火气。他先是使劲儿拽年巧一把，又说你走不走，你要不走，就给我滚回镇街滚回你爹你妈的车马店去。年巧近来不开口说话也罢，一旦开口总是十分生硬十分难听。年巧说南洞是鬼待的地方，我不去那儿跟阴司鬼打厮交。隔会儿又说去了能咋，去了你就成精咧，你妈你爷就成神神咧。雷子老六接过话茬说，去了能咋，去了你能留住种子能生儿子。年巧听雷子老六如此说话，不由就阴毒地笑了。年巧说生儿子生儿子你就知道生儿子，生下儿子是家种是野种还说不清哩。雷子老六见年巧揭他伤疤刺他痛处，一下子紫涨了脖子血红了眼睛。他本想拳脚相加大打出手狠狠收拾年巧一顿。他甚至将拳头攥紧在胯间擦了几擦，将脚跟在地上使劲儿蹭了几蹭，早春才刚消融的路面，很快就被他蹭了一个坑儿。但雷子老六最终还是强忍下来。雷子老六心想我不能发火千万千万不要发火，我要是拿捏不住一巴掌下去，不仅会因小失大，弄不好连盆带碗一锅砸了。雷子老六二次拉扯年巧已顾不了许多了。不过年巧仍不买账，雷子老六抓她手腕她一甩手挣脱开去，再抓衣襟她便扑沓一声坐在了泥草地上。其时，太阳从东边原坡悄悄儿升了起来。下庄的巷口零零星星已有了三五个人影。他们偶或会抬头朝这边张望一下，雷子老六感觉得到他们是在谈论他和年巧，不明白他俩既已出了村巷又为何立在这儿不肯动弹。一会儿，一群娃子不知又从哪里窜了出来，呼啦一下就站在了雷子老六和媳妇年巧跟前。他们围着他俩打转起哄，嘴里连着喊叫"跛子跛，卖洋火，把你媳妇卖给我"，被雷子老六怒声一句呵斥，忽然又轰的一声散了，嘴里仍叫喊"跛子跛，卖洋火，把你媳妇卖给我"。雷子老六不是跛子，自然不会跟一帮鼻涕娃娃计较，只是感觉他与年巧再也不能纠缠不能延宕了。他俯下身子，像抓一截口袋一样抓起年巧，吼叫说你跟我走你跟我走，一个转身就把她扛在了肩膀上面。接下来的情形就更加滑稽更加好笑了。年巧在空中手舞脚踢拼命挣扎，雷子老六在路上闭目冲头拼命奔驰，及至高高低低跌跌绊绊跑到洞庙跟前，才发现把那只装满供品的篮儿丢在了半道儿上。雷子老六和媳妇年巧大眼瞪着小眼，少顷又都朝竹篮儿那儿瞅了半天。雷子老六回身去拎篮子，年巧在身后瞧着瞧着就扑哧一声笑了。等到雷子老六二次来到跟前，年巧不仅不再抗拒，而且还顺手接过雷子老六手中的篮儿，顺从地跟他跷过门槛走下了洞庙台阶。这个早晨，雷子老六和媳妇年巧像所有礼佛者一样，一进庙洞就双双跪在送子娘娘脚下了。慧心婆婆见洞庙来了香火，雷子老六又出手大方捐了功德，一时间心花怒放难以自持，出出进进跑来跑去，连步脚都要乱了。慧心婆婆礼尚往来比平日多点了三支蜡烛，又见年巧模样俊俏皮肤白嫩腰腿纤巧，便把自己精心编制既厚且软的蒲团，拿来放在年巧膝头下面。摇签抽签时，慧心婆婆笑容可掬满目慈祥似乎有了别一个思绪。她祈福年巧和雷子老六，说是只要佛光照耀菩萨开恩，不出一年他们一定能生一个大胖儿子，而且大人平安小儿康宁一家人从早到晚其乐融融，说得雷子老六和媳妇年巧眉开眼笑，她自己也笑模笑样沉浸在兴奋快乐之中。相形之下，慧清婆婆则是另一个面目另一种做派。慧清婆婆从她蜗居的小耳房来到菩萨洞里，依旧虾背蜂腰黑衣黑裤像一具骇人的幽灵。她立在雷子老六和年巧身后一侧，似看非看似听非听有许久竟无一丝儿声息。有一霎，慧清婆婆忽然在年巧和雷子老六脑后干咳了一声，声音干燥沙哑像从茫茫空宇而来，不单年巧听了双肩一抖，就连雷子老六一个大老爷们儿也着实被她吓了一跳。慧心婆婆这时也收敛了笑容，温顺地看着慧清婆婆并听候她的吩咐。慧清婆婆仍不言不语，一具身影只在烛光里动了一动算作应答。随后她接过慧心婆婆递过的灯盏，移过身子把雷子老六和媳妇年巧挨个儿睃巡了一遍。慧清婆婆还伸出枯黑干瘦的手指托起年巧的下巴，用她阴鸷迷茫的眼睛瞅看年巧明亮好看的眼睛。年巧心如止水面如朗月，一任慧清婆婆百般审视不存一丝芥蒂。

但是雷子老六却在一旁紧张得要命。雷子老六不怕慧清婆婆的刁钻阴险，那双阴鸷可怕的眼睛，雷子老六很早很早以前就领教过了。雷子老六担心年巧差言失语，联想年巧刚出村时的执拗张狂，雷子老六还真的怕她对慧清慧心不恭，以致惹恼了慧清也毁了他的阴谋抱负。因此在这个时候，只要慧清婆婆不收回手指不走离开去，雷子老六的心脏就一直在胸腔里噌噌地跳个不停。雷子老六还发现自己出了一身冷汗，一串汗珠先是聚在腋窝里面，然后就像冰凉的蚯蚓，哧溜一下就窜到胯间去了，要不是慧心婆婆一连声地唤他起来，雷子老六不定会把一泡尿水尿到裤裆里面。后来，慧清婆婆又幽灵般地消失了。但雷子老六始终不能将她从头脑中驱逐出去。雷子老六和媳妇年巧走出洞庙时，两人都不由朝慧清婆婆的耳房看了一眼。

7

经历过一回偕妻求子顶礼膜拜的庄严仪式，雷子老六便堂而皇之地出入洞庙了。雷子老六之前和此后对南洞的几次光顾不会没一点儿收获。早在雷子老六给家庆腾炕的那天夜里，他便警觉地发现洞庙住持者之一——矮小阴鸷的慧清婆婆没多少时日了。慧清婆婆虽说忙前忙后，指拨善男信女为即将到来的庙会布置场面，但是经过一个多雨的秋季和一个寒冷的冬天，她的脚力明显地迟滞衰弱了。慧清婆婆从菩萨洞口踅回耳房时，短短的一段儿距离，她竟然驻足歇息了三回，甚至有一回一个趔趄差一点儿跌倒，幸亏随手扶住了耳房的墙腿才没发生什么意外。雷子老六甚至还看见她吐痰时吐出了一丝鲜亮的血光。至于带年巧来洞庙烧香拜佛那天——雷子老六事后想起，总觉得慧清婆婆的顽强出现，不独是一个佛子的恪尽职守或敷衍塞责。慧清婆婆显然在做垂死挣扎。她要亲身证明她的存在，显示她统治洞庙，包括掌控慧心婆婆和所有香客的尊严与威力。慧清婆婆的目的似乎不难实现，只是到了现在，在空漠冷寂的佛洞里，已经看不到她幽魂一样的影子了。雷子老六不管慧清婆婆是病倒还是累倒了，他坚信这个有碍手脚让人厌烦的佛子，无论她如何得益于佛祖的护佑，如何强打精神做最后的挣扎，她都不会挨过这个温热的春天了。于是在接下来的那些日子，雷子老六隔三岔五总要跑南洞一趟。有几次他还走进耳房坐在土炕一角，看慧心婆婆给她灌汤喂药。慧心婆婆熬制的草药，是请香积寺住持长惠和尚开的处方。长惠师父不独继承了佛教净土宗的衣钵，还把自唐以降，源自祖庭的神奇医术延续下来，只可惜慧清婆婆已不能完全吞咽他的药汤了。慧清婆婆的确病得不轻，她的病疾迅速发作身子即刻跌倒下去，显然与久居阴湿和营养不良有关。她蜷缩土炕一隅，身子干瘦一如一段离水的乌虾。慧心婆婆尽心照料着慧清婆婆。她替慧清婆婆挪移枕头收掖被角，拿柔软的绢巾擦拭她干涩的眼睛，用蘸了清水的棉团滋润她结痂的嘴唇。慧心婆婆大约知道慧清婆婆已无多少时日了，因之特意委托雷子老六，请他去更远一些的兴教寺拜见长明方丈，延请大师一旦慧清婆婆圆寂，即派僧众前来下庄超度。雷子老六欣然接受了这个差事。雷子老六虽说打小在南洞里厮混熟了，见惯了善男信女的虔诚和顶礼膜拜，却从未涉足正规的佛教圣地，对兴教寺那样声名远播的寺院，更多的只是敬畏神往而已。因此出发那天，雷子老六天不亮就下炕了。他特意叮咛他妈为他准备了全天的干粮，让媳妇年巧为他换了一身素净衣裳，还像僧人出门云游那样，用条布将裤脚一层一层裹缠起来。这个早晨东南一隅朝晖灿烂霞羽飘逸，昭示着这个春日又是一个上好天气。雷子老六离开村巷后，先是逆着漉河走完了二十多里河堤小径，又顺着泥埂穿过一片开阔的水田。他用溪水泡软了干粮充饥，拿衣襟擦拭满头满脸的汗珠，然后便一鼓作气翻过神禾原又登少陵原，及至傍晚时分一脚踏进兴教寺山门，夕阳的余晖正把寺院的红墙和大殿的屋顶映照得一片辉煌。雷子老六不比出家之人，也不比民间的善男信女，却一样感受到了佛光的照耀和佛地的威严。有一阵他驻足停步，将整个寺院瞻看了一遍又一遍，用以平息异常的惶悚和持久的不安。长明大师没拒绝雷子老六的突然造访。他大约知道疙瘩冢那边有个小庙，知道那儿的居士婆婆一旦有一个卧病，另一个一时不得脱身，而只能委托他人前来通报消息。雷子老六由一个小沙弥在前面引路。他们穿过一条甬道绕过一片竹林，最后来到大殿一侧的禅房里。长明大师的儒雅与和善同样让雷子老六吃了一惊。他盘腿坐在一方藤杌椅上，面目清癯长须飘逸，神情十分恬静自若。长明大师请雷子老六喝茶。他在面前的几案上置有一个檀木方盘，六只紫砂茶盅个个小巧精致，充其量只有下庄的酒盅一样大小。长明大师温茶，净杯，斟酌，用竹剪夹了茶盅置于雷子老六跟前。搁在以往，那些茶盅以及浅浅的一脉绿液，不够雷子老六一口一盅地吞咽，只是今日捂一只在掌心里面，雷子老六却足足捱了半个时辰。长明大师详细询问了慧清婆婆和她的病情。他答应届时派僧徒下山为慧清婆婆做圆寂仪式，但对如何分工如何料理却只字未提。雷子老六不便随意插话随意打问。他细心听长明大师吩咐，直至掌灯时分告辞出来，仍感到长明大师神清气静从容自若地看着他的背影。雷子老六返回下庄已是拂晓时分了。整整一个夜晚，他都孑然一身走在月朗星稀的天宇下面。他曾听见一只夜鸟总在他的耳边鸣叫，感觉那黑影倏地从前往后掠过，隔会儿又倏地从前往后掠了过去。他还看见一只像狼又像豺狗的家伙，跟他横着拉开一段儿距离，与他并排儿走在神禾原的崖畔畔上。雷子老六拖着疲惫的双腿一步一步赶路，有一阵，他甚至闭着眼睛打着盹儿走了长长一段河堤。现在，慧心婆婆要他回家歇息，他却像儿时在南洞歇晌那样，背靠佛台怀抱蒲团，坐着坐着就睡了过去。雷子老六一觉睡到日过中天才灵醒过来。其间慧心婆婆曾端来汤饭让他食用，眼见他疲乏至极鼾声如雷，两相比较一时怜悯又将钵盂端了回去。慧心婆婆受到感动拿来一件织物盖住雷子老六的一双赤脚，又双手合十，怜爱心疼地将他的睡相端详了一番。翌日午后雷子老六再来洞庙，慧心婆婆又让他在梧桐树后面依着土坎刨挖焚尸火坑。雷子老六以为挖一个火坑就跟挖一个树坑一样简单，加上他自己又是稼穑行家里手，因此在慧心婆婆走进厨屋为他烧水的当儿，他三下两下，就刨了一个不大不小类似锅灶用的坑窝。慧心婆婆隔阵儿从厨屋门口一看，一时惊诧差点儿就要叫喊起来。慧心婆婆三步并作两步走到雷子老六跟前，连声说你这是干啥哩你这是干啥哩。又说这是架火烧人的事儿，讲究得很，咋能像你这样随随便便刨个坑儿就是了。雷子老六听慧心婆婆如此怨他，知道责怨里尽是亲近之情，想着连日里的努力没有白费，心里反而快乐兴奋起来。慧心婆婆说过笑过雷子老六，然后就讲这火坑需怎样架设瓦瓮，又怎样放置人体，又怎样在下面添柴烧火，其严谨细致与头头是道，就像她已经烧过一回慧清婆婆似的。雷子老六在慧心婆婆指点下，专心致志热汗淋漓，从午后一直干到了太阳落山。其间雷子老六不仅使用了农家常用的镢头铁锨，而且还跑回村子，拿来一把锋利的手铲，专做那些细而又细丝毫马虎不得的活儿。雷子老六放下工具时又后退几步，眯着眼睛欣赏他的劳作和手艺，竟发现这个用来焚烧人体的火坑，恰似一个硕大无朋、从上到下切开了一小半儿的葫芦。雷子老六惊叹于慧心婆婆的聪慧和火坑的奇异。黄昏时分，他为葫芦的下半截儿添凿了排烟通道，又把葫芦的内壁用手铲挤抹得光光滑滑结结实实，一项不大不小的工程就算完成了。夜幕降临之后，慧心婆婆和雷子老六就着摇曳游移闪烁不定的烛光，开始整理功德箱中积攒的零碎钱币。慧心婆婆数钱时十分认真十分吝啬，这一点，雷子老六从她微微颤动的手指上，确是真切地感受到了。雷子老六还发现慧心婆婆对钱的敏感远远超过了常人。她能快捷利索地将那些七七八八的钱票分类，又不动声色地计算出它们的精确数字。雷子老六后来把它归结为洞庙的香火不旺和慧清、慧心的衣食无着，抑或在慧清婆婆病倒之前，慧心婆婆压根儿就不得触动那只捐钱的木箱。不过雷子老六还是为慧心婆婆的举动唏嘘慨叹了一番。接下来的事情就让雷子老六既惊讶又感动了。慧心婆婆清点完钱票以后，几乎不假思索就将厚厚的一摞都塞给了雷子老六。雷子老六握着钱票睁大了诧异的眼睛，连说你这么信任我，简直让我消受不了，我真的消受不了呢。慧心婆婆于是灿烂地笑了，乐呵地说我不信你我信谁呀，难为你这些日子这么心诚，是菩萨也不会不放心你的。雷子老六谢过慧心婆婆，隔几日择初九逢集，专门去镇街买了两只五斗老瓮。雷子老六对瓦瓮的选择十分苛刻。他不光讲究它的大小和样式色泽，而且还要一手拎起瓦瓮，一手用中指关节，使劲儿弹击瓮壁以判断它的质地。雷子老六几乎比较了镇街所有的货摊，才把心仪的瓦瓮扛了回来。在慧心婆婆指点下，雷子老六将瓦瓮在火坑上安置停当，然后便依照需要咔嚓咔嚓地砍劈烧柴。慧心婆婆叮嘱雷子老六，烧柴一定要劈足晾干码妥，否则焚烧时就得火上浇油，而煤油黑烟弥漫不光呛人眼目，烧出的骨灰往往也不白净，能少用则尽量少用才是。雷子老六自然清楚要将慧清婆婆烧成灰烬，不比烧烤一只麻雀或者一只羔羊。不过合适的烧柴，在漉河湾里到处都能找着。每天早晨喝过粥汤，雷子老六便肩扛镢头腰别斧子，一个人下到河湾砍截繁复的树枝，或刨挖残留的树根。他不管他妈走地平在厨屋里一边洗碗一边摇头叹息，也不管他爷老雷子在他走出屋门的一霎，会把眼睛睁得像牛铃一样。到了夜间，媳妇年巧若是依偎过来，劝他不要再去南洞那个神神鬼鬼的地方，他便发了鼻息算作应答，或者干脆移了木枕，一个人睡到土炕那头去了。至于南洞这边，几天来，慧心婆婆前半日虽说与雷子老六不曾谋面，但她知道雷子老六早早就去河湾了。慧心婆婆扫了庙院点了香蜡，又把慧清婆婆伺候妥帖了，抽空儿也去河湾看雷子老六砍柴。慧心婆婆挪着小步走在南洞通往河湾的泥草路上，逢人便退让一侧并双手合十阿弥陀佛，及至到了河湾到了雷子老六跟前，仍然一袭青衣一副佛子的闲静神情。当然，慧心婆婆免不了叮咛雷子老六要注意安全，也不要渴着了累着了。有时有人打一旁经过，她还会弯下腰去，把散乱的柴枝聚拢一起，以示雷子老六为了洞庙做的是公益事体。雷子老六攀爬大树像儿时一样身手敏捷，如果遇有树股交叉或藤蔓攀附，他还会猴儿一般，从一棵树直接蹿到另一棵树上去。雷子老六选择和刨挖树根，就借鉴挖掘火坑的经验和窍门儿，专拣那些土坎边的树根，因而不费太多体力，就能将一个庞大复杂的树根整个儿刨出。午后雷子老六回到洞庙，慧心婆婆早就将豆汤熬煮好了。慧心婆婆还把藏掖的红糖拿出来，每回都要给雷子老六的汤钵里放上一撮。慧心婆婆喜欢依着门框，欣赏雷子老六喝汤时的贪馋样儿，每当雷子老六从她手里接过汤碗，一种少有的母性情丝，还会从她的眼目里淙淙地漫溢出来。受慧心婆婆感染，雷子老六放下汤碗就又去剁劈烧柴了。雷子老六剁劈树根时十分卖力。他瞅准顽劣树根的某个部位，将三尺长的斧柄抡成一个呼啸的圆圈，连同嘿的一声叫喊，跟斧刃一齐砍进树根里去，直震得梧桐树上的残叶扑簌簌飘落下来。雷子老六虽大汗淋漓但心情格外舒畅。他知道他每劳作一天，他都会朝既定的目标走近一步。

8

闲暇无事时候，雷子老六就坐在慧清婆婆的炕沿上跟慧心婆婆聊天。慧心婆婆虽处空门却爱问村巷里发生的事情。雷子老六心怀叵测，反过来又打探洞庙的秘密和慧清、慧心的身世。雷子老六由此渐渐知晓了慧清、慧心的心性。慧心婆婆其所以出家是因为不能爱其所爱；慧清婆婆隔山渡水偏安一隅，则出自用利斧砍杀了虐待她的丈夫。慧心婆婆说起从前那个阿哥，言语委婉缠绵目光流金溢彩。她说她爱他恨不得把他捧在手心捂在前心或者含在嘴巴里头。可她是千金小姐，而他只是一个穷帮工的。她爹弘扬祖业在渭水北岸建有一处豪宅。那个村子或叫镇子有一大半都是她家的店铺或者工屋。她出生在那座高高的阁楼上面，在朝阳的温馨的闺房里梳洗打扮，在后花园里追着蝴蝶和蜻蜓长大成熟起来。她在十四五岁的时候她爹就给她物色夫婿了。她爹她娘在九年里头一连生了五个丫头，第五个满以为会带着把儿降临斯宅，谁知道依然还是一个丫头片子。她爹讲究门当户对，先后给她提过八个人家，包括农工医商仕师，以及一个步兵团副和一个响马贩子，但都被她机言巧语推托掉了。慧心婆婆自己也说不清何以迷上了一个帮工下人。也许他出自寒门初来乍到，却能很快适应大户人家的庄园生活。也许他黑不溜秋言语木讷，但仅仅经过一个春天和一个夏天，他就变得异常潇洒异常精明了。他除了出色做成她爹交付的大小事情，让她爹无可挑剔之外，还能巧言令色惹她娘开心。他在她面前则不卑不亢，反而使她私下里生了许多想法。然而令她爹不能释然的恰恰就是这个变化，他以为他勾引他的女儿，图的不是她的人材而是他的庞大家财。老财主始终坚定地认为，任何人，任何一份家业，都是艰难困苦一分一亩一砖一瓦累积起来的。但是这个人心存杂念投机取巧，如若将他招赘并将大宅田地商铺授之于他，那么他的这份家业迟早会毁在他的手里。慧心婆婆那时大约顾不了许多，她是完全沉浸在少女情窦初开心有所仪的痴迷中了。慧心婆婆讲到这里不好意思地笑了，雷子老六甚至发现一缕浅浅的红晕，不易察觉地浮上了她的脸腮。她说他们是在一个风清月朗的夜晚幽会时被家人发现的。他们偷尝了人间禁果。其时她爹一声吼叫惊碎她的梦时，他们还享受着欢愉后的缱绻与欢乐。她爹把她关进闺房，差人从窗口给她送吃送喝，但不许任何人动那把笨重结实的铜锁，就连她妈和小妹都被她爹疾言厉色警告过了。十天后她得到允许可以在后花园里走步，可那个让她挂念让她神魂颠倒的人儿，早在出事当天就挨了鞭笞被遣回老家去了。她随后听说他被打得皮开肉绽几次昏死过去。她爹命其他帮工把他拖到僻静的马厩里，用细绳扎了手腕，用粗绳将人整个儿吊在拴马的横木上面。他们抡起鞭子轮番抽打他的脊梁骨胯。他疼痛难忍时，便撕心裂肺般地号叫，而她身囚闺房，却始终没听闻一点儿声息信息。她为他的受刑惊惧不已也为他的离去伤心不已。她蒙着被子哭了整整一夜。她不知道他的家乡究竟在什么地方，这之前他们相见时只顾倾诉衷肠相互爱抚了，一个不曾说起，一个也从来不闻不问。其后，慧心婆婆只能凭借口音判断那个人儿在南山漉水汤水一带。某一日她抱定决心躲开用人逃离宅院，一路风雨兼程忍受饥渴朝着南边走去。途中她曾走断两只鞋襻儿还委屈地哭了一回，但她投奔情人长相厮守的心愿，不仅没有改变反而更加强烈了。她先是沿着山脚逐村逐寨地打问，一时间跑遍了漉河北岸又跑遍了汤河南岸。她向人们详细描述他的个头长相以及说话的表情走路的姿态，可人家听了不是摇头就是叹息，及至到了后来，都以为她是一个不可思议的癔痴女子。经过一个秋天和一个冬天的苦苦寻觅，慧心婆婆终于还是失望了。慧心婆婆是在南洞寄宿时结识慧清婆婆并被她接纳的。慧心婆婆说她那时遁入佛门，决不是万念俱灰逃避现实，也不是怕无功而返遭爹娘责骂遭左邻右舍耻笑。她期盼奇迹发生，期盼某年某月某日某时，能在前来进香的人群里面，忽然看到那个熟悉而又亲切的身影。她盼过一天又盼一天，盼过一年又盼一年。事实是，一转眼二十多年过去了，多少个落霞与孤雁并飞的黄昏，多少个青灯与明月相伴的夜晚，慧心婆婆虽不能如愿以偿，却渐渐进入了佛家境界。慧心婆婆告诉雷子老六，说我这命不是富贵命，我也无缘跟我喜爱的人长相厮守。又说还是佛家好哟，佛能让人五官清明三心了却，看来我这一生，只能是佛祖虔诚的弟子了。慧心婆婆的故事让雷子老六扼腕叹息唏嘘不已。相形之下，慧清婆婆的身世就不是那么浪漫那么凄美了。慧清婆婆的家乡在高耸的南山的南边，那里山清水秀阡陌纵横一派江南风光。慧清婆婆年轻时刚刚出嫁那阵，也许慈眉善眼温顺贤淑，跟一般水乡女子没什么两样。但她的男人性情暴戾行为乖张。那个男人游手好闲除了酗酒赌牌，然后就是不分白天黑夜，没完没了地脱了裤子骑她。他还让她干牲口一样的活儿，比如去涧底挑水去山坡拉犁，或者整日整晌地泡在水田里薅草插秧。最初一阵他还怜惜她的身子，后来就开始骂她打她，日子一久，有时竟用烟锅儿刺烫她的胸腹腿脚以至更加隐秘的地方。有天天下暴雨，夜里他从外面喝酒回来，他自己不脱衣服不脱鞋子要钻被窝不说，还无端将她赶出屋门，从夜半一直挨至拂晓，要不是早起挑水的邻居发现她倒在茅屋跟前，她也许就不会爬起来了。再后来，慧清婆婆因劳累和受虐还流过两个孩儿，一个一摊血水一个则已有了人形。也许慧清婆婆的心性就是那个男人一点一点培植起来的。没有谁发现这个女人顶撞过男人谩骂过男人，抑或自个儿有了委屈，一个人不顾左邻右舍，在静夜扯开嗓子号啕大哭一场。总之在那个春天在那个拂晓，当她操起斧子砍杀熟睡中的丈夫时，她的心已像手中的铁器一样冷硬了。她一连砍了十八斧头，直到她的丈夫血肉模糊血流成河才从屋里跑了出来。慧清婆婆蹚开河水攀上山崖钻进老林子里面。丈夫家族纠集了近百号人，连续三天三夜追撵她堵截她。他们白天蹑手蹑脚悄没声息，像搜捕猪獾一样搜索她的身影，夜里则举着火把高声呐喊，试图把她逼进他们设定的包围圈中。慧清婆婆虽惶惶如丧家之犬，但她宁愿不吃不喝不打一个盹儿，一刻也不敢放松那把带血的斧头。慧清婆婆遇沟越沟遇崖跳崖终于摆脱了丈夫家族的纠缠。她像野兽一样在更深的山林里游荡，渴了喝溪水解渴，饿了摘野果充饥。夜里蜷卧山洞或者树洞的时候，慧清婆婆便不得不重作打算寻求新的出路。慧清婆婆后来辗转千里来到疙瘩冢，竟发现这儿的洞庙是个难得的栖身之所。她使尽心机与蛮横，很快就将洞庙里几个装神弄鬼的女人排挤开了。慧清婆婆随后便接纳了慧心婆婆。那时候慧清婆婆需要一个帮手。夜阑人静雨打梧桐，更需要有个人跟她做伴以消解冷清孤寂。慧清婆婆请人为慧心婆婆在庙洞另一侧搭建了同样的耳房，并带她去香积寺做了皈依取了法名请了袈裟，条件是慧心婆婆必须无条件地屈服她的意志听从她的安排。二十多年里，慧清婆婆的确不同凡响心狠手辣。她不光轻而易举地控制了慧心婆婆，对善男信女以及四面八方的求佛之人，更是颐指气使说一不二。她还敢于直面达官富贾军人学者以及剪道强人，在地痞流氓盗贼泼妇面前也从不让步退缩。她的威严集中于她的弯曲的腰身和阴鸷的眼睛，而且随着日月更替时光流逝，这一切不仅不曾销蚀反而愈发地凸显出来。即如现在，她虽说已病入膏肓奄奄一息，但只要慧心婆婆或雷子老六一提及她的法名，她就会微微颤动身子以示她的存在。这情形在慧心婆婆看来不足为奇，可雷子老六见了，却不由头皮一紧心里也会咯噔一下。慧清婆婆有时还翻开眼皮，用业已黯淡的目光警觉地将雷子老六扫视一番。于是雷子老六就不得不耐着性儿，与慧心婆婆继续说着无有边际的空话废话。这样挨过七七四十九天，慧清婆婆尽管粒米未沾但仍不动声色地活着。慧心婆婆慈悲无边，她给慧清婆婆擦洗脸颊手脚，她的恬静神态和真挚举动，让雷子老六既感动不已又心急如焚。慧心婆婆跟雷子老六聊天自然轻松多了，只是时间一长，两个人免不了都有无话找话搜索枯肠的时候。有一次，慧心婆婆突然问雷子老六，说洞庙毕竟是佛家净土，唯五官清明三心了却方能久持，敢问施主六哥频仍光顾，到底作何打算。雷子老六听慧心婆婆如此问话不由一惊，连毛发也一根一根支了起来。有一阵他抬起头来，用心打量慧心婆婆的眼窝，确信那里面不藏什么敌意了，这才信誓旦旦，依旧用礼佛向善祈求贵子一类应付了一番。雷子老六由人及己心下揣度，知道他已无法再等下去了，否则坏事的将不是慧清婆婆而是他雷子老六自己。那回家里为他胡乱涂抹的画儿和流言蜚语闹翻了屋顶，他一出门便攥紧拳头并把牙齿咬得嘎嘣作响。这天慧心婆婆亲自去了兴教寺，留下雷子老六一人守候在慧清婆婆跟前。雷子老六心猿意马神不守舍，他先是走出耳房踏上石阶插紧了庙门门闩，反身回来似乎觉得不妥，跑过去又将庙门门闩抽扯开了。他一连将那合大门关了三次也开了三次。后来，雷子老六在慧清婆婆暂时无须照应时再次离开了耳房。雷子老六在两棵梧桐树之间不停地来回走步，琢磨着要不要下手、如何下手才更稳妥一些。有一阵，雷子老六呼吸急促步脚迅疾，不仅生有苔藓潮湿光滑的地面被他踢开了一道深深的沟槽，就连梧桐的叶片和耳朵，也随着他的走动簌簌坠落下来。雷子老六间或还把两只老瓮倒腾过来倒腾过去，把码好的劈柴弄乱之后又重新码在一起。如此挨至晌午时分，洞庙里清冷寂然一如静夜，唯有蝙蝠垂挂洞壁偶尔发出游丝一样的叫声。雷子老六于是先去洞庙外面察看了动静，然后便切实关紧庙门复又来到慧清婆婆屋里。雷子老六并不急于下手。他需要冷静地坐一会儿，用以缓和奔涌的热血和奔突的心跳。其时慧心婆婆因年事渐高脚力不济，还在神禾原畔通往兴教寺的小路上挪步。她其所以撇开洞庙撇下慧清婆婆，就是为了亲自拜谒长明大师，既让慧清婆婆的生命有个完满归宿，也让她的作为有个完满的结果。她走得执着、安然、快乐，偶尔才会停下步脚，拢一拢散乱了的鬓发，擦一擦额头渗出的细密的汗珠。她大约不会料到她赖以栖身的那个小庙，即将发生佛子死于非命的重大事件。慧心婆婆太相信雷子老六了，以致雷子老六开始实施他的阴谋的时候，她还在想象雷子老六代她履行职责的情景，以为让那样一个粗糙的男人去伺候一个垂死的婆婆，也实在难为他了。而洞庙这里，雷子老六在下手之前，先将慧清婆婆认真地审视了一番。慧清婆婆卧病既久已不能动弹，但仍然均匀而有节奏地呼吸着。她脸色苍白如一片儿窗纸，头发稀疏干燥，像冬天崖畔一绺纤弱飘忽的草丝，一双手显然只剩暴突的骨节了。搁在以往，雷子老六会由此想到鸡或鹰的爪子，并不忍逼视，扭头将视线挪移开去。可是现在，他是认真地为慧清婆婆擦洗了那双手指，又把她眼角的一粒脏物轻轻地抹拭掉了。雷子老六对慧清婆婆说，婆婆呀婆婆，我这就送你上路你该不会怨恨我吧。又说迟走一日早走一日，在你无关要紧，在我却无法忍耐说不定还会暴露了心迹贻误了大事。雷子老六说得慷慨激昂荡气回肠，慧清婆婆似乎都听见了又似乎什么也没听见。雷子老六俯身抱起慧清婆婆，就像抱一个孩儿一样轻松。慧清婆婆已无丝毫气力，空洞的腹腔一经雷子老六挪腾，突然就在他的怀里咯哇一声叫唤，惊得雷子老六差一点儿又把她扔在了土炕上面。雷子老六走出耳房的时候，下庄的天空虽碧蓝澄净日影璀璨，但在遥远的天边，却响起一串沉闷的雷声。雷子老六将慧清婆婆放进五斗老瓮里面，并依照慧心婆婆的交代和描述，让慧清婆婆盘腿合掌打坐好了，突然就将另一只老瓮一扣——再揭开看时，慧清婆婆便睁开阴鸷的眼睛瞪雷子老六一眼，随之嘴角㖞斜面颊凹陷魂游西天去了。

9

　　雷子老六是从慧清婆婆的耳房里掏洞钻进大冢底下的。这是雷子老六遮人耳目又绕开那块顽石，由小偏洞深入大冢心腹的理想缺口。在慧清婆婆圆寂火化后的最初几天里，雷子老六协助慧心婆婆料理后事和打扫庭除，真挚殷勤得就像一个虔诚的佛子。雷子老六没想到火烧慧清婆婆的仪式会那样隆重热闹。兴教寺由根善和尚牵头，一共来了十八个僧人。香积寺这边出于礼数也来了六个和尚。下庄人和上庄人从没见过火烧人体，消息一经传开，他们不仅早早占据了洞庙周围的有利地形，而且吵吵嚷嚷肆意渲染，把瀍河两岸更多村子的男人女人都吸引了过来。但是那个白天那个夜晚，雷子老六一直没走出家门一步。他把自己关在小屋子里，一整天都在蒙头睡觉，偶尔才探起头来，仄耳捕捉一下由南洞那边传来的人声或爆竹之声。雷子老六并不认为是他谋杀了慧清婆婆。按照佛家的规矩和慧心婆婆的安排，慧清婆婆就该在咽气之前打坐在老瓮里面。但是雷子老六总也抹不掉慧清婆婆最后看他的眼光。那眼光不单在白天横亘眼前挥之不去，到了夜晚则挂满屋梁挂满窗棂墙壁充斥了整个空宇，使他心惊肉跳盗汗淋漓常常就哭醒过来。媳妇年巧为雷子老六的行为惊诧不已又恐惧万分。她安慰他，开导他，用手指帮他抹去眼泪，拿绢巾擦拭他满头满脸的汗珠。有时雷子老六哭得伤心哭得紧了，她便解开胸乳，温热地把他揽在怀里，像拍打婴孩一样拍打他的脊背，嘴里还喃喃地念叨不哭了不哭了，雷子老六一会儿果然就停了抽泣停了呜咽。隔两日雷子老六再去南洞时，心里免不了要犯嘀咕，琢磨慧心婆婆见了他会不会突然睁大了眼睛，会不会双手合十拿阿弥陀佛诅咒他驱赶他，及至走到洞庙跟前，竟被一块土坷垃绊了一下，于是借势一阵急跑，才没有重重地跌趴于地。好在雷子老六进了洞庙，慧心婆婆热情待他一如既往，这就使他不仅熬过了一段难熬的恐惧空虚，而且有了充足的时间和更多的机会，来实施他的阴谋、抱负。这天午后，雷子老六见慧心婆婆脚步轻快心情舒畅，便主动上前跟她搭讪唠嗑。雷子老六说了天气说了时令又说佛事，慧心婆婆每问必答每说必笑，洞庙里一时充满了祥和与融暖气息。雷子老六趁机打探说，婆婆呀婆婆，你看这天也变暖了地也解冻了，我想把大婆婆住过的土炕拆了你看行还是不行。慧心婆婆说拆那个干啥呀，留着吧，留着也好做个念想儿。雷子老六说拆了土炕有了炕坯，我把它拉走当肥料上洋芋上苞谷呀，你若舍不得那个老炕，赶明日我打了土坯再盘一个新炕给你。见慧心婆婆不作言语心有所动，又渲染说婆婆呀，大婆婆殁了也就殁了，你也不要老在心里念着，再说往后去你总得收个徒弟吧，赶明日人家要是受戒皈依进了咱这庙院，你总不能让人家睡慧清婆婆的老炕吧。慧心婆婆想想也有道理，就说你拆吧你拆吧，拆了你拉走当肥料用去。雷子老六说干就干。他特意回家拿来了镢头钢钎，他妈走地平在厨屋喊他吃了煎饼稀饭再走，他嘴里胡乱应着，说不急不急，一会儿就吃一会儿就吃，却兴奋异常头也不回地跑掉了。雷子老六重新踏进洞庙走进耳房以后，先是夸张地往手心里吐了一口唾沫，然后又夸张地叫喊一声，遂抡起镢头拿镢背朝炕面砸去。雷子老六干得欢畅而且利落，耳房里一时轰轰隆隆黑灰飞扬，差不多要将他整个儿包裹起来。雷子老六把经过多年烟熏火燎的土坯，一块一块撬开堆满了慧清婆婆的耳房。他大约知道他满身黑灰满脸脏污已是一个土人儿了，却还用脏手把脸面抹了又抹，然后就冲着门口的一坨夕照，得意滑稽地笑了起来。天黑以后，雷子老六开始在耳房一隅凿洞。他尽量做得隐秘一些稳妥一些。他用土坯阻隔了门槛以使慧心婆婆轻易进出不得。他挖凿洞窟的声音，力求跟打砸土坯时的节奏大体保持一致，给人的感觉，好像他一直在对付那些黑而且硬的东西。有时候，雷子老六为遮人耳目，还专门跷过土坯和门槛在庙院里走动走动，说是歇息，其实是留神洞庙和庙门外面有什么动静。这样赶夜半慧心婆婆醒来给灯盏添油，雷子老六已成功绕过巨石插入了更深的黑洞。这天夜里，雷子老六因劳累和激动暂且退了出来，等到天亮后再去看时，就见慧清婆婆的耳房充满了阴冷浓厚的腐气。那气浪还从窗棂和门板缝隙拼命挤出，缠缠绕绕飘飘摇摇连续三天三夜也不肯停息。有一阵，慧心婆婆央雷子老六用蒲扇扇赶那些污浊之气，但是雷子老六无论怎样用心怎样卖力，耳房里的腐气不仅不曾消散，反倒越发地浓烈汹涌起来。慧心婆婆借机说了许多神明和魂魄之事，雷子老六知其根由则不寒而栗，又暗自庆幸自己没有贸然行事没被黑洞和腐气吞没。接下来发生的事情就更加怪险更加惊悚了，雷子老六即使托生一十八世变牛做马也不敢忘却。有一天阴森的腐气终于消散净尽了，雷子老六斗胆钻进洞去，一路敛气屏声匍匐前行不敢做丝毫逗留。开始洞道里尚有一些光晕，但是仅仅拐过一个弯后，雷子老六就两眼迷茫什么也看不清了。雷子老六感到黑洞漫长而又坎坷，而且每前进一段，胸腔和肚腹都要被一种硬物顶硌一下。他还摸到一个上大下小说圆不圆说扁不扁的东西。雷子老六停坐下来打算歇缓片刻。他将肩膀抵住洞壁将那个半圆的家伙抱在怀里抚摸，企望它能是他刻意寻找梦寐以求的宝贝。但是雷子老六很快就明白他抱的是个什么东西了。他吓得将一泡冷尿全都尿在了裤裆里面，一时间嘴里唏溜唏溜溜着凉气，却始终没把手中的骷髅扔掉。雷子老六恐惧至极却放声大笑起来，笑声畏葸凄厉像游蛇一样在黑洞里碰撞流窜，但满世界没人听见他自己也充耳不闻。雷子老六笑过之后有许久便处于知觉缺失状态。再后来他感到筋骨渐渐松弛，感觉有冷汗在额头和腋窝里移动，这才真正清醒着害怕起来。雷子老六这时终于丢掉了手中的骷髅，那玩意儿好似一颗土雷，丢弃时让人心里扑腾一声，落地时又让人心里扑腾一声。于是雷子老六不得不去琢磨事情的来龙去脉和最终结果。雷子老六想象得出早先的盗墓者一个一个倒地毙命的情景。他们怀揣同一目的，又都无一例外地被黑暗和腐气吞噬了。他们葬身大冢或无知无觉或呼天抢地，最终变成一堆白骨也无人知晓。他们的介入有深有浅，他们的尸骨有大有小姿势也各不相同。他们有可能分属于不同时代，那一个有可能是这一个爷爷的爷爷辈，另一个有可能是这一个孙子的孙子辈。但是雷子老六无法弄清黑洞里到底有多少尸骨，只知道就那么一个骷髅，已把他吓得胆战心惊屁滚尿流了。雷子老六似乎明白他们的下场十有八九也是他的下场。因此这个时候，他是那样留恋外面的世界：留恋春日的田野，冬天的火炕，以及早晨的院落和黄昏的街巷。雷子老六还想到年巧温软的既让人生爱又让人生恨的身子。他记得年巧过门后，他头一回带她去原坡青苗地里除草，晌午收工走到半道儿上，年巧突然撒娇要他背她回家。雷子老六说你胡说啥哩胡说啥哩，这要是让下庄人看见还不把我拿唾沫星儿淹死。年巧使性儿说我要你背就要你背。又说你就说我不小心把脚崴了实在是走不成了。说着还真的身子一趔脚脖儿一歪，哎哟哎哟地叫唤起来。雷子老六就这样把新媳妇背在肩膀上了。雷子老六两脚生风走在春光明媚的田野上。他喜欢年巧软软绵绵地伏在他的肩上，尤其是年巧的两只小巧的脚丫，此一刻被他轻轻地攥在手掌心里，感觉就像握着两只温顺的鹁鸽。年巧呢，一路上更是甜美得了得，当空里虽说咯咯地笑着，却把欢喜的眼泪一滴一滴跌落在雷子老六的脖领里面。雷子老六还想起闹年馑的一段时光。那时的日子虽说苦儿巴焦，但好像也还过得平和过得舒坦。他记得有一阵一连几天没吃一次干的了。他无意在田塍发现了一棵隔季重生的薯秧，挖开来，竟是一个拳头大的洋芋疙瘩。雷子老六喜出望外将洋芋揣回家里，他妈走地平搁在锅灶底下焙得黄脆黄脆的，结果是他妈递给正在出力的他爷老雷子，他爷老雷子又递给了尚且年幼的雷子老六。雷子老六拿着热腾腾的洋芋，想了想说，妈你咬一口，爷你咬一口。他妈于是接过去咬了一口，他爷跟着呜哇一声也咬了一口，谁知再到雷子老六手里，那洋芋仅仅只是破了一点皮儿，这就让他低头咀嚼时，心里头不由得泛起一股一股热浪。当然，雷子老六不独对这样的事情镌铭不弃，就连平日里与家庆满堂一伙的明争暗斗，这一刻似乎也十分留恋了，比如为一句话争长论短半天吵个不休，比如面儿上相安无事背地里却暗使拳脚，好像他雷子老六与生俱来，就是为了跟他们事事作对一争高低。可是现在，雷子老六感觉再也没有那样的情爱那样的生活那样的钩心斗角了，于是一捶胸脯一抓头发，居然呜呜地哭泣起来。有一阵，雷子老六试图放弃欲望从原路再爬回去，但他回头看时，却发现所有经他扰动的人骨，都生出一种白里透蓝的亮光。那亮光明明灭灭闪闪烁烁，像百鬼狞笑像千魂游荡，迫使他不敢回头而只能继续朝大冢深处爬去。在这个早晨，雷子老六经历了灵与肉生与死最为壮观的洗礼。之后他便什么也不怕了。他视自己为鬼魅，视白骨为同类，一路牙关紧咬匍匐前行竟无丝毫知觉。雷子老六不知道慧心婆婆早就起来履行佛事了。慧心婆婆打扫了庭院又打扫庙洞，然后又心平气和点燃了所有的香炉蜡烛。有一阵，慧心婆婆似乎觉得天地有些异样，因为洞庙里无风无息却突然熄灭了所有灯盏。她还感到大佛不安小佛惊惧都摇摇欲坠，一种不祥的空气弥漫了洞庙也裹缠了她的肌肤。慧心婆婆久居庙院从未遇过这等事情。她壮起胆子开始在洞庙里睃巡搜索。她先是挨个儿察看了佛洞和佛像，把庙院从里到外从上到下彻底查看了一遍，末了又不由自主来到慧清婆婆的耳房跟前。慧心婆婆经一番打量，便开始挪动堵塞门槛的土坯。她虽说体格瘦弱手脚无力，灰黑的土坯也很快弄脏了她的双手、衣襟，但她仍坚持做完了一时要做的事儿。慧心婆婆终于发现了那个潮湿显豁的新洞。她看见雷子老六伏在洞口，满脸脏污神色怪诞，只有一对眼珠来回睃移显示他尚是一个活物。慧心婆婆似乎不大明白又明白了一切。她没像往常那样双手合十双眼微敛念叨一声阿弥陀佛，这在雷子老六看来便是不曾得到诅咒。但是慧心婆婆很快又睁大了眼窝紫涨了脸颊。她长久注视着雷子老六，随后就嗫嗫嚅嚅嘟嘟囔囔从牙缝里挤出几个字来，说福就是祸，祸就是福，祸兮福所倚，福兮祸所伏呢。雷子老六听后不由打了一个寒噤，待慧心婆婆愤然走开之后，便惊兔一般从黑洞里蹿出，头也不回地逃离洞庙去了。

第二章

10

在下庄雷子家族里头，雷子十三大小也算是个人物。在雷子老六这一辈里，雷子十三管雷子老六叫兔娃哥——平日里雷子十三遇见雷子老六，一声兔娃哥呀兔娃哥呀，听起来格外地亲热格外地入耳。但往上数到爷爷那一辈儿，雷子十三他爷却是雷子老六他爷的长兄。雷子十三他爷一共生了六个娃子，但只养活了最大的一个和最小的一个。最小的一个，也就是雷子十三他爹，比最大的那个伯父竟小了二十多岁。雷子十三打小就没见过这个伯父。据说白莲教出山惹事那几年，雷子十三的这个伯父因与人不睦，暗中竟跟白莲教徒搞在了一起。辛丑年正月初十日，雷子十三他爷都给他伯父娶下媳妇了，谁知新郎却在洞房花烛之夜，一个人撇下新娘往南山深处投奔白莲教去了。雷子十三的这个伯父一走就再也没有回来，否则他要是在下庄生下两三个娃子，那么雷子十三现时就不叫雷子十三了。不仅如此，雷子十三偏偏还是姐弟里唯一的一个娃子。雷子十三据此撒娇撒遍了屋里院里和下庄的一街两巷。雷子十三打小要什么就得给他什么，雷子十三正吃饭时，突然喊叫说我要吃老糖我要吃老糖，他妈于是赶紧放下碗勺，拿鸡蛋去街巷跟叫卖正欢的秃头老汉交换。雷子十三坐在前屋门槛上，用小手指着屋顶的斑鸠说，我要鸪鸪我要鸪鸪，他爹就说好好好，俺娃等着俺娃等着，让爹出门找梯子上房给俺娃逮去。雷子十三他姐凡事更是让着这个弟弟，吃的喝的穿的戴的，一切都由他抢先或者独自享用。雷子十三虽说时时事事离不开他姐的关照，比如夏天让她帮他系麻鞋襻儿勒裤腰绳儿，冬天让她帮他铺被窝筒儿暖棉袄袖儿，却每每对他姐颐指气使吆五喝六，自得霸道得像个儿皇帝似的。他姐十七岁那年出嫁时，人都上了停在街门外的花车，在席蓬一隅依着伴娘娇羞地坐了，却突然跳下车来，为立在门口的雷子十三纠正了扣错的纽扣，擦掉了嘴唇上的一缕鼻涕和嘴角的几颗饭粒。雷子十三长大后，说话做事尽管缺失了雷子家族的雷子脾气，但他的游手好闲和洒脱飘逸，又使他多少有了一点侠客做派。雷子十三平日里喜欢涉猎公众事体，有事没事总爱站在街巷自家门口，或挤在皂荚树下人稠事多的地方。雷子十三还经常去镇街闲逛溜达，跟街道两旁店铺里的老板和伙计都能搭上话茬。雷子十三在漉河两岸也混得很熟，包括上游的砭峪嘴和下游的三角地，这里那里似乎都有他的熟人和朋友。雷子十三因此知道了漉河流域许多尘封多年的往事和新近发生的事情，而且总是在第一时间第一场合，将他搜集到的新闻讲给下庄的男男女女，或把下庄的新鲜事儿，往镇街和漉河两岸传播开去。下庄人鄙薄雷子十三又离不得雷子十三。雷子十三他爹对这个儿子的做派极不满意又无可奈何。因为雷子十三说话间已到了成家年龄，但是上庄、下庄以及漉河湾里的几个媒婆，还没谁颠儿颠儿地登上门来说亲。好在雷子十三不忘时令不耽误稼穑，只要到了农忙时节，总能适时地收获和播下种子。雷子十三对女人似乎不感兴趣，不消说上庄、下庄一般的姑娘媳妇，就连模样俊美人见人爱的堂嫂年巧，按说雷子十三最有资格跟她耍笑打闹，比如说句酸酸甜甜的卑琐话儿，做一个两个夸张的亲昵或挑逗动作，等等，等等，但雷子老六成亲那天，雷子十三只是在人群外面看了迎亲的前后经过，其间又匆匆陪人吃了一桌酒席，到夜晚闹房的场面里头，便不再发现他的独特的身影了。这一回，雷子十三紧盯雷子老六并开始跟踪他的时候，漉河湾里的柳枝已经泛绿，漉河两岸的麦苗也已纷纷拔节起身了。雷子十三凭借多年的经验和敏感，初步断定他的这个堂兄，在最近或不久的一段日子里，一定会做出一点什么事情，并给他提供拍案称奇值得一提的谈资来。最初几天，雷子十三仅仅只是留心雷子老六的去向和来路，两个人如果在巷口雷子十三家的门口相遇，雷子十三便兔娃哥长兔娃哥短地招呼雷子老六，待雷子老六离开之后，他就趑回他的土墙院里，扒着一段矮墙的豁口，看雷子老六执着地往洞庙走去，抑或自得意满地从洞庙那边过来。雷子十三的偷觑渐渐有了眉目有了收获。他先是发现雷子老六从镇街往南洞扛了两只硕大无比的瓦瓮，又一连几天看见雷子老六一大早起来，就去河湾为洞庙拾掇柴木。雷子十三暗自琢磨雷子老六的古怪行径，既想知道雷子老六在洞庙究竟干些什么勾当，又怕慧心婆婆多疑多虑问这问那让雷子老六有所警觉，因而虽近在咫尺，却没敢靠近洞庙一步，没敢打问一句半句。直到这天早上，雷子十三终于发现慧心婆婆出了庙门，而且不像平日化缘那样轻松安闲地朝村口这边走来，而是脚步匆匆神色肃然，逆着漉河往东南方向去了。雷子十三当下决定尾随上去，看她究竟是去镇街购物还是去兴教寺拜谒长明和尚，因为两相比较，其所用时间的长短会大不一样。雷子十三的盯梢十分巧妙自然。河堤平直道路开阔时，雷子十三会远远地跟慧心婆婆拉开距离，并注意用垂柳浓密的丝绦遮掩自家的身子。河堤一旦拐弯路径与河流就分离开来，雷子十三便抄近道甚至脱掉鞋子蹚过河去，不让慧心婆婆轻易将他落下。雷子十三随后攀上神禾原土崖，目送慧心婆婆走过石桥绕过镇子继续在川道里踽踽前行。雷子十三一旦看清慧心婆婆是去兴教寺了，知道自己有了足够的时间刺探雷子老六的秘密，心下一喜便蹽开腿脚朝南洞这边跑来。雷子十三把惊喜和慌乱同时写在脸上，奔跳时不容耽搁一分一秒工夫，到达洞庙后早已是气喘吁吁大汗淋漓了。他先是扒着庙门缝隙朝院坑里张望了一阵，见庙院空无一人大半天不见什么动静，便溜过墙根爬上土崖，继而又攀上了大冢之巅。雷子十三选择的地方虽枣刺丛生泥土冰凉，但从这里鸟瞰，却能把庙院以及三个庙洞看得清清楚楚。雷子十三纹丝不动一趴就是几个时辰，这在别人不可思议，可对雷子十三来说再正常不过了。雷子十三甚至还怀有一颗神圣的敬业之心，这就让他不顾荆棘不管饥渴，而且充分享受了猎奇的兴奋与快乐。雷子十三后来终于看到了雷子老六徘徊庙院神不守舍的情景。那刻在雷子十三眼里，雷子老六就像一个性情急躁不能自抑的猴子，一会儿从这棵树蹿到那棵树上，一会儿又从那棵树蹿到这棵树上，好像没谁制止或没什么事情发生，他就会永远这么猴急地徘徊下去。雷子十三不经意间，还发现雷子老六头顶有块银元大的疤痕，平日里雷子十三矮雷子老六半头，所以不曾留意，这会儿居高临下，那疤痕又映着日光一闪一闪的，一时间竟让他看花了一双眼睛。雷子十三自然看得见那两只老瓮和一垛儿劈柴。雷子十三由此推断庙院里一定有了变故，心想慧清婆婆既已死亡，但不用棺材抬埋只用两只老瓮扣合一定十分滑稽；雷子老六与慧清婆婆并不沾亲带故却忙前忙后如此劳神出力，也一定有他不可告人的目的。尽管如此，雷子老六后来冲进耳房抱出慧清婆婆的时候，雷子十三始料不及仍睁大了干涩惊恐的眼睛。雷子十三没想到慧清婆婆还是一个活物。雷子老六抱着慧清婆婆走到庙院当间那刻，雷子十三分明看见慧清婆婆在雷子老六怀里动了一下，还听见慧清婆婆哼哼唧唧连吁带叹的声息。雷子十三平日里长于猎奇，巴不得周围有这样那样的新鲜事情发生，可这回他却把持不住差点儿就要尿裤裆了。雷子十三在心里惊叫，说兔娃哥呀兔娃哥，这事做不得呀千万做不得呀。你今儿个若是昧了良心惹了事端，赶明日咱兄弟咋么出门咋么见人呢。雷子十三试图阻止雷子老六。他顺手抓起一个土块扔进庙院，见雷子老六不理不睬或不曾察觉，又从泥草中扣出一块石头顺耳房瓦槽滚了下去。那石头撞击屋瓦仓啷仓啷响动，坠落时又砰的一声砸在雷子老六脚前。这一回，雷子老六虽说抬头朝耳房上面看了一眼，但接着还是毫不犹豫，三下两下就将慧清婆婆塞进了瓦瓮里面。雷子老六倒扣另一只瓦瓮时，雷子十三已从大冢上面糊里糊涂溜了下来。雷子十三鼓足心劲朝下庄村口走去，一路腿脚乏力身子颤抖，初始的好奇和兴奋早已丧失殆尽。雷子十三思想不通雷子老六为何会加害慧清婆婆，夜里做梦又昏天黑地翻江倒海，把白日里的事情从头到尾演绎了一遍。梦醒之后，雷子十三瞅着窗纸发愣直到东方既白。雷子十三尽量替雷子老六开脱罪责，比如慧心婆婆神色紧张失急慌忙赶往兴教寺去，就跟俗人给亲朋好友报丧无什么两样，这就昭示慧清婆婆跟大冢已阴阳隔界了；慧清婆婆长久卧病气数既尽，雷子老六想必只是耽迷洞庙，帮慧心婆婆做些事情罢了。随后几天，雷子十三始终不敢宣扬或者泄露他的秘密，为防止言语不慎惹祸上身，从早到晚都插紧门闩龟缩不出。直到这天早晨，当雷子老六满身污垢怀揣异物从南洞那边奔驰过来，与才刚露头的雷子十三在巷口撞个正着，雷子十三这才相信他的这个堂兄，的的确确在南洞做了伤天害理的事情。

11

雷子老六得到的是一个铸铜鎏金的独角怪兽。这怪兽牛首马尾鹿身猪蹄，一身鳞甲经千年湮埋仍金光闪闪熠熠生辉。雷子老六在现实世界，看惯了天上飞的地上跑的水里游的，但打小没见过这种四样儿都有又都不尽相像的活物。当然，让雷子老六震惊兴奋的还是它的一身金甲。雷子老六最初摸到它时，它的质地和它的光泽，让那个黑洞和他的黑暗世界一下子亮堂起来。雷子老六把独角怪兽揣在怀里，就像揣了一块刚刚烧红的火炭，回到家插上屋门门闩，大半天只顾喘息而不敢把它从衣襟下面拿出。他妈走地平在院子里喂鸡，每敲一下食盆，他的心脏就在胸腔里噔地响动一下。他爷老雷子的咳嗽和响屁大虽大些，院里灶里的女人听起来也极为正常，雷子老六则感到当空炸响了一串霹雳，似乎夏日的闪电和猛雨跟着也要来了。后来，媳妇年巧做好饭菜前来敲门，雷子老六犹豫半天不知该不该打开，结果抱着独角怪兽钻进被窝，像先前一样昏昏沉沉支支吾吾装起傻来。这天从早晨直挨至黄昏时分，雷子老六才将独角怪兽塞进炕洞用灰土埋好。雷子老六甚至没能细致看它一回，只是隐约觉得，那是一个似牛非牛似马非马似鹿非鹿满身金甲的宝物，因此三五天里都寝食难安兴奋不已。接下来直到麦收完毕，雷子老六都守口如瓶秘而不宣。在雷子老六看来，疙瘩冢上庄下庄男男女女，包括他爷他妈和媳妇年巧在内，都不会知晓他得了一件异物。他们一如既往日出而作日落而息，总是太阳一上塬垴才去坡地和河湾作务稼穑，总是太阳一落西山便上炕男欢女爱，却不知就在身边的雷子老六那里，整个乾坤整个命运都翻了一个过儿。雷子老六再次拿出他的宝物，已是秋苗起身雁阵南移时了。雷子老六独自享受存看独角怪兽的惶恐与喜悦。每天晌午，雷子老六他爷老雷子都要去街巷聊天并等候家人送汤送饭过去，他妈走地平和媳妇年巧则在厨屋里热气腾腾忽隐忽现地操忙。这时候，雷子老六就像做贼一样钻进自个屋子偷看他的独角怪兽。当他取出那个已经属于他的东西，他一定要用脊背顶住门扉，生怕他妈走地平或媳妇年巧猛不丁推门进来。雷子老六瞅看独角怪兽的表情夸张而又怪诞。他要么将眼睛眯成一条缝儿，要么将眼睛瞪得像牛眼一样圆大，一时间痴痴迷迷嘿嘿傻笑连嘴脸都要变形了。他甚至用双手托起那个物件，噘了嘴巴贪馋地亲吻它的蹄脚和屁股。夜深人静时候，雷子老六还会轻轻掀开年巧手臂，仍像做贼一样悄悄溜下炕来，将手爪伸进脏乎乎的炕洞，摸一摸他的独角怪兽尚在，这才放下心肉回到炕上躺下身子。当然，伴随雷子老六的不全是行将发财的兴奋和快乐。雷子老六往往白天走路一个样儿，夜里做梦又是另一个样儿。雷子老六的睡梦七七八八奇奇怪怪，个中情境无一不与洞庙和独角怪兽有关。有天拂晓，雷子老六从噩梦里醒转过来，一个人想起钻爬大冢的整个过程，忽然把头抵住媳妇年巧的胸脯，呜呜咽咽地哭泣起来。年巧不知发生了什么事情，像哄小孩儿一样搂抱他拍打他，雷子老六则用缀满泪水的脸颊，摩挲年巧的胸膛和脖颈，伤心委屈得也像一个需要庇护需要抚慰的鼻涕娃娃。有一阵，雷子老六甚至嗑住年巧的一只乳头，一边含混不清地念叨我要死了我要死了，一边就将年巧的乳头咬出血痕来了。好在这样的日子持续了不长时间。之后不久，雷子老六又像蜕了壳儿的知了完全变了一个样儿。他不仅能吃能睡又说又笑，整日里忙前忙后做了这事又做那事，就连夜里亲近媳妇年巧，也比以前频繁欢势多了。下庄人再见雷子老六时，雷子老六不是在原坡庄稼地里就是在河湾菜畦里面。一次，雷子老六用推车从原坡往家里转运麦草。雷子老六在膝下将麦草一绺一绺儿捋紧，在车上一层一层儿架得跟小山似的，及至雷子老六和他的推车从巷口那边过来，下庄人既不见车也不见人，只有一架柴山巍峨高耸朝家门这边缓缓移来。下庄人纷纷言说雷子老六，惊异和夸赞一经传进他家院子，他妈走地平便瞅空儿跑出街门，逢人便兔娃长兔娃短的，还有意把年巧说给她的私房话朝左邻右舍抖搂开去，以此证明雷子老六先前不曾迷谵也不曾做过荒唐事儿。雷子老六他爷老雷子更是心花怒放溢于言表，街上吃饭虽说不提他的宝贝孙子，却东南西北海阔天空恣意指点江山，声音从街巷那头皂荚树下传来，一经拐进院子仍干梆硬脆嗡嗡颤颤，每句话每个字都带着雷子味儿。最让人欣慰不已也激动不已的是，据说年巧近来吃饭已经改了味儿，一家人不分早晚不分场合，总要在年巧经过之时，用心偷觑她的肚腹和走路的步脚。果然一段时间过去，年巧的肚腹就慢慢地隆鼓起来，这给老雷子一家一下子平添了许多喜庆气息。雷子老六更是志得意满轻狂不已，见自己既得宝物又怀儿子，不光夜里摸遍了年巧圆巧润滑的肚皮，便是光天化日六只眼睛之内，也要轻轻儿去拍打年巧的肚腹或者屁股，惹得老雷子很不自在年巧更是满面绯红。他妈走地平便嗔骂说，看把你轻的烧的，咋像没见过儿子不是，当年我怀你时都要撑破肚皮了，你爹连正眼也没瞅看一回，还不照样把你生出来了，说着也得意傻笑，其实比雷子老六还心甜意洽。不仅如此，雷子老六还自作主张带媳妇年巧去了一回镇街。他在前街绸布店为年巧扯了一身衣服料子。又拉年巧在老桥头小酒馆的阁楼上吃红肉气锅，他自己则坐在桌子一侧，双手支了下巴欣赏年巧的贪馋和吃相。末了又去后街戏园子看九岁红的折子戏《卖水》。雷子老六跟其他看客一样，眼睛直直瞅的是九岁红的拖曳袖裙和美目顾盼，心思却难免旁逸游离，时不时就飞回下庄藏有独角怪兽的小屋去了。雷子老六下回再带年巧去镇街时，他妈走地平便劝他不要太张扬太惹眼了，雷子老六回话说这是他早先答应过的，现时不兑现还待何时，而且出门时见年巧挺着圆圆的肚子，他自己也把脑壳仰得老高老高，直到出了街巷才渐渐松弛下来。雷子老六的轻狂也许来得早了一些。有一天，一个陌生的卖唱老头突然出现在了下庄村口。卖唱者蓬头垢面衣衫褴褛，一副褡裢补丁摞着补丁，唯有那把胡琴硕大新奇十分地惹人眼目。卖唱者将褡裢丢在皂荚树的裸根上面，一只脚搭住树根呈前弓后箭之势，然后一试琴弦便轻轻地拉了起来。卖唱者拉出的曲子没有过门不成旋律，嗡嗡嘣嘣嘣嘣嗡嗡总是不成调儿。其时下庄的男人多数都到大田劳作去了，下庄的女人则在庭院或者厨屋里忙活，空寂的街巷偶尔才有一二人影或猪崽鸡崽走过。卖唱者不急不躁不紧不慢，一副自由自在自得其乐的样儿。挨至晌午，下庄的街巷里阳光和煦炊烟弥散一派温暖气息，几个娃子开始围着卖唱老头蹦来蹦去，几个男人和几个女人则不远不近漫不经心地朝这边瞭看。卖唱者似乎觉着时机到了，手中的弓弦一时戛然而止，又弯腰拎起脚前的褡裢，三步并作两步就窜到了雷子老六屋前。卖唱者立在街巷中央，抬起头先将雷子老六的房舍认真地打量了一番，然后一扎姿势一扯弓弦，下庄的街巷便又被他的琴声充盈着了。卖唱者把一种说欢快不够欢快，说凄婉又不怎么凄婉的曲儿，拉了一遍又拉一遍，似乎不赢得几声喝彩不讨到几个小钱决不离开。后来人就渐渐多了起来。接着雷子老六也在巷口那边出现了。此前雷子老六一直在河湾菜地里埋压红苕蔓儿。其间他曾站起身来，一边揉捏腰胯一边朝村巷这边望了一眼。雷子老六没感到村里会发生什么事情，及至收工走进街巷走到人堆跟前才看了卖唱者一眼。卖唱者知道是雷子老六回屋来了，不光精神抖擞一连拉了几个曲子，还把一串恭维话儿押韵押调地编进唱词，说雷子老六的宅第聚七彩祥瑞之气，此气不比一般非同小可实乃送子麒麟降临。又说得此气者不独得有贵子，而且聪睿绝顶卓尔超群，来日名闻乡里光宗耀祖必是情理中事。卖唱老人锲而不舍唱了又唱，下庄的围观者先是听了好笑，继而纳闷思量，心里的滋味便渐渐复杂起来。他们不时抬头看天，发现雷子老六的屋顶除了背衬蓝天炊烟袅袅，一时并无七彩朵云汇聚也无祥瑞之气氤氲。有人心里不服或者有意打翘，冲卖唱者吼叫说你胡说啥哩胡说啥哩，卖唱者就猛地一击琴弦，做出一个昂然姿势以示回应，随之更加卖力地弹奏演唱起来。其时雷子老六他爷老雷子在庭院得到孺小报告，面儿上惊诧心里头窃喜，遂扑沓扑沓踅出街门，看着看着就扑哧一声笑了。老雷子高声喊叫说讲得好，讲得好哇，一时间搜尽身上所有零钱，一个子儿不剩全都塞进卖唱者的褡裢里了。雷子老六他妈走地平更是笑逐颜开铺排得厉害，不仅请卖唱老人进屋吃了热汤热饭，还特意烙了一个白面锅盔让他带在路上享用。雷子老六他爷和他妈先后在众人面前显摆够了，却不知雷子老六头皮发麻心惊肉跳，大半天连大气也不敢喘息一声。有一阵，雷子老六试图当众质问卖唱老人，以便落实他是否知道他得了什么宝物。不过卖唱老人并不与雷子老六答言，雷子老六看他久了，他也只是意味深长地冲雷子老六一笑，弄得雷子老六鼻翼翕动唔噜唔噜半天，硬是把已到嘴边的话语咽了回去。这个晌午，卖唱老人得了赏赐离开以后，疙瘩冢就开始流传一则大同小异的说法。有说雷子老六得了金马驹的，有说雷子老六得了金牛犊的，有的则说兴许是只金鹿或者金猪啥的，总之把卖唱老人描述的送子麒麟切割着描述了。雷子老六为此苦想了三天三夜，终不知是咋么走漏了风声、消息。

12

雷子老六在卖唱老人离开以后，一直挖空心思地琢磨谁是这场风波的始作俑者。他坚信卖唱老人决不做无稽之谈，料想他一定听到了什么风声抓住了什么凭据，除非他的说唱只是恭维只是一个巧合，或者他的确就是一个能掐会算的神仙道人，而且真的看见什么七彩朵云和祥瑞之气了。雷子老六妄做猜测时首先想到了慧心婆婆。雷子老六自然不会忘记，就在他钻出大冢抱走独角怪兽的第四天，一个阳光明媚暖风徐徐洞庙再次礼佛的日子，他还是一如往常兴味十足地去了南洞那边。他想他不能突然离开洞庙离开慧心婆婆，否则慧心婆婆心下诧异疑窦丛生，进而认为一定是他做了手脚偷了大冢。何况还有那个敞露的新洞需要封堵，有一堆破碎脏黑的炕坯需要挪走，末了还得兑现承诺，在慧清婆婆的耳房里面，用完整硬实的土坯为洞庙盘砌一个全新的土炕。雷子老六硬着头皮再次踏进洞庙，尽量装作一副无忧无虑轻松自如的样儿。其时慧心婆婆正指点几个远道而来的香客叩头礼佛。她为他们拈香递香，示意他们该下跪了，该磕头了，该许愿抽签了。慧心婆婆发现雷子老六时眼光稍稍颤动了一下。雷子老六当下一阵惊悚，以为慧心婆婆接下来一定会朝他发难，不想慧心婆婆只是看一看他，随即面目平静话语亲热跟从前一个样了。这个白天，雷子老六权当此前什么事情也不曾发生，只顾大汗淋漓在慧清婆婆的耳房里忙活。他把稍大一些的炕坯挑拣出来搬到耳房外面的空地上，再把残留的碎物一锨一锨铲进担笼，一担一担从耳房挑了出去。至于更换土炕所需的二百多块新坯，雷子老六眼下因为得了独角怪兽，心里正烧腾着，已无意再去捶打并等待晾晒了。雷子老六发现下庄攒有土坯的最少有七家或者八家。雷子老大，也就是雷子老六的叔伯长兄，那个日子拮据人也潦倒的半大儿老汉，居然也在临街的屋檐底下，整整齐齐硬硬邦邦地码着近千块土坯。雷子老六是在雷子老大喝粥时踏进他的茅屋。他不顾这位堂兄礼节性地让座让吃，刚刚立定就开门见山直话直说。雷子老六出手十分大方，除了按照常规让雷子老大将堆在洞庙门口的破碎炕坯拉去施肥，还答应另给雷子老大五升谷米一斤菜油。雷子老六渲染说，那可是上等的硬肥呀，烟熏火燎都有二三十年了，上洋芋，愣是疙里疙瘩结蛋蛋连串串哩。雷子老大自然知道其中的规矩行情，但他更看重现成的谷米和菜油，一时乐得撇了竹筷老碗，一个人上蹿下跳反复折腾，把土坯一块一块从屋檐下面卸下来，并亲自用推车一趟连着一趟送到南洞跟前去了。雷子老六也不食言，当晚就把谷米菜油交到了雷子老大手里。雷子老六盘砌新炕时，像拆旧炕一样尽心尽力一丝不苟。他不需要帮手，也不让慧心婆婆端茶送水，或分他一碗两碗洞庙里的素食。他甚至不分早晚晌午，不顾媳妇年巧在厨屋把饭菜热了又热，不顾他妈走地平立在自家门口，扯着嗓子朝庙院方向一遍又一遍叫他。偶尔得有空闲，雷子老六便又说又笑跟慧心婆婆闲扯许多事儿。雷子老六并不回避那个古老的黑洞和那个新凿的小洞。他有充足的理由解释他的想法和行为，慧心婆婆不提也罢，一旦提说，他想他一定会应对裕如不露丝毫破绽。他甚至当着慧心婆婆的面，一副若无其事大大咧咧的样子，把老洞新洞全用土坯和泥巴封堵起来。雷子老六盘好土炕以后，还特意去镇街买了一领苇席，又选了白净松软的麦秸铺在炕席下面。待一切收拾停当，雷子老六这才把慧心婆婆叫到跟前，让她欣赏慧清婆婆离去之后面目一新的土炕和耳房。慧心婆婆也许因了慧清婆婆的圆寂有些释然，她从此再也不用谨小慎微惶惶度日。又见雷子老六出了力气出了汗水，整个洞庙因修整耳房已焕然一新，一时间兴奋欣喜。雷子老六得慧心婆婆赞许也得意地笑了起来。如此十天半月过去，雷子老六这才开始淡化南洞和慧心婆婆，最后才无忧无虑很少再踩洞庙门槛了。对于这个过程，雷子老六自觉滴水不漏神鬼无察，即便搜索枯肠挖空心思，他也难以相信慧心婆婆会来村巷散布消息。何况最近一段时间，慧心婆婆因洞庙香火旺盛，的确没来下庄化缘也没去上庄化缘，她大约把此前的纠葛疑虑早忘得干干净净了。当然，雷子老六还会想到家庆满堂和保长家盛他们。家庆自打赢了银元谷米赢了年巧身子，就再也不拉扯雷子老六打牌或做别的事了。表面上，家庆也没得寸进尺继续纠缠年巧，这让雷子老六多少感到还能说得过去。但家庆满堂与保长家盛依旧常扎堆儿，要么在家盛屋里，要么在家庆屋里，有时甚至还去镇街或更远一些的县城省城里去。最初一段时间，雷子老六担心他们会在暗地里继续算计自己，随后渐渐发现，他们压根儿不知他在南洞会有惊天动地的作为，因而也没把他视作眼中钉肉中刺，非得置于死地不可。他们用劣质白酒替代了骨质麻将，在杯盏相撞和黑影摇动之中，除了东拉西扯谈天说地，余下就是享受谈论年巧的淫亵和快乐。他们肆无忌惮地询问或描述年巧的身子，以及家庆糟践年巧的整个过程，把一堆陈词滥调淫荡地说过一遍又说一遍。有天深夜，雷子老六推开屋门到院墙拐角撒尿，发现整个下庄已一片黑暗沉寂，只有街巷对面家庆的屋子还亮着灯光。雷子老六不用推测就知道家庆一伙又在做些什么了。这一回，不光家庆绘声绘色满堂垂涎欲滴，就连一贯老成持重的保长家盛，也借着酒劲儿这问那，说到得意之处，雷子老六隔着一堵土墙一条街巷，居然听到了他们突然爆发响成一片的淫亵笑声。雷子老六无法接受家庆他们的无耻和放肆。他先是耳脖一热眉毛一翘，继而连心肉也在胸腔里酸楚地颤动起来。那个夜晚，雷子老六无法排遣心中的郁闷和屈辱。他先是木木愣愣在庭院立了许久，拂晓回到小屋躺下，身旁的年巧越是家燕一般自如甜美地呢喃，雷子老六越是难受得想哭一场。但是雷子老六一早起来看过属于他的独角怪兽，很快就将一夜的不快和满腔的污浊荡涤净尽了。雷子老六已不在乎往昔的耻辱和家庆一伙的张狂。既然家庆他们耽于淫晦不再与他纠缠，继而不在下庄乃至上庄惹出什么事端，那他雷子老六迟早就有出人头地的一天。因此在一段时间里头，雷子老六并不把家庆一伙放在眼里，偶尔于街巷或河湾相遇，说话归说话，走路归走路，但内心却比先前坦然多了强大多了。雷子老六甚至还轻看家庆他们，把鄙夷他们的粗话在心里说过一遍又说一遍，转过身还会得意地冷笑起来。现在，雷子老六依然坚信家庆一伙玩的是小人勾当。他琢磨他们不可能知道他的秘密，否则他们就不会百无聊赖，日复一日在那里低下地谈论年巧的身子。雷子老六作如此推断，又把家庆满堂和保长家盛他们排除掉了。接下来的一个白天和一个晚上，雷子老六走路也想吃饭也想睡觉也想，他像用篦子篦头一样，把下庄乃至上庄的大小门楣都篦了一遍。第二天一早，雷子老六出门看人时眼神完全变了一个样儿。他不想怀疑下庄更多的男人或女人，无端地却把猜忌堆满了眉梢眼角。下庄的男女一旦发现雷子老六像审贼一样审视他们，一时间尴尬不已都赶紧走离开去。因此在这个早晨，雷子老六不管走到哪里，哪里的人们就像露珠儿一样很快就蒸发掉了。雷子老六在街巷走了一个来回，又到原坡和河湾转了一圈，及至太阳升高炊烟消散回到家里，他妈走地平和媳妇年巧早把饭菜摆上桌面了。年巧先给老雷子盛饭，又在雷子老六面前摆了满满一碗。雷子老六对吃食丝毫不感兴趣。他先是瞅看他妈走地平，又看媳妇年巧，最后就把目光落在了他爷老雷子身上。雷子老六看人的眼光专注而又怪异，一家人不知根由不知所措，一时间便讪讪地冷了场面。后来媳妇年巧佯装生气对雷子老六喊话，说你这是咋了你这是咋了，得是南洞里的那些老鬼新鬼，又把你的魂儿勾引走了。他妈走地平像往常一样，怜惜地伸出手去拭摸他的额头。雷子老六一动不动，任由他妈的手指在额上滑动，却说我没发烧我没糊涂你就不要瞎操心了。他爷老雷子开始还算沉得住气，慢慢地便牙关紧咬呼吸急促，眼看着就要摔碟子拌碗了，又一忍，只把筷子使劲儿往桌上一摁，像老牛卸磨一样长长地出了一口闷气。雷子老六也惊异自己，心想怎么就怀疑他妈他爷或媳妇年巧了。他似乎隐隐觉得，在那个拂晓，在大家都贪恋黎明前的瞌睡时，他们压根儿就不会看见他从南洞抱回那样一个东西。于是雷子老六为他的荒唐有点难为情了。他先是狼狈地瞅了他爷老雷子一眼，又朝他妈走地平尴尬地笑了一笑，待媳妇年巧再次将饭碗往他跟前一推，他便老老实实地埋头咀嚼起来。不料他爷老雷子这边不再计较刚刚准备拿起筷子夹菜，他妈走地平一时也眉头舒展不再焦虑了，那边雷子老六突然把盛满粥汤的大把儿老碗往桌子一角一蹾，惊叫说咦呀咦呀咦呀，我咋把这东西忘咧，我咋把这东西忘咧，随之不顾他妈阻拦，不顾他爷和媳妇年巧再次变了脸色，径直立起身子冲出街门，往巷口那边找寻雷子十三去了。

13

连日来，雷子十三一直躲避着雷子老六。跟这位本家兄弟一样，雷子十三自个儿也搞不明白，下庄人大门不出二门不迈，何以就猜出雷子老六一夜之间做了什么事情，得了什么宝贝了。那个拂晓，雷子老六怀揣异物神色慌张奔回街巷那刻，全村里外大人娃子，只有他这个堂弟一人站在巷口。要说也算是一件蹊跷事儿。雷子十三平日里压根儿就不思念异性，因而也很少有头脑发热身子尴尬的情况发生。但在这个拂晓，也许是雷子十三于睡梦里头遇到了心仪的女人，也许是身体自生自燃不期而至，总之他一觉醒来，一种难以遏制的激情，就在灵与肉间喷薄着膨胀着了。为了抑制惶突燥热的心思，也为了让胯间那个硬物像平常一样乖觉地绵软下去，雷子十三起身以后，先是用凉水洗了脸额手指，又在院子一隅腾腾腾腾蹦跳了几个圈儿。随后雷子十三便走出街门，吹拂拂晓来自原坡塬垴的一缕冷风。就在这时，雷子十三看见堂兄雷子老六了。雷子老六从南洞那边奔来只是一个黑影。开始黑影移动很快，雷子十三着实被他吓了一跳。等到来到跟前擦身而过，雷子十三跟雷子老六相互都惊异地看了一眼。雷子老六背影摇晃步脚散乱冲进自家街门以后，雷子十三从村口这边望去，下庄的街巷阒静无声空洞一片，就连一只飞鸟或一只虫子也不曾出现。当然，雷子十三看得见雷子老六怀里揣有东西。但在这个拂晓，雷子十三坚信除他以外再没谁知晓这个秘密，更何况只有他知道南洞里那点儿事情，并把它和这个拂晓的见闻连接起来一并作想。雷子十三在巷口立了许久许久。后来东边天际渐渐有了曙色。后来太阳差不多就要从塬垴升起来了。雷子十三平日里尽管捕风捉影说三道四惯了，但这回他决意紧闭嘴巴不吐一个词儿。雷子十三明白个中利害：雷子老六为达目的敢弄死皈依佛门念经烧香的慧清婆婆，事情如若败露，那他大约也不会把他这个人见人嫌无关紧要的堂兄弟放在眼里。你最好把舌头咬掉咽到肚子里去——雷子十三在心里告诫自己。暨转身子时，还赌咒喊一声谁说话不算数谁遭五雷轰顶，又分明看见这句话裹着晨光连成串儿，一个跟着一个在街巷中弹跳蹦蹿。这个早晨，雷子十三一经发下毒誓就再也不敢松动了。因此在随后一段日子，雷子十三虽说憋得难受，但一直守口如瓶不说半句闲话。雷子十三偶尔会在街巷或原坡碰到雷子老六。雷子十三坦坦荡荡招呼雷子老六，仍旧哥长哥短吃了喝了，要多亲热有多亲热。雷子十三从旁观察，感觉雷子老六跟从前一样也没在意什么。有一阵，雷子十三发现雷子老六一有空闲就在街巷里瞎逛溜达。下庄人见雷子老六志得意满喜形于色，都以为雷子老六是去洞庙磕了长头烧了高香，媳妇年巧的肚子渐渐大了起来。只有雷子十三明白他的这个堂兄因何得意为谁张狂。同时又庆幸自己多了一分警觉多了一个心眼儿，终于与一件祸事脱离了干系。雷子十三后来最恨那个卖唱老头了，知道那家伙信口开河极尽恭维，无非是一个高级乞丐的高级乞讨行为。但天下事往往就这么荒诞这么蹊跷。下庄人依据卖唱者言一旦传说雷子老六得了宝物，雷子十三首先想到雷子老六一定怀疑是他传播了什么消息。为此雷子十三突然心虚极了也恐惧极了。几天来，雷子十三一改心态一直不敢面对雷子老六，甚至连端着老碗去皂荚树卜吃饭都诚惶诚恐战战兢兢。雷子十三的爹妈见儿子神情郁悒行为反常，心里纳闷却也不便多问，及至这天雷子老六怒气冲冲跑来问罪，这才估摸儿子又惹下什么事端了。雷子十三尤其惊悚得厉害。雷子老六才在土墙外面一声叫喊，雷子十三便一个蹦儿逃离吃饭的石桌石凳，一时又不知如何藏身，竟钻进厨屋躲在门后，用他妈做饭的围裙将头脸蒙蔽起来。雷子老六进门之后，雷子十三他爹赶紧迎上前去，说六侄儿你来了，你得是找你十三兄弟哩。见雷子老六黑着脸面皱着眉头，又说你兄弟一大早就出门走了，说是跟谁去镇街猪市逮乌克兰崽儿，这几天的猪价比前一向便宜多了。雷子老六顾不上搭理这个本家堂叔，只管拿阴冷的目光瞅看石桌上的两只大碗，既不戳破也不肯轻易走离开去。雷子十三他爹于是就赶紧让座递烟，他妈挪着小脚也紧跑几步过来帮腔，嘴里直嚷嚷要给雷子老六盛饭端汤。雷子老六一时碍于情面，只好僵硬地朝堂叔堂婶一笑，然后便折转身子往院门外面走去。雷子十三这里藏匿久了，心想雷子老六已被他爹他妈打发开去，不料走出厨屋绕过石凳才要插上街门门闩，就见雷子老六一动不动立在村口皂荚树下，似乎不见他雷子十三决不善罢甘休。雷子十三慌里慌张关了门板，反过身猛不丁又见他爹他妈立在身后，两个人满目惊悚一脸无奈，终不知雷子十三在外面惹下了多大乱子。随后几天，雷子十三发现雷子老六一直在设法逮他。雷子老六每到早晨和黄昏暮落，都要立在不远处朝雷子十三街门这边张望，看看雷子十三会在什么时候出门，或者什么时候从外面回来。雷子老六甚至专门去了一趟镇街，一个人在饭馆、剧场、澡堂、药铺、货栈、集市，一一打问雷子十三今儿个到底来过镇街没有。雷子老六还在村口通往原坡大田和河湾菜地的两条泥草路上，分头等候过雷子十三，不信雷子十三跟腊月的长虫一样，能没黑没明地缩在耗子洞里不肯动弹一下。雷子老六立在野风地里就像一根木桩，时间一长，他的举止就显得古里古怪莫名其妙了，以至下庄的男女老少从他跟前过去，免不了都要侧目而视嘀咕半天。雷子老六最后站得腰也酸了腿也木了，甚至他的脸颊被太阳晒得起了一坨红晕一层皮屑，但从下庄巷口七零八碎走出的人影里面，始终没见一个是雷子十三。这天傍晚，岚霭和炊烟已将下庄的轮廓从上到下缠裹起来，雷子老六忽然在村口打麦场上瞥见了雷子十三，于是就踮起脚步快速跟了过去。雷子十三发现雷子老六朝他冲来，一时躲避不及，便绕着打麦场上大大小小十几个麦秸垛子转起圈来。雷子老六和雷子十三的追撵荒唐而又可笑。多数时候，隔着雨淋日晒业已萎缩的柴垛，雷子老六和雷子十三相互都能看见对方头颅，一个脚步快了，另一个脚步也快，一个脚步慢了，另一个脚步也就慢了下来。而且雷子老六始终不急不躁不出一声。雷子十三虽说心里空虚，却也不慌不忙不让雷子老六有机可乘。两个人就这样跑过一圈又是一圈，及至太阳落山时候，竟吸引下庄数十人聚在一边看起热闹来了。下庄人不知雷子老六在这个傍晚为什么要追撵雷子十三，总觉得他们的举动怪异乖张，就跟小儿捉迷藏一般滑稽。于是有人见雷子老六转来就为雷子老六呐喊，见雷子十三转来又为雷子十三呐喊，一时间手之舞之足之蹈之，比年节看小丑耍猴似乎还要过瘾。下庄人都期望这场景能持续久些，但结局却让他们有点失望有点糊涂。先是雷子十三跑着跑着忽然蹲在了地上，紧跟着就有尿水洇湿裤裆并聚集成珠滴答下来。雷子十三不顾羞耻不顾众人哂笑哇的一声哭了。雷子老六跑前立在雷子十三跟前，雷子十三抬起头来，竟是一脸恐惧和难受颜色。下庄人于是都嘲笑雷子十三。有人说十三你没出息，老六又没咋弄你你哭尿啥哩，你看你连尿水水都弄到裤裆里了。雷子老六反倒没再为难雷子十三。雷子老六一经悟觉他与雷子十三一时成了他人的玩物，而且现时也不便当众追问雷子十三，便当即撇下瑟缩一团行将就范的俘虏，一个人扑沓扑沓走出场院，绕过人群回家去了。夜里，下庄的窗口有许多都不曾入眠。雷子十三更是芒刺在背辗转反侧，说什么也不能把心思从雷子老六身上扯开。雷子十三一直瞪大眼睛瞅着屋梁，挨至拂晓实在气不平了，索性就披上衣服跳下土炕冲出了街门。雷子十三直奔雷子老六屋子而去。一路上，他在心里对雷子老六吼叫，说兔娃子呀兔娃子，你羞你先人哩，今儿个不是你逮我而是我逮你来咧。我知道你做下了瞎瞎事情。按说你该怯乎我为作我才对，我凭啥怯乎你巴结你呢。更何况这事我压根就没跟谁说起，我倒是怕个锤子怕个屄呀。雷子十三冲进雷子老六院子又强行推开他的屋门，不顾雷子老六露着臂膀年巧也露着臂膀，当屋站着就要跟雷子老六论理。雷子老六没料到事情会发生逆转，更没料到像雷子十三这等人物，也会不顾礼数气势汹汹地打上门来。雷子老六一时惊诧一时语塞，便慢慢吞吞穿了衣服，下炕来又慢慢吞吞走出屋子，大半天过去仍缄默其口不吭一声。随后，雷子老六拉雷子十三披了晨曦在后院一隅交涉起来。雷子十三强作声势火气十足，质问说六哥呀六哥，你三天两头寻我哩抓我哩，你是说是我把你下南洞挖宝的事儿跟村里人讲了。雷子老六说你说没说只有你自个儿心里明白。雷子十三说我当然知道我没说，我其所以不说你知道是因为我压根儿就不敢乱说。雷子老六一副不屑的样子，又说你敢说不敢说只有你自个儿知道。雷子十三于是急了，压低声音吼叫说，我知道这个"我知道"，我知道你不光偷了南洞里的宝贝，我还知道这之前你把大婆婆慧清害咧。雷子老六大惊失色大半天戳在那里不能动弹。雷子十三话一出口反倒平静多了。他一边向雷子老六陈述他如何守口如瓶，一边言之凿凿信誓旦旦，说他平日里尽管胡言乱语惯了，可那都是图个畅快图个热闹，事情到了这个节骨眼上，他咋说也不能做对不起自家兄弟的事儿。雷子老六不敢把雷子十三的表白当真，他在审视和揣度他时，不经意朝一旁的柴房里瞅了一眼。在那儿，在一堆废旧的杂物之外，不光平地卧着一只早年的虎头铡墩，在紧靠住屋的山墙上面，还挂着一柄剁劈杂木的淬钢砍刀。那砍刀头大尾小柄短，显豁的刀面虽经年不用锈迹斑斑，但刀刃锋利无比依然透着一股凛冽之气。雷子老六瞅看砍刀时，雷子十三也看了那柄砍刀一眼。有一阵儿两个人谁也不再说话。这样的情景让人头皮发麻血脉贲张，渐渐地，雷子十三的额头就有豆大的汗珠滚落开了。不过雷子老六并不想灭了这个堂弟。他是经过一番努力恢复常态以后，首先郑重声明他并没加害慧清婆婆。雷子老六跟雷子十三解释，说这是佛家的规矩，你不懂，你十三娃娃不懂喀。又说人软着不及早动手，人硬了你让我把她拆成件件砸成块块往老瓮里塞呀。雷子老六尽量做出无足轻重事已了然的样子来，但说到他的独角怪兽却突然变换了一种口气。雷子老六既不承认也不否定他得了什么宝物，只说有朝一日发了大财，他一定把它掰一份儿赠予他的十三兄弟，只要十三兄弟不乱猜测不乱说话不惹出什么麻烦。这个早晨雷子十三排除了恐惧抹平了隙隔，又得到雷子老六的郑重承诺，便周身松弛高高兴兴回家去了。雷子老六这里也释然悠然喜不自禁。为了彻底抖搂连日来的犹疑和惊悸，他特意走出家门，迈着方步在下庄的大小街巷转了一圈。在村口皂荚树下，雷子老六还用力一跳攀住一根横枝，把身子在半空悬了半天才松开手来。

14

　　进入七月，疙瘩冢确实比以往清静安宁了许多。玉米谷子黄豆芝麻藉阳光和雨水一经拔节，上庄和下庄的田野就被绿色覆盖起来了。漉河湾里浓密的柳绦和厚重的芦苇也连成了一片。天空高远而且幽邃。白云或静卧山头，或缠绕山腰，跟原上的庄稼和原下的屋舍，共同渲染出一种静谧和谐的境界。在人类这边，下庄的男人和女人经过一段庸常慵懒的日子，似乎已把卖唱者和他的呓语淡忘掉了。他们依据时令早出晚归，于村口相遇或偶有走动，所谈多是稼穑与婚丧嫁娶之事。雷子老六暂时也从由独角怪兽引发的兴奋和担忧中解脱开来。他一门心思跟他爷老雷子在塬坡作务庄稼，在河湾经管菜蔬，有时偶尔经过南洞那边，才会朝庙院里瞅上一眼，并断断续续想一些此前发生的事情。雷子老六期待暑热过去秋雨也跟着过去。到了冬日农闲时节，上庄、下庄乃至整个漉河流域，或风裹残叶一片苍茫，或白雪飘落静伏大地，都将是另外一种村野风貌和生存方式。雷子老六打算到那时再给他的独角怪兽找寻一个买主。他知道临近年关，下庄村外的官道上，会不时走过发了大财的商贾，也有在省城做了大官的政客和军人，他们辎重鞍马一个跟着一个，经由这儿翻过秦岭大梁，往汉中、武昌、成都、重庆一带省亲。他们中间兴许就有不惜重金专事古董的贩子或者藏家。雷子老六不求一夜暴富，但他知道那个东西的价值、分量，知道这笔买卖一旦顺利成交，那他这个雷子炮的子孙，不想发财都由不得他了。雷子老六大约不会料到事情会发生变故且来得那么突然，以至他和家人的日子，由此彻底翻了一个过儿。那天早晨天气很好，太阳一上原就把疙瘩冢照得十分鲜亮、润朗。这个日子本该平和安详又忙忙碌碌。雷子老六跟他爷老雷子天一亮就去了河湾菜地。他们满头大汗忙活了一阵，满以为吃毕早饭，便可以把打理好的菜蔬挑到镇街上叫卖，不料刚进家门，就有三个当兵的跟脚走了进来。雷子老六他妈走地平不知出了什么事情，慌得既搬凳子又倒茶水，结果端来茶水又把凳子搬走了。他爷老雷子毕竟见过世面，知道来者不善善者不来，因此尽管心里惶恐面儿上却也十分镇定，一时间老总长老总短，称呼亲热。雷子老六则不惊不慌不卑不亢。当兵的端着长枪围着他转了几圈儿，其中一个还把刺刀戳住他的咽喉，他仍然面不改色心不跳动，并垂下眼睑把刀刃鄙夷地看了一看。当兵的拿冷眼瞅他半天突然灿烂一笑，说你就是陈守信吧。雷子老六连续说陈守信是我的官名我的小名叫兔娃子因为我爷外号叫雷子炮我在孙子辈排行老六所以大伙儿叫我雷子老六。当兵的瞥一眼老雷子又盯住雷子老六，说痛快痛快确实有那么一点雷子味儿。雷子老六说是谁的种就得像谁，这种事哪敢有半点马虎，跟着眉梢一扬嘴角一撇狡狯地笑了。当兵的当然不会跟雷子老六玩笑，只说我们连长有事找你，你看是不是跟我们走上一趟。雷子老六说的是又叫我洗马呀，不过这一回只给八块大洋我可不干，说着就做出门的打算，眼睛眨也不眨便跟当兵的上路了。雷子老六一走，最先害怕的是媳妇年巧。她捧着隆起的肚子扑沓一声坐在地上，大半天竟没了一点儿声息。他妈走地平也不搀扶媳妇，一声紧似一声叫着这是咋了这是咋了，一个人立在原地，不停地揪扯自己的衣袖衣襟。他爷老雷子还算理智，也不知骂的哪个，一声狗日的驴日的，便蹲在门阶上抽烟去了。一家人因此饭也不吃水也不喝，待在家里惶惶不能终日，央人去兵营打听又怕惹出什么麻烦。这样一直挨到太阳压山，不想雷子老六好端端进了家门，没挨打没挨骂，去时是什么样儿回来仍是什么样儿。媳妇年巧以为这下没什么事了，便挺着肚子去厨屋张罗饭菜，却被婆婆半道儿拦了下来。雷子老六他妈烙了白面锅盔烧了苞谷糁儿，又把给年巧怀娃才吃的酱笋切了一大盘儿。吃饭时大家都不说话，吃过饭不一会儿又各自回屋歇息去了。这天夜里月亮很大很圆村子很静，狗在巷子这头吠叫公鸡就在巷子那头应和。后来就有小南风徐徐吹过，牵引树上的枝叶簌簌响动，地上的影儿也款款移动起来。雷子老六他妈半夜醒来尿尿，忽然发现窗纸上黑乎乎映着一个人影，当下就把尿水一半儿变成冷汗一半儿又憋了回去。后来终于看清是雷子老六站在月光底下，这才隔墙叫醒了雷子老六他爷。一会儿媳妇年巧也醒过来了。大家走出屋门围在雷子老六跟前，发现深夜的露水和雾气，早已打湿了他的肩膀、头发。雷子老六眉头紧锁嘴脸咽斜，一副大难临头又无可奈何的悲凉神情。他妈走地平最心疼儿子，一双手抖索着去摸雷子老六的脸颊眼角，十根指尖尚未触及，泪水便汹涌着模糊了她的眼睛。媳妇年巧心里比谁都要着急，这时候却手忙脚乱六神无主，只拿恐惧的目光瞅看老雷子和雷子老六。老雷子虽说儿自不动不言不语，看架势却是等待雷子老六给大家一个交代。雷子老六一经惊动了家人，便一半儿坦白一半儿掩藏，说队伍上不会饶过他的，他已经想好了得出去躲躲。当然躲过初一躲不过十五，走了和尚走不了庙台，如果两者一并作想，他最好就近寻觅一个相对稳妥的藏身之处。雷子老六还判断说，这刻在街巷或者村口，一定有荷枪实弹的哨兵监视着他家街门，他必须选择黎明前最是黑暗最是空寂的一段时间，才好从家里逃离出去。于是一家人便回到堂屋消磨时间。其间雷子老六不肯说话，他妈他爷和媳妇年巧也都不吭一声。他们瞅看屋外沿阶上的月影儿，企盼它能够移动得快一点儿。然而他们越是着急，那影儿越是晦亮分明，轻易不动一寸不移一分。他们还听到漉河水的喧哗从月光里传来，间或还有蛙鼓的聒噪和夜鸟的鸣啼。有一阵雷子老六催他妈去睡，他妈又催媳妇年巧，媳妇年巧再催老雷子，结果转了一圈谁都不肯离开谁都低头打起了盹儿。后来月亮终于沉到西山背后去了，庭院说黑一瞬间就黑暗下来。雷子老六看一眼他爷老雷子，又看一眼他妈和媳妇年巧，然后一个鱼跃挺起，又一个闪身便出了后门。雷子老六到底没说要去哪里。他怕他妈和他爷口风不严无意中坏了事情，怕媳妇年巧听了心里腻歪，反过来让他心里也跟着腻歪。家里人都以为雷子老六会去钻爬南洞，结果他翻过后墙绕村子半圈儿，再翻后墙敲响了他家对门家庆家的窗子。家庆后半夜又是大谝又是酗酒，末了一路醉醉歪歪回来，此刻像死猪一样刚刚躺下。家庆女人天一黑撂下碗筷就上炕睡了，却一直比家庆睡得还香睡得还死。两个人一粗一细此起彼伏打着呼噜，连他家破碎的窗纸都要微微颤动了。雷子老六敲过一遍门板又敲一遍窗棂，知道一时难以将这两个东西叫醒，便顺着门框溜下身子蹲坐在了门墩跟前。雷子老六缩着脖子看一天星辉又看家庆朦胧的院落，忽然间就有点伤感眼泪也跟着滴了两滴。不过雷子老六因疲惫很快便睡了过去。梦里头他一会儿跟慧清慧心婆婆纠缠，一会儿跟那个独角怪兽纠缠，又看见一排士兵端着刺刀气势汹汹朝他冲来，梦醒后却若隐若现似有似无咋也理不清一个头绪。其时太阳已升上树梢，对面墙上也一片灿烂光芒。雷子老六没想到家庆会用脚踢他。他感到股胯有点儿疼痛，最初还以为是在洞庙小偏洞里爬行，又被盗墓人的骨头硌了一下。家庆拉开门时被脚前的人身吓了一跳。他踢他一脚又踢一脚才发现是雷子老六。雷子老六抬起头来，一边揉着眼窝一边说家庆你个狗日的，你眼窝瞎了你踢谁哩。家庆于是赶紧道歉，说把他家的把他家的，我以为是山口要饭的王瞎子跑到这儿来了，没想到是俺老六兄弟，我真个瞎了眼咧瞎了眼咧。家庆先前睡了年巧今日果然义气不凡。他拉起雷子老六走进屋里，也不管自家女人袒胸露臂满嘴胡话到底睡醒了没有，就把雷子老六按在炕沿上坐了。家庆还从竹篾水瓶里倒了开水让雷子老六暖身。家庆说兄弟你有啥急事你尽管吩咐，不然你不会大清早的翻过墙来蹲在我的门口等我醒来。见雷子老六半天不语，又说兄弟你有啥用得着老哥的地方，老哥我愿为兄弟效犬马之力。雷子老六不便讲出因由，只说我想躲躲我想躲躲，我就在你屋里躲上几天你看好不。家庆说这个好办这个好办，你就是住我这里，我一人搬出去都行，只要你不嫌我这儿寒酸，不嫌你这嫂子窝囊邋遢。

家庆说了这话忽然被自己逗笑了。他大约一瞬间想到了年巧，想到那个让他销魂让他宁愿去死的夜晚，又把那个冰清玉洁的人儿，跟眼前他的女人做了一番比较。雷子老六哪有心思跟家庆扯淡纠缠。他要家庆给他随便找一个地方，只要不是猪窝不是羊圈不是人拉屎尿尿的茅坑就行。家庆于是带着雷子老六来到厦屋山墙跟前，把雷子老六藏在柴房一堆破旧的木板后面，又用两捆隔年的禾秆稍稍做了遮掩，一时间自觉稳妥踏实了，这才跟雷子老六交代后头的事情。家庆承诺除了一日三餐按时给雷子老六送吃送喝，还答应替他望风瞭哨，随时报告对面屋里也就是雷子老六一家的动静、消息。雷子老六为此竟有几分感动，一时木木讷讷语焉不详，似乎还有一点捐弃前嫌的味道，直到家庆离开好一会儿了，这才慢慢吞吞在柴房一角坐了下来。

15

炮连连长是从司务长嘴里得知那个传言的。司务长"骡子腿"大多时候在上庄筹措粮食，有时为了弄点新鲜菜蔬，也会顺河湾走到下庄这片菜畦里来。骡子腿不像杂交骡子丧失了功能对异性毫无兴致。炮连每到一地，骡子腿都会藉管理伙食之便，到驻地各家各户走走转转。一般说来，骡子腿并不随心所欲违犯军纪，顶多只是跟谁家女儿打个照面过个眼福，或者给谁家小媳妇施点小恩小惠，得人家一个笑脸和几句温热话儿。当然骡子腿也有得手的时候。炮连在山南驻扎时，骡子腿就和一个小寡妇偷偷摸摸相好了一年光景。骡子腿隐瞒了他在老家邹县有老婆还有一个半大儿子。那个寡居女人夜里偷欢白日做梦，指望着能有一天住进军营，混一个不大不小的官太太当当。只是有天早晨醒来，这女人发现骡子腿不在她的被窝里面，她鬓发散乱失急慌忙跑到军营里面，竟发现人和炮一时间都不见了踪影。这以后在不停移防之中，骡子腿还跟一个女人好过一段时间，甚至跟一家房东女儿做过一夜夫妻。后者在他再次上路时候，居然泪水涟涟难以割舍，相跟着送队伍走了几十里路。到了疙瘩寨，骡子腿自然比以往收敛了许多。这里不仅距团部旅部很近，就连驻在省城的军长离上庄也不过百八十里。骡子腿实在不想在上庄或下庄惹出什么事来。但是有一天，骡子腿去上庄磨坊里给炮连碾米，上庄的甲长双余安排南街的赵棉桃给骡子腿帮忙。赵棉桃是上庄有名的利落女人，因她男人在省城由山西人开的"翠微阁"里做事，每月里少不了给她拿钱拿物，因此赵棉桃虽说也下田出力下厨做饭圈墙养羊喂猪，但她的院落灶台头脸衣饰等等等等，总比上庄的女人清爽许多干净许多。这天赵棉桃跟着滚动的碌碡扫米扫糠，拉碾子的则是一头刚长成的灰叫驴儿。在碾盘圆圆走道圆圆的磨坊里，要说毛驴儿在前赵棉桃就在后面，要说赵棉桃在前毛驴儿就在后面。最初一段时间，人和驴儿都平稳地走着，碌碡碾在干燥新鲜的稻壳上面，舒缓而又酥脆。后来，那驴儿不见吆喝不见鞭打却突然跑得快了起来。驴儿一快人也跟着快了。人一快驴儿就跑得更欢快了。骡子腿先在一旁觉得蹊跷，看着看着就看出名堂来了，不由在心里连连惊呼，这畜生想日人呢，这畜生想日人呢。又琢磨这女人眉眼儿虽不十分漂亮，但腰细臀圆手脚利索，也着实是个勾魂摄魄的雌性坏子。骡子腿于是冲上前去拽住驴儿辔头，照准驴儿肩胛就是几记猛拳。骡子腿还渲染说，驴日的你想咋，驴日的你想咋。驴儿遭到拳击一下子变得老实了。骡子腿又抓住赵棉桃手腕，发狠说连这畜生见你花哨好看都胡思乱想哩，难道我不如这畜生么，说着就把赵棉桃揽进怀里，用胡楂在她的脸颊和脖颈上猛扎起来。骡子腿没想到赵棉桃一点儿都没反抗，只是当天夜里两个人合衾而卧，赵棉桃总拿骡子腿的说辞取笑，说你咋自己骂自己哩，你咋说你连畜生都不如。骡子腿当然知道这话不是那话，那话也不是这话，嘴里语焉不详哼哼唧唧应着，心里却越发迷着这个女人了。第二天，骡子腿忍不住把毛驴追撵女人的笑话跟炮连连长说了。炮连连长知道骡子腿爱沾腥儿，即便猜测骡子腿跟那女人有一腿了，却也是睁一只眼睛闭一只眼睛。那时候，炮连连长正为自己的升迁和调回军部发愁。以往他巴结上司的唯一招数，就是把克扣下的军饷或民间所得拿一些塞给团长旅长。但这回他必须去省城晋见军长。他需要一份像样的礼品，否则他绝不可能靠近军长的菊花园的豪宅一步。骡子腿与炮连连长狼狈为奸沆瀣一气，他揣摩炮连连长心思，问他能不能每人每月再抽两块大洋出来。炮连连长无可奈何一笑，摇摇头摆摆手也就罢了。隔天夜里，骡子腿又去上庄赵棉桃屋里厮缠。赵棉桃得了骡子腿两斤精细羊肉和两个时辰的别样儿骑跨，然后就枕着骡子腿的胳膊，跟他说些近来发生的事情。其时下庄人已不再谈论雷子老六而上庄这边似乎才刚提起。听说是个金马驹哩！要不就是个金牛犊儿！赵棉桃一说起雷子老六和他的那个宝贝就眉飞色舞兴奋不已。不料骡子腿听着听着就将胳膊抽离开来，二话不说蹬起裤子提起枪套便开门去了。骡子腿躃开他的长腿跑回小学校里面，没喊报告也没敲门就冲进了连部。炮连连长正在罩子灯下看一本小书，见骡子腿猛不丁破门进来，心里头不由一阵发怵，脸面上多少也有点儿不悦。但炮连连长听了报告立马就换了一副模样。他还摸出一支裹金雪茄递给骡子腿，并亲自划洋火给他点了。此后两个人一口接着一口抽烟，既享受发现猎物的兴奋与不安，又期盼长夜消遁另一个白天早一刻到来。翌日清晨，炮连连长先是调整了一日操练方案，又安排骡子腿预备了烟茶酒肉，这才派士兵去下庄巷子里邀请雷子老六。炮连连长立在连部门口迎候他的尊贵客人。雷子老六被带进小学校以后，炮连连长连着跳下几个台阶奔了过去。炮连连长跟雷子老六握了双手不说，还当众搂了雷子老六肩膀，一路咋咋呼呼老朋友了老朋友了，我们早早就是好朋友了。又把雷子老六热情让进屋里，高声吆喝勤务兵沏了好茶端来。这一天，炮连连长和雷子老六一起吃了新式早点，又陪雷子老六巡看了营房操场和火炮阵地。其实，军营里外跟雷子老六刷马那回看到的并无二致，只是今非昔比，俩人的心态多少都有了一点儿变化。炮连连长极尽热情就跟奉陪团长旅长似的。雷子老六则心存芥蒂心下忐忑，其底气与主见反倒不如从前那一次了。晌午的饭菜更是色形齐备丰盛无比。炮连连长亲自给雷子老六斟酒，又把肥牛瘦鸡羊肚猪肝，一块一块夹到雷子老六跟前。炮连连长还陪雷子老六一杯接一杯喝酒，而且总是前者先敬后者，并一定要把酒杯喝个底儿朝天。几个排长这时候看不惯了，以为连长如此行事既伤他的脸面也伤了大家的脸面。他们通过勤务兵捎进话去，主张用枪管直逼雷子老六三下两下将事情结了。他们甚至握紧枪柄立在了连部外面，一时间大眼瞪着小眼，时刻准备着冲进门去将那个家伙拿下。但是炮连连长酒后仍和雷子老六泡在一起，而且春夏秋冬天南地北，就是不提金马驹金牛犊啥的。黄昏时炮连连长和雷子老六终于从连部出来了。炮连连长一路朗声大笑将雷子老六送到小学校门外，道别之后，又伫立原地目送雷子老六走出一程。兵营里四散的士兵难得见到连长有这份心情，以为这时候跟连长开个玩笑讨个近乎也未必不可。不料炮连连长刚刚转过身来，突然间就换了一副面孔一种口气。他命令各排长通知班长再通知士兵，要大家把近来积攒的银元全都捐献出来。炮连连长恶狠狠说道，谁不交出立马就把谁毙了。又说当兵吃粮当官发财，谁今儿个计较蝇头小利，谁将来永远不会出息永无出头之日。几位排长得了指令自然不敢怠慢，又狐假虎威召集班长说了许多狠话。不久班长排长们便陆续兜着士兵的零碎银元来了。炮连连长让勤务兵从库房拿来一个空置的弹药箱子，待银元哗哗啦啦叮叮当当聚集完了，先是弯下腰身将箱子里的银元摇匀看过，立起身时又使劲儿踹了木箱一脚。炮连连长一言不发转身进了连部，只把大半箱银元和一群小当官的丢在门外平台上面。小班长小排长大约知道连长并不满意，一时间你瞪着眼睛看我我瞪着眼睛看你，随后都老老实实回营舍拿自个儿那份饷银去了。炮连连长到此并不罢手。夜幕降临月亮刚刚爬上树梢，一阵急促的哨音突然在窗子外面响起，全连一百号人失急慌忙从营舍里跑出，你拥我挤密密麻麻在操场站成了一片。炮连连长攥着马鞭给大家训话，强调说筹集银元换取宝物是军国大事更是炮连大事，他这个连长责无旁贷大家个个都责无旁贷。我是不会亏待弟兄们的，炮连连长提高了嗓门喊道，今儿个我拿你三块两块大洋，到明天我一定还你十块八块甚至更多。又说这个月咱们索性把裤腰带勒紧了，嘴馋的无非少了一点儿荤腥，顾家的无非多捎几句好话回去，因为非常时期就得有一点非常手段不是。就在炮连连长给大家训话的当儿，司务长骡子腿和连部勤务兵受指派去营舍挨个儿查铺，把掖在被窝塞进挎包藏于床板底下的零碎银元差不多都搜了出来。有人甚至把银元别进墙缝里头也没能逃脱检查。骡子腿这时候跑来请示要不要公布都有谁藏匿了银元，炮连连长未置可否，却抖动马鞭一人绕全体士兵转了一圈。有一阵，炮连连长和骡子腿都看见列兵方队有几处抖动了一下。骡子腿以为连长马上就要责罚了，不想炮连连长老谋深算自有其妙棋狠招。我知道你们有人身上还藏着子儿，炮连连长嘿嘿一笑说，如果这回由我当众搜查出来，我说过我会开枪杀人的。又说不过话说回来，咱们都是自家兄弟，自家兄弟不能为一块两块大洋伤了和气弄出人命不是。我的想法是，只要我这里喊一声蹲下大家都蹲下，再喊一声解散大家立起都散了，这时候你藏银元的，趁机把身上的东西拿出来放在地上，你我之间光光堂堂什么过节也就没有了。炮连连长这一招十分灵验，队伍解散以后，小操场上果然就有数十枚银元，在月光和一天星辉映照下，一闪一闪泛着青幽幽的亮光。炮连连长于是得意地笑了。几个排长班长，包括骡子腿和勤务兵在内，都不由打了一个寒战。

16

雷子老六的藏身虽说十分巧妙神鬼不知，不想却由此害苦了他妈他爷和媳妇年巧。第二天早晨，也就是雷子老六缩在家庆柴房打第一个哈欠仍不敢瞌睡的当儿，四个当兵的，有两个挎着盒子炮、两个抬着一只木箱进了下庄巷口。其时下庄的街巷几乎不见什么人影，只有几个娃子在巷子这头追逐嬉戏，另有一头哺乳母猪，一摇三摆地在巷子那头悠闲地走步。当兵的推开街门踩过庭院径直走进雷子老六家的堂屋。他们二话不说打开箱盖，于是雷子老六的家人便看到了一堆白花花的大洋。雷子老六他妈和媳妇年巧从没见过如此多的银钱，看一眼就慌忙把头脸歪向了一边。他爷老雷子虽说经风见雨一辈子雷一声电一闪的，当下却也心里一凛，身子如筛糠一般抖索起来。老雷子知道事情闹得大了，于是赶紧就赔笑脸，谁知笑脸比哭脸还要痛苦还要难看。此前来过的一个当兵的问雷子老六哪里去了。老雷子撒谎说昨日去队伍上洗马误了卖菜，今儿个一大早就赶集去了。又解释说，你知道县城那边三六九逢集，镇街这边二五八逢集哩。当兵的说老人家说话做事要掂量掂量，你说他赶集他就赶集去了，我琢磨着你该不会骗我吧。老雷子说你看这娃娃说的，我骗谁不成还敢骗你老总，难道我不要我这条老命了。当兵的踢木箱一脚，说这是八百块大洋，我们长官让送来给你的孙子，他知道怎样回报我们长官。老雷子有点急了，说千万不敢贵贱不敢，咱一个种粮务菜的，哪里敢享用这等荣华富贵，这不是明明儿招祸招灾呢嘛。当兵的认真看老雷子一眼，说算你识相，这是我们长官多年的积蓄，外加全连一个月军饷，你可要把它点好收好了。当兵的说完便转身离开了，老雷子不依不饶，一个虎跳跳到街门门口，孝开双臂要把当兵的拦在院子里头。当兵的不与老雷子纠缠，只把手指从胯间移放到腰间盒子炮上，又意味深长看老雷子一眼，老雷子便乖乖儿把路让开了。几个当兵的一走，老雷子和两个女人战战兢兢全都乱了方寸。白天他们谁都不敢动那银元，甚至看一眼心里都别别地跳个不停。那个炮药箱子虽说装的全是银元，但在他们眼里，分明都是一个一个说爆便爆威力十足的炸弹。到了夜里，三个人更是六神无主担惊受怕苦痛极了。雷子老六他妈早早就关了街门，临转身又不放心，居然以一个妇人之身去后院抱来一根圆木，把街门顶了一回又顶一回。老雷子更是不拒担当不敢马虎，索性把那柄砍刀握在手里，又把一根杂木硬棍搁在脚前，一整夜都守着木箱不肯离开。老雷子明明灭灭抽着旱烟锅子，不时瞥见孙子媳妇年巧从小屋出来朝堂屋这边探看，好像大半个夜晚也不敢睡觉。随后几个日子，当兵的真枪实弹威风十足天天都来追问雷子老六。他们说来就来说走就走，虽说从不打人骂人，但看其耐心固执的样子，似乎不达目的决不善罢甘休。最初两天，老雷子和两个女人尚能对付，后来就渐渐支撑不住了。先是雷子老六他妈一头病在了炕上，不吃不喝不言不语，连高声叹息的劲儿都没有了。接下来媳妇年巧也快要崩溃了。年巧脸色煞白神情恍惚，翻眼看人的样子十分瘆人。有一天她扑进老雷子怀里呜呜地哭了起来，说爷呀爷呀，我实在受不了咧，我夜里做梦人家把你孙子拿枪打了，还把我肚子划开，把里面的孩儿挑在刺刀尖上，嘶的一声就扔到涝池里去了。老雷子搂着孙子媳妇，看她在怀里兔儿一般抽噎战栗，心里头又难过又慌堵得厉害。随后老雷子就暴跳如雷大骂雷子老六，说雷子老六不走正道招惹是非，不是好丈夫不是好儿子也不是爷的孙子。老雷子满腔悲愤热血沸腾，一时失控竟朝小学校方向跑去。门口的哨兵执勤既久，迷迷糊糊差不多就要打盹儿了，见老雷子不打招呼就要闯进门去，一时间灵醒了也慌乱了，一横枪将老雷子拦腰截住，连着喊你干什么你干什么，声调里居然带出一丝哭腔，生怕失职遭官长训斥责罚。老雷子猛一使劲，连人带枪把小哨兵推到了一边。老雷子冲进小学校后，小哨兵一边跟着屁股追撵一边喊叫，我开枪了，我开枪了，你再跑我就开枪呀。老雷子拧过头来却不停步，呵斥说开啥枪哩开啥枪哩，借你个胆子你也不敢，随之脚步跟跄不管不顾一头扎进炮连连长屋里。老雷子像士兵一样向炮连连长报告，说雷子老六没去天边没在眼前不远不近就藏在村外南洞里面。炮连连长嘿嘿一笑，连说你蒙谁呢你蒙谁呢，这几天一直追问你都不说，今儿个倒是自个儿跑过来了。又变了脸色喝道，你就不怕落个谎报军情，本连长按军法一枪把你崩了。老雷子于是便指天发誓，解释说他其所以要控告他的孙子，是希望长官早点把他抓回早点把事情结了，要不他这日子没法过了不说，说不定还会弄出一条两条人命。老雷子答应炮连连长要什么雷子老六就给他什么。不过你得保证不伤害我的孙儿，老雷子最后正色说道，要不我老雷子在众人眼里不是东西，你这个国军长官也就不是个人了。炮连连长见老雷子出言不逊，不仅没有恼火反倒打消了所有疑虑。他当下让勤务兵传令，并亲自率领一个排的士兵往南洞方向扑去。老雷子开始还跟在后面一颠一歪地追撵，待出了学校拐过一个弯儿，就被队伍腾起的尘土掩没在半道上了。炮连连长和士兵密密匝匝包围了南洞。他们大约知道洞庙里只有慧心婆婆一个住持，便轮番扯着嗓子唤她出来。其时慧心婆婆正在菩萨洞里礼佛烧香，听见洞外大呼小叫先是一惊，继而便眯了眼目又念经文，好像这世界什么事情也不曾发生。一个当兵的冲进洞里将慧心婆婆扯出，慧心婆婆见是一群端着长枪的军人，居然不慌不乱无丝毫惧色。她甚至一反常态没做双手合十没念阿弥陀佛，而是撮了嘴唇朝撕扯她的士兵啐了一口。炮连连长并不计较慧心婆婆的怨恨和对抗，他要她交出雷子老六，否则他不仅要把她赶出洞庙，还要一把火将她的庙院烧个精光。慧心婆婆虽说对雷子老六不满，当兵的抓他也罢，不抓也罢，她都不许他们践踏佛的尊严叨扰佛的安宁。慧心婆婆说我这儿只有佛祖没有什么雷子老六。又说对佛祖只能叩拜不得无礼，请施主快快收了刀枪回转去吧。炮连连长嘿嘿一笑，提示说雷子老六他亲爷都说他就在你这儿藏着，本连长和弟兄们难道能讹你不成。慧心婆婆说陈家六哥以前常来这儿不假，可最近已有俩月仨月不见他的面了。这时有士兵喊道，连长咱别跟她啰唆，咱们进去直接搜查不就得了。于是一帮士兵也跟着起哄，并端着刀枪朝前聚成了一堆。炮连连长没料到慧心婆婆愤怒之极会以死相拼。慧心婆婆说，你们真要进去惊动佛祖，那就先把我这个佛子杀了，只要我不死，你们这些个俗物就别想进去一个。说着往前疾走几步，抓紧一支枪管把枪口抵在了她的胸口上面。慧心婆婆的举动惊呆了炮连连长也震慑了一帮士兵。他们面面相觑手足无措，那个举枪的士兵忍耐不住，最终还是将枪身从慧心婆婆手里抽了回来。炮连连长束手无策一脸的无奈颜色，心下正琢磨要不要不顾尴尬撤兵回营，不想慧心婆婆忽然变了一副嘴脸一种腔调。慧心婆婆先是面对枪口说了三个阿弥陀佛。继而见军人们不与她计较又说了三个阿弥陀佛。慧心婆婆睁开眼时，便说娃娃们这下就算对了，到这儿不比上前线打仗，到这儿你们得守这儿的规矩。慧心婆婆答应炮连连长可以进庙洞看看，但他和他的士兵必须解除武装，说不说脱掉军衣摘掉军帽，最起码也要把手中的武器放下，而且进了洞庙之后，总得给如来大佛烧炷高香，如若有菩提之心济众之志，往中洞功德箱里捐几个铜板也未尝不可。炮连连长图抓雷子老六方便——照着做了。于是慧心婆婆就让炮连连长察看洞庙，让士兵搜查庙院的角角落落，然后又把他们带到慧清婆婆住过的耳房里面。当兵的三看两看便发现了那个黑洞，一帮人兴奋之极大喊大叫，都以为雷子老六十之八九就藏在这个洞窟里面。几个当兵的轮番扒住洞口，喊话说陈守信你赶快出来，我们已经发现你了，却没一个敢打头钻进去搜寻。炮连连长示意一个个头矮小年龄也小的士兵进去，那个士兵刚钻进半个身子，就把一泡冷尿尿在了两只大腿之间。炮连连长这时候已不顾对慧心婆婆的承诺了。他拔出手枪照准那摊污渍啪啪就是几枪，吓得那个士兵哇哇乱叫其他人跟着也都变了脸色。随后，一个眼睛窄小嘴唇肥厚的士兵自告奋勇钻进洞去,炮连连长弯下腰身往洞里窥探,大半个时辰都要过去了,却不见洞里有任何声响。炮连连长做怜惜下属状,扒着洞口拖着哭腔呼喊洞里那个士兵。其他士兵见连长情深意重心急如焚就像本家大哥似的,一时间也都聚拢过去,高一声低一声地喊叫起来。后来大家感觉已没什么指望了,不料那家伙又浑浑噩噩悄没声息像蛤蟆一样挤出了洞口。小眼睛士兵显然被吓坏了。众人先将他扶起靠土炕立着,再问洞里情况,却只管摇头晃脑抖抖索索,大半天硬是说不出一句话来。炮连连长走过去抓住他的领口,顺手就是一记响亮的耳光。小眼睛士兵出洞时懵懵懂懂,挨了巴掌仍神志不清,事情到了这个地步,炮连连长就知道是该收场了。其时,慧心婆婆立在耳房外面,继续在念她的阿弥陀佛。慧心婆婆气定神凝亭亭而立,宛若一株临风不倾的白杨或者梧桐。炮连连长不甘心在这个佛教徒跟前丢了脸面,他先是伸出手臂朝着黑洞开了两枪,然后又指挥一帮士兵高高低低分成几拨,举排枪对准黑洞,噼里啪啦打光了所有子弹。

17

其实,雷子老六在家庆后院早已躲得不耐烦了。一段时间来,雷子老六早出晚归忙这忙那,总以为能闲下来是一件十分奢侈的事儿。他曾设想什么时候能有三天空闲,他就连着睡它三天三夜,或者白日里四处闲逛,到晚来就坐在院子里看星星眨眼,看月亮从云层里钻进钻出。他不曾料到一个人无所事事坐在这柴房里面,竟比扛麻包还累,比雨淋日晒还要难受。开始他还操心家里的变故,家庆一来他就问这问那,生怕他妈他爷和媳妇年巧遭遇不测。当然,雷子老六碍于家庆跟年巧有过那么一回,言语里要么只提他妈要么只提他爷,可心里揪得最紧的，还是年巧和年巧肚里的孩儿。家庆的狡黠圆巧是疙瘩家出了名的，他每次都能具体报告对面屋里的情况，既不回避也不多扯有关年巧的话题。家庆还要他的邋遢女人尽量把饭菜做得可口一些，他自己则小心翼翼不惮其烦，总会把热汤热饭递到雷子老六手中。雷子老六后来就心安理得无所顾忌了。夜里瞌睡他能一觉换来天亮，白日里无事憋闷，他就看小鼠在脚前觅食，看大鼠在墙根追逐交配。柴房里的小鼠有七只或者八只，它们一个一个从鼠洞里钻出，走走停停停停走走，即便看见眼前有一对人的大脚，一点儿也不害怕也不回避。雷子老六打小见惯了老鼠苍蝇蚊子臭虫，总以为它们都是些十分肮脏令人厌恶的东西，这时候他才发现那鼠崽竟长得那么可爱，不光茸茸的小身子憨态可掬，一双圆圆的小眼睛也又黑又亮。何况它们啮食时候，大都会把两只嫩鲜的前爪儿端在胸前，让人感觉都是些不谙世事单纯之极的孩儿。相形之下，那只雄鼠和那只雌鼠就要敏捷强悍多了。它们贼头贼脑探望洞外的一切，射箭一般从这个旮旯蹿向那个旮旯，又从那个旮旯蹿到这个旮旯里来。它们也许发现了雷子老六是个人类，也许只是把他当成一个物件是柴房的一个组成部分。但不管怎样，它们一旦耽于欢乐紧紧追赶紧紧纠缠的时候，就无视雷子老六的存在了。雷子老六生平头一回看见鼠类觅食、交配，为此他感到有点滑稽又有些许无奈。有一阵他甚至抽搐嘴角难看地笑了一笑。好在雷子老六借此打发了一段时光，这就使得他的躲藏不至于十分枯燥十分难挨。谁知一天晌午，一只跳蚤顺着脚面顺着裤管爬进了雷子老六的裤裆。那虫子又小又精在雷子老六的毛丛里钻来钻去，一会儿感觉有了，一会儿又感觉没了，让雷子老六私处奇痒内心奇痒大半天过去都不得安宁。有一阵，雷子老六试图收拾这个让人厌烦让人气恼的东西，但他解开裤子捉了半天也没能将它降伏，于是只好又勒上裤绳，隔一阵在裤裆抓挠一把，隔一阵又在裤裆抓挠一把。到傍晚，那只跳蚤终于不知跑到哪里去了，一只花脚蚊子不挑不拣，偏偏儿又叮了他的耳朵梢儿。雷子老六一气之下就从柴房里走了出来，嘴里骂骂咧咧还伸手扇了自己一个耳光。雷子老六并不打算交出他的独角怪兽。他想我钻大冢时已死过一回了，这回我躲避也罢，不躲也罢，大不了一个死字，又何须在这儿与老鼠做伴，给跳蚤蚊子供吃供喝。雷子老六走到院子门口被家庆拦腰抱住。家庆咋呼说兔娃子你想干啥你想干啥，你出去肯定一死你这是逞啥能哩。见雷子老六不理不睬不管不顾，又说咱们最好商量商量，要不我把家盛保长请来让他想想办法。雷子老六说把保长叫来顶个屎用，别看他平常管了下庄又管上庄，他日能管人家队伍上的长枪大炮和一百多号人马？戗得家庆一脸难堪无言以对，立时就把手臂松放开了。雷子老六于是扯开街门走了出去。雷子老六走过街巷时，一街两旁有许多人注目看他。下庄人打量雷子老六的眼光各不相同，有惊讶有狐疑有担忧，更多的则是无奈或者麻木。雷子老六跟谁也不招呼，甚至连谁也没看上一眼。雷子老六一回家就说，我不走了我不走了，这回咋说也不走了。他妈走地平看见儿子又高兴又犯忧愁，一会儿又是忙着烧火，一会儿又跑来问这问那。媳妇年巧担惊受怕久了，这时候就将额头抵住墙角，嘤嘤地抽泣开了。他爷老雷子蹲在地上不知如何作想，雷子老六进门前他是什么姿势，进门后有许久仍是什么姿势。雷子老六则静候当兵的来家里捉拿他和拷打他。他盘腿坐在堂屋门口的石阶上，面儿上有多沉静，心里头就有多沉静。只是到了翌日，当兵的来的不是四个而是二十四个。他们在拂晓包围了雷子老六家的宅院。有个小当官的在巷口还朝天上放了两枪，枪声清脆响亮撕碎宁馨，惊醒了大人吓哭了娃娃，并在下庄的历史上刻下了奇异难忘的一笔。随后五六个士兵端着刺刀冲进屋里，把雷子老六从媳妇年巧怀里一把扯出，又把年巧和他妈他爷分头赶到堂屋中央。他们全然不顾老雷子光着屁股穿了上衣又蹬裤子，也不管年巧背心短裤腆着不大不小的孕妇肚子。有个当兵的甚至在院子用枪托撞了年巧一下，不想这当儿老雷子弯腰低头从斜刺里冲来，一头就将那个当兵的顶倒在门阶跟前了。老雷子又吹胡子又瞪眼睛，斥责说有话说话有屁放屁凭啥欺负一个有身子的女人哩。见那个当兵的狼狈不堪趔趔趄趄站起身来，又说你也是你妈鼓着肚子生下来的，你回老家问你妈去，看她让不让你做这号缺德事情。老雷子的暴怒和举动一下子占了上风。那个小当官的赶紧跑过来向老雷子道歉，又故作姿态把那个当兵的臭骂了几句。但是小当官的面对雷子老六，立马又换了一副嘴脸。小当官的一开口就朝雷子老六索要东西。雷子老六被刺刀戳着咽喉却毫不畏惧。雷子老六说我没有金马驹也没有金牛犊，长官你若不信你就让弟兄们搜查，查出来你连大洋一块拿走我不说一个不字，查不出来你把大洋全都留下，我三天两头花它绝不嫌弃它多。小当官的并不计较雷子老六的狡狯和玩笑，只是轻轻一挥手掌，于是疙里疙瘩又拥进十几号士兵。他们一律握着洋镐洋锹，一进门二话不说就乱刨乱掘起来。他们挖了前院又挖后院，刨了猪圈又刨鸡窝，一时间铁器与铁器叮当碰撞，喊声与喊声相互交织，偌大一个庭院，很快就鸡飞猪跑尘埃四起乱成了一片。这期间，雷子老六他爷老雷子气得胡须乱抖却也毫无办法。雷子老六他妈心疼她的家当，看着看着眼泪就流出来了。媳妇年巧跟婆婆和老雷子一样不知底细，为避免身子吃亏，索性缩到门道一隅，在那儿一动不动悄没声息地待着。雷子老六提心吊胆关注着事态的变化。待到当兵的要刨锅台和土炕时，雷子老六便叫一声长官呀，你就别让弟兄们辛苦了，你知道我多日就不在家，就是有啥值钱的东西，你想想，我还能把它藏在屋里。小当官的就问你到底有没有金马驹金牛犊什么的。雷子老六说我就是用泥捏也捏不了个马驹儿牛犊儿，何况我又不会屙金块块尿银水水，说着就自鸣得意哈哈大笑起来。小当官的终于被雷子老六惹火了，他突然打断雷子老六的话语笑声，吼叫说陈守信，你别装聋卖傻跟老子玩这套把戏。老子今天挖不出什么不说，要是挖出什么东西，老子不光把你一个人绑了，老子还要夺你家当烧你房子灭你全家。雷子老六也不示弱，回敬说去屎蛋你去屎蛋吧，你要是能挖出金马驹金牛犊儿，我料你早就抱着跑了，你哪里还有心思用绳子一道一道地箍我；你要是挖不出呢，你又凭啥抓我哩绑我哩，又凭啥还说烧我房子灭我全家，饿得小当官的表情是半信半疑动作也犹疑不定了。见此情状，雷子老六顺手从一个当兵的手里夺过洋镐，三下两下就把自家的锅台刨了。雷子老六甚至不惜捣碎那只烙饼的铁锅。那只小铁锅因年月久长早断了一只耳朵，锅底有几处裂缝经多次补钉，眼下只能烙饼不能熬粥了。雷子老六砸锅时下手十分凶狠，一只圆锅转眼成了一堆碎片不说，一块黑铁还随着洋镐方向弹起，日的一下贴着小当官的耳梢从纸窗飞了出去。雷子老六刨了一家人的锅台，又刨他和媳妇年巧的土炕，而且边刨边说你信不信，你信不信，把牙齿咬得嘎巴嘎巴作响。雷子老六当然知道他的独角怪兽就藏在炕灰下面，他不仅不会将那个东西从土炕里刨出，同时还用砸塌的炕坯将它严严实实地覆盖起来。雷子老六用不敬回敬小当官的，反使小当官的不再疑虑，也不再纠缠他的锅台土炕了。这时雷子老六他妈又从厨屋那边扑了过来，哭喊说天打雷劈，天打雷劈，你叫我咋么做饭呀，你叫我怀娃的巧儿咋么睡觉呀。要不是老雷子眼疾手快一把将她拦住，年巧也从门道那边过来哭着劝她，说妈呀你不要这样，妈呀你不要这样，说不定真的就会碰死在小当官面前。事情一经闹到这个地步，小当官的只好收兵回营了。小当官的挥手示意一帮士兵撤离，不想雷子老六并不饶他，说长官呀长官，你不能说来就来说走就走，你挖了我的院子刨了我的锅灶睡炕，你总得给我一个说法一个交代不是。见小当官的傻傻愣愣看他，又说你起码得把你的八百大洋抬走，要不那玩意儿老搁这儿，瞅着看着跟八百炸弹有啥区别哩。小当官的这才想起是该抬走银元了。雷子老六于是又揶揄地笑起，说长官呀你得睁大眼睛清点好了，要不少个三块两块的，你还说咱庄稼人心眼太小手脚不干净哩。雷子老六自认为当兵的被他彻底打败了，因为他们抬着银元离开时，就像败逃的队伍抬着一个伤兵或者一具死尸。雷子老六立在门口轻蔑地骂道,你妈个屄,你以为拿大洋换我宝贝我就信你哩,你能骗鬼你就骗鬼去吧。

18

那天拂晓,疙瘩冢下庄和上庄都听到了两声枪响。比起村外南洞里那次爆豆般的射击,拂晓时响在村巷上空的枪声,就显得更加清脆更加响亮了。下庄的男人和女人都知道队伍上开枪跟雷子老六相关,以为雷子老六这一回一定倒了大霉咧,担惊受怕丢舍钱财自不必说,弄不好还会把一家人的性命贴赔进去。有人甚至怀揣了好奇与恻隐之心,出门之前就打算去看雷子老六如何暴尸庭院,他爷他妈和媳妇年巧如何缺了胳膊少了腿脚。最初一阵,下庄人大都不愿靠近前去,以免被人误作急不可耐和幸灾乐祸,因此或远或近或聚或散,只是伸长了脖颈朝雷子老六家张望。后来就有好事者斗胆走进了那扇大门。后来就有消息慢慢在街巷传播开来。下庄人没想到事情的结果会跟他们的揣测大相径庭,当兵的不仅没在雷子老六屋里抓人杀人,而且自从离开之后,就再也不来村巷滋事骚扰了。这事故连雷子老六也有些惊讶有些蹊跷。有一天,雷子老六鼓起勇气跑到小学校去探听虚实,一个人在哨兵眼皮子底下往里偷觑了好长时间。那个哨兵是个十七八岁的孩子,一嘴茸毛一脸稚气,始终没干涉或呵斥雷子老六。雷子老六发现兵营像从前一样恢复了庸常和忙碌。所有人都按部就班各司其事。在马厩那儿,一个年岁稍大点的马夫带着两个士兵给骡马添料。他们喂它们泡胀的黄豆豌豆,雷子老六打老远虽说看不清楚,却知道都是些让牲口眼馋也让下庄人眼馋的东西。小操场上有二十多个士兵在走队列,雷子老六发现,包括那个小当官的在内,此前他们一多半都去过他的屋里。他们无视雷子老六的存在，时走时停往来折返，一直都在重复一套固定枯燥的动作。有一阵，那个小当官的好像朝大门口这边看了几眼，但很快又收回目光，专注于他的队列口令了。雷子老六还看见连部那儿不停地有人出出进进。那个勤务兵笔直笔直地挺立在台阶上面，远远地，似乎一直盯着雷子老六，又似乎不把雷子老六放在眼里。雷子老六渐渐看得烦了，又扑里扑沓来到原坡火炮阵地跟前，看一帮士兵用教练弹装模作样地填炮打炮。这里的士兵好像也不在乎雷子老六的存在。他们漫不经心地操练炮弹，其中有人为了排遣郁闷，偶尔会跟雷子老六唠嗑几句。一个瘦得像猴儿似的家伙曾去过雷子老六家里，知道雷子老六有一个如花似玉业已怀种的女人，就说老乡呀你在这儿看我们打炮，一会儿能不能让我们跟你回去看你咋的打炮呢。转过头又跟其他当兵的说道，那娘儿们真他妈的漂亮，谁他妈的送炮弹进去都不想退炮弹壳儿，说得一帮士兵全都淫亵放浪地笑了。雷子老六虽说十分憎恶这个家伙，却也至此知道，昨日的噩梦大约已经过去，整个炮连从此不会再打他的主意了。他们荷枪实弹镐呀锹呀地去他家里，显然是做最后一次努力，抑或只是抬走他们的银元而已。雷子老六暗自庆幸自己的坚定沉着机智。为了显示劫后余生的轻松和喜悦，回家后他开始用心地整治他的院落和屋子。雷子老六出出进进忙里忙外，从早到晚一刻也不消闲。他不让他爷老雷子插手，更不让他妈走地平借邻居的锅台为他操弄饭菜。这几天，雷子老六他爷老雷子为兵扰之事气得都要疯了。他妈走地平和媳妇年巧眼看着吃不能吃睡不能睡，忧愁的脸色一个比一个难看。他们见雷子老六干活时乐乐呵呵喜不自胜，都感到不可思议。老雷子更是憋着闷气生着无名之火，在雷子老六耍玩一样的忙碌声中，他要么独守一隅长吁短叹，要么为图清净，索性就从家里逃离开去。雷子老六全然不顾他爷他妈和媳妇年巧的脸色，一个人平了前院又平后院，垒了锅台又垒土炕，细心处，还把年巧的炕栏儿加高加宽了一段，以备来年春天安全地养护他们的儿子。有天早晨雷子老六忙着忙着居然唱起了戏文，他妈走地平和媳妇年巧从一旁仔细听了，发现他唱的竟是"人间良夜静复静，天上美人来不来"，于是两个女人转忧为喜相互瞅看一眼，忍不住都抿嘴偷笑起来。雷子老六盘垒鸡窝时，又自编自唱道：

> 我把这金銮殿打造停当，
> 不请他皇上老儿，
> 专迎你雌雄凤凰！

当然，雷子老六无论怎样得意怎样忙乱，也不会忘记他的独角怪兽。他把那宝贝东西从灰土里扒拉出来，用心地吹去上面的灰尘，然后用油纸裹了又裹，再次藏进新砌的土炕里面。雷子老六做这件事时，既避他爷他妈又避媳妇年巧，他自己则偷偷摸摸又兴奋紧张了一回。如此七天八天过去，雷子老六终于将残破的院落整治好了。接下来几日，家里人以为雷子老六出了力气累了身子会安生一阵儿，不想他这里刚刚扔下工具洗罢手脸，就又抛头露面往街巷溜达去了。雷子老六逢人堆就钻，跟男人吹牛笑骂，跟女人打情逗乐，见了上岁数的老人，就爷呀奶呀叔呀婶呀乖甜地叫着。他甚至钻进草丛，用尿水灌出一只品相很是不错的蛐蛐，然后用双手小心翼翼笼着在街巷邀人决斗。一帮娃子见雷子老六一个大人也玩这种小儿游戏，一时间吵吵嚷嚷活蹦乱跳，都把自己的看家蛐蛐抱了出来。雷子老六将眉眼凑近陶罐将屁股冲天撅起，跟孺小斗要得十分认真十分投入。下庄偶尔有人从人堆外走过，但凡老叟发现雷子老六也在里面，往往先是一愣，接着便打哈哈解嘲；是女人则悄悄掩了嘴角，走老远了还会回过头来哧哧发笑。雷子老四的儿子养有三只勇猛蛐蛐，依大小和战绩将它们分为一号、二号、三号。雷子老六的蛐蛐咬败了三号又战胜了二号。再与一号搏斗，双方你来我往死命纠缠，最终还是雷子老六的蛐蛐败下阵来。雷子老四的儿子得意之极，拍着小手不停地欢呼，不想雷子老六将他的蛐蛐从陶罐捞出搁在左手心里，然后用右拳击打左手手腕，将蛐蛐一下一下朝空中弹去复又接住。雷子老六再次将蛐蛐放进陶罐，那虫子受了惩罚稀里糊涂，不光冲过去咬败了对手，追撵时还把逃敌的一只大腿拧了下来。雷子老六的蛐蛐振翅抖尾高唱凯歌，但是他的侄儿却因爱虫的损伤哇哇地哭了起来。那孩儿随后又哭着闹着要雷子老六赔他蛐蛐，纵使雷子老六以物抵物拱手相让也不肯答应。这情景很快又吸引了许多眼珠。下庄人不知雷子老六何以贪恋小儿勾当且弄出这等事来，街巷里再见雷子老六，发现他一如既往依然故我，昨天是什么样儿，今儿个还是什么样儿。当然，雷子老六不是对谁都嘻嘻哈哈一派和气。街巷里遇见家庆，他尚能跟他搭讪说事，因为家庆在他危难时刻，毕竟将他藏在了他家柴房里面。雷子老六据此还试图将新仇旧怨一笔勾销。但是碰到满堂就大不一样了。满堂向来眼浅，满以为拿雷子老六取笑不会有啥错失，因此远远看见雷子老六，就喊兔娃子，打牌去，兔娃子，打牌去，到跟前又说，走，打牌去，走，打牌去。满堂没想到雷子老六这一回会破口骂他。雷子老六说满堂你个狗屎日下的，你瞅红灭黑舔肥沟子咬瘦屎，你是疙瘩家最小最小的小人你知道不？骂过之后，又压低声音恨之入骨说道，从今往后，你要是在我跟前再提打牌这事，小心我把你的舌头割下来喂狗。雷子老六说罢转身便走，把满堂一个人撂在街巷中央，大半天都呆若木鸡缓不过神来。第二天黄昏，有炊烟和晚霞在树梢缭绕之际，雷子老六跟一帮人在皂荚树下扎堆聊天。雷子老六高喉咙大嗓门儿兴致正浓，刚好保长家盛迈着方步从一侧窄巷走了过来。雷子老六无视保长家盛的出现。家盛保长走上前来意欲搭话，雷子老六仍眉飞色舞指手画脚，不肯把脖颈掉转过去。家盛保长大将风度坦坦荡荡去了，但是雷子老六的听众却都吃了一惊，有人甚至往手心捏出汗渍来了。也许雷子老六不该猖狂不该迫不及待地表现自己，这天夜里他在外面与人闲逛耽得久了，等到他爷老雷子失急慌忙跑到街巷喊他回家，他才知道媳妇年巧经不住多日的恐吓折腾，提早分娩生下了一个死胎。雷子老六惊慌失措跌跌绊绊跑回家里，他妈走地平和几个堂嫂已把事情料理过了。雷子老六痛心不已，他分开众人扑进屋子，将年巧抱在怀里，将脸腮贴着她的脸腮，将泪水流满了她的眼窝。雷子老六还像野兽一样呜呜嘤嘤地抽泣，一时间谁也劝阻不了，谁也不好反复不停地劝他。但是到了夜间，当几位堂嫂和最后几个看热闹的女人相继离去，雷子老六便止住哽咽擦掉眼泪挺起身来。雷子老六并不反悔自己的行为。他跳下土炕打开炕洞，取出独角怪兽放在媳妇年巧怀里，屋里头金光闪闪四壁生辉，一下子瞧花了一家人的眼睛。这是啥，雷子老六两眼喷火咬牙切齿，卖唱的叫它送子麒麟，我叫它金子麒麟。又说这是千年的稀罕万年的宝贝，有了它，咱们老陈家就不会绝种，也不会无衣无食缺东少西。雷子老六警告他妈他爷不许大惊小怪，更不许走漏风声。他还嘲笑军队的愚蠢和吝啬，骂一声八百大洋又能咋，八百大洋算个屎喀，然后就缩在土炕一角睡觉去了。

第三章

19

在暑热过去阴雨到来之前的一天，下庄人像以往一样平庸地打发着日子，街巷里的雷子老六却突然失踪了。下庄人没谁知道雷子老六的去向和失踪的原因。左邻右舍只要一提及这事，雷子老六他爷和他妈就说，一个大活人愿去哪儿就去哪儿，谁能拦了他的想头绊了他的腿脚，不定哪天说回就又回来了，因此并没往心里搁着。媳妇年巧似乎也没在意没怎么慌张，下庄人见她去河边浣衣或去打麦场上纳柴，去时恬静淡然，回来依旧一副恬静淡然的样儿。甚至有那么一天，有人还看见老雷子从镇街卖菜回来，推车上居然还吊着一绺儿羊肉，当天晌午，就有炖肉的香味儿从雷子老六家的屋檐下飘出，在下庄街巷里悄悄儿弥散开来。后来时间一长，下庄人渐渐不再打问雷子老六的消息了，雷子老六一家却不由虚空慌张起来。雷子老六他爷老雷子每天一早出门去打听寻觅，晚上回到家里就低头纳闷抽烟袋锅儿，全不似先前那样急躁那样火暴了。他妈走地平收敛了脚步，从早到晚愁眉苦脸忧心忡忡不说，某一日还跑到南洞里求神问卦，指望着能从慧心婆婆那里得一个卜算得几分慰藉。为消解先前因鄙薄洞庙与慧心婆婆的隙隔，她特意给慧心婆婆扯了五尺衣服料子，又把家里所剩不多的大米绿豆白糖干枣匀出了一些。雷子老六他妈往南洞去时鼓足了十分的勇气和脚力。慧心婆婆见香客竟是雷子老六他妈，一时间也着实吃惊不小，把一根奉香燃掉了许多仍在手里捏着。雷子老六他妈于是就叙说儿子的走失和自个儿的焦虑，说着说着就有两串泪珠滚落下来。慧心婆婆以慈悲为怀，不与雷子老六计较也不与他妈走地平计较，稍作犹疑就进庙洞料理开了。雷子老六他妈虔诚之极认真之极，慧心婆婆见她烧的高香磕的长头，就摇出一个中下签来，抑扬顿挫将上面的诗文逐字逐句讲了，并说福兮祸兮祸兮福兮，让她不必挂念，回家耐心等待就是。雷子老六他妈感觉慧心婆婆简单草率了一些。她从地上爬起身来，拿一种凄惋哀求的眼光瞅看慧心婆婆。慧心婆婆不再理会也不再言语，雷子老六他妈虽说心下不悦，但还是千恩万谢地去了。不过等待是熬煎人的。雷子老六他妈先是在屋里耐心地等了三天。除了一日三餐，她把前院打扫净了又打扫后院，把猪呀鸡呀猫呀喂过一遍又喂一遍。有时她也试图拆洗一家人的换季衣被，只是一旦触及雷子老六用过的东西，她的心绪立时就虚空糟乱起来。雷子老六他妈于是就去村口朝镇街方向张望，把那条翻过原头蜿蜒曲折挂在原坡上的小径，从那头看来又从这头看去，总盼着有人影出现，而且能是她的宝贝儿子。下庄人初始发现她立在村口土台儿上，伫一阵望一阵尚能走离开去，随后就感觉她像一棵树或一根木桩，从早到晚便顽固地栽在那儿了。这期间，媳妇年巧面儿上似乎看不出什么，其实心里头比婆婆忧愁多了也急切多了。年巧曾试图去村口劝婆婆回来，街巷里也有几个上了岁数的女人前来提醒，说巧儿呀，你去把你婆婆喊喊，她老是戳在那儿，招风着凉的，弄不好伤了身子骨儿，你这家不就全乱套了。年巧于是就去开导婆婆，谁知未及开口，自个儿的眼窝里头，先是蓄满了哀愁蓄满了泪水。待到说话时候，终于控制不住，竟于光天化日之下哇的一声哭叫，又伴着高高低低跌跌绊绊的脚步，一路不停地跑了回来。下庄人见此情形，只好推举出三四个女人，将雷子老六他妈扯着搂着弄回屋里，又早晚轮流厮守，不让她思虑不开弄出什么差池来。此后不久，疙瘩寨一带便下起雨来。在秋风呼号秋雨连绵的日子里，下庄的天空很少见到亮色，雨丝一扯起来就没完没了。瀧河水虽是一点一点涨起来的，但比任何一次急突的山洪都来得厉害。大水漫过河滩漫进菜畦，河湾里白茫茫一片汪洋大海。而街巷这边，有时忽听谁家的颓墙扑嗉一声倒了，谁家的树枝横扫屋脊屋檐，瓦片和老土便一块一块地跌落下来。就像雷子老六走失时无人知晓一样，某天夜里有人叩击雷子老六家的街门，河滩里的涛声和屋檐下的雨声，比以往任何一刻都要响亮，下庄的男女老少，到底不知街巷里发生了什么事情。雷子老六他爷老雷子躺在炕上隐约听到有人敲门，开始以为做的睡梦听的虚渺声音，一眨眼一翻身就又睡了过去。但是门外那个人很有耐心，敲门时总是一样的节奏一样的轻重，有时风声雨声紧了，才会连着猛敲几下。老雷子后来终于灵醒过来，一个激灵跳下土炕蹿到街门跟前，大半天过去了，却不敢随意扯那门闩。老雷子扒着门缝朝外窥探，这一看不仅没能放下心来，反倒越发地恐惧越发地慌乱了。老雷子借着白雨的亮光和闪电的照耀，发现门外是一张陌生面孔，而且装束异样神情乖张，压根儿就不是下庄、上庄或附近村里的熟人。老雷子跟那人一个门里一个门外对峙了许久，最后确信不会再有第二个人时，这才一横心一咬牙将两扇门板分了开来。来人一身山民打扮，老雷子开门前他已淋得精湿，这阵儿进得门来，便开始认真地喷打喷嚏，是一个比一个响亮，一个比一个悠长曲折。雷子老六他妈以为是儿子回来了，不顾多日生病不顾风凉雨冷，光脚露腿就从那边屋子跑了出来。媳妇年巧缩手缩脚敛声屏气，不知什么时候也站在了大家跟前，给这个紧张的雨夜又平添了几多紧张。不速之客声称他是雷子老六的朋友，说他和雷子老六一块卖过菜一块砍过柴，逢年过节在一块喝酒打牌，前后交往少说也有七八年了。他还拿出一根有着玛瑙嘴儿的烟杆，说烟嘴烟锅儿都是雷子老六那年在镇街买来送给他的，他们两个一人一副一模一样，足见他们的友情有多密切有多亲近。雷子老六他妈听来人这样说话，便打发媳妇年巧快去烧点热汤给客人暖暖身子，她自己则跑进屋里翻箱倒柜，试图找出一件两件能够暂时御寒的衣物。但是不速之客不换雷子老六他妈拿来的衣服，只喝了年巧赶烧的葱花姜汤，然后就说这些日子他和雷子老六一直待在一起，俩人跑来跑去，就为给那件古董寻求一个合适的买主。又说前几天由他联系了一家商行，那家商行不光生意兴隆财势旺盛，商行的掌柜跟汉口那边的商家以及军界政界都有持久的交往。他们听说雷子老六有这么一件宝贝，愿意出人价不说，而且一经成交，还答应帮雷子老六在汉口或西安城里，安顿一样不错的生意，让雷子老六联手四方商贾，拿钱挣钱，发大财过富贵日子。不速之客特别强调他就是为这事来的，并说他受雷子老六委托，今晚无论如何也要把那东西带走。雷子老六他妈情切话短，急问俺娃这阵在啥地方啥时候能够回来，来人就随便报一个镇名，说婶婶你放心你尽管放心，只要东西一出手，你的儿子也就是我的朋友，他扛着银钱很快就回来了。雷子老六他妈一激动差点儿说漏了嘴巴。他爷老雷子陡生机智赶紧问道，说没说是啥东西，放在啥地方了，我好给你拿去。来人说大爷呀大爷，你怀里揣个明白嘴里说个糊涂，不就是一个金马驹或者金牛犊，这可是俺兄弟亲口给我讲的。老雷子知道对方嘴脸了，心想真的假不了，假的真不了，就你娃子那点儿水水，竟敢在我雷子炮跟前卖排，嘴里却说哪里有金马驹金牛犊啥呀，不就是两个泥捏的人人儿，前一向我把它放在鸡窝棚上，可近来天总下雨，早给浇毁冲到茅坑里去了。老雷子说完这话还朝雷子老六他妈使个眼色，怕是夜里她没看见，手底下又轻轻拽一拽她的衣角。雷子老六他妈稍稍一愣，赶紧说就是的就是的，起先那东西搁在这张方桌上，我嫌它土巴巴的脏兮兮的，又是从洞庙装神弄鬼那地方弄来的，放屋里不吉利，就让他爷赶紧拿了出去。来人并不甘心，搓着手瞪着眼睛，说不会吧不会吧，俺兄弟咋会哄我呢，俺兄弟咋会哄我呢嘛。这个夜晚，年巧在一旁一直没有吱声，这时候忽然抢白那人说，你说你十几天跟俺男人在一块儿，吃呀喝呀说呀笑呀，净是些谝闲传的事儿，咋的到了这紧要时候，偏偏就你一个跑来了。见来人无言以对，又说俺男人有金子做的牛呀马呀啥的，他就是不给爷说不给妈说，总不至于不告诉我吧，要不我白天白给他做饭，夜里头白给他暖脚哩。来人见年巧如此说话便停止了纠缠，大半天不吭不哈，只是痴呆呆在那儿坐着。后来他抬头看了老雷子一眼，老雷子忽然发现他的眼窝蓄满了忧愁哀伤，就好像有什么灾难，快要降到了这人头上。老雷子于是就下逐客令了。老雷子说大侄子呀，你看我这屋里祖孙三人，有俩是女人，你要是不嫌我老汉炕脚地有虼蚤，被窝里有虱子，咱爷儿俩就凑合住一晚上，赶明日天不下雨了，我让我本家侄子用骡子送你回山里去。来人听后不言不语站了起来，往外走时仍不言不语也不回头。雷子老六他妈上前还想问点什么，却被老雷子伸手一扯制止住了。老雷子伴着雷声叫道，大侄子你走好，大侄子你走好呀，就见一道闪电当空划过，那人竟踉踉跄跄歪歪斜斜，在大门外面连着打了几个趔趄。

20

这一夜，老雷子虽说将山民打发走了，但是一家人不仅没能松一口气，反倒更加惶恐更加紧张起来。最初一阵，雷子老六他妈和媳妇年巧还处在避开麻烦后的释然之中，她们一个掩了门扉，一个就去收拾锅碗，接下来便坐在一起，平息急突的心跳和消解额上的雨水汗珠。不过这情形并没维持多长时间。她们发现老雷子缩在土炕跟前，不说话也不抽烟，神情木呆就像换了一个人一样。雷子老六他妈跟他说话他不应答，媳妇年巧跟他说话他也不肯应答，她们这才知道事情比预想的要严重多了。于是三个人谁不离谁一直坐到天亮，大白天补睡时也不敢轻易合上眼睛，一整天提心吊胆像丢了魂儿似的。这样的日子苦熬了一段时间，天空风停雨住云开雾散终于出现了一个太阳。天一放晴，下庄人开始拾掇坍塌的屋墙排放庭院里的积水。有人还光着脚丫去原坡扶持倒伏的玉米和谷子。慧心婆婆也像一个蛰伏的爬物从南洞里钻了出来。慧心婆婆挨家挨户在上庄和下庄化缘，赶响午移步雷子老六屋里，雷子老六他妈咋说也不让她离开了。雷子老六他妈除了送东西给慧心婆婆，还特意洗净荤腥锅碗，为她做了一顿松软可口的清素面食。慧心婆婆吃了喝了拿了却不说太多吉利话儿。她告诉雷子老六他妈，说你的儿子终究会回来的，你的高香不会白烧长头不会白磕，你抽的是个中下签，所以注定了先得吃点苦头受点磨难。又说你的儿子亵渎了神明，你得劝他迷途知返，否则往后你们一家还得出事仍然不得安生。雷子老六他妈对慧心婆婆深信不疑，待慧心婆婆走后，就跟老雷子和年巧强调说，佛说俺娃能回来就能回来，慧心婆婆是佛，佛就是慧心婆婆。雷子老六他妈于是就坐在家门口朝巷子那头瞭望，有时一坐就是整整一个白天。为了避免下庄人像先前一样说她犯傻，她要么在那儿做针线活儿，要么帮媳妇年巧择菜或拣米里的秕子沙子。有时她还主动跟来来往往的乡邻搭话说事。夜里睡觉，雷子老六他妈不让老雷子和媳妇年巧关插街门门闩，说是得给她的儿子把门留着，这样雷子老六迟早回来都不会被关在大门外头。为防止媳妇年巧遭遇不测，还有那个金光闪闪惹是生非的宝贝东西，她还特意安排年巧跟她睡在一起，让老雷子洗净了腿脚住进年巧屋里。年巧的炕铺不像老雷子的土炕只铺一层麦草一领光席。年巧沿袭早先镇街的生活习惯，苇席上铺了温软舒适的褥子不说，底下还有一张羊毛毡片，上面还有一条印了碎花的洋布单子。老雷子钻进年巧被窝彻夜难眠。开始他还紧闭眼目摒弃杂念力图瞌睡过去，后来索性躺平身子睁了眼睛，把近来家里发生的事情从头到尾捋了一遍。老雷子特别想到那个雨夜和那个不速之客，又联系数十年方圆数十里强人剪道谋财害命的几个例证，料想他的孙儿八成是遭遇土匪了。老雷子当然知道因连年战事国军布防，平原和河谷里的流匪已作鸟兽散尽，可是南山里有头目有组织的土匪却趁机壮大起来。老雷子有了这个判断便起身走出屋子，一个人立在星月下面，把村郭外面的南山岭头看了一遍又看一遍，临近拂晓才回屋打了一个盹儿。这期间，雷子家族里的雷子兄弟不断有人来屋里打探消息。他们既关心外面的雷子老六，更多的则是为了宽慰屋里的老人和两个女人。家庆满堂和保长家盛前后也来过几回。老雷子性情急躁热火攻心，开始还支支吾吾跟他们应酬，有一天终于憋闷不住，便一半分析一半讨教，把猜测和担忧如实抖搂开了。雷子老六被南山土匪绑了票咧，这话早间在下庄的街巷和院落一经传开，到晌午雷子老六家的门道和院子，就被人头挤得严严实实了。有人一时间没地方落脚，就贴墙立在门道和庭院的拐角之处。有人不顾井盖儿牢靠还是不够牢靠，竟拿它做了座位坐在井台儿上。也有人眼看着挤不到跟前，索性就蹲在街门屋檐下以示关心。后来又听说上庄那边也过来了七八个人。大家说着说着就吵嚷起来。雷子老四主张报告政府，说是镇长和县长依据地方实力，一定有能力有办法救出他的老六兄弟，只是他的话音刚落，马上就有人喊叫说，找县府顶个屄用，别说眼下他们自身不保，就是搁在从前，他们啥时候打过土匪，啥时候跟土匪交过手嘛。家庆主张用钱救赎，说是人命关天，就是粜粮粜米砸锅卖铁总也值得，说得老雷子半天没有吱声，众人也一片沉默。雷子十三说话暧昧神情有点儿乖张。他打破沉寂，说土匪绑票一般瞅的都是有钱人家，六哥家房没几间地没几垄，土匪怕不是问咱要钱要粮吧，一句话让众人面面相觑神色诡异，心里头都怪怪的有些不自在了。这个白日从午后直到黄昏，雷子老六家里人来人去吵吵闹闹，始终也没敲定一个牢靠主意。保长家盛最后一刻终于站了出来。家盛说老六兄弟被绑票没绑票先要弄个明白，没绑作没绑的打算，绑了再说绑的打算，咱们大家总不能在这儿无休止地猜度不是。家盛保长毕竟做保长多年，见的人多经的事多，说话又不慌不忙有板有眼，当下就成老雷子的主心骨了。老雷子不假思索说道，家盛你说这事咋弄哩，今儿个老叔我就听你的，你说咋办咱就咋办。雷子老六他妈和媳妇年巧虽不说话，四只脚掌却同时朝家盛保长跟前移了几步。她们用哀伤可怜的目光瞅看家盛保长，就像落水之人一时要抓救命稻草似的。家盛保长提议由雷子老大进山去打探消息。雷子老大做公爹已有两年了，他的亲家就在南山喂子坪，那个家族有人农忙时照料庄稼，农闲时也上山头帮山寨做些事情，多多少少跟土匪有些瓜葛。家盛保长说话给自己留下了充足余地，强调说土匪窝子毕竟是土匪窝子，老大若是去了，出得来出不来很难预料，所以这事老大须认真思量思量，雷子爷也须认真思量思量。听家盛这么一说，包括老雷子在内，大家这时候都在人堆里搜觅雷子老大。有人说雷子老大刚才明明还在这里，这阵儿不知咋的就不见了踪影声息。老雷子怀疑雷子老大是听了家盛话头才溜掉的，心里正冰凉着，忽见雷子老大分开众人又急急火火地跑了进来。雷子老大一立定就说，本家爷爷你听着，保长兄弟你也听着，我刚才回屋里跟娃他妈说了，也问了媳妇一些情况，我明天就出发去一趟山里。又说我去了能换回老六也值，我不怕死，我有儿有孙今年整六十了，可老六年轻，才成家还没抱娃娃哩。雷子老大慷慨激昂语惊四座，老雷子一时吃惊不已感动不已，他扑上前去跟雷子老大握手，摇了半天却是说不出一句话来。家盛保长这时变了口气说道，谁说叫你死来谁说叫你死来，叫你去是摸情况哩，你倒是胡言乱语地瞎说一通，难道去了就真的回不来咧。第二天一早，雷子老大收拾好行头就出发了。雷子老六他爷他妈和媳妇年巧赶来送行，一帮人刚刚走过半截街巷，下庄人像由谁指令一样，呼啦啦全都涌了出来。大家簇拥雷子老大来到村口，老雷子哽咽半天才说，老大呀，你千万千万要小心哩，摸清了情况就赶紧回来。又说你放心好了，你走后家里头有我和你婶照应着哩。雷子十三这时也横里插了进来，高声说还有我哩还有我哩，我们兄弟都操心着哩。雷子老大于是就满腔激情脚力十足地走了，老雷子和众人相跟着还要送上一程，却被保长家盛和家庆伸双臂拦阻住了。随后几天，整个下庄都在等待雷子老大和雷子老六的消息。其时，下庄的原野经雨水浸润一片清新气息，又有小河蜿蜒潺湲从原坡底下流过，一切都是那样安宁，又充满了焦灼与惶惶不安。不久雷子老大就从南山回来了。雷子老大刚一进村，下庄人就像他出发那天一样，当街就把他围了起来。雷子老大没见着他的兄弟雷子老六，但他明明白白告诉大家，山里确实有一股土匪，而且确确实实将他的老六兄弟绑了。土匪在南山占据着一座险峻的山头。这山头高耸入云，一面悬崖绝壁，两面高坡深谷，只有正面一条鱼脊梁可以上山。土匪在鱼脊梁上设置了三道卡门，每一道卡门都有三五个匪卒持枪持刀把守。真正的寨门则用石头垒成，里面有厅屋有厢房有大殿，有松树柏树银杏水杉，原是一座废置的庙宇。雷子老大是扮作挑夫跟儿媳的堂兄一伙上山的。他们被限定只能在厨屋和柴房所在的偏院里活动，谁要是四处张望或随意走动，马上就会遭到呵斥甚至责骂。雷子老大不懂山寨规矩不熟悉挑夫行当自然不敢轻举妄动。但雷子老大断定匪寨里发生了重大事情，而且看起来与雷子老六的失踪不无关系。雷子老大的判断很快就被证实了。下山路上，一位真正的挑夫说他一个月前获准去大殿搬运东西，看见厢房廊柱上绑缚着一个山外汉子。他比比画画向雷子老大描摹那汉子的眉眼模样与胖瘦高低，雷子老大听着听着，就知道那人是他的本家兄弟了。雷子老大最大的缺憾是没法弄清雷子老六是死是活，如果活着眼目下又是怎样一个情形。雷子老大原想在山里再待几天的，随后一再权衡，知道老雷子和大伙一定等得急了，就不辞而别先跑了回来。雷子老大的口信让下庄经过短暂平静复又躁动不安了。当天夜里，雷子家族数十个兄弟叔侄和左邻右舍又一次郑重聚会。这一回，他们不再各自逞能争来吵去了。因为事情到了这步田地，他们无论如何也得拿出一个切实可行的办法来。

21

　　雷子老六的确是被土匪抓了。那天午后，雷子老六感觉近来在村里待得久了，就一个人去镇街小酒馆里喝酒解闷。小酒馆老板孙疙瘩多日不见雷子老六显得格外热情，按照吩咐不光切了猪肝猪肠猪肚儿，还顺便端来一碟儿青椒泡菜算作馈赠。雷子老六以往喝的都是本地白烧，今日兴起要的却是八两铝壶。他让孙疙瘩再拿一个酒盅过来跟他一块儿享用，孙疙瘩明白他这是客气谦让，伸手一摆灿烂一笑便忙别的去了。雷子老六自个儿斟酌一样有滋有味，有时候也会投杯停箸，眯着眼儿看各色人等从街口那边走过。雷子老六没在意墙角一胖一瘦两个食客是什么时刻进来的，总觉得他们俩人喝酒，跟他一个人喝酒一样没多大声息。有一阵，他似乎感觉得到他们从侧旁用心地看他，但只要他转过头去，却发现他们都在细声说话认真咀嚼，或相互把酒盅轻轻儿碰撞一下。后来他们先他一步走出了酒馆，临出门时雷子老六看着他们，也没发现他们多么在意自己。这里雷子老六酒酣耳热兴味正浓，又让孙疙瘩添了一点下酒的东西。雷子老六离开酒馆走出镇街差不多已是暮落时分了。他稍稍有点不胜酒力，又经野风一吹，一路明明白白偏又踉踉跄跄，及至走到河湾柳堤岸上，猛一抬头，就见此前在酒馆喝酒的一胖一瘦两个汉子拦住了他的去路。那阵儿雷子老六贪恋酒杯并未留心他们，此刻才发现胖的人高马大像一堵厚实的墙壁，瘦的干瘪如柴但一双眼睛像鹞子一样敏锐犀利。雷子老六惊呼道干啥干啥你们两个干啥，但环顾四周却知道自己跑不掉了。瘦子问你得是疙瘩冢的雷子老六，雷子老六还没吭声，胖的就绕到他的身后，在他后膝窝踏了一脚。雷子老六站立不住跌跪下去，他们就用细麻绳儿缚了他的手脚，又把他塞进一只脏麻袋里，由胖的扛着往南山方向走去。雷子老六开始还反抗挣扎。他拒绝他们绑他手脚，竟把手腕脚腕勒出了一圈暴突的血痕。他在麻袋里试图骂他们几声，可一张口却把脏物沾上了嘴唇舌尖。雷子老六后来就不再挣扎不再哼唧了，因为如此他相应还能舒适一些。天黑时他们离开河道进入了另一条峡谷。雷子老六憋压不住，将一泡热尿尿在裤裆浸湿了麻袋，继而又浸湿了胖子的肩膀。胖子把麻袋放在地上，骂骂咧咧踢了雷子老六一脚，又命瘦子解开绳儿，将雷子老六放了出来。接下来，胖子和瘦子一边一个挟持着雷子老六在山径攀走。雷子老六一路上心里明白嘴上却装糊涂，总问两个土匪凭啥要把他捉进山里，试图以此证明，他并非就是他们应当捕捉的猎物。胖子和瘦子都不理睬雷子老六。有时雷子老六不识趣问得紧了，瘦子便拔出一支既笨且大的手枪在他眼前晃动，胖子索性抓了他的衣领把他当空拎起，又狠狠往地上一蹾，雷子老六也就不再多事不再多语了。夜半到了山寨，胖子将雷子老六扔给其他匪卒，就和瘦子钻进厨屋吃饭去了。他们在那边为饭菜快慢跟伙夫骂骂咧咧吵个不休，到吃食时，又大嚼大咽嘻嘻哈哈亲热得得。这里几个匪卒重新用绳索绑缚雷子老六，雷子老六琢磨事已至此，便也没作任何反抗。雷子老六被缚在西厢房一根廊柱上，冻了一夜也饿了一夜。拂晓时分，看守雷子老六的匪卒在一旁打起盹儿来，雷子老六不顾腿脚僵硬身子冰凉，也跟着迷糊了一阵。太阳升高以后，一伙土匪懒懒散散拉了撒了吃了喝了，这才有一个匪卒慢慢吞吞拎了食桶过来。这个匪卒面目不恶做事却十分凶狠。他用铁铲给雷子老六塞食，用铁瓢给他灌水，雷子老六稍不顺从，他便用铁铲铁瓢卡他牙齿，或不经意在他脚踝处猛踢一脚。其他土匪没事了就围着雷子老六恣意取乐。他们对他品头论足，像审视牲口一样评说他的眉毛眼睛鼻子嘴巴和胳膊腿儿，如果一个比喻奇特极尽夸张，一帮人都会嘻嘻哈哈浪笑一通。他们以此就算认识了雷子老六。为了发泄久居山寨日益积攒的欲火，他们又不厌其烦地问这问那，说的全是男人和女人间的事情。其间一个匪卒还伸手在雷子老六裤裆摸了一把，说这家伙临上山前一定跟老婆睡过觉了，要不这当儿咋软得小得跟面鱼儿似的。还有一个匪卒大约不善言辞却有点狠毒，他把自己正在抽的烟卷儿递到雷子老六跟前，雷子老六刚要张嘴噙住，他却颠倒过来，将有火的一头塞进雷子老六嘴里，雷子老六被烫了舌头嗷嗷乱叫啪啪乱吐，就连其他土匪一时间也都惊得呆了。如此一连过了三日。这天土匪头子从山城倒贩烟土回来，雷子老六被带到大殿接受问话。土匪头子白白净净高高大大一表人才，这让雷子老六多少感到有些诧异。土匪头子对雷子老六十分客气，他让匪卒为雷子老六松了绑绳，又让雷子老六坐在离他不远的杂木墩儿上面，回过头却大骂匪卒违背命令错抓了票子。两个匪卒跪地不敢仰视。那个胖子敛声屏气颤颤巍巍，额头和后脑很快出了一圈儿冷汗。那个瘦子磕头如同捣蒜，嘴巴也出奇利索，解释说家里没小的，一个老的怕经不起折腾，两个女人压根儿就不出巷口，而大哥又一再叮咛，这回不比以往，不能来明的，来明的会惊动官府，就是得手了咱们也不得安宁，所以等了许多时日，瞅机会才把这家伙抓来，要不这刻俺俩还得在山外饿着冷着待着。雷子老六当下就听明白了。他佩服土匪头子虑事精明神机妙算，又庆幸他爷他妈或媳妇年巧没被抓来一个，要不土匪要什么，他雷子老六就得给他们什么。不过把他抓来就难说了。金麒麟是他费尽周折九死一生弄到手的。自那回向家人炫耀之后，他已变换想法，把它藏在了一个更为隐秘的地方。也许他经不起严刑拷打，会把它拱手送给土匪。也许他不怕鞭笞不怕火燎，最终也不肯走漏一点风声。只是现在，雷子老六已无暇顾及许多，唯一琢磨的就是这回被绑上山来，土匪最后会不会把他处死。谁知土匪头子有许久并不理会雷子老六。土匪头子似乎更看重山寨的规矩和他的尊严。他传话叫来除执勤以外的所有土匪，一时间大殿里挤得满了，院子里也黑压压站了一片。雷子老六发现匪卒们平日里吊儿郎当惯了，这阵儿却都垂手侍立目不旁视，不敢弄出一点儿声息。那个拿烟头烫他嘴舌的匪卒，不偏不倚恰好站在雷子老六脚前。雷子老六悄悄儿伸出脚去，像此前匪卒踢他一样，也在匪卒的脚踝处踢了一下。匪卒虽说不怎么疼痛，但身子难免要歪斜一动，接着一挺胸膛一并腿脚，比方才站得更加笔直了。雷子老六看出了匪卒的卑怯和无奈，隔会儿踢他一脚，隔会儿又踢他一脚，直到土匪头子开始训话，他才狡猾一笑收回脚来。土匪头子当众训诫一胖一瘦两个匪卒，警示说你们两个没按山寨路数做事，按规矩理应重责才是。不过本寨主此番去州府手气不错，图高兴暂且放你俩一马，你俩就从轻自罚吧，权当自个儿留个记性，也让在场的弟兄们都留个记性儿。雷子老六不明就里正自愣着，就见一胖一瘦两个匪卒都脱了足下藤鞋，你一下我一下相互对打起来。胖子满脸横肉不惧抽打，瘦子虽说使足了力气，胖子仍纹丝不动直直地跪着。但是瘦子就不一样了。胖子这里一鞋底过去，就见瘦子头脸一歪，生血跟着就从嘴角流了出来。瘦子自觉吃亏有点委屈，却也只能一摸嘴脸看一眼血迹，复又抢起鞋子再抽胖子一下。一胖一瘦两个土匪就这样噼噼啪啪打来打去，众匪卒敛声屏气神情麻木，谁也不敢上前拦阻。但是雷子老六看着看着忽然扑哧一声笑了。土匪头子看在眼里记在心上，待胖子瘦子你来我往坚持不懈打足数儿，便把目光转向了雷子老六。土匪头子跟雷子老六说，老六兄弟呀，既然他俩请了你来，你就是咱山寨最尊贵的客人。土匪头子如此说话，既让雷子老六感到意外，更让一众匪卒始料不及，心里酸酸辣辣别是一番滋味。土匪头子又高声朝匪卒喊道，从今日起，老六兄弟在咱山上，他愿去哪儿就去哪儿，他想吃什么厨屋就做什么给他，谁要是怠慢了我的老六兄弟，谁就是不把我杨仕达放在眼里，个中利害你们自个儿掂量好了。土匪头子说话铿铿锵锵掷地有声，众匪卒自然齐声诺诺，不料雷子老六这时突然依匪卒称呼笑道，大哥说我是山寨的贵客，大伙也就得拿我当贵客看待，可这位兄弟待我也太热情了，他不光让我抽烟哩，还拿烟头烫我嘴巴舌头哩。土匪头子知道彼一时不比此一时，却故作惊讶问道，难道真有此等事儿，老六兄弟怕不是说笑吧。雷子老六于是将那个匪卒往前面一推，大声说我说了不算，大哥你亲自问他好了。土匪头子一看匪卒脸色就知道怎么回事了。他将错就错将计就计，骂匪卒说，你个狗日的眼睛瞎了，你能这样对待我请来的客人，我也就拿你的法子治一治你让弟兄们瞧瞧，遂让土匪老二摸出一根拇指粗的黑烟卷丢给匪卒，命令他当众将烟卷吞咽下去。那个匪卒不敢怠慢嗜了烟卷，才嚼了几嚼，脸面就抽搐不已苍白得十分难看了。接着又强行下咽，先在喉咙处卡了一回又在食道那儿堵了一回，两回都白眼朝天连声嗝嗝，让人感到就像扭了鸡脖子似的。随后，那个匪卒因恐惧和恶心蜷在地上呕吐起来。雷子老六借机报仇虽说得到了短暂的快乐，却也领略了土匪头子的冷狠、厉害。问话结束时，雷子老六抬头看土匪头子一眼，周身自上山以来，头一回感到了透彻刺骨的冰凉。

22

土匪头子杨仕达是澴河上游澴峪口杨家墚人。杨仕达年轻时虽说相貌英俊聪慧机敏，但因家境贫寒尤其是心性高傲，直到二十岁过了还不曾娶妻成家。后来，杨仕达由他早年出嫁的姑妈引见，给渭北大户郝廷璧做了帮工。杨仕达这一干就是三年，其间不独住好屋吃好食，客居时心甜意洽，返乡时排场体面，临头来还把郝财东的宝贝女儿勾引上了。郝廷璧的女儿就是后来流落下庄遁入空门的慧心婆婆。

杨仕达头一回跟东家女儿亲热是强行下手的。那个午后，大宅院里只有杨仕达和东家女儿两个，大财东郝廷璧一时兴起携了家眷，往邻县小镇看狮子龙灯去了。其时太阳融暖庭院里也一片温热气息。东家女儿从她的闺阁里欢快地跑下来，像鸟雀一样叽叽喳喳跟杨仕达说话。杨仕达承受不住她的眉眼她的声音，两个人说着说着，杨仕达猛地一下就把她揽在怀里了，跟着还要解她的纽门扯她的裤绳。杨仕达没想到东家女儿比他还要动情还要痴迷，当他把她抱进西院一侧属于自己的小屋时，两个人享受的就不是偷尝禁果的快乐，而是巨大的激动和心跳了。此后的幽会让杨仕达想入非非也让东家女儿想入非非。杨仕达打算时机一旦成熟，便携带东家女儿回南山老家生儿育女，东家女儿则幻想她爹能接纳杨仕达，并让他成为大宅未来的主人。但是他们双双打错了算盘。他们的偷欢不久就被东家发现了。郝廷璧是在一个月上树梢蛙鼓四应的夏夜捉住女儿和帮工后生的。在此之前，杨仕达一如既往效忠主子躬耕陇亩，自觉未露一丝痕迹一点风声。只是大宅院的女主人天生敏感，她从女儿微妙的变化中，感觉有什么事情将要或已发生了。这个细心的女人某一晚将心病悄悄儿抖搂开来，郝大财主不仅不肯相信还把女人认真地呵斥了一通。因此在那个月夜，郝廷璧一旦被人指引并目睹帮工后生和自家女儿赤裸相叠时，这个四乡闻名极重颜面的乡绅，心肺都要气得炸了。他命人把杨仕达吊在马厩的横木上面，用蘸了凉水的鞭子抽打他的脊梁股胯。郝廷璧热血冲顶气急败坏，哆嗦说狗东西我待你不薄你也聪明勤快，可没想到你竟干出这等事来。杨仕达说我俩是自愿的这个我清楚你也清楚。郝廷璧说自愿的也该明媒正娶洞房花烛，又何必偷偷摸摸既伤风败俗又伤天害理，说着又是一阵急风暴雨般的鞭笞。杨仕达不忍东家的残酷施虐，半是申辩半是乞求说，东家呀，鞭子是打牛打马的，求你不要用鞭子打我。郝廷璧说你是牲口我打的就是牲口。杨仕达咬牙切齿怒目圆睁，警告说东家你不听劝，你再要拿鞭子抽我，我日后就杀了你和你的老婆。但是郝廷璧不把杨仕达放在眼里，他一任发泄心头之火，随后便差别的佣工，连夜用马车将伤痕累累的杨仕达遣回老家去了。杨仕达不堪伤痛不忍屈辱，在家里待了一月天气就又上路了。他不知道他朝北山方向走时，东家女儿正朝着南山这边走来寻他。他们在半道擦肩而过，从此走上了各自的不归之路。杨仕达顶着炽白毒辣的日头艰难地挪步，百把里地竟用了整整三天时间。凭借他的熟识和了如指掌，他很容易就潜入了郝廷璧的宅院。他放火烧了东家的屋子，听见东家两口子在烟火里爹呀娘呀地喊叫，他自己则蹿上楼梯直奔东家女儿闺房，却不知东家女儿跑到哪儿去了。杨仕达从渭河北岸归来便径直上了南山做了土匪。他投靠的土匪头子，其实是白莲教散兵游勇中的一个莽汉。那家伙打家劫舍居无定所，手下匪卒一会儿多了一会儿少了，有时被官兵或大户家丁追杀也未可料及。杨仕达的入伙很快使一帮流寇有了转机。他先是出谋献策助土匪强行占了簸箕岭，将山头庙宇里七八个和尚悉数赶出山门，又在山腰鱼尾处设一道卡门派匪卒把守，于是他们就有了出守两便属于自己的一块天地。不久杨仕达又不顾生死只身下山，凭三寸不烂之舌加虚拟诱惑，把七亩地神团有了异心的十几个汉子拉上了山头。那些汉子不光苦练铁砂掌个个身手不凡，上山时还带了四五把长刀七八条快枪。杨仕达对土匪头子忠贞不贰拼死效力。他曾两次救土匪头子于危难之中，十数次让山寨化险为夷免遭干旱暴雨兵乱病疫侵袭。土匪头子对杨仕达亦是十分赏识厚爱有加，平日里不光让他料理山寨各等事务，偶或得了漂亮女人或黄花闺女，也一定先让杨仕达单独领去玩乐。土匪头子尤其赞赏杨仕达强过自己却从不僭越从不取而代之，因此十年后土匪头子弥留之际，杨仕达便水到渠成自然而然做了新的山寨首领。杨仕达重金厚棺轰轰烈烈葬埋了土匪头子，又把他的两个女人送往汉中汉口分别安顿好了，这就使他自己赢得了众匪卒的心悦诚服和一致拥戴。杨仕达得知漉河下游有个疙瘩冢，那儿的庙院有个慧心居士且跟自己有点瓜葛，已是他把持山寨的第二个春天了。那个乍暖还寒雾霭初起，有月色也有星光辉映的夜晚，杨仕达带着两个贴身匪卒从瀌峪口走出，一路曲曲折折沿瀌水找到了那个大冢。杨仕达没打算叩开庙门与往昔情人相见。他知道洞庙里有慧心居士也还有一个慧清居士。他喝退匪卒跟他们保持一段儿距离，一个人静静地立在残月下面朝洞庙底下探看。那个拂晓天籁寂寥，大地一片安宁。杨仕达回想往事百感交集，一忽儿柔情蜜意难以自持，一忽儿热血奔涌躁动不安；念及岁月的无情和遭际的无常，有两行清泪竟从眼眶溢出，冷冷地挂在冰凉的脸颊上面。后来慧心居士终于在晨曦和烛影里出现了。慧心头皮青亮面容清瘭外加一袭长衣拖地，其虔诚侍立礼佛诵经的神态让杨仕达不寒而栗。杨仕达混迹山林并不了解东家女儿何以会皈依佛门，更没料到她矢志不移厮守斯地竟达十数年之久。他无法将眼前这个女人跟萦绕梦中的东家少女联系起来，也无法接受这个业已受戒光头光脑的佛教徒做他的压寨夫人。这个拂晓，杨仕达心里翻江倒海酸甜苦辣很不是一个滋味。太阳升起之后，有心腹匪卒走近前来反复提醒，说大哥呀，时过境迁今非昔比，此地不可久留此人不必留恋，杨仕达这才面目怅然悄无声息地走离开了。回到山里，杨仕达决意了却有女人就睡，无女人便光棍儿一条的江湖习气。他特意备了厚礼聘了媒人，某一日骑了高头大马来到东江口镇街，商议如何与汉口商人缔结一门特殊的姻缘。那个往来汉江为买路没少打点山寨的药材贩子，对杨仕达既惧三分又恨三分，但他见多识广漂亮任性的女儿，却乐意随杨仕达上山做一个压寨夫人。这个女人在踏进山寨进入洞房的头一个夜晚，就给杨仕达出了不少主意。十天婚庆过去，杨仕达依照意愿兼及女人建言开始整肃山寨纲纪。他把前任匪首立下的规矩大都做了调整升级，唯独取消了鞭笞一种刑罚。杨仕达不能看见鞭子也最憎恨鞭子，十余年间老匪首无论用它抽打绑票还是匪卒，他都会想起渭河北岸老东家的马厩和那根悬吊他的横木。何况还有佛子慧心，那个曾让他割舍不下又纠缠不清的梦里人儿，他现在必须把她从大脑里彻底清除出去。一天早晨，杨仕达在大殿院子召集全山寨土匪训话，他的新婚不久的夫人，就跟他并排儿站在大殿门口的高台子上。这个女人一改新嫁娘的娇羞与红润，其满目镇定与从容练达，昭示她除了夜里侍奉杨仕达之外，实质上已是山寨的核心人物了。众匪卒面儿上称她夫人或嫂娘，暗影里却叫她绰号"黑葡萄"。这是说一方面她的皮肤稍显黑了一些，一方面则赞赏她身材窈窕眼睛黑亮，整个儿说来也算是一个美人坯子。杨仕达把土匪分成两拨儿，由黑葡萄给年龄大的，身子弱的，还有瞧不上眼的，一律发足了食物盘缠，然后发号施令把他们统统赶下山去。其中也有不知所措不愿离开的，他们感恩称颂苦苦哀求，杨仕达便让人把他们拖着架着，他和黑葡萄则依据礼数，一并把他们送到山腰卡门跟前。山寨里留下的都是些身强力壮死心塌地的角色，大殿里外一时虽说空落了许多，但仍然有将近一百号人之多。又对养猪、捕鱼、收粮、烧炭、背枋、盘药、贩烟、操练、护寨、打探、劫道、贿官等等，一一作了明确分工。他们下山时各司其职，既给山寨效力又称霸一方，在山上则舞枪弄棒抱成团儿，不出三年便成了一支不可小觑的武装。杨仕达放弃了前任匪首打家劫舍谋财害命的蠢笨勾当，除山寨四时所需日常所用，其重点营生便是经营药材和烟土。杨仕达的药材佃户遍布两县七乡，秦党、秦贝、天麻、黄芪、杜仲、猪苓、熊胆、麝香等等，俱是名贵和特色药材。杨仕达明里暗里控制本地恒信、中和、广济、怡心、德兴大大小小十余家药铺，往北与西安藻露堂和洛阳同华堂互通有无，往南则向汉口广升聚和重庆桐君阁源源不断提供货源。杨仕达的烟土生意，得力于遏制了川陕和秦楚间的黄金通道。他头次拦劫过境烟帮就得到大烟二十八担，等到二次三次得手，川、陕、鄂、豫边区的烟土生意，差不多就落在他的手里了。杨仕达还在后山沟里扩充罂粟和大麻面积，以药用掩护食用，敛财的路子越发地宽广起来。杨仕达贿官的手段虽说并不高明，但出手却罕见地猛狠大方。他把银元和麝香大把大把地送与山里山外官吏，但凡两县官员和保安头目，每年中秋和腊月都会得到他的丰厚贿赠。有了官府的认可和暗中支持，杨仕达的山寨就成了一个风雨无虞自在逍遥的独立王国。杨仕达除了收拾散兵游勇和其他小股土匪，还在夏忙秋收之外招募临时佣工，疙瘩冢雷子老大在山口喂子坪的亲家屋里，就有人乐意干这个行当。他们农忙时在自家田地里耕种收获，农闲便上山听候杨仕达和黑葡萄调遣，而且十里八乡趋之若鹜乐之不疲，最多时竟达三四百人之众。

23

杨仕达能扯上雷子老六并把他捉进山来，就跟压寨夫人黑葡萄有关。黑葡萄细腰婀娜美目顾盼虽说勾人魂魄，杨仕达也兴致盎然夜夜与她厮磨纠缠，谁知两年三年过去，这个女人依然肚腹收敛步履轻盈如新嫁娘一般。这期间，杨仕达不是没想过俗常的药理单方。他带黑葡萄看过本地的恒信堂和怡心堂，看过西安的藻露堂和汉口的广升聚。山里头的土法子也一个一个尝试过了。有一天他私下面见恒信堂的赖先生，请教说会不会是他自个儿出了什么差池。赖先生心下作难不置可否，只是微微一笑权作了答复。杨仕达眼看着已是四十岁的人了，心下着急，某一日便向厨房老李头讨要主意。老李头隔几日从山下回来，说前川二道梁子有座由乡间老妪供奉的娘娘庙，庙屋虽小可香火不断，而且每求必应十分灵验管用。老李头还眉飞色舞一连讲了几个生动的例证，说其中一个还是他的侄子媳妇，早几年跟山寨夫人一样不见有喜，可自打跪了那个娘娘庙，眼看着身子一天一天笨重起来，现如今肚子那个大哟圆哟。杨仕达听后高兴极了，第二天便携了黑葡萄和充足的祭祀，在十数名匪卒的簇拥下拜谒了娘娘庙。杨仕达叩头十分虔诚，黑葡萄叩头也十分虔诚。一位老妪煞有介事十分熟练地为杨仕达和黑葡萄摇签，捡起一看，竟是一个难得的上上好签。杨仕达心血来潮丢下一堆钱币，要几位老妪除了补贴家用，一定要将庙屋修葺一新，末了若果还缺少什么，尽可差人上山来向他讨要。此后逢四时节气或是庙会，杨仕达和黑葡萄都要带了供品去娘娘庙磕头烧香。谁知又是两个年头过去，杨仕达心没少操力没少使，但是黑葡萄一如既往就是不怀他的种。有天杨仕达心绪不佳越想越烦，一个人好生生在山寨里坐着，突然间就呜哇吼叫一声，遂带领一帮匪卒奔娘娘庙去了。杨仕达气急败坏，亲手打擦火石点燃了那座小庙，大火冲天而起熊熊燃烧，众老妪始料不及目瞪口呆，继而又扑沓扑沓坐在地上，一个比一个凄伤，一个比一个高调地号啕起来。杨仕达回到山寨以后，一连三日闭门不出无声无息。山寨里的匪卒怕杨仕达胡乱杀人，一个个都提心吊胆噤若寒蝉。伙夫老李头自知不妙借故跑下山去，但他不敢随便回家，而是往相反方向，跋山涉水躲到邻县亲戚家去了。这时候就有人向杨仕达报告疙瘩冢雷子老六的消息，说雷子老六得了个似马非马似牛非牛似鹿非鹿的东西，那玩意儿不光万世稀罕价值连城是件宝贝，而且取麒麟送子之意还是个吉祥物儿。杨仕达这一回乖巧审慎多了。一是疙瘩冢地处山外平原，距县衙很近距省府也不算太远，如若动刀动枪强势夺取势必会给县府难堪，也容易与民团或当地驻军兵戎相见。二是雷子老六到底得没得宝物，得了又是一件什么东西，接下来又该如何施以良策，这一切都须认真掂量从容谋划。杨仕达于是派匪卒或扮篾匠或卖山货或走亲访友，先后分几拨下山打探，又经反复商议才锁定目标下了决心。杨仕达头一回出手十分谨慎。他再三叮咛一胖一瘦两个匪卒，要他们神出鬼没神鬼不知，将雷子老六的家人随便绑缚一个弄上山来。杨仕达没想到匪卒抓来了雷子老六。如果不是从长计议要作新的打算，他在一怒之下会将那两个匪卒当场毙了。杨仕达同时发现雷子老六是个不可小觑的角色，知道对付这个人需要耐心也需要手段，知道既不能随意整他，更不能随便杀他，否则一旦出现什么闪失，那他朝谁去讨那件宝贝东西。不过杨仕达尽管处心积虑胸有成竹，但在雷子老六一方，却有他一成不变的主意和决心。一段时间，雷子老六被押在一间还算宽敞还算亮堂的厢房里面。看守他的匪卒按照杨仕达的吩咐准时给他送吃送喝，除了馒头米饭大肉菜蔬，有时还有山鸡兔子或其他野味。天气晴好时候，匪卒还允许他在廊阶和院子中央走动走动，时间长短也是由着雷子老六的脾气兴头。但匪卒高度警觉寸步不离，从早到晚都紧紧端着一根长枪。雷子老六跟匪卒调侃说，小兄弟你这样累不累呀，别说我手里没你这个家伙，就是有也不会使唤，就是会使唤，你看这天罗地网的，我想跑又能跑到哪儿去呢。匪卒们多数不理睬雷子老六。交接班时也不多讲一句话。雷子老六说了这个又说那个，说过今天又说明天，不觉间半月光景也就过去了。这期间，土匪头子杨仕达一有闲暇便来探视雷子老六。杨仕达初始只跟雷子老六扯闲篇儿。问吃得咋样，睡得可好，夜里做梦想不想媳妇。问山外有几亩庄稼，几分菜地，近年来辛苦与否收成如何。雷子老六不知杨仕达打的是啥主意玩的是啥花样，便问一句回答一句，问什么才回答什么，总之两厢里心知肚明心照不宣，谁也不提金马驹金牛犊啥的。有一次杨仕达说着说着，突然提出要雷子老六入伙。杨仕达声称自己独霸一方呼风唤雨，说雷子老六是条汉子就该骑马挎枪走南闯北成就一番事业。杨仕达的女人黑葡萄在一旁帮腔，说山寨里山珍野味金银珠宝要啥有啥，就是漂亮女人也不缺少，叼空儿还可去汉口、重庆逛花花世界。雷子老六回答说好是好这我知道，可俺爷老了俺妈也需要照应，想一想我老六大概没这个福气。雷子老六还避重就轻以攻为守，说大哥呀大哥，你说你是独立王国还要成就一番事业，可山外都说你是土匪，我如果上山入伙，俺爷俺妈不就成了匪属背了黑锅咧。又说我有媳妇哩，我媳妇要多漂亮有多漂亮，要说比嫂子长得还要迷人，是方圆人见人夸的人梢子哩。杨仕达不计较雷子老六装聋卖傻，也不计较他说话难听，只说不来也罢，不来也罢，离开时甚至还大度地朝他笑了一笑。另有一次，雷子老六无聊之极正想找个借口去庭院溜达溜达，不想黑葡萄一身洁白衣裳，云朵一样飘进关押他的厢房来了。黑葡萄伶牙俐齿声音甜脆，一声山外小哥哥出口，竟使雷子老六大半天不敢直视不敢抬头了。黑葡萄说小哥哥呀，你家真的有个媳妇像你说的那样迷人那样漂亮？雷子老六赶紧说真的真的，我说的都是实话，我一点儿都不哄你。黑葡萄心里作酸嘴不饶人，说那你说说她长什么样儿啊，跟西施一个模样，比貂蝉还要貂蝉。雷子老六见她这样说话就不再吭声了。黑葡萄于是又说，既然这样，你何必在这儿受作难哩，敢情让一个美人儿空守新房，你一点都不觉得残忍，我要是你，早就把那不能耕地、不能拉车，也不能杀了吃肉的东西交出来了。雷子老六知道黑葡萄的用意了，心想你别曲里拐弯地诱我上钩，漫说你花言巧语说的比唱的好听，你就是不顾脸面朝我胡乱骚情，我也不犯迷糊不中你的圈套。这一回雷子老六倒是估算错了，是有点以小人之心度君子之腹。事实是，黑葡萄接下来不仅没在雷子老六跟前卖弄风骚，而且还严正警告雷子老六，说我家男人风雨雷电走南闯北二十几年，啥事没经过，啥人没见过，他这是等待机会呢。见雷子老六抬起头狐疑地看她，又自负说赶明日天降暴雨泛滥成灾，他就派人下山将那宝贝请回来了。雷子老六以为黑葡萄说的全是气话昏话，也就没往心里搁，此后每天吃饱了睡觉，睡醒后接着再吃，有时好几天不见杨仕达和黑葡萄露面，还要向看守他的匪卒打问几声。不久山里和山外一样进入了阴雨时节。只是山里的风雨雷电比山外猛烈壮观多了。有天夜半雷子老六从睡梦中惊醒过来，就听见山风呼啸林涛怒吼，数十条山洪奔腾而下齐聚两侧峡谷，一时间空洞訇然震天撼地，竟让他毛骨悚然难以自持了。第二天大雨仍下个不停。雷子老六立起身子抓住窗框，但见山头黑云缠裹，屋脊与松柏精湿溜滑，有时又突然刮起一阵歪风，冷雨就跟着从窗牖和门缝挤进屋来。最初一阵，雷子老六出于新奇还能冷眼观景，心里只是惊叹山上下雨这个大呀，这个大呀，但是随着阴雨的持续和时令的推移，一种别样的隐忧便渐渐袭上他的心头。黑葡萄所言不谬，杨仕达果然在大雨到来之夜派人去了疙瘩冢。不过那个雨夜叩门不期而至的家伙实在运气不佳，他不仅没能骗到属于雷子老六的金麒麟，而且一回山上就被杨仕达依心性要了性命。杨仕达本来可以不杀这个匪卒，他知道杀掉他于事无补。可是这个黄昏杨仕达的心绪实在坏到了极点。杨仕达命人将那个匪卒塞进麻袋扔下悬崖的一刻，簸箕岭突然滚过一绺闪电腾起一团火球，看管雷子老六的匪卒就说要开杀戒了，要开杀戒了，身子萎缩颤抖，就像屋檐上的独朵儿瓦松漂泊于疾风骤雨之中。两天后这匪卒又详述那匪卒何以毙命以及垂死挣扎的可怜情状，感叹说杨仕达不开杀戒也罢，要杀便不会只杀一个两个就作了结。雷子老六听匪卒絮絮叨叨叙说既往的血腥与残酷，心里虽有恐惧渐渐漫延开来，却也强装镇静尽量不动声色。雷子老六庆幸自己被缚前又一次转移了他的金麒麟。也佩服他爷老雷子饱经风雨随机应变没让杨仕达的阴谋得逞。他同时知道让土匪供养的舒服日子就要结束了。他甚至期待着某个时刻的到来，比如恣意谩骂，比如严刑拷打，抑或别的更加残酷的折磨。他想他只有熬过这一关，他兴许才有逃生的希望，才有可能逃离大山逃回疙瘩冢去。

24

雷子老六被转移到西院石头房的时候，才知道这里一排儿还关了四五个票子。这里原是西厢房背后一块突兀的临崖空地，杨仕达把持山寨以后，便依悬崖垒了石头护栏石头屋子，专门关押那些需要救赎的人票或临刑的冤家对头。这些石屋一律铁门铁锁，隔墙的小孔仅容票子相互看得见鼻子眼睛，后墙铁窗下面，则是深不可测的绝壁峡谷，不仅险要坚固不可偷越，而且十分隐秘轻易不会被外人发现。杨仕达命人缚来一个时日已久无人救赎的票子，跟雷子老六面对面关在同一间屋子里面。这个票子在那边山梁上有一个漂亮妹妹，杨仕达把他抓来，是逼其父母把女儿嫁给他的拜把子兄弟即山寨老三。在此之前，杨仕达和土匪老三为那个女孩没少出银元聘礼，但是那个女孩儿死活不依，之后她的爹妈既挂念儿子又不愿委屈了女儿，所以从冬天到春天，从夏天又到秋天，事情就这样一直拖了下来。此前不长时间，也就是雷子老六被抓进山寨的第二天，土匪老三忍耐不住翻过山梁打探，才知那家的爹妈一个卧炕不起一个已近乎呆傻，而那个可心的让他梦寐以求的人儿，早跟情人跑到山外去了。土匪老三当日返回山寨就要撕了票子，理由是他们不交出女儿总得加倍偿还聘礼聘金，否则就必须付出血的代价。杨仕达思忖片刻将土匪老三制止住了。杨仕达不是不想处置这个山里后生。他有他的想法和打算。他想利用这个票子在雷子老六身上做点文章。杨仕达的险恶居心和土匪老三的气急败坏，很快就在石屋里显现出来了。土匪们生着法子，在雷子老六面前折磨行将毙命的山里后生。山里后生喊饿时，他们不给他饭吃，让他吞咽凉水，喊渴时，偏偏给他嘴里塞填粗糙干硬的锅巴。他们白天让他窝在墙角不许乱喊乱动，稍不顺眼就破口大骂拳打脚踢。夜晚山寨沉寂下来人也该歇息了，他们却命他立在窗口睡觉，那人只要一打盹儿，额头就在窗台上重重地磕碰一下。有个匪卒生性泼赖又十分残忍，雷子老六感觉与他先前遭遇的那个匪卒相比，一点儿也不逊色也不手软。这个匪卒每抽一口烟卷，都要把烟灰弹在山里后生的眉眼上面，有时还用烟头燎烧他的眉发和睫毛。山里后生不得不强行忍受，否则便会招致更为严厉的呵斥和欺辱，有时实在难以支撑了，就把头伸过去，让匪卒刺烫他的脖颈和头皮。雷子老六看不过眼指责匪卒，匪卒便把烟卷竖在雷子老六眼前，吼叫说你咋了你咋了，你不服气是不是也想试试。匪卒还警告雷子老六，说这个票子活不了几天了，我们三哥，还有大哥二哥都有言在先，我敢这样整他就是叫你小子看的，叫你知道钉子是铁打的不是泥捏木头削的。匪卒说过这话还没几天，真正的刑讯果然就开始了。这天午后雷子老六和山里后生被带进大殿时，杨仕达和一帮大小头目次第排列早就等在那里了。杨仕达占据大佛位置，像皇上一样威风八面，一开口却大谈仁义之道和友朋之交。他历数雷子老六上山以来所享受的尊贵待遇，感叹说我待你胜过其他弟兄你总该回报我吧，可你心安理得装聋卖傻就是不听说顺教。今儿个咱打开窗子说亮话，你愿意交出金马驹你就是山寨的功臣，你若不交你就是山寨的仇人，这叫泾渭分明冰炭不容。雷子老六抓住机会说，大哥呀，你该不会把我和这位兄弟一块杀了，我确实没有金马驹我求求你了。杨仕达嘿嘿一笑说，他是他你是你，今儿个我不杀你，但我要你看看弟兄们怎么杀他。又说杀人分容易和不容易两种，你若识相一切与你无关，若不识相，那就看你选择哪一种了。听杨仕达这样说话时，雷子老六忽然瞥见黑葡萄在大殿一侧的帷帐下站着。黑葡萄未像往常那样自负地跟杨仕达并排儿立着或者坐着，多半是杨仕达不愿让她看见血腥的杀戮场面。但是黑葡萄好像并不放弃对事态的关注。她神情冷峻两眼放光瞅看台上台下的一举一动，等到她转过身子，从帷帐那儿悄没声地隐去之后，杨仕达的杀气立地就写满了眼目脸颊。那刻雷子老六还没顾上眨眼，就见四五个匪卒猛扑过来，三下两下就将山里后生摁在了地上。他们当庭扒光了他的上衣，又把他架起来逼靠在一旁的明柱上面。有两个匪卒从后面使劲儿拽住山里后生的胳膊，让他虽未绑缚却被死死地卡住了身子。这时另一个匪卒从腰间抽出一把弯刀，噌的一下扒掉山里后生的裤子，噌的一下就把他的阳物连窝儿割了下来。山里后生承受不住，只是凄惨地叫了一下便没了声息。那匪卒则托着一坨血物让杨仕达和几个头目看了，然后斜横里一甩，便把那东西丢在了雷子老六脚前。雷子老六平日里除了宰杀牲口，从未见过这等对人的残害，一时冷汗淋漓两腿发软险些儿跌倒，两个匪卒赶紧伸出双手，又将他从左右架了起来。接下来又剜山里后生的两只眼睛。雷子老六不忍目睹遂别过头去，一个匪卒又一使劲将他的脑壳拧了过来。如此别过去拧过来，拧过来又别过去，雷子老六便听见自己的颈骨咔吧咔吧地连响了几声。土匪老二这时从台上下来走到雷子老六跟前，冷笑说看也得看，不看也得看，不然我们一堆人不是白费劲儿了。于是又继续折磨那个山里后生。山里后生哭爹叫娘在地上挣扎翻滚，但土匪哈哈大笑仍不肯饶他。他们给他身上浇满桐油，用火镰迸出火星，那人熊熊燃烧立时成了一个黑红色的火团。这火团在这个午后一直腥臭扑鼻地燃烧着，至黄昏渐渐化成一堆灰骨，土匪老二命人用铁铲铲走之后，青石地上竟烙有一个清晰的趴伏挣扎的人影。半个世纪之后，省城师范大学一个刘姓小子来山里采风。他在知情老叟引领下赶了半天山路，爬了两个时辰山梁，为的就是这个历史的烙痕。尽管此前他被多次告知那是一个人影，但是及至到了古庙，当他看到那个灰白色的痕迹时，他还是始料不及目瞪口呆了。他在不远处望着那个人影坐了许久，脑际风云变幻耳畔鬼歌凄厉，历史的回音分明充斥了心胸充斥了整个空宇。那个午后，雷子老六不堪支撑终于昏晕过去，梦里缠缠绕绕总是地上那个残酷的影子。随后几天，山寨里因山里后生的惨死又陆续发生了一些事情。一个新入伙的匪卒夜半从梦里爬起身来，嘴里稀里糊涂脚下也稀里糊涂，竟在月光照耀和门哨的眼皮底下，一步不停走向山崖一头栽了下去。一个票子夜里睡觉倒也安宁，但是青天白日不管站着坐着，总拿脑壳抵撞石墙，或者把头塞进裤裆缩成一团，像猫儿一样呜呜抽泣。另一个票子逮住一个机会跑出寨子，但只跑到卡门那儿又被捉了回来。土匪砍掉他的双脚，并把一只脚掌吊在雷子老六头顶以示儆诫，夜里那人在隔壁屋里哀号，白天山风吹来，那只脚掌就在雷子老六眼前晃悠。雷子老六瞅看这只脚掌眼睛都要绿了。终于有一天，杨仕达一伙实在等得不耐烦了。他们要雷子老六立即说出金马驹或金牛犊到底藏在哪里，他们好在月黑风高之夜突袭疙瘩冢，或偷取或强夺，总之要一次弄成一次达到目的。土匪在大院靠近南天门那儿的两棵银杏间缚了横木，又在下面生起火堆架起油锅。雷子老六被推出石屋拐进大院时，木架两旁已扎堆有了数十个匪卒。他们的表情七七八八各不相同，但多半都处在昂奋和躁动之中。一个匪卒就着火势往油锅底下填塞松木椊儿。另有两个匪卒还在不断地从东院厨屋那儿，朝油锅这边抱送木柴，其中一个顺手还把一包盐巴抛进热油锅里。有一阵，雷子老六不光看见油松椊子黑红缠绕毕毕剥剥地燃烧，还瞥见大锅里的清油无声而又快速地涌动着，翻滚着。土匪头子杨仕达出现之前，先有一个匪卒手持一把利刃从大殿那边走来，粗矮黑胖凶神恶煞一般立在了油锅跟前。有一霎，雷子老六尚未反应过来，推搡他的匪卒便三下两下剥光了他的衣服。雷子老六以为土匪会故技重演割了他的东西，遂合并双腿并用双手将大腿根儿一捂，惹得持刀匪卒瞪目一愣，其他匪卒跟着都哈哈大笑起来。雷子老六被吊上横梁以后，杨仕达和黑葡萄在土匪老二、土匪老三的陪伴下疾步奔了过来。杨仕达一伙与雷子老六隔着烈火油锅站着，蒸腾的烟火和油气，让他们相互看来都有点朦胧有点颤动。杨仕达开门见山单刀直入，逼问说你把那宝贝藏哪儿了，今天你说也得说，不说也得说，总之老子和夫人不再恭候你了。雷子老六心里恐惧嘴上却坚决否认，又说大哥呀，你把我用刀杀了，用枪打了，可你千万不敢用油锅煎我。杨仕达先是嘿嘿一笑，突然又一咬腮帮，说我把你杀了比杀一只兔子容易，可是杀了你我朝谁要金马驹金牛犊去。雷子老六听杨仕达这样一讲，知道他不说出金麒麟藏在哪儿，大约无死亡之虞，如若说了反倒有可能丢掉身家性命，因此自己给自己打气说，陈守信呀陈守信，你千万要顶住千万要顶住要不一切就都完了。但是雷子老六实在难以忍受土匪对他的折磨。杨仕达再问话时，雷子老六刚说一句我没金马驹也没金牛犊儿，那个持刀匪卒就在他的屁股上割了一刀，并随手把割下的皮肉丢进油锅里煎涮。雷子老六悬在半空爹呀娘呀地叫唤，间或还斗胆骂了杨仕达一句，却见另一个匪卒眼疾手快，捏起油锅里已经变色的皮肉，两只手来来回回倒了几倒，然后就放进嘴里咀嚼起来。这个早晨，土匪头子杨仕达和下庄雷子老六两相仇恨两相对峙谁也不曾改口。杨仕达讯问一声，匪卒就在雷子老六屁股上割扯一刀。再问一声就再割扯一刀。雷子老六总共被割了二十多刀。匪卒们咀嚼他的肉筋满嘴泛油放声浪笑，他却疼痛钻心周身战栗骨节裂响，最后支撑不住昏厥过去，醒来后就在心里叫骂，说老子不说就是不说，狗日的土匪就是把我整个儿撂进油锅，我也不会把我的金麒麟白白给你。

25

雷子老六在南山簸箕岭受苦受难时候，疙瘩冢这边一直在想方设法救他。雷子老六他妈他爷和媳妇年巧忧心如焚，自然比谁都要急切。雷子家族从雷子老大到雷子老五，从雷子老七到雷子十三，大家整日里从雷子老六屋里出出进进，让雷子老六他爷老雷子既感动又十分不是滋味。他们原打算当机立断很快拿一个主意出来，不想跟先前一样想好一个又推翻一个，有时为一个细节甚至一句话争来吵去，大半天过去了也没一个结果。保长家盛和家庆满堂他们也时常过来转悠。他们抽老雷子不时递上的烟袋或烟卷儿，喝雷子老六他妈或媳妇年巧端来的大叶子茶水。但他们从不多嘴也不轻易离开。他们的沉默寡言和不动声色，只能让老雷子越发地焦躁不安。有几天，老雷子在雷子兄弟和保长家盛一伙离开以后，一个人总在屋里屋外来来回回地瞅看。夜里月亮升高大地明亮一片时，老雷子的影子仍无声无息地在前院和后院晃动，一会儿这儿低头瞅瞅，一会儿又那儿低头瞅瞅，有时还把石块掀翻过去，把虚土刨成多大一个坑儿。雷子老六他妈不知老雷子搞什么名堂。她先是从旁观察了几回，有天吃饭时试探着问了一句，不想老雷子突然拖着哭腔说道，他们不就是想要那个宝贝嘛，当初队伍上打的是这个主意，眼目下土匪打的还不是这个主意。又捶胸顿足说，我老陈家没了儿子又没孙子了，我倒是要那东西做啥用呀，我把它寻出来当下就给土匪送去，我想他们就该放我的孙儿回来了。雷子老六他妈见老雷子如此伤感，不由得也跟着难受起来。媳妇年巧虽说不言不语也不抱怨，却在一旁吧嗒吧嗒掉开了眼泪，一会儿就将衣襟濡湿了一片。一家人于是一起在屋里寻找金麒麟。他们先将炕洞里的灰土掏了又掏，又把前院后院旮旯拐角齐齐儿翻了一遍，却始终不见金麒麟的一个影影儿。这样眼看着深秋的气息越来越浓了，有一天众人再次相聚时，雷子老大忽然提起了驻军炮连，说咱们下庄有军队守着还怕他土匪不成，再说咱还可以鼓动军队上山救老六呀。雷子老大的发现和主张使气氛一下子活跃起来，大家愁眉舒展群情昂奋，就连屋檐下的麻雀似乎也热闹开了。这时保长家盛才真正站了起来。家盛保长镇定自若慢条斯理，说这一点我倒是早就想到了，可这事说好办也好办，说难办也难办，总的来讲咱们得给队伍上一个说法。家盛说到这里忽然又打住了。老雷子明白家盛在卖关子，因此不接话茬，只拿浑浊的目光瞅着看他。但是雷子老六他妈忍耐不住，急问啥说法嘛啥说法嘛你倒是快点说呀。家盛有板有眼说，第一得让炮连相信咱们手里确实握有值钱的东西，不然他们就不会出兵出枪大动干戈了。第二这事雷子爷说了不算，得由保甲代百姓向队伍请命，不然他们出师无名，最终也不好向上司交代。家庆和满堂这时接过话茬说，就是的，就是的，这事就得由保长出面才能拿得下来。雷子兄弟除了雷子老大默不作声，也纷纷跟着附和。只是老雷子眉头不展有点儿为难，说那东西我见过倒是见过，可不知给兔娃子藏到哪儿去了。又担忧说，这些天我把家里翻腾遍了也没找着，咱们总不能给人家空许愿吧。家盛于是诡谲得意地笑了，说正因为老六兄弟藏了东西才让他们上山救他，不然他们刀刀枪枪冲呀杀呀的干啥，从你这里直接拿走不就结了。老雷子见家盛老谋深算又说得在理，一时无话也就由着他了。家盛眼里登时掠过一丝亮光，接着就有条有理做他保长的安排，大伙都说他的主意实在极了也绝妙极了。末了家盛叮咛大家，强调说一切都得按设定的步骤实施，谁也不得逞能谁遇事也不许慌了手脚。第二天一早天还没完全亮透，老雷子带着十几个雷子兄弟叔侄和儿孙两辈媳妇，就奔小学校那边去了。他们不管门口哨兵阻拦径直冲了进去。炮连连长的勤务兵起得最早，猛不丁见营房闯进男男女女一大帮老乡，当即丢了脸盆掏出手枪立在了连长门口，并朝两旁营屋吼叫，一排长二排长三排长，你们快出来都快出来，又喊连长说，连长连长有人闹事来了，有人闹事来了。最早跑过来的是司务长骡子腿。骡子腿在厨房那儿清点日前剩余的粮食菜蔬，听见喊声一个转身就出了屋门。随后两三个排长七八个班长也陆续跑了过来。他们先是急急火火面露诧异颜色，继而见是一群有男有女手无寸铁的村民，就都释然欣然，并立在台阶上面看起了热闹。不过老雷子和雷子兄弟妯娌冲到台子跟前便停住了，一群军人来不及眨一下眼睛，又见这伙人由老雷子打头，忽然齐刷刷全都跪在了地上。这个早晨疙瘩家像往常一样清新安逸，但太阳出现以后，其向上挪移的速度却似乎比平日慢了许多。后来炮连连长的身影终于在窗口里面出现了。保长家盛作为下庄的村民代表，恰好也在这时来到了学校。家盛进门那刻，哨兵见是保长，啪地一个立正算是敬礼；那个勤务兵也认识保长，打老远便殷勤地迎了上来。家盛得到礼遇头脑有点发热，一进连部二话不说，就请求炮连连长发兵，跟着把雷子老六被土匪绑票的事儿简要叙说了一遍。炮连连长对保长的到来虽不冷淡，但一提雷子老六便皱起眉头，又不轻不重地哼了一声。炮连连长说我有我的职责哩，本连长管驻防管大炮管士兵不管剿匪，他姓陈的遭遇土匪了，是死是活跟我有屁相干。又说让那家伙吃吃苦头也好,不然他不知道本连长宽怀大度,以前轻易就放了他一马。家盛碰了钉子心里不悦,可低头一想很快又释然了。他以攻为守应对炮连连长,数落说长官呀,你们驻扎这里少说也有大半年了,你们吃俺的,喝俺的,还占着娃娃们的校舍;这阵儿村里有难了,我们不来找你又找谁去。家盛这样说话果然起了一点作用。于是又说,长官呀长官,你看陈老汉一大把年纪跪了大半天了,他们这是把你当恩人跪哩。炮连连长轻微一笑,说他们是他们,这个不难理解,可你急头躁脑跑前跑后倒是为个啥呀。我为啥,家盛突然高声说道,我这是为民请命哩,民不安,我何以安然。跟着嘴角一撇眼睛一挤,为他的斯文和慷慨嘿嘿笑了起来。随后俩人相厮着走出连部。保长家盛一露脸便高声叫喊,我把长官给咱们大伙请出来了,雷子爷你有苦就诉有难就讲,我相信长官一定会为你做主会救回老六兄弟。老雷子两膝酸痛两手撑地,颤颤抖抖说,长官我求你了,长官我求你了,只要长官能救出我的孙子,我保证叫他把那件宝贝捐献出来。家盛打着窗子叫门听话,说谁要你白捐献哩,长官回头给咱们大洋哩。炮连连长要的就是老雷子的痛快话儿。不过他不相信雷子老六真有金马驹或者金牛犊。他想他的士兵枪也打了,地也挖了,否则他就不会放弃追索,并抬回他的一箱银元。炮连连长的疑惑被保长家盛看在眼里,他打手势朝老雷子示意,于是老雷子赶紧就作解释,雷子老六他妈和媳妇年巧也在一旁作证,都说他们千真万确见过那件宝贝,只是不知雷子老六最后把它藏在哪儿了。雷子十三自从那次被雷子老六追撵,至今已觉沉默太久,这时也逮着机会说道,六哥抱回金马驹那天早上,我是亲眼看见了。六哥满脸满身是灰,拿衣裳襟襟裹着东西,就像一个怀娃婆娘。我在巷口老远看见他跑了过来,就说兔娃哥你这是弄啥哩,谁想他不说话反倒越发地慌张了。我猜六哥一定做了惊天动地的大事儿,要不不会一句话不说,就钻进他家门洞里去了。雷子十三还要说时,保长家盛拦住了他的话头。家盛说看见了就说看见了，讲那么多废话干啥，你敢向长官保证你说的全是实情，没一句是瞎编的乱捏的。雷子十三听家盛这样一说，居然来了憨傻劲儿。他从人堆里立起身子跑上台阶，用手指抚摸炮连连长腰间的手枪把儿，赌咒说我要是瞎说乱捏，就叫长官用这家伙把我当场崩了。保长家盛担心雷子十三的无礼会惹恼炮连连长，不想炮连连长非但没有生气，反倒咧开嘴巴嚯嚯地笑了。炮连连长说，我相信乡亲们说的全是实话，我也钦佩乡亲们重情感，讲义气。不过我是一名军人，我不能为一件看不见摸不着的东西就去打仗，去浪费国家资财，甚至伤害弟兄们性命，不然我不就成了不义之人了，说着就要转身离开，惹得保长家盛瞠目结舌一时也乱了手脚。老雷子一伙于是急了，爬起来朝前紧跑几步复又跪下，把脑壳磕得就像捣蒜槌儿一般。这时候骡子腿上前轻轻儿拽了炮连连长一把。骡子腿明白炮连连长的隐忧，以为打完一仗未必能救出人来，也未必能得到什么宝贝。骡子腿拉炮连连长走到平台一侧，出主意说，连长呀，得不得金马驹事小，打不打土匪事大，这就看你怎么想了。炮连连长翻起眼皮看骡子腿一眼，骡子腿又说，山寨里有的是金银财宝和值钱东西，我们何不借此机会拿下山头发一笔大财，若在平日，咱就是想打还打不成哩。炮连连长挖苦骡子腿说，金马驹一案是你道听途说牵扯进去的，前前后后惹了一堆麻烦不说，结果还不是竹篮打水一场空。骡子腿红着脸说，连长你看你说的，这一回我不就是将功补过呢嘛。炮连连长和骡子腿反身走到台阶前时，已完全变了一个面目一副神气。炮连连长先是让大伙都立起身来，然后就义愤填膺慷慨激昂大骂土匪做事张狂。炮连连长向大家承诺，赶明日他一定上书省城报告军长，然后出兵出炮将土匪连窝端了将雷子老六拯救出来。为表诚意决心，炮连连长还拔出手枪朝天上放了一枪。老雷子见状热血沸腾激动不已，使出雷子脾气吼叫一声，真个的英雄豪杰，我服咧，我服咧，遂扑通一声又带头跪了下去。

26

炮连要进南山剿匪的消息，很快就在下庄上庄传扬开了。炮连连长不怕走漏风声，对付一伙山野之徒乌合之众，他想他只用一门火炮就足够了。炮连连长最怕应付上峰，也怕应付地方上的达官要人。团长、旅长、军长不会轻易让他消耗弹药粮饷。再说炮连辎重人马餐风宿露驻扎这里，不是逛风景来了。他们要对省城的安全负责。至于地方官员就更难说话了，炮连连长清楚杨仕达金银财宝手眼通天，否则他决不会久踞南山逍遥自在像个皇上老儿似的。因此有那么几天，炮连连长特意邀请保长家盛作促膝长谈，讨教或商议攻打土匪寨子的可靠由头。炮连连长嘴里说的雷子老六，心里惦记着的却是杨仕达的万贯财富；保长家盛今儿个为民请命誉满乡里，到明日虽与金马驹或者金牛犊无缘，但能分享炮连赠予的大洋也算是一举两得，如此两人各怀目的沉湎其中一时都兴奋极了。不久下庄的街巷就热闹起来。保长家盛先是约请塾师柴先生代为乡亲撰写诉状历数土匪罪恶。为此他派家庆满堂和雷子十三四处搜集证据，把据实得来或道听途说以及眼前发生的事儿，统统集于柴先生笔下。柴先生起初不愿惹事，但迫于家盛威势和炮连枪管最终还是接受了。随后家盛捏了状纸带了家庆满堂，从早到晚在下庄的街巷里进进出出。雷子兄弟念及手足之情自然不敢怠慢，老雷子救人心切更是不管不顾，居然都咬破手指在诉状上画了血押。其他乡邻有积极响应也有瞻前顾后的，家盛和家庆满堂便极力怂恿，剩下为数不多的十来个人，回来后他们杀了一只老鸡，分别用不同的手指蘸了鸡血替他们摁了指印。这期间还有一支谣儿从炮连传播开来：

远看一只船，

近看簸箕圆。

心想打一仗，

又怕约束严；

不打，

老乡受熬煎！

　　炮连连长让文书抄了歌谣贴在皂荚树粗壮的腰身上，一时间引得下庄还有上庄的男女都来围观，他自己则选择一个风清月明的夜晚，一个人悄悄儿骑马往省城方向去了。炮连连长越过团长旅长径直走进了军长的花园，出来时昂首挺胸面带笑意，比来时一下神气了许多。炮连连长不仅得到了军长的亲切接见，军长年轻漂亮风韵十足的夫人，还给他沏了一杯上好的信阳毛尖。他们在客厅屏风后面的花毡茶间里，足足密谈了半个时辰。回到疙瘩冢后，炮连连长便谋划攻打山寨并做了各样准备。炮身启动那天，雷子兄弟和下庄的后生差不多都跑来帮忙。大伙里三层外三层围掩体上上下下站着，只要司令兵一挥旗子一声呐喊，众人便嗨哟嗨哟地予以响应，硬是将大炮抬离地坑挪到高头大马跟前。队伍出发时，炮连士兵簇拥着大炮走在前面，雷子兄弟和下庄的后生则紧紧在后面跟着。他们执意要看炮连士兵如何攻打山寨，炮连连长和保长家盛一时拦挡不住，也只好由着他们去了。于是这支兵民不分奇特怪异的队伍，于拂晓时分过了漉河，一路浩浩荡荡热热闹闹，赶正午就将火炮支在簸箕岭对面的山坡上。下庄人祖祖辈辈没见过铁马金戈短兵相接，满以为兵家打仗一定都十分惊险十分激烈，谁知炮连士兵不急不躁慢条斯理将大炮架好，炮连连长有两个时辰仍未下令打一发炮弹。炮连连长大多时候都举着望远镜察看对面山头的地形和人影；偶尔侧过身子跟随从说话，也是一副不急不躁慢条斯理的神气。后来有士兵按照吩咐跑下山坡，请来了一位当地樵夫，炮连连长跟这个山民比比画画嘀嘀咕咕，其他人便都傻傻愣愣在原地站着。太阳渐渐西移下沉，待到夕照红润鲜亮把簸箕岭衬托得一片明媚，下庄人期待既久的炮声终于响起来了。第一发炮弹最是尖锐最是猛烈，下庄人既震颤了耳膜又动摇了心脏，一时间都面面相觑不知身在何处。但随后就跟年节点放炮铳一样平常了。炮连士兵零零落落一共打了六发炮弹。有一发击中卡门轰塌了半边卡房。另两发越过山头跌落那边峡谷，居然未见一丝声息。最后三发总算击中了目标，山寨内一时硝烟弥漫火光闪耀，但不大一阵工夫，一切复又归入了沉寂安宁。炮连士兵端着长枪越过涧底往簸箕岭奔去时，下庄人就不敢尾随其后再凑热闹了。他们和留守护炮的士兵一起咀嚼干粮，一起等待着战事结束。从黄昏日落到夜幕四合，簸箕岭上既不闻人声也不闻枪声。大伙翘首以待又挨至月亮从东边山头升起，这才见炮连士兵押着几个残匪，从那边山坡上缓缓移动过来。炮连士兵还抬着大大小小七八个本色木箱，里面装满了金条银元珠玉烟土和名贵药材。雷子兄弟不管炮连连长如何发了一笔大财，他们借着月光从便衣人群里搜寻他们的兄弟，但瞅来瞅去很快就失望了。炮连连长声称搜遍了山寨里外旮旯拐角，可压根儿未见雷子老六身影，问匪卒，他们也不知他跑到哪儿去了。返回路上，炮连连长扬鞭打马得意十足，间或还会唱一段西皮二六或黄色谣儿。可是下庄人尤其是雷子兄弟却心情沉重难以释然。他们以为雷子老六不是被土匪害了，就是被炮连炮弹炸了。却不知雷子老六绝地逢生，此刻正在深山老林里随残匪奔窜。雷子老六听到第一声炮响那刻，一个人正趴在石屋的地铺上昏睡。他的两瓣屁股虽已开始结痂变色，但眼下仍疼痛钻心无法坐卧。此前杨仕达让匪卒割烂了他的屁股，偶发慈悲又让人医治他的创伤。恒信堂赖先生被传上山寨后，专门为雷子老六调制了收敛止血和去痛生肌的外敷膏药。赖先生的膏药是恒信堂的独家处方，三个环节九味药草全都产于当地，计有墨旱莲、赶山鞭、马皮泡、雀盖头、白芨子、大蓟根、铁苋菜和二叶舞鹤草，另一味按祖传规矩谁也不得打问谁也无从知晓。此外炮制也十分严格十分讲究，须辅以煅龙骨、煅石膏、云母石、芝麻油等等。赖先生为雷子老六敷药的时候，杨仕达还特意跑来遛了一圈。杨仕达警告雷子老六，说伤口结痂的时候，就是你说出金马驹金牛犊的时候，不然下一回割的，就不是屁股而是别的玩意儿了。雷子老六据此知道自己一时半会儿丢不了性命，便勉强移动肩膀侧过脸来。雷子老六说我没有金马驹就是没有金马驹，我要有那玩意儿，我能让你把我的沟子割成花花绺绺。为表示不满和憎恨，雷子老六还咬紧牙关把屁股耸动了一下，又说你不要胡乱折腾我了，你不信我的话你干脆把我杀了，省得你劳神费力，最后还得请先生给我看病医伤。雷子老六如此说话，还真让杨仕达坠入了五里雾中。杨仕达尽管是笑着离开石屋的，但那笑闪烁不定，多少有些无奈也有点尴尬。这里雷子老六敷过药后，疼痛一下子减轻了许多，只是几天来他一直不能坐卧，只能立着或者趴在地上，而且说睡不睡说醒不醒，连黑白昼夜也弄颠倒了。雷子老六最初听到炮声以为是在梦里，簸箕岭像之前一样又闪电打雷了。不久就有匪卒从卡门那边跑来向杨仕达报告，山寨里一时人影晃动人声嘈杂，土匪们这才知道这回来了强敌。杨仕达在紧急关头仍惦记着雷子老六。他让匪卒弄来两具担架，一具抬着黑葡萄，一具抬着雷子老六，由土匪老三带人护着，从后山小路先行躲离开了。杨仕达临危不惧指挥若定，很快就将群匪安顿下来。他料就炮击过后才是一场恶战，因此有两发炮弹落空以后，他居然从石磨底下钻出身子，并朝天空得意地笑了一声。但是杨仕达这一回算计错了，他没想到笑意还在脸上挂着，突然就有一发炮弹落在脚前旋即爆炸开来。杨仕达面目含笑粉身碎骨着实让人唏嘘慨叹，但山寨群龙无首且连中数弹，很快便不作抵抗了。雷子老六他们是在三天之后得知这个消息的。最初他们下了山岭蹚过河谷，在山林里藏了一夜。随后又翻过山梁，来到一个叫梨园坪的地方。梨园坪山好水好景色十分幽美。开始两天，他们除了找寻吃的喝的，闲下来便耐心等候簸箕岭的音讯消息。土匪老三按照杨仕达的吩咐，对雷子老六看得很紧，对黑葡萄十分地关心体贴。他让匪卒两两分开，轮值严守雷子老六，他自己则早晚陪着黑葡萄说话，有时黑葡萄眉结不解少言少语了，他还陪她去水边或梨园里走步散心。不久有亡命匪卒也朝这个方向跑来，并告知杨仕达被炮弹击中，山寨被国军掳掠一空，弟兄们为保性命早作鸟兽散了。土匪老三得知情报后当晚便变了脸色。他提出要跟黑葡萄睡觉，黑葡萄不从他便强行动了手脚。黑葡萄说山寨刚刚失守，大哥尸骨未寒，你老三色胆包天竟敢做这号事情。土匪老三说大哥尸骨已经粉碎，不存在寒与不寒，今后咱们重立山头，我就是大哥，你仍然做你的压寨夫人。这一夜，土匪老三和黑葡萄在土屋隔壁不停地折腾，雷子老六和匪卒在这边全听到了也是徒叹奈何。第二天一早，土匪老三踢醒雷子老六，吼叫说快起来快起来给我站到河岸上去。雷子老六见土匪老三眼目不善，便说你想干啥你想干啥，随之周身一颤头皮一紧，头发立地也跟着乍了起来。土匪老三凶狠说，我想干啥我想干啥，我想要你的一条小命。又说你以为你是谁我是谁，我才不愿给你疗伤，还让人把你抬着背着，像伺候皇上老儿似的。土匪老三命匪卒将雷子老六拽起，又推搡到小河岸边，他自己则随手拔出手枪，将黑乎乎的枪管顶住雷子老六的脑壳。雷子老六没想到自己会是这样一个下场，心里只说完咧完咧，头上也有大颗汗珠冒了出来。谁知土匪老三思忖片刻又放下手枪，只在雷子老六屁股上踢了一脚，雷子老六站立不住，便扑通一声跌进冷水和石块间了。土匪老三看着雷子老六在河水里挣扎，轻蔑说我本想一枪把你毙了，可这得浪费我一粒子弹，我总共才六七个人三四条枪，我得留下它来打天下哩。土匪老三说完，就跟黑葡萄一伙朝深山老林去了。雷子老六这里好不容易爬上岸来。他强忍伤痛往前走了几步，斗胆朝土匪老三和黑葡萄的背影吐出了一口黏稠的唾液。雷子老六在大山里糊里糊涂转了三天，渴了就喝溪水，饿了就摘野果或刨山民的番薯充饥。夜里歇息下来，雷子老六不怕林涛怒吼河流喧豗，也不怕野兽嘶吼怪鸟长啸。雷子老六最怕看天。山里的夜空比山外小了许多，但繁星闪烁近在咫尺，总让人生出一种巨大的孤独和无边的怯惧。雷子老六九死一生，每到夜里就想大哭一场。可他不能随意哭叫。他只能咬住衣角攥紧拳头，让冰凉的眼泪像泉水一样，汩汩地流淌出来。

27

炮连打了胜仗班师回营那天拂晓，老雷子一家又陷入混乱中了。他们以为炮连灭了土匪，就一定会救出雷子老六，谁知炮连连长发了横财，却坚称他们始终没见雷子老六。我没见到你的孙子，真的。我连旮旯拐角都搜索遍了。我们不知他到哪里去了，连土匪也不知他到哪里去了。炮连连长在岔路口撂下一串废话，不管老雷子急得如何哆嗦，也不管下庄人如何惊异猜疑，马鞭一挥便朝小学校去了。老雷子当下返不上气来，一个人仰着脖子在大路中央直直地戳了许久。消息传回雷子老六屋里，他妈走地平以为再也见不上儿子了，天亮时先是撕心裂肺地哭号一场，随后整天捶胸顿足长吁短叹，牵扯媳妇年巧也不时背过身去，凄凉无助地抹拭眼泪鼻涕。老雷子此前最担心土匪猴急了会撕人票，如今又怀疑炮连的炮弹也可能误伤无辜，联想到炮连攻打山寨，是他带头请愿一意鼓动去的，心里就越发地歉疚越发地毛乱悲伤了。有几天，老雷子出于内疚总想去兵营问点什么，比如炮连究竟打中了几炮，炮弹爆炸时到底伤没伤人，若有死伤确切的是土匪还是他的孙儿，可是每次走到小学校门口就又踅了回来。如此挨过几个时日，有天夜里老雷子不能入眠，赶拂晓爬起身来，自家跟自家说，今儿个我无论如何得见见炮连连长，不然这样下去，我这个老浑球真的就要憋尿死了。老雷子气咻咻冲出门去，到兵营跟前不见哨兵，进了兵营空空如也，原来炮连连长为避麻烦，经贿赂请示军长，早在夜半就移防偷偷儿离去了。老雷子不愿接受这个事实，一个人立在操场中央，大骂炮连连长不守信誉做事缺德。老雷子骂人骂得认真而又滑稽。他先是吁口气弯下腰去，骂一句朝起蹦跳一下，骂一句再朝起蹦跳一下，其感觉就像炮连连长在他跟前，下庄的男女老少都在他跟前一样。天亮后老雷子拖着沉重的脚步回到家里。雷子老六他妈见老雷子神情沮丧完全没了主意，一时间心里空虚两腿乏力，只好差媳妇年巧去洞庙求神问卜。此前年巧最腻歪去南洞神呀鬼的折腾，现如今却比谁都要认真都要急切。年巧一进庙院才要走下台阶，就被慧心婆婆拦挡住了。慧心婆婆心安理得接了功德布施，却说我说过了人很快就会回来，你不用跑来跑去，又是烧香又是磕头的，你还是回家等着去吧。年巧半信半疑回到家里，一家人大门不出二门不迈，甚至把手头要做的事情也放下不再做了，只是一门心思地等候雷子老六。第二天傍晚，雷子老六果然回家来了。其时一家人正围着桌子喝汤，偶一抬头，就见雷子老六东倒西歪磕磕绊绊跷过街门门槛，一下子栽倒在庭院雨水洼里。他爷老雷子他妈走地平当下就撇了碗筷，几乎同时一跃而起，又同时扑到了雷子老六跟前。媳妇年巧先是失声惊叫过了，继而踉踉跄跄哭哭啼啼也跟着跑了过去。大家扯起雷子老六，十分艰难地把他抬进屋里。雷子老六人瘦毛长浑身是伤。之前他咬紧牙关拼命往回赶路，此刻一旦心劲松弛气力耗尽，便一下子昏软了过去。他妈走地平给他擦洗时忍不住哭了起来，断断续续哽哽噎噎，说我娃咋成这样了，我娃咋成这样了。大家手忙脚乱跑进跑出，直到夜半将雷子老六暖进被窝里了，他仍然昏昏沉沉任人摆布，就像一头死狗或者死猪。雷子老六这一睡就是三天三夜，不动弹不做梦不打呼噜，醒来时感觉只像打了一个盹儿。其间他妈走地平和媳妇年巧尽心做好饭菜等他醒来。她们做了上顿又做下顿，接下来将剩饭煨热了放凉，放凉了复又煨热，如此循环往复手脚不闲，感觉把一生的厨事都快做尽了。老雷子从里到外也像换了一个人儿，除过夜里不得不回自个屋里歇息，白日里则一直守候在孙儿跟前，从早到晚虽说纹丝不动不言不语，内心里却一直涌动着一股温热神圣的东西，牵带脸上的皱纹一根一根地柔和了，眼窝里更是蓄满了少见的慈爱和殷勤。雷子家族的兄弟姊妯娌和左邻右舍，陆陆续续都来探望雷子老六，他们进门之后或站着或坐着，要么跟雷子老六他妈他爷打问一点情况，要么就静静地看一会儿雷子老六，总之都要待够一段时间才好走离开去。保长家盛和家庆满堂甚至来得更勤一些。他们不难表白对受难之人的关注与关心，也不乏与雷子老六他爷他妈和媳妇年巧间的客套话儿，只是因了雷子老六的昏睡不起，他们的猎奇与探究才一直没能满足。第四天早晨雷子老六终于醒转过来。雷子老六一睁眼就说土匪来了，土匪来了，土匪抓我来了，说话间竟把年巧的两只手腕攥得嘎巴嘎巴作响。他爷老雷子他妈走地平赶来惊问事情经过，雷子老六却不言语，眼睛直勾勾瞅着窗户，一时间灵魂出窍痴呆迷离又神游南山簸箕岭去了。这一天，雷子老六先是擦了手脸换了衣服，再吃过几顿热汤热饭，直到黄昏大家眼泪巴巴地瞅看着他，他这才真正开口说起话来。雷子老六庆幸自己大难不死躲过一劫。山上的日子虽说惊心动魄不堪回首，其时他顽强也罢，狡狯也罢，沉着也罢，惶恐也罢，此刻他毕竟躺在自家温热的炕头上了。雷子老六并不急于向家人诉说那些个刻骨铭心的日子，他觉得眼下应当淡化它，忘掉它，甚至应该把它从大脑中彻底剔除出去。为了把他爷他妈和媳妇年巧的注意力从他身上移开，他甚至逮住机会跟他们说笑。他煞有介事故作神秘，说土匪本来抓的不是我而是你们，然后好拿你们中间任何一个做了人票，逼我这个至亲交出金麒麟来。见大家目不转睛敛声屏气都认真听着，又说你们想想看，如果你们有谁被土匪抓上山了，那金麒麟就是再金贵再值钱，我还能把它藏着捂着，让俺爷俺妈或者俺媳妇在山上受罪，以致丢了身家性命或断了胳膊腿儿。雷子老六他妈他爷听他这么一说，果真就去设想怎样遭受土匪的欺辱折磨。媳妇年巧这时已完全轻松坦然了，却说你用你那值钱宝贝换咱爷咱妈我信哩，你们骨血连着骨血，可要轮到我就很难说了。雷子老六说咋的轮到你就不行了，要是没了你，天底下我到哪儿去找这么一个漂亮媳妇，又叫谁给俺老陈家生牛牛娃哩，说得一家人心里头空虚，面儿上都勉强笑了一笑。到了夜晚，雷子老六忍着伤痛继续跟媳妇年巧逗乐。他捏着年巧小巧可人的鼻子说，我说的全是实话，真的，土匪当初确实是想抓你哩。年巧因被雷子老六捏着鼻头不便发声，只拿一对大而明亮的眸子瞅看雷子老六。雷子老六又说，土匪如果把你抓去了，你能不怕刀劈，不怕火烧，不怕坑埋，不怕乱石打砸，最后像我一样逃回来么，吓得年巧浑身一抖钻进他的怀里，以为土匪真就要来了。这一年疙瘩豢的冬天似乎来得很早。往年天空的头一次雪花，都是由刮了多日的西北风牵带来的，而且纷纷扬扬飘飘摇摇，反倒给人一种宁馨温暖的感觉。可是今年的最后一场秋雨连绵纠缠尚未结束，游移的雨丝就变成抽打脸颊的霰子了。时令即在霜降和立冬当间，疙瘩豢一带的原野就被大雪覆盖着了，厚重的积雪眼见得是越积越厚。屋檐下的麻雀因为无处觅食，大白天只好蓬松着羽毛缩在那儿，隔会儿叽喳叫唤一声，隔会儿又叽喳叫唤一声。到夜半就有野物来街巷奔窜袭扰，下庄人一大早从睡梦里醒来，发现窗户底下的白雪地上，全是饿狼或土豹来回走动杂乱无章的脚痕。在雪花纷飞围烤火炉的日子里，雷子老六一边疗伤养息，一边才真正讲起了土匪和土匪绑票杀人的故事。雷子老六的叙说就像串门聊天一样轻松，其间他甚或还要笑上几声，而他爷他妈和媳妇年巧不听也罢，一听便不由惊出一身冷汗。渐渐地，他们不仅知道土匪头子杨仕达了，知道压寨夫人黑葡萄了，知道土匪老二和土匪老三了，而且知道那些无人救赎，被活活致残或活活致死的可怜的票子。他们还是头一回听说，人被烧死会在石板上留下一个浑全的影子。同时明白了那个雨夜叩门不期而至，但没骗走金麒麟的匪卒，为什么临去时是那样无奈那样哀伤。雷子老六的讲述也许残忍了一些。两个女人听时涕泪横流颤抖不已。一个老人缄默其口一动不动就像一段千年干尸。而且这类故事雷子老六一讲起来就没完没了。它们有的与他有关有的则与他无关。有天天气特别寒冷，大家缩在灶坑取暖的当儿，雷子老六突然讲起了属于他的故事。雷子老六详尽描述土匪如何架起油锅，如何刀割他的屁股，又如何煎涮咀嚼他的皮肉。雷子老六讲这个故事的时候十分冷静，但他妈他爷和媳妇年巧，早已瘫软了腿脚苍白了脸色。雷子老六说到匪卒下头一刀时，他们竟然都听到刺啦一声，紧跟着就有一股说香不香说腥不腥奇怪异常的气味，在灶坑和厨屋弥散开来。随后一段日子，雷子老六他妈他爷和媳妇年巧无论白天做事还是夜里歇息，一种利刃刺破皮肉的声音总是固执地在耳边回响。那种热油烹熟人肉的气味，不独在雷子老六家里迂回缠绕，有一天还挤出门缝窗棂，顺着墙根冲出街门弥漫到街巷里去。下庄人闻到这种气味也醉醉醺醺痴痴迷迷，夜里睡觉做梦，便也看见了雷子老六在山上受苦受难的情景。这年的冬天似乎特别漫长，整个疙瘩冢都在倾听雷子老六的故事。雷子老六历数往事已变得十分冷峻，有时太残酷了，就放开喉咙大笑一通。雷子老六的故事没有结果。结果就是雷子老六回家来了。他没有交出他的金麒麟，也没有因此丢掉他的性命。

第四章

28

疙瘩冢自有名有史以来，一直安泰祥和无有纷扰。下庄人恪守祖宗遗训从不冒犯上庄，上庄人见下庄谦和礼让且势力日强，也不与其发生冲突，而且经过男女婚嫁子孙繁衍，上庄人和下庄人血脉相连已然很难厘定了。雷子老六依稀记得，打从他开启童蒙初识人事起，下庄和上庄除了在摔跤场上和社火节里龙争虎斗一决高下之外，似乎还未发生过村际间的械斗，也没结下宿怨和不共戴天之仇。雷子老六他爷老雷子在下庄自恃孤傲从来不把谁放在眼里，但在上庄那边，却有几个平起平坐推心置腹的朋友。其中善奎老汉，也就是上庄甲长双余的二爷，与老雷子相处最是投缘说话最是投机。在善奎老汉去世之前很长很长一段时间，无论是冬日寒夜还是夏日黄昏，两个人只要聚到一起就谝个没完没了。雷子老六小时候常见善奎老汉来家里跟他爷老雷子喝酒聊天。他们盘腿儿坐在土炕上的小方桌两旁，碰杯喝酒时少，举杯说话时多，雷子老六睡觉前看他们是那个姿势场面，睡一觉醒来看到的仍是那个姿势场面。雷子老六他妈伺候老雷子和客人经常要挨至拂晓，有时来不及再炒下酒菜了，就把生白菜的心儿切了，加上青盐、糖末、味精、米醋端上桌去。后来善奎老汉渐渐走不动了，雷子老六他爷老雷子便揣了酒瓶去上庄那边会见老友，照旧是傍晚时分出门，天快亮了人快醉了才肯摇晃着身子回来。善奎老汉去世下葬那阵，老雷子除了送去大肉白米香蜡纸表，还执意参与殡葬的谋划，并吃喝亡人的子孙跑前跑后做许多事情。雷子老六还记得癸酉年大水，山洪下来后，头天夜里不光冲倒了小石桥上的一排石狮栏杆，第二天又倒灌漫进河谷，将下庄七八户住在祖先窑洞里的人家全都淹了。救人救物时，上庄人跟着下庄人也跑来了，而且上庄的十几个后生争先恐后，纷纷跳进齐腰深的冷水里面，让落难之人也让整个下庄感动了许多时日。当然，下庄也有礼尚往来投桃报李的机会。战前疙瘩峁上下两村按户头人头捐资兴学，下庄人钱没少拿力没少出，却认可将学校建在上庄的地盘儿上，所聘教书先生，四个人中有两个是上庄的，另一个虽是瀍河上游瀍峪口的张先生，说到底仍是上庄双余的一个远房亲戚。因此在眼下这个当儿，雷子老六和下庄的所有男女，大约没谁会担心上庄人会来发难，并做出什么出格的事儿。但是有一天，上庄忽然差人送来口信文书，限下庄和雷子老六十日之内，将金马驹送回南洞或交还给上庄。上庄人口大气粗出言不惭，居然说大冢祖祖辈辈由上庄看护，那么金马驹就该归上庄所有。还说他们详尽披阅了家谱族谱与村寨传说，又经索据考证严密推理，一致认定安葬于大冢里的祖上的姑婆，是一位长相迷人入选皇室的嫔妃，因而上庄人的祖先，原本就是大冢主人的外戚。上庄有粗恶者甚至扬言，说下庄和雷子老六顺从便罢，如若不从他们就来血洗村子，遇人打人遇物毁物，就是拼个你死我活，也要夺回祖先的东西。上庄的口信最初是由双余派人捎给家盛的，家盛才刚告知家庆满堂，有风声立地就在下庄的街巷震荡开了。下庄人没料到上庄会一反常态说出这等话来，却也强捺怒气怨愤，都看雷子老六和保长家盛怎么动作。其时雷子老六还沉醉在茶炉夜话咀嚼土匪的兴奋之中，有人脸色苍白失急慌忙跑来报信，他仍像平日一样稳稳当当在那里坐着。雷子老六不相信上庄会违逆传统背信弃义跟下庄翻脸，更不相信上庄人会冲进街巷冲进屋里，平白无故从他手里将金麒麟夺走。但是来的人相继多了，大家有鼻子有眼又说得十分认真，他这才感到事态严重，并多少有了一点儿惶恐胆怯。夜里，雷子老六等媳妇年巧睡死以后，便光着屁股从炕上跳了下来。他把门后的木椅架在板柜一侧，然后手脚并用小心翼翼地踩踏上去，从背墙的檩木下面取出金麒麟来。经过一个夏天一个秋天和大半个冬天，雷子老六感觉违别他的金麒麟已经很久很久了。但他来不及解开油纸看它一眼，又摸黑操起一把镢头，悄悄儿溜到院角猪圈跟前，将金麒麟深入埋在用石料凿成的食槽底下。雷子老六十分满意自己的这一举动。他坚信猪圈经炮连士兵刨掘，其众目所睹与家喻户晓，便不会引起人们的再度关注。随后，雷子老六反身回到屋里蹬上裤子，又跑到后院柴房跟前，将他爷老雷子早年为骡马铡草，如今已废置不顾的铡刀翻腾出来。雷子老六往前院肩扛铡墩铡刀时，他爷老雷子和他妈走地平听见响动都醒了过来。他们呢呢喃喃呼叫雷子老六没有得到回应，就都扒住窗棂朝外瞅看。雷子老六将铡刀铡墩一分为二，将砺石在条凳上缚了，然后就蹲成马步，开始打磨那片又宽又长的铡刀。其时残月落了下去浮云也游移开了，满天的寒星闪闪眨眨明明灭灭，愈发地显出了静夜的清冷凛冽。雷子老六的打磨专注而又耐心，霍霍的声响在静夜传播开去，一下子覆盖了天籁地籁，以及所有的院落所有的窗牖。下庄人从睡梦里惊醒过来，敛声屏气支棱着耳朵听到天亮，就晓得雷子老六这是跟谁拼上性命了。受雷子老六鼓舞，第二天吃过早饭，一帮精壮后生由家庆牵头由满堂助威，纷纷准备了杂木硬棍，有的一时来不及搜腾，就顺手把女人的擀面杖操在手里，或者把顶门杠子用双手托着横在胸前。他们在皂荚树下集会誓师，人人热血沸腾个个慷慨激昂。又派人去村口望风瞭哨，说是一旦发现蛛丝马迹风吹草动，即鸣锣疾呼火速回街巷里报告。到了晚间，下庄的后生又次第在街巷里生了火堆，三个一伙五个一帮，通宵达旦在村中梭游巡逻。家庆和满堂还按照保长家盛交代，间或把一群女人召集起来申明大义晓以利害，要求她们在眼下这段特殊的日子里，一定要好茶好饭伺候男人，尽心尽力照看好老人和各自的娃娃。雷子老六的堂兄堂弟义不容辞很快也站了出来。从雷子老大到雷子老五，从雷子老七到雷子十三，所有雷子兄弟都义愤填膺摩拳擦掌，似乎只要一声令下，他们就会率先冲杀出去，将来犯之敌全部击毙在下庄巷口。雷子十三更是表现出了少有的活跃、忙碌。他的最大的乐趣是在老雷子与保长家盛之间传递信息，或把家盛保长的指令，朝家庆满堂他们传达下去。雷子十三还善于夸大其词和渲染气氛，一会儿东家进去西家出来，连脚步和颜面都要扭曲变形了。那几天，整个下庄都处在械斗前的紧张与忙乱之中。几个有头有脸的人物，索性把议事的场所移到了雷子老六家里。在他们看来，金马驹既然落在了下庄雷子老六手里，那么这个能给人带来福祉，能让人发一笔大财的东西，也就是下庄所有人的。他们神情严峻高谈阔论，心安理得地享用主人的烟茶饭食，将一种方案议定了推翻，推翻了再议，似乎只要上庄人不来，就永远不会有一个御敌的良策。他们有时也征询雷子老六的想法，但雷子老六自磨好铡刀以后，就不与人厮磨与人多言了。他将铡刀狠狠砍进铡墩里面，有事没事就蹲在上头打盹流口水儿。有人有时间得紧了，雷子老六就说我没有金马驹和金牛犊我怕个尿咳，让他上庄人来好了，我敞开大门笑模笑样地让他进哩。满堂半是玩笑半是认真说，你说你没有金马驹金牛犊儿，可雷子爷早就跟人家炮连夸下海口，说他亲眼见过那个宝贝东西，这是满世界都知道的事儿。雷子老六顶撞满堂说，那是俺爷为救我嘴里胡哒哩，胡哒的话，你个驴日的也能当真。他爷老雷子见他说话难听，就指责他叱骂他，说大伙来咱这儿是为咱好，你不要嘴噘脸吊的不识好歹。雷子老六回敬他爷说，好也罢歹也罢，一旦打斗起来，最后还不是由我一个人撑着，饿得他爷面无颜色，众人脸上都热皮烘烘的。好在保长家盛不与雷子老六计较，听了满堂报告只是坦然一笑，又叮咛家庆满堂，要他们不要因小失大让上庄轻易占了下庄便宜。这天夜里，雷子老六开始耍练他的铡刀片儿。他不让家人看见他的粗野和蛮悍。他选择了从鸡叫到天亮那段最是安宁最是隐秘的时刻。其时，下庄人经过白天的劳力和入夜的劳心都已沉沉睡去。巡夜人的脚步要隔好一会儿才从屋檐一角传来。雷子老六先是抓起铡刀挺在胸前，两眼贪馋地瞅看铡刀映着星辉一闪一闪地放光。他看见他的两只眼珠跟星星一起在铡刀里面闪烁，但比星星明亮也比星星突出多了。随后他便勒紧裤腰丢剥了棉衣，开始重复蹲抓、挺身、进步、提砍一套自创的动作，把一柄铡刀舞到东方既白，让一泡尿水全部融入骨血才肯罢手。雷子老六如此坚持了七八个拂晓，渐渐感到人跟铡刀几乎融为一体了，却没有丝毫懈怠，更不敢有一刻放松了斗志警觉。在约定日子的那个早晨，一轮太阳照样从东方升起，鲜亮鲜亮地照耀着下庄的屋舍。下庄人同仇敌忾众志成城，但是包括雷子老六在内，一瞬间都有了一种少见的紧张与恐惧。人们看着麻雀在庭院叽叽喳喳觅食，听老牛在街巷这头或那头哞的一声叫唤，又见日影从这边屋子一点一点儿退出，又一点一点儿爬到那边屋阶上去。如此挨到太阳落山月上中天，下庄的巷口连一个人影或一个鬼影儿也不曾出现。

29

下庄的家盛和上庄的双余都是狗年腊月生人。家盛和双余头一回见面就发生了激烈的冲突。其时疙瘩冢一年一度的七月古会才要结束，家盛由他妈抱着，双余由他小姨牵着，两个两岁半的碎人儿，便在戏台一侧的糖人摊前相遇了。捏糖人的德发老汉怜爱两个小家伙又机灵又贪馋的样儿，便顺手捏出两个踢腿猴儿，一个递给悬在半空的家盛，一个才要递给仰脖儿瞅看的双余时，不料家盛竟伸出另一只小手横空一夺，两只猴儿一瞬间都成他的了。四周的大人没谁能想到双余这时候会下狠手。这个挣脱牵扯不哭不闹的人儿，先是一蹦一蹦地要夺回属于自己的糖猴，家盛他妈见他跳不起来还打趔趄，便弯下腰身连家盛带糖猴一并凑近前去，又说给你给你，看把娃娃急成啥了。双余就在这时伸出两只手爪各五根指头，在家盛白净细嫩的脸面上同时抓了一下。家盛的鼻梁脸颊以及下巴当下就有鲜血渗出来了。家盛他妈后来的疗伤多少有点儿不得要领，家盛的抓痕虽说大都愈合了，但鼻梁一侧因感染落下一个疤结，至今仍显豁地暴露在众人的视线里。其时家盛哇的一声哭叫起来，另一个碎人儿却若无其事不管不顾，只是埋头咀嚼德发老汉为他重新捏出的糖猴儿，让周围都说这家伙了不得哩，将来长大以后，不定会是一个什么样子。而且这话说了不止三天两天。闲言碎语一经传到上庄双余他妈耳里，她便在日后刻刻提防严加管束，但双余似乎充耳不闻冥顽不化，前前后后没少给他妈惹乱子和添麻烦。家盛和双余的第二次冲突就滑稽有趣多了。俩人这一回争抢的不再是嘴上吃的手里玩的，而是塾师李先生的漂亮女儿。有一阵，李先生为避兵家围城之乱，一个人携了母亲女儿，逃离西安来疙瘩冢投奔亲友。李先生依一技之长在祖先的老宅里办起了塾学，上庄和下庄不少人都把娃子送到这里识字读书。在一群懵懂孩子里面，数家盛和双余眉目好看聪明伶俐，李先生的母亲闲来便跟他俩玩笑，说话无遮无拦，动作疼爱有加，一时平添了许多亲昵景象。老太太问家盛说，你长大要媳妇不，家盛说要哩。老太太问要媳妇做啥呢，家盛说给我做饭哩。老太太问那你想娶谁当媳妇呢，家盛说我娶依纯当媳妇哩。依纯就是老太太的宝贝孙女，细皮嫩肉眉目好看就跟小仙女似的。老太太听后不仅没有气恼，反倒一拢鬓角一咧嘴角呵呵地笑了。隔一天老太太又拿这话问上庄的双余，不想双余的回答竟跟家盛的回答一模一样。这一回老太太笑得手之舞之前仰后合差点儿就要岔过气去，末了就说家盛看上了依纯，你也看上了依纯，可我只有一个宝贝丫头，我到底把她许给你俩谁呀？双余见老太太这样说话先是一愣，继而一咬牙一跺脚便跑离开了。双余在放课回家的岔路口堵住了下庄的家盛。双余说老奶奶讲了，依纯是我的媳妇。家盛也说老奶奶讲了，依纯是我的媳妇。双余说是我的。家盛说是我的。双余走前一步一仰脖子说，是我的，是我的我的。家盛也走前一步，胸脯几乎贴住了双余的胸脯，吼叫说是我的，是我的我的。这以后，家盛和双余为一个少儿梦没少顶牛没少发生摩擦。有一回，两个人在李先生前院的海棠树下说着说着就扭打起来。他们先是你推我一把，我搡你一下，如此来来去去五六个回合，两个人就胳膊架着胳膊，脑壳顶着脑壳，死死地纠缠在一起了。有趣的是，有一阵他们有进有退有声有息在那儿角力，围观的几个孩子也在一旁呐喊鼓劲，可后来却一动不动一如雕塑僵持在了那里。其时李先生结束了授课，正在书房里整理书案，有孩子急急火火跑进来报告，李先生步出户外，立在门阶上才要呵斥，见那情状不由转嗔为乐嘿嘿笑了。这个晌午，李先生始终没指责他的两个学生，最后还是小女依纯跑上前去，喊叫说干啥呢干啥呢你们这是干啥呢，家盛和双余这才松开手臂分离开来，又都瞅看依纯一眼，都不言不语谁不理谁朝大门外面走去。家盛和双余后来稍大一点，有人再拿塾师李先生的女儿跟他们逗乐，俩人都会脸颊一红逃离开去，但是由此都把争强好胜和相互争斗的种子，悄悄儿埋在了心窝里头。几年后的一个秋日，李先生举家迁移又要回省城去了，家盛和双余虽不存娶依纯为妻的痴心妄念，偏偏儿都要显示自己才是李先生的得意门生。双余的做法是一早去李先生家里为他们打点行囊，并留下一起吃了早饭午饭，家盛则在众目睽睽之下做难割难舍状，把李先生一家送出村子送上大路，又厮跟着往省城方向走了一大截儿。家盛和双余受私塾启蒙，毕竟算是识文断字之人，加之一个头脑灵活一个做事蛮狠，慢慢地随着日月推移，分别都成了疙瘩冢的能人和头面人物。一段时间，家盛和双余没少为村际间的事务钩心斗角相互攻讦，但往往只是暗地里一种背靠背式的较量，及至乙亥年腊月，疙瘩冢为公推保长一事闹腾起来，两个人才使尽浑身解数于明处争夺开了。上庄的双余善于铺排和大轰大嗡。他凭借家道殷实且手里有几个闲钱，早在小年祭灶之日，便把购来的猪肉粉条黄花木耳，托人一样一样送到了上庄人手中。到了腊月三十晚上，双余更是喜眉笑眼挨门挨户行揖拜之礼，见长辈总是伯呀叔呀称呼，遇小孩总能随手摸出一枚两枚钱币或一颗两颗糖果。不仅如此，正月里大伙儿串亲戚开始走动，凡上庄去下庄的人家，都会在先天晚上得到双余的当面叮咛，凡下庄来上庄的人家，也一定会在舅舅或外甥屋里，受到双余的热情问候。眼见得双余在上庄紧锣密鼓甚嚣尘上，下庄这边的家盛自然也不示弱甘拜下风。除了施以小恩小惠笼络人心，家盛还物色了几个后生走家串户，大讲保长大权一旦旁落的被动和危害。他们动之以情晓之以理，说是上庄人表面上谦和礼让，骨子里却向来不把下庄人放在眼里，下庄人要想说话硬气做事硬气，就得推举下庄的能人做疙瘩冢的这个保长。家庆和满堂就是这个时候被家盛器重并一步一步成为心腹的。他们跑前跑后为家盛的升迁操忙，一时身子骨瘦了嗓子眼哑了，可劲头却是越发地见高见涨。这样的日子持续了一段时间，双方不管如何较劲如何动作，家盛还是那个家盛，双余也还是那个双余，又迟迟不见乡公所有人下来安顿公选事宜。忽然有一天，有人急匆匆跑来向家盛家庆和满堂报告，说是上庄的双余为昭示上庄的正宗地位，显摆自个儿的钱财势力，现正在南洞庙院里做祭祖仪式哩。家盛家庆和满堂一伙听后冲出屋门冲出街巷，果然就见南洞那边鼓磬相闻人声躁动，少顷便有香气和硝烟伴着鞭炮炸响，在庙院上方升腾漫洇开来。家盛事后听人说起，双余为做这场佛事，还特意去镇街花重礼延聘了司礼；祭祖场所因为选择了洞庙，所以捐献的功德也不是一个小数。上庄主族各户几乎都有人参与进来，一时顶礼膜拜群情昂奋，就跟兵家歃血出师似的。其时家庆和满堂他们一意要过去看个究竟，却被家盛一个表情一个手势制止住了。一帮人于是踅转身子复又回到屋里商议对策。满堂撺掇说他双余能这么折腾，咱们也不是吃干饭的，咱也整一个花样让下庄和上庄看看。家庆说事情没那么简单，那得花钱；再说人家双余弄啥咱也跟着弄啥，岂不让人家上庄笑话。家盛于是问家庆说，那你有啥妙计良方，说出来让大伙听听。家庆说双余祭祖不拜佛，咱们拜佛不祭祖，回来就说签儿上讲了，当保长的一准是咱家盛大哥。家盛采纳了家庆的建议，挨至日落西山星光满天，一个人便揣了香火功德往南洞去了。家盛在菩萨像前纳头便拜长跪不起，急得慧心婆婆一会儿给灯盏添油，一会儿给佛像拂尘，斜睨时却见跪拜的家盛一动不动不知何时才会起身。慧清婆婆到底精明厉害一些，她在一旁观察片刻略一思忖，就知道这个家盛今儿个图的是个啥了，又联想双余白日里大张旗鼓大肆铺排，因此将签筒端在胸前就是不肯摇动一下。后来，家盛终于按捺不住抬起头来，只是才要张口说话，不想却被慧清婆婆伸手拦挡住了。慧清婆婆说夜深了，天凉了，施主还是回家歇息去吧。隔会儿又说，施主的虔诚固然可钦可敬，不过佛有佛旨，禅有禅意，施主既然图的是冠冕加身飞黄腾达，今儿个想必是走错庙门烧错香火了。家盛离开洞庙已是子夜时分了。一路上他一连打了好几个寒噤。回家睡觉仍辗转反侧，有许久难以入眠。拂晓时他终于醒悟过来，一打挺一个鱼跃翻起身子，喊叫说，把他家的，把他家的，慧清婆婆说得多好，我他娘的真是走错庙门烧错香火了。随后一连几天，家盛偷偷摸摸又是典卖土地又是抵押屋舍，一个人咬紧牙关硬是凑足了一大笔钱款。那个夜晚，疙瘩峜寒星闪烁鸡狗无声，家盛从他家后院溜出身影，神鬼不知就把钱送到乡公所夏乡长屋里去了。其结果可想而知，正月里疙瘩峜的公推刚刚结束，那些饱满肥硕做了印记的黄豆，大约还在两只青瓷碗里盛着，有关家盛出任保长的消息，就在疙瘩冢传扬开了。家盛的欢天喜地和家庆满堂的得意忘形自不必说，单是上庄双余的咬牙切齿和酗酒撒气，有许多时日都很难安生下来。双余后来由保长家盛提议做了上庄的一个甲长。家盛以此给足了双余面子，又遮掩了上庄和下庄人的眼目。但双余并不领情。双余忌恨家盛的狡猾和手腕，也记恨自己顾此失彼虑事不周，只是一段时间以来，表面上不与家盛计较不与下庄冲突罢了。

30

正月初五一过，上庄人在老戏楼前的小广场上，破天荒地敲起了锣鼓家伙。起初的鼓点零零落落断断续续，下庄人打老远听了，就像是有孩童在那里戏闹玩耍。这样的情形以往也不是不曾有过。有时这样的鼓声在一个村庄响起，继而在原坡或河谷传播开来，另一些村庄就以为有谁开始"逗社火"了。只是大伙儿听着盼着，盼着听着，却不见本村巷有谁挑头应对，也不见始作俑者寻上门来挑衅，于是仅存的一点儿念想就慢慢熄灭了。但这回却大大出乎人们意料。上庄的锣鼓后来不仅没有停歇，而且激越洪亮一阵紧似一阵，感觉他们不弄出一点动静决不停歇罢手。下庄人自然知道祖传的规矩，面对上庄看似玩乐实为挑衅的锣鼓家伙，只要下庄这边也有人抢起鼓槌举起锣儿以示应和，那么象征疙瘩冢睦邻友好村泰人安的元宵赛事，就要正式开始了。下庄人没想到上庄会在这个时候动这种念头，琢磨先前上庄放话过来是要寻衅滋事的，怎么说变很快就又变了呢？何况以往的年关里头，要说逗社火的一定是下庄这边，一定是雷子老六他爷老雷子的那对鼓槌，上庄人又有谁能挑头激逗呢？于是下庄人或伸长脖颈朝上庄那边打望，或扎堆儿在一起说东道西，一时间听也听了，议也议了，却没一个主张应战，并去搜罗那些尘封多年的锣鼓铙钹。上庄的锣鼓一连敲了三个早晨三个黄昏。到了正月初十拂晓，下庄人还闭着眼睛或睁着眼睛缩在被窝里面，上庄的锣鼓就敲到自家的屋檐下了。上庄人顺着下庄的大小街巷，一连敲打了三个来回，间或还吊儿郎当嘻嘻哈哈说一句两句粗鄙话儿。随后他们停驻村口打麦场，面对下庄巷口把一种鼓点敲了又敲，似乎下庄人不给一个明确答复，他们就立在那儿永远不再离开了。其时，下庄的娃娃不管成人世界的人事纷争与钩心斗角，他们一拨接一拨跑去围观，间或还前呼后拥攀上大冢，在天上吱里哇啦吼叫一番。如此从太阳出山直到日耀中天，上庄的锣鼓由两班人马轮流倒换，一刻也没有停歇，惹得下庄人坐也不是立也不是，一个个就像做了亏心事似的。雷子十三就在这个时候又跳了出来。雷子十三一方面不能容忍上庄如此轻狂下庄如此窝囊，一方面也希望大半天过去，在上庄与下庄之间最好能发生一点儿新鲜事情。雷子十三某一瞬间身不由己稀里糊涂就出了自家街门。他东家进去西家出来，见了谁都说上庄太嚣张了，上庄太嚣张了。最后又不知从哪儿搜出了一面铜锣。雷子十三来不及拂去锣面上的灰尘，又顺手在谁家树丫上折得一根棍儿，一时间走走晃晃晃晃走走，感觉自个儿就像一位武士或功勋将军。雷子十三身后还稀稀拉拉跟着七八个凑热闹的娃子。他们跟雷子十三迈着同样的步伐，自鸣得意气宇轩昂，这让雷子十三回头看时，就露出一副憨傻又有些僵硬的笑容来。雷子十三立上皂荚树的根块时，回转身朝下庄的街巷庄严地看了一眼。他清楚此刻的街巷除了一群顽童和几只鸡狗，不会再有别的男人或者女人的身影，却仍像面对整个下庄和所有的父老乡亲，将手中的铜锣咣地敲了一声。如此敲了一声就有两声，敲了两声就有三声四声，于是下庄人就不能装聋卖傻不能不出来应对了。人们探头探脑陆陆续续走出街门，定睛看时，却发现好事者早已撇了铜锣木槌，撒开丫子逃得无影无踪了。雷子十三的举动让下庄人多少感到了不安和手足无措。雷子十三事后也回忆说，他头次敲响铜锣就知道自己惹下麻烦了。但他还是坚持敲了七声或者八声。他逃跑时听见村口打麦场那边鼓声大作锣儿铙钹嘹亮，就知道上庄人以为下庄有了回应，因而不敢多看一眼就钻进了自家门洞。他在院子石桌跟前认真平息了一阵儿心跳，感觉不像此前那样惶突那样紧张了，这才去了雷子老六家里，想看看老雷子那儿有无什么动静。老雷子是漉河两岸出了名的鼓手，早年不单是下庄社火抑或下庄上庄联手社火的司鼓，而且还加盟去过太乙镇、木塔城和二曲堡，每一回都被那些社火头儿奉为上上客，每一回都得胜回朝风光得了得。有一次，秦腔名家李敏中联手蒲剧大师阎逢春来镇街演出，老雷子受邀统领锣鼓队为他们开场，其阵仗和气势大得惊人，据说阎大师搌着戏须端着蟒带，在幕帘一角足足看了半个时辰，差不多快要忘记自己扮演的角色了。在雷子十三到来之前，先是家庆和满堂失急慌忙咋咋呼呼跑到老雷子跟前，鼓动说上庄的锣鼓从来没这么张狂，可这回却是打上门来了，咱下庄咋说也不能厾给他们。后来雷子兄弟和下庄更多的后生挤满了院子，都等着老雷子点头或者发话。不过老雷子这一回并不领情。他知道今年的锣鼓与以往大不相同。他得替他的孙儿和那个忽隐忽现似有似无的金麒麟着想，因此无论众人怎样吵嚷怎样煽火，他硬是蹲在地上不动一下不吭一声。一会儿保长家盛也过来了。家盛保长一进院门就拿他鹰一样的目光在人堆里搜寻，他的眼睛瞅到哪儿，那儿的人体便要动弹一下或者矮去一截。最后，家盛保长终于把目光锁定在雷子十三身上。他料定那几声铜锣就是雷子十三敲的。家盛说十三呀，这个锣锣儿不是随便敲的，既然敲了就得应卯，否则人家不拿嘴笑拿沟子笑话咱哩。雷子十三抵赖说我没敲我没敲谁说是我敲的。家盛吼叫一声说，不是你还能有谁。又说只有你才喜欢七听八说，巴不得跟上庄有个事儿，你好张扬铺排到处乱说显你比谁能哩。家盛保长还咄咄逼人质问雷子十三，说你说这摊子这阵儿咋个收拾哩，今儿个你要是不把上庄那些人弄走，我就叫人把你敲锣的手指头剁了。雷子十三不再犟嘴不再说啥了。老雷子这时无奈地一声苦笑，说家盛呀家盛，你这不是教训十三哩，你这是给我老汉撂话哩。老雷子说罢当即站了起来。他分开众人，上前手指家盛胸口，说锣可以敲，鼓可以打，可你得留个心眼，不要中了上庄暗算惹出啥大的麻烦。家盛见目的已然达到，忙说这个我明白，这个我明白。又说咱们先敲锣鼓家伙，至于摔跤和社火芯子，咱回头再从长计议。老雷子于是粲然一笑并转过身来。他要大家听从家盛保长安排快去准备锣鼓铙钹，他自己则留下来开始收拾打扮自己。老雷子把他关在小屋里大半天也不肯出来。其间雷子老六他妈几次要帮他搜寻衣物，媳妇年巧末了也想帮他撕展撕展行头，一前一后都被老雷子拒绝了。老雷子再次出现时，已完全变了一个人儿。他身穿青衣，腰束白绢，脚蹬藤鞋，又缠了裹腿缚了头巾；一对鼓槌头大尾小，末端还牵着两绺鲜红艳丽的蚕绸丝绦。老雷子虎跳豹突般蹦出街门，当街又翻过一个旋子筋斗，随后便一个姿势定格在皂荚树龙盘蛇走的根节上了。老雷子的亮相和扮相让整个下庄欢呼起来。这里家庆满堂和雷子兄弟早已凑足了锣鼓铙钹，数十个后生执锣的执锣，举铙的举铙，单等老雷子一个点击，一场气势恢宏的锣鼓就会震响就会铺排开去。但在这个傍晚，全然一新一呼百应的老雷子并不急于开场。他扬起下颌看天时，早春的雨燕正从下庄的上空迤逦飞过。天际一时间蓝得出奇也静得出奇。老雷子先是轻轻一撞鼓槌，然后轻叩鼓腰鼓棱耍起了所谓的干鼓。老雷子的举动当然不是自娱自乐。他在酝酿情绪寻找感觉，只是他的干鼓有板有眼有徐有疾，一样地能激动人心勾人魂魄。他自敲自打沉醉其中，不久就浑身松络心驰神游大汗淋漓了。后来老雷子终于高举鼓槌朝鼓面擂去。紧跟着，后生们手中的锣儿铙钹，就像关在栅栏里的奔马，一经释放便激越浩荡地咆哮开了。他们追随老雷子的鼓点，将铙钹高高举过头顶，上下翻飞着挥舞击打。那锣儿更是节律齐整嘹亮夸张，哗地过来像惊涛拍岸，哗地过去像地崩山裂，一时间锣鼓昂奋人更昂奋，看上去激烈极了也壮观极了。这个傍晚，老雷子敲了"紧三火"又敲"十八欢"，敲过"六六顺通"又敲"九九连环"，就连有张有弛以示小憩的间歇段子，他也把它把玩得节奏鲜明花样奇谲，早把村口打麦场上上庄的挑衅锣鼓镇压下去了。下庄人小胜后似乎意犹未尽，第二天天才亮又聚拢一起敲打起来。这一回，老雷子不再一以贯之坚持始终了。他有时会主动腾出手来，将鼓槌和鼓励一并交给年轻后生甚或乳臭未干的娃子。老雷子满目含笑欣赏晚辈熟练或不熟练的鼓点，间或支起耳朵听保长家盛朝他喊话，他自己有时也用手圈了嘴巴，憋足了喊声回应家盛几句。老雷子还看见雷子十三在人堆外面转来转去。雷子十三虽说不摸锣儿铙儿，却和现场每一个人一样兴奋一样忙碌。他转着圈儿给大家拍手鼓劲，有时还抽出自家汗巾，帮某个鼓手擦去额头的汗渍。雷子十三甚至抽出身子跑到上庄那边打探消息，把真真实实虚虚假假的情报，揣回来说与老雷子或保长家盛。家盛保长因与上庄双余久存隙隔，已沉浸于新的明争暗斗境地。老雷子不敢忘记他的孙儿，更看重每一次交手和每一回的成败得失。他们应当知道上庄人不会就此罢手，新一轮的比赛或者叫作较量，也许在明日早上就又开始了。

31

第二天一早，上庄果然派人送来口信，说他们请了艺人备了芯子，目前已着手装饰芯子的纸扎活儿了。下庄人既然响应了上庄的锣鼓且占了上风，也就该拿出自己的社火节目，在这个春光融暖吉祥和美的日子里，与上庄一起渲染一幅热火朝天的景象。上庄的使者温良敦厚笑容可掬，说起上庄与下庄的睦邻友好，就像自家兄弟似的。上庄的使者在下庄的街巷逗留了大半天时光，先是依礼数拜访保长家盛，把上庄双余甲长的两盒"德懋恭"点心，恭恭敬敬地放在家盛的方桌上面。接下来又会见几位雷子兄弟和家庆满堂一等人物。随后便来到雷子老六家里，屁股才刚挨上板凳，就把老雷子云里雾里地吹嘘了一通。末了说雷子爷呀，你那个鼓槌绝对是一对神棒棒儿，你的鼓点一响，不要说人的心跟你一块咚咚跳哩，就连天上的星星，眼睛也跟着一眨一眨，还有地里的麦苗菜秧，也踩着鼓点往上拔节节哩。老雷子得了恭维，面儿上得意扬扬心里却丝毫不犯糊涂。他热情招呼来自上庄的尊贵客人，让屋里两个女人又是端茶又是递烟，待上庄人前脚刚一离开，他后脚便步出街门，往保长家盛屋里说事去了。老雷子一照面就数落家盛，说保长呀，耍归耍，闹归闹，可咱千万不敢单单儿为了逞能，让双余他们钻了空子。家盛说雷子爷你放心你尽管放心好了，他双余就是有三头六臂七十二个心眼，他能长虫吃过交界把我家盛咬了。又说雷子爷你玩你的锣鼓，我守我的村子，咱爷儿俩谁都不要尿给双余，接着又撩起里屋布帘，说你看你看，家庆跟满堂组织巡逻一夜都没合眼，这阵儿才在我这儿躺下歇息。老雷子从家盛屋里出来，又挨个儿找了家族里的侄孙，告诫说上庄人花言巧语说得好听，可这是给咱灌洋米汤哩。他要他的族人保持高度警觉，走路得留几分心思，睡觉也得睁一只眼睛。接下来就是企盼元宵日的社火了。在选择孺小演员和裹缠芯子的日子里，上庄和下庄的后生依惯例免不了要摆擂台摔跤。以往的比赛大多由下庄人发起，而场子也多选在上庄老戏楼前的小广场上。下庄人最喜欢挑选后生跟上庄一对一叫阵。多少辈多少年下来，下庄的人丁经生息繁衍代代都在增多，但掐了指头算去，却总比上庄的人头要少一些。下庄的同龄后生也不会多于上庄，但在下庄的记忆和叙说里，下庄代代都有一个或者两个膀阔腰圆力大如牛的后生。他们一顿能吃十六个背篓油饼，干活时肩上扛一麻袋粮食，胳肢底下还能夹一只长条儿粮食口袋。他们中的某一位某一年元宵节前去上庄或别的村庄摆擂，往往是上来一个撂倒一个，上来一个又撂倒一个，好像从来没谁失手。下庄人记不清有多少较量有多少输赢了，只知在老雷子和雷子老大雷子老二时期，下庄人依旧是得了优势占了上风。但是这一回，老雷子还没细想有哪个小子能担此重任，也没细想由谁去上庄下达战表并安排摆擂打擂的程式，有关上庄十八名跤手扑进下庄的消息，就传到他的耳朵里了。老雷子防不胜防有点儿慌乱，不等雷子十三比比画画气喘吁吁把话说完，便一个虎跳跳到院子，又一个虎跳蹦到街巷去了。老雷子这个时候已不操心也不计较摔跤的输赢了。他认定上庄人另有图谋。他们会借此炫耀实力威逼下庄和雷子老六就范，或者打着摔跤的幌子叼空儿扑进他的院屋，径直实施抢掠也未可料知。老雷子热血沸腾失急慌忙跑到打麦场边，就见上庄十八位剽悍后生一顺溜儿立在那边麦秸垛前，一个个反剪双手神情严肃，遂伸展双臂做出一个阻截拦挡姿势，喊叫说你们干啥你们干啥，咋的不言不传就跑过来了。上庄的后生见状齐刷刷地逼近前来，其中的一个眼看着就要跟老雷子胸膛贴住胸膛了。老雷子自知不敌对手便尴尬地笑了一笑。情急之中，他朝场地一隅碾场的碌碡看了一眼。那些个粗黑笨重，须牛曳马拉才能动弹的家伙，经过一个夏收和一个秋忙的匆匆碾滚，此刻都静悄悄地在那儿卧着。老雷子撇开众人跑步过去，一弯腰就把一只肥硕的碌碡抱了起来。老雷子不相信自己有如此大的力气。他愣怔着将怀里的碌碡看了半天。上庄的后生一个个也都看傻了眼睛。老雷子转过身时无比灿烂地笑了。他一步一挪一步一喊，请坐，请坐，遂将碌碡咚的一声蹾在上庄领头的后生跟前，上庄的后生和上庄的围观者，一瞬间都感到大地在脚下颤了一颤。下庄有人试探着跑出街巷一看究竟，发现老雷子已将七八只碌碡全部移换了一个位置。上庄那些个后生更是面面相觑不知所措。他们感佩老雷子的神奇力量，又联想老雷子多年击鼓每每都那么飘逸潇洒，便以为虽非神助，怕也有某种特异的人体功能。一会儿保长家盛也率领下庄十八位后生赶到了。家盛保长的虑事处事与老雷子迥然不同。他先是热情地跟上庄的后生拍肩拉手，东拉西扯说许多客套应酬话儿，随后便三言两语敲定了比赛的程式和规矩。老雷子这时候忧虑既消，心气儿跟着一下子蔫了。他稀里糊涂往地上一坐，周身的骨骼完全散了架子。家盛上前一步扶起老雷子，连搂带抱把他弄到一边安顿下来。老雷子连声说这下好了，这下好了，开始我还以为他们要进村寻事闹事哩。家盛说雷子爷你放心好了，疙瘩冢有我家盛在，料他上庄谁也不敢胡作非为。老雷子十分感激地看了家盛一眼。家盛又说雷子爷你歇歇就家里去，这里的事儿有我照应着哩。老雷子这时候忽然又来了精神头儿，喊叫说我不回，我坚决不回喀，我要在这儿看娃娃们摔跤赢他上庄哩。老雷子的话语就像是一片心声一个暗示，他的话音刚落，就见下庄的村口呼啦啦涌出了一大帮男人女人。他们跟老雷子一样给他们的子弟助威来了。在他们中间，雷子十三永远是最活跃最引人注目的一个。他来回奔跳像只脱兔，还不时嘲讽般地朝上庄的跤手呼哨叫喊。家庆和满堂夹杂在人堆里面，他们都善于鼓动煽情，善于把一件极为平常的事儿，煽火得轰轰烈烈沸沸扬扬。只是一个时辰过去，隆重的摔跤仪式眼看着就要开始了，下庄的人群里却始终不见雷子老六的身影。其实雷子老六没抛头露面已有好几天了。他压根儿就对敲锣打鼓不感兴趣，对摆擂摔跤更是心存芥蒂一脸的不屑。雷子老六以为他爷老雷子和保长家盛的想法与举动，纯粹是庸人自扰自欺欺人。因此这几天来，他一任他爷老雷子早晨像顽童一样蹦蹦跳跳地出去，傍晚像顽童一样又满脸汗渍地回来。雷子老六专注于他的铡刀和一套独特的训练方式。经过南洞刻骨铭心的经历和簸箕岭上万劫不复的遭际，他的心已变得十分僵硬十分冷漠。当他挺起铡刀用心做出一个动作，街巷嘈杂激昂的锣鼓铙钹，顿时便消遁得无声无息。雷子老六似乎也听闻不到摔跤场上的呐喊、欢呼。只是到了晌午时分，好事的雷子十三满头汗水跑来，向他和媳妇年巧描述老雷子如何了得如何风光，雷子老六这才从他的耍练中醒转过来。雷子老六不知何故有热血涌上脑门，他强忍雷子十三眉飞色舞说完并走离开去，突然就黑着脸对媳妇年巧吼道，你去把他喊叫回来，你去把他给我喊叫回来。媳妇年巧正在厨屋门口淘米择菜，见雷子老六声音凄厉满目怒气，没擦手没解围裙就赶紧出门去了。雷子老六固定着才刚说话的姿势，这姿势似乎跟着年巧的脚步在使劲儿，好像年巧不把他爷老雷子牵扯回来，就永远不会松动不会变个样子。可是一阵儿过去，年巧还是形单影只垂头丧气进了街门。年巧说那儿的人实在太多太杂了，我想挤挤不到跟前，我大声叫爷，可爷听不清楚，末了我只好一个人又回来了。雷子老六没骂也没抱怨年巧，又鼓动他妈，他妈走地平看儿子一眼，二话没说就出门去了。谁知这里一等再等，街门口既不见他爷老雷子，也不见他妈走地平的影儿。媳妇年巧宽慰雷子老六，说爷迷着两家摔跤哩，妈怕是叫过了，爷一时三刻还是不肯回来。雷子老六终于按捺不住了，吼叫说弄那事顶个尿用，弄那事顶个尿用，遂推开年巧阻拦，出街门往打麦场奔去了。其时跤手们的较量难分难解正处在要紧关头，老雷子扑在最前面给下庄的后生鼓劲，不想他自己的腰身却被人从后面紧紧搂抱住了。雷子老六像摔跤一样将老雷子抡起但轻轻放在了地上。这情景让现场所有人都吃了一惊。两个相互纠缠的跤手见状，居然也停了角力，把四只眼珠瞪得比谁都圆比谁都大。保长家盛斜刺里冲过来叫骂说，兔娃子你个狗日的干啥哩，你连你爷都敢撂倒你得是不想活了。打麦场这时候一下子安静下来，大伙都瞅看雷子老六和保长家盛，看这事今儿个究竟如何收场。雷子老六弯腰把老雷子抓起扛在肩上，老雷子知道他的孙儿要抓他回家，于是哈哈笑着，连声喊叫我不回，我要看下庄赢它上庄哩，我不回，我要看下庄赢它上庄哩。夜半时分，雷子老六被一阵雷一样的鼾声从睡梦中惊醒，他拉开两扇门板，就见他爷老雷子蹲在他和年巧门外，在老人身旁放着的，竟是他连日打磨连日耍练的那柄铡刀。老雷子醒后第一句话就说，我这是给你瞭哨把门哩。又说尽管街巷里保长派了人手，还有家庆满堂领着，可我总不放心。我早年殁了儿子，眼目下我咋说也不叫俺孙儿吃亏了。雷子老六像抱小孩一样把老雷子抱回屋里。他为老雷子褪了鞋袜衣裤，待老雷子躺下后，又把被头轻轻拥到他的下巴底下。雷子老六还像哄小孩睡觉一样，在老雷子背上轻轻拍了几下。做完这些，雷子老六这才发现他自己鼻管酸楚，不知何时已是泪流满面了。

32

元宵节这天，疙瘩冢社旗即出便如期闹起了社火芯子。才在太阳升起，上庄和下庄开始绑缚芯子的时候，在疙瘩冢往北通向省城，往南翻越高山峻岭的官道上，就已有了三三两两的看客。疙瘩冢也有套了马车牵了驴儿去外村外埠接亲朋好友的。他们给马车架了席篷，给骒马和驴儿系了铃铛丝绸或别的吉祥物儿，一意要把气氛渲染得热烈隆重一些。一路上，看客和主家照面时会明知故问，打老远就相互问话相互应答，言语里自有几分骄傲和几分难抑的快乐。晚迟一些，镇街上的看客扶老携幼陆陆续续也来到了。他们大约不单为了欣赏社火芯子。他们更喜欢春日的阳光和阳光下的田野，感觉一个冬天在屋里局促久了，这个时候能到乡间走上一趟，一定是件十分消停十分惬意的事儿。他们贪馋乡间小吃，因此在人头攒动等候社火出场的这段时间里，那些叫卖各种吃食各种干果的小贩，就最是得意最是忙碌。还有捏糖人的，吹叮当的，玩博彩的，夸手艺的，大家怀揣兴奋期待，以各自不同的方式消磨打发一段温暖的时光。这时候，上庄和下庄断断续续都有零星的鼓点传到村外场地上来。打场子的前哨会扮成孙猴儿模样，将手中的棍棒抡得模糊了影儿，一会儿斤斗趔子从村巷突然蹦出，一会儿又斤斗趔子跑回村巷里去。到正午风和日丽时分，上庄和下庄的高跷和芯子排成长龙，终于在各自村口出现了。他们先是面对面击打了一通锣鼓家伙，然后就相向行进，围绕大垛展示芯子的风采和简单的古戏情境。看社火的人们便也一圈一圈儿地压了过来。下庄人得一时一地之利，层层叠叠疙里疙瘩地布满大垛，将锣鼓芯子村舍原野以及远山近水全部收入眼底。这天也许是个危机四伏一触即发的日子。下庄人虽说耽于玩乐，但是谁都不敢忘记上庄的野心和自己的职责。还在昨天夜里，保长家盛便带着家庆满堂走家串户打了招呼，又连夜召集青壮汉子严密部署，说是社火芯子一旦出村，谁谁负责把守村口，谁谁负责看护庭院，谁谁负责通风报信，谁谁负责打拼器械，等等，等等。家盛保长于子夜时分，还单独和老雷子叽咕了好一阵儿。到了天亮开始绑缚芯子了，下庄人除了参与者和防守者外，家盛保长不许一个闲散之人在他眼皮底下转悠。家庆和满堂还在下庄村口阻拦上庄的男人女人，上庄人说是来下庄做啥做啥来了，但家庆和满堂坚决不信，说什么也不让他们从下庄带走一丝风声。现在，保长家盛权当观众立在了大垛之巅。他身材颀长面目清癯，正午的阳光温暖地包裹着他，和煦的小南风轻轻地吹拂着他，看上去就像一位智者或者高僧。家盛保长看社火时不动一点声色。他关注现场的每一个动静，上庄人每一次哪怕是十分细微的变化，都难以逃脱他的眼睛。当然，家盛保长并不惧上庄人兴风作浪，关键时刻，只要他解下腰间的束带当众一挥，那么大垛下面下庄的高跷抬杠鼓槌铙钹以及掩藏着的东西，都会成为应战的武器。不仅如此，家庆和满堂按部署还分列大垛两侧，一旦下庄跟上庄打斗起来，他们将随时传达保长家盛的指令，让下庄的后生既斗勇又斗智，不使上庄占了便宜并冲进下庄街巷。最初一阵，下庄人发现上庄的社火有了很大改进。上庄的芯子向以玄妙奇巧惊险夺目著称，可这回除了大大小小十几个旋转芯子和高台芯子，一时又多了两个"吊帽盖儿"和一个"压阵亭子"。上庄的高跷班底尤其庞大壮阔。下庄的雷子十三虽说不敢应承械斗或别的危险角色，但他喜欢东颠西跑，喜欢为保长家盛搜集各种有用无用的情报、信息。雷子十三事前就向家盛保长请缨，说保长叔呀，今儿个两家若是交战开火，你是将军，是司令，是三军统帅，我就是你的勤务兵、通信兵、侦察兵，侄子我一定要你看看，我十三绝不是吃闲饭吃干饭的。雷子十三头一回挤上大冢向家盛保长报告，说他经过点数，上庄的高跷居然有九九八十一人，比往年的人数翻了一番还多。又说上庄的强壮后生差不多都在高跷之列，至于抬芯子的跑龙套的，大多是上庄的亲友或花钱雇来的佣工。雷子十三甚至蹲着趴着瞅看了上庄的高跷，说上庄的"柳木腿"有一多半不是柳木做的，而是铁钢龙骨和榆呀槐呀的坚硬杂木。雷子十三眼目神秘脸色慌张，说保长叔你千万要留个心眼，我看上庄今儿个绝对要开火哩。保长家盛听了报告多少也有一点儿紧张。他吩咐雷子十三继续下去打探虚实，并把一番叮咛，转告半坡的家庆满堂和下面的社火头儿。雷子十三得了指令屁颠屁颠地去了。家盛保长这里神经紧绷高度警觉，两只眼睛盯着上庄的高跷不敢离开，身子也随着高跷的绕行，在冢头缓缓地挪转了几圈。这天午后，下庄和上庄的社火你来我往难分伯仲一直处在胶着状态。下庄的芯子虽说不比上庄巧妙奇诵富丽堂皇，但下庄挑选的娃娃演员大都年龄很小，有的看上去甚至只有三岁四岁，而且个个扮相迷人处高不惊，因此不光迎来阵阵欢呼赞叹，而且不时有看客跑上前去为他们披红挂彩。下庄的高跷人数虽说不多，但富于变化充满了情趣活力，有擅长倒行逆走的，有擅长金鸡独立的，有的甚至伸展了长长的木腿劈叉，有的走着走着竟然翻了一个或者两个斤斗。下庄的锣鼓由老雷子执槌更要胜出上庄一筹。老雷子的"风搅雪"和"出曹营"尤其厉害，每当两支队伍顶头相遇，下庄的锣鼓会骤然发作震天撼地，一瞬间便将上庄的锣声鼓声盖了下去。老雷子愈是得势愈是得意。他不光呼风唤雨推波助澜掀起一个又一个高潮，有一阵还当众玩起了"抢槌"的绝活儿。老雷子的手法潇洒灵动绝妙极了，看客们不闻鼓点中断，却见鼓槌在老雷子手里前后翻飞，有时还日的一声飞向空中，落下来，更是一阵激越奔突荡人魂魄的黄钟大吕。下庄的后生受老雷子鼓舞感染，跟着他纷纷做抛锣和翻铙表演，一时间花样百出变幻莫测，引得冢上冢下齐声叫好，好像不是双方的芯子高跷，而是老雷子和他的锣鼓班子成了当日主角。上庄人因此心里憋屈，几个年轻后生大约忘了上庄大计，忘了双余甲长和社火头儿的叮咛。他们在两支队伍迎面而过的时候，开始用他们的芯子挤撞下庄的芯子，并不时发出一种怪异的呼啸，使得原本热闹有序的场面一下子混乱起来。按说这是一场常有的起哄，在以往的表演和竞技中免不了都会发生。但家盛偏偏在这个时候看见了上庄的双余。双余身披呢子大衣，鼻梁上架一副纯石头的茶色眼镜，于人头攒动人声鼎沸之外，正悄没声地从小学校那边走来。家盛保长一瞬间眼睛都要绿了，心想你双余早不出来晚不出来，八成儿上庄准备寻衅滋事了，你才肯抛头露面且不惜暴露身份，我看你今儿个也是打错算盘了。其时，双余在家盛俯瞰的目光里不紧不慢地走着。双余每前进一步，家盛的心脏都要在胸腔里腾地跳动一下。双余停下步脚的时候，跟围观的人群尚有一段不远不近的距离。有一阵，双余似乎注意到了场地上的骚乱。他用双手圈了嘴巴做呼喊状，接着便你传我传你，一会儿就见上庄的社火头儿从人堆里挤出，高一脚低一脚地朝他跑去。双余在那里跟社火头儿指指点点比比画画，家盛站在大冢之巅不知底细，有几次差点儿做了招式下达了下庄的战斗指令。谁知接下来的情况又让家盛愣了一回，上庄的社火头儿返回社火队伍不久，两支纠缠着的社火长龙很快便不再纠缠了。到了下一波相逢，上庄人不仅没有再次滋事，而且率先施行了"让芯子"大礼：他们停止行进，尽量往一旁靠了又靠，让下庄的芯子高跷从他们身旁先行走了过去。家盛保长多少有了一点儿失落，又联想若是错发了指令下去，其打杀格斗与血肉横飞，也多少有一点儿后怕。家盛还试图揣摩双余的心思与计谋。他手搭凉棚，往双余才刚站立的地方看了又看，却发现那个让他既忌恨又难以割舍的家伙，早不知跑到哪里去了。接下来家盛保长再没见风吹草动。雷子十三虽说来回跑了几趟，传递的却是一些无关紧要的信息。家庆和满堂则成了地地道道的看客。他们立在大冢两侧，时刻准备着听从保长召唤，却跟那些老叟和妇人一样，只是看了大半天的社火芯子。这一天不光社火场子这边有惊无虞，就连上庄下庄的街巷，也寂静空落绝少有人影晃动。保长家盛倒是意外地看见了雷子老六。雷子老六一动不动蹲在他家屋檐底下，在他身旁不远，就是那只曾经弃置不顾，如今藏着锋利刀刃的虎头铡墩。雷子老六远离喧嚣低头纳闷早已入了梦乡。他的梦也许紧张激烈险象环生，也许缠绵悱恻难以自拔，总之午后的阳光穿过树枝筛洒在他的身上，他的行为便有了一种少见的乖张、滑稽。家盛保长于是站在大冢巅上嘿嘿地笑了。他笑上庄张牙舞爪原来却是熊包软蛋，笑下庄风声鹤唳草木皆兵其实只是虚惊一场。他还哂笑雷子老六的愚顽蠢狠，心想大过年的，这家伙咋也不跟大伙出来，看一眼花哨的高跷和精巧的高台芯子。

33

下庄人经历了年关的挑战和元宵节热闹忙碌高度警觉的日子，以为上庄多半不会再滋事骚扰了。他们从大冢那边撤回社火队伍以后，除留下少数几个后生在村巷继续溜达巡逻外，其余大都沉浸在得胜回朝的快乐和缱绻舒适的梦境之中。下庄人有一千个理由不再绷紧那根弦了。因此在这个夜晚，他们喝酒喝得最是有滋有味。他们的做爱轻快而又绵长。他们做起梦来，能见到小麦起身薯秧扯蔓芝麻节节开花，能见到杏儿黄了梨儿白了柿子像灯笼一般红彤彤一片。他们在梦里甚至还能见到东海龙宫西山瑶池以至桃源胜境。如果没人打扰，他们也许会把他们的美梦永远延续下去。谁知就在翌日拂晓，上庄人举着棍棒刀叉，突然就从雾气缠绕的大冢后面，狼虫虎豹一般扑进了下庄的街巷。上庄人也许于子夜就潜伏好了，在大地渐次安宁下庄进入梦境之时，他们并未留下蛛丝马迹，也没制造一丁点儿响动。他们的等待急切而又持久，因而到了指定时间，一个个困兽犹斗争前恐后全都红涨了眼睛。他们兵分三路，从两旁堵住下庄的每一扇门扉窗牖，中间数十名后生则脚轻步疾鱼贯而入，一瞬间便把雷子老六的宅院包围住了。其时，下庄人还处在黎明时的酣睡当中，等他们听到动静套上裤子跷过门槛，这才发觉去路已断人已无法上街了。从雷子老大到雷子老五，从雷子老七到雷子十三，雷子家族的十多个兄弟没一个能冲出街门。他们中间也有胆小怕事的，一时间反身回到屋里，插上门闩蒙起被子，全当不知外面发生了什么事情。街巷里的情形就更加凛冽惨淡了，几个巡夜的缩在谁家的屋檐下烤火取暖，才要立起叫喊，早被兜头一阵击打，全都伤皮动骨地趴在了灰烬跟前。另外几个立在巷子那头不敢过来，只是远远地朝这边瞅看，并做出撒腿要跑的姿势，随时准备着溜之大吉。下庄人只有保长家盛一个冲破障碍来到了街巷。昨日夜里，家盛保长和家庆满堂陪社火头儿一等艺人在村公所喝酒，说起社火芯子与连日纷争，免不了有几分得意几分轻狂。几个人杯杯盏盏撕撕扯扯挨至头一遍鸡叫，差不多都口舌僵硬口齿不清了。家盛保长倒是留了几分警觉几分清醒。开始他还打通关划拳仰起脖颈喝酒，到后来则能推便推能少即少，有时免不了还要家庆或满堂代他受罚，因而酒尽人散之后，他尚能头脑清醒步脚不乱回到自家屋里。家盛保长不敢像多数下庄人那样倒头便睡。在黑夜快要过去黎明即将到来的这段时间，家盛保长一直坐在堂屋椅子里喝茶。他的思绪一忽儿飞上天空，一忽儿落在地上，一忽儿飞到上庄，一忽儿又回到下庄里来。他曾琢磨年节过去春日来临，他是否还要在下庄的街巷里排兵布阵。他隐隐觉得上庄人不会就此罢手。但这只是一个意念，而且就那么一闪就匆匆消逝了。家盛听到响动那刻正在茅厕里撒尿，他胡乱勒紧了裤腰绳儿，紧跑几步就把街门门闩拉开了。上庄的一个后生横着铁棍挡住家盛，家盛说我是保长你竟敢拦我挡我，你这是吃了豹子胆了，顺手就打了那个后生一个嘴巴。后生挨了瞎打嘴脸一歪一下子蒙了。家盛黑着脸出去，见上庄人全副武装完全控制了街巷，一时又气又恼又急，走一步喊一声双余你在哪儿，走一步再喊一声双余你在哪儿。又说双余你个狗日的给我出来，有种的话咱们当众理论理论，犯不着这么偷偷摸摸，就跟贼娃子似的。及至来到雷子老六屋前，才要再喊一声抖一抖自家威风，就见上庄数十名后生哗地往两边一闪，上庄的双余便跟他面对面站住了。家盛满目怒气质问双余，说双余你个狗日的今儿个胡弄啥哩，你扑进下庄聚众闹事，你把祖宗八代立下的规矩毁了你知道不？双余说我没有毁坏祖先规矩，我来下庄来他兔娃子屋里，也只是拿回属于俺先人的东西，这理儿明明白白再简单不过了。又说今儿个我既然来了，他兔娃子给也得给，不给也得给，你知道我从来不轻易下手，要说下手，是谁想挡也挡不住的，说着朝两旁扫视一圈，于是上庄的后生都把手中的武器往紧里攥了一攥，又都齐刷刷往前靠了一步。家盛一时语塞一脸的无奈颜色。稍后他终于回过神来，冷笑说双余你狗日的也学会耍心眼了，一正月你都假装搜事哩，一会儿锣鼓一会儿撂跤，一会儿又是社火芯子啥的，看着空气紧张却不吭不哈，谁料我这儿刚刚有点迷糊，你狗日的就带人冲过来了。双余揶揄家盛说，就兴你一个人以诸葛孔明自居，我们都成了猛张飞，成了窝里窝囊的阿斗咧。又说你当年咋么当的保长，押房没，卖地没，深更半夜跑没跑门子，你当我不知道喀，我这是跟你学手艺哩。家盛有点恼怒，扑上去一副要拼命的样子，却被上庄两个后生从背后将胳膊拧住了。家盛一边挣扎，一边借机朝雷子老六屋里喊道，狗日的双余，你听好了，我家盛今儿个就是把性命搭上了，也决不许你狗日的在老六屋里胡作非为。其实，在下庄耽于欢乐耽于消遣的时候，全村巷只有雷子老六一个不食前言不改初衷，从早到晚都守在他的铡墩跟前。今日鸡啼时，雷子老六照常起来要练他的刀片。依旧是蹲抓、挺身、进步、提砍一整套连贯动作。依旧是步脚坚实身姿矫捷刀刃生风。雷子老六投身其中不管身外之事，仅凭感觉便知晓上庄人进了街巷，并密密匝匝封堵了他的街门。雷子老六无视上庄人的存在，他坚持舞就最后一个动作，又用衣袖揩去刀刃上的雾气寒霜，随之上前敞开了两扇街门。上庄人望着豁亮的院落愣怔了半天，继而一阵呐喊冲将进去，却见雷子老六自在舒服地蹲在铡墩上面，头上一缕一缕冒着炽热的白气。上庄人不知就里不敢贸然逼近，只好拉开距离与其相对而立。双余这时候从后面走上前来。双余后兵先礼，又是劝导又是威逼。双余说侄娃子呀，不是你叔我大过年的非得打上门来，这事不怪我无礼而怪你无义。我说过要你交还金马驹已有十几天了，可你迟迟不见动静不说，还让家盛那个假保长挖空了心思跟我作对。今儿个他保长大人让我乖乖儿给治服了，我劝你侄娃子也聪明一点儿，事情弄对头了，咱们还是好乡党好邻居，事情若不对头，那你我就是仇家冤家——咱们水火不容，不共戴天。雷子老六低头纳闷不理不睬就像一头蛮憨的黑熊。双余的话他似乎听进去了，又好像一个词儿也没听见。一会儿，雷子老六他爷他妈和媳妇年巧分头从被窝里爬了出来。他妈走地平平日里快脚快步快嘴快舌，如今见上庄人刀刀枪枪满脸杀气站满了大半个院子，足不曾出户，话也没说一句，便软在门槛里了。媳妇年巧更是抖抖索索难以自持，一副俊俏的脸庞一忽儿就变成了一张瘆人的白纸。三人中唯独老雷子还算处变不惊。老雷子身手敏捷，一蹦就蹦到孙子前面，挺胸伸臂做老鸡拼死状护住了雷子老六。老雷子浑身颤抖欲言不能，连嘴脸都变了样儿。少顷他手指双余，断断续续说好你个双余，你不认你侄儿了也罢，你连我雷子炮也不认了。你想想你二爷活着的时候是咋么进我这院子的，你二爷死的时候我又是咋么去你家的。今儿个你做事不顾利害不顾体面，我看你非要了我这条老命不可。老雷子的举动让双余多少有了一点儿尴尬，一时间进也不能退也不能，只拿一双游移的眼睛瞅看对方。但是上庄人并不甘示弱，有亡命之徒冲前一步，试图把老雷子从雷子老六身边拉开，就见雷子老六呜哇一声吼叫，并在一瞬间完成一套动作，早把一柄有厚有薄青光闪闪的铡刀拎在手里，神情冷峻将身躯塑造成一尊凝固不动的石雕。那个早晨，初升的日头在原头突然惊得呆了。百鸟不再飞翔白云不再移动。漉河水刚刚解冻复又凝结起来。有白毛风贴着草尖地皮在原野呼啸而过。下庄的街巷和庭院肃杀凛冽寒气逼人，随时都有可能迸射人的脑浆血浆。但是瞭哨人站在大冢之巅，仅仅只看见雷子老六一个虎跳，就给这个血腥的日子打了一个利落的缩结。其时雷子老六家的黑猪不顾人间争斗人事纷扰，正将头伸出栅栏在食槽里拱食，雷子老六手提刀起，一下子就把那只丑陋的头颅斩割在食槽里了。雷子老六用沾满鲜血的屠刀指着身首分家的畜生，怒喝说你们谁敢上来，谁上来就是这个下场，不信咱就当场试试。说着又用刀头舀起猪头，日的一下朝人群抛去，不偏不倚正好砸在上庄双余肩上，鲜血淋漓溅红了双余的脖颈不说，还让他一连打了几个趔趄，差点儿跟猪头一块儿跌倒在地。双余和上庄人自然不是瞎子不是傻瓜，知道一时难敌这个不要性命的家伙，便色厉内荏丢下一串硬话，装作气势汹汹的样子走了。这里雷子老六也不追赶，大半天凝固不动挺立庭院中央，手上的刀刃映着早晨的阳光，院子里就一片血腥般的灿烂。下庄人最初被侵略者堵在屋里不能出门，心里憋屈着且惶恐着，不久听到雷子老六单刀退敌的准信儿，又都纷纷跳过后墙，从村外将巷口堵了个严严实实。上庄人如鸟兽溃逃时，下庄人就分立两旁，挥舞着手中的棍棒刀叉，呐喊着狂笑着羞辱上庄，并摆出要打的架势，将末尾几个像模像样地吓唬了一番。于是，疙瘩冢有史以来唯一的一场械斗，就这样宣告结束了。

第五章

34

雷子老六自从大义凛然单刀退敌之后，既不闻村事也不问家事了。他把那柄寒光凛凛的大刀往铡墩缝隙里一砍，将铡墩斜仄着靠在院墙一隅，便钻进小屋蒙起被子昏睡起来。雷子老六一连睡了三个白天两个夜晚，梦里头既不与上庄人交手格斗，也不与媳妇年巧厮磨亲热，蒙蒙眬眬只觉来到一个陌生美妙的去处。那地方山清水秀林木扶疏，有细瀑自山腰垂挂，有溪流在涧底叮叮淙淙。桃花和杏花红一簇白一簇点缀于溪水两岸。云絮从天边飘下来，岚霭从潭中升上去。雷子老六还看见小鹿在山岩跳跃奔跑，玉兔从竹林或草坪一闪而过。雷子老六甚至看见了老虎豹子狗熊狐狸山獾野牛黄羊红猴。这些动物后来渐渐都淡化掉了，那个属于他的金麒麟，却在一瞬间鲜活生动起来。那宝物时不时出现在他的眼前或意念之中，要么撒欢儿在树林里奔突跳跃，要么伫立山崖回转头来静静地看他。雷子老六在梦里追逐他的金麒麟，渴了就在山溪喝水，累了就在山林歇脚，却总是时隐时现若即若离，让他始终都处在迷谵和兴奋之中。雷子老六不知道年巧天黑时脱了衣服在他身旁睡下了，天亮时又穿了衣服从他身边离去了。雷子老六也听不见他爷老雷子在院子高声说话大声放屁，听不见他妈走地平走过来咚咚咚咚，走过去也咚咚咚咚。这期间，雷子老六家的黑猪身首相隔在栅栏里外摆着，幸亏是在早春，春寒料峭还不至于让它快速腐烂变质。雷子老六他爷和他妈不知如何处理这个畜生，琢磨把它剥皮炖肉之后，拿到镇街叫卖怕人议论传扬，留下当饭一家三口一时又享用不了，因之就央媳妇年巧去问雷子老六有啥主意。年巧进屋抓住雷子老六肩头摇了又摇，谁知雷子老六翻来覆去，就是不变睡姿不肯睁开眼睛。雷子老六还在梦境被扰时粗野地骂了年巧一句。第三天傍晚，老雷子按捺不住冲进孙子媳妇屋里厉声吼叫，雷子老六这才摆脱梦境终于醒转过来。雷子老六坐起身子，用手臂紧抱了双腿膝盖，回他爷话说，你不是总叫嚷要答谢邻里乡亲不是，明儿个你把黑猪剥了，让全村按人头分了吃肉去。老雷子巴不得雷子老六能如此利落如此大方，又问了屋里两个女人，都说这样也好，这样也好。于是次日一早，老雷子差两个女人挨家挨户去报宰猪分肉的消息，他自己则唤来几个雷子侄孙，当街绑缚了檩木架子支撑了六尺铁锅。紧跟着就有人陆陆续续将烧好的开水，拎来或挑来倒进大锅里面。老雷子烫拔猪鬃猪毛的时候，下庄人不分男女老幼都跑来围观，一时兴高采烈人声鼎沸，比以往赶集过会还要热闹。老雷子敞胸赤臂热汗淋漓更是轻狂得了得。他把黑猪变成白猪挂上木架开膛破肚以后，先自撕下一绺猪腔板油，做示范往嘴里一填，哧溜一声就咽进肚里去了。老雷子让在场的男性老人，都如法尝了热油的滋味解了荤腥的贪馋。他把精细好肉切成条块，先后扔给族里族外乡邻，只把猪头和蹄脚下水给自家留了下来。老雷子下刀时十分地干净利落，而且每发一块精肉都要大喊一声，我这是酬谢乡党哩，我这是酬谢乡党哩。下庄人于是就朝老雷子欢呼，拿到肉的和没拿到肉的，都久久不愿离开，下庄的街巷眼看着就要被人影和喊声挤破裂了。老雷子特别惦记着保长家盛和家庆满堂他们，知道他们前前后后心没少操力没少出，末了又各提一份精肉前去登门拜谢。老雷子在保长家盛屋里同时见到了家庆满堂，说起此番与上庄的博弈较量，大家依然十分兴奋十分得意。家庆说咱们应当给双余也送二斤肉去，这次要不是他，老六兄弟能一怒之下把猪杀了，雷子爷能一点不留，把猪肉全分给下庄人吃了。满堂说家庆你的意思是咱挖苦他哩，羞辱他哩。家庆一笑说这还用说嘛，他双余有嘴说不出话，只能白白落个肚子也疼，心窝窝也疼。家盛因是雷子老六在那个早晨阻挡了双余，他自己反倒让上庄人拧了胳膊说了硬话，所以不曾表态不说，一时间脸面儿也有点挂贴不住。老雷子看在眼里想在心中，赶忙说得饶人处且饶人，咱不跟他驴日的双余计较，事情过去了也就算了。老雷子从保长家里出来，突然就闻到了谁家炖肉的香味儿。这气息刺激他当下又来了雷子劲儿。他当街提高嗓门喊道，炖肉咧，炖肉咧，开始炖肉咧，炖好咗肉咧。又故作夸张故作神秘，喐起嘴唇和鼻翼东家门口闻闻，西家门口闻闻，一时间竟在街巷里走了几个来回。老雷子回家时一摇三摆嘿嘿笑着，背影儿看去就像多喝了几盅烧酒，而且一进院子便吆喝两个女人炖肉，隔着门道和院墙都能听到他的雷子腔调。这天晌午，下庄人炖肉的风箱在融暖的阳光里次第响了起来。到了黄昏，揭锅的香气随蒸汽从屋檐和窗棂涌出，与河湾柔和的岚霭相互氤氲，于是漉河两岸有许多村庄，都被香雾缠绕着。又过了一天，雷子老六睡醒后，慵懒地吃了他妈炖熟的猪蹄猪肝，随之又慵懒地到街巷溜达去了。雷子老六鄙薄他爷老雷子的做派和轻狂，出门时甚至嘟囔了一声什么，这在他妈走地平和媳妇年巧听来，感觉像是一句不恭甚或粗鄙的言辞。这一回，雷子老六既不跟男人扎堆聊天，也不跟女人客套寒暄了。雷子老六专找乳臭未干的娃子游戏玩耍。在皂荚树那边，有几个小子在地上凿了洞窝"归老虎"输赢弹球。雷子老六先是站在边上看了一阵，随后说声我也来两下我也来两下，便顺手捡起一个弹球趴在地上，撅起屁股绷了起来。雷子老六玩得十分认真十分投入，等到三四个回合下来，儿时练就的圆熟手艺很快就显现出来了。雷子老六做了"老虎"能赢，不做"老虎"做"娃"十有八九也赢。如此大半个早晨过去，雷子老六不仅偿还了几个小子的债务人情，而且将他们兜里的弹球，悉数收进了自己的腰包。雷子老四的小儿子也在一帮小伙伴里面。这个虎头虎脑又满目灵气的家伙，满以为他的六叔会将战利品一股脑儿给他，不想雷子老六重在参与并不在乎输赢，到头来总是把弹球平均分给几个小子，然后又撅起屁股将一枚弹球从这个洞口朝那个洞口绷去。雷子老六立起身时，小侄儿一歪头一撇嘴，说六叔你是个啬皮是个傻瓜。见雷子老六朝他讪笑，又说你不分谁是谁，谁跟谁近，以后我不叫你六叔了。雷子老六见他说话像大人口气，一时又那样认真那样严肃，不由放开喉咙哈哈大笑起来。不独如此，下庄人最初步出街巷去原坡做事或去镇街购物，猛不丁发现雷子老六趴在地上，跟一帮娃娃玩那玩意儿，免不了又像先前一样掩口一笑或相互议论几句。有人甚至从肩上放下锄头，拿锄把猛撞一下雷子老六高耸的屁股，看他一个狗啃地一声干叫唤，然后哈哈笑着走离开去。不过下庄人随后从村外回来，发现雷子老六居然还在一帮孺小里头，心里多少就有些跷蹊有些嘀咕了。下庄人开始冷眼观看雷子老六。他们打老远扎成堆儿，免不了喊喊喳喳指指戳戳，有人有时还会突发地吼啸一声两声。雷子老六不管下庄人的眼睛嘴巴，白天里和娃子们玩了弹球又玩木杂，玩了纸三角又玩纸鹞子，有一阵实在没地方凑热闹了，就跑到谁家小庭院里，看几个女孩儿席地而坐抓石子儿。女孩儿模样可爱心灵手巧，既能依数儿快疾地抓取地上的石子，又能同时接住抛向空中的那枚石子。雷子老六的视线随着石子儿上下移动左右移动，看着看着就不由嘿嘿傻笑起来。当然，雷子老六耽于儿戏多多少少会惹出一点儿事端。满堂的外甥小豹子平日里住在瀍河那边的大窑村，正月里来下庄走亲戚不肯离去，现时元宵节都过好几天了，还待在舅舅这边屋里。这天午后小豹子穿着新鞋新衣坐在街门门墩上面，津津有味地细啃一块又薄又筋的葱花饼儿，一抬头，却发现雷子老六笑呵呵地立在他的跟前。雷子老六说，外甥娃，你这葱花饼香不香呀？小豹子说香，隔会儿又说香得很，香得很哩。雷子老六说香得很就好，舅给你咬个马驹儿咬个狗狗儿。雷子老六不光依乡俗和辈分自称舅舅，而且亲热说话比亲舅舅还亲，小豹子这里才一狐疑，雷子老六便从他的手中拿过饼子，三口两口咬出一个形状，说快看快看，像马驹儿还是像狗狗儿？小豹子很快发现自己上当了，小手刚刚接过残留不多的一点饼儿，便哇的一声哭了起来。小豹子人小声大，哭着哭着就把一街两巷惊动了。雷子老六不顾小豹子哭叫，不顾大人娃娃远远近近瞅看小豹子和他，仍拍手憨笑乐不可支。雷子老六原以为小豹子哭闹几句也就罢了，大不了满堂媳妇待会儿再拿一张饼来给他。谁知小豹子不依不饶，不管他妗母在院子中央笑呵呵喊他，一定要雷子老六赔他的葱花饼儿。接下来下庄人就有好戏看了，雷子老六无论走到哪里，小豹子都哭着跟到哪里，一路喊叫说，你赔我饼子，你赔我饼子，叼空儿还扑上前去，用油手抓拽雷子老六的衣袖衣襟，惹得围观的人也跟着起哄，鼓动小豹子一定要讨回他的葱花饼子。这时候雷子老六他爷老雷子出现了。老雷子黑着脸立在街门沿阶上，嘟囔说这是闲得声唤哩，真真的闲得声唤哩，咋不抱块黑炭到漉河湾里洗去。雷子老六他妈和媳妇年巧一会儿也跑了出来。他妈走地平把家里剩余的两块猪肝和一只猪蹄儿塞在小豹子手里，媳妇年巧拍拍小豹子脑袋，说好了好了，不哭了不哭了，小豹子这才挂着眼泪不再哭叫了。这天夜里月亮升高以后，下庄人差不多都上炕睡觉了，雷子老六仍抱起一只腿脚，跟七八个半大小子在月色清冷的街巷里"斗鸡"。下庄人听见孩子们一阵儿惊叫一阵儿欢呼，雷子老六也一阵儿惊叫一阵儿欢呼，都揣摩雷子老六是否又着疯魔又犯傻劲了，却不知雷子老六夜半回到屋里，一倒头就睡了一个囫囵长觉。

35

雷子老六在下庄街巷里散淡玩耍了几日,自觉心里头踏实多了平和多了,有一天糊里糊涂出了村口,便攀上原坡穿过原野往镇街去了。雷子老六漫无目的松松散散在镇子里泡了一天。最初他挤过熙熙攘攘有汗臭和口臭混杂的人群,跟熟人亲热招呼,跟陌生人偶尔也搭讪两句,一意享受人逛人的热闹和快乐。雷子老六顺着老街一连打了三个来回,总觉得自个儿心情舒畅,那么镇街上人人也该心甜意洽心花怒放。接下来逛了牛马和猪羊市场。雷子老六对牲畜习性和当下行情知之不多,他自家一年难得的几次牲畜交易,比如拴一只羊羔,捉两只猪崽,笼七八个鸡雏,都是他爷老雷子和他妈走地平的事儿。但是雷子老六喜欢牛羊麇集又各个撒欢的壮阔场面。平日在乡间,雷子老六看惯了马拉车牛耕田和羔羊散落崖畔沟坎,却不似这里人畜相间,一个挨着一个,一片连着一片。雷子老六觉得卖主买主的讨价还价很有意思。其中牙客的做派尤其练达尤其风光。他们既受卖主倚重又受买主尊敬。他们掰看牛马的牙口和猪羊的蹄脚,把手指伸进买卖双方的袖筒里捏来捏去,无论成败都十分平和不伤情面。雷子老六有时也揣摩一头牛或一只羊的价钱,如果猜个八九不离十,心里就一阵欣喜一片滋润,好像自家买上了中意的牲畜,或把自家需要出手的牲畜卖了出去。雷子老六还耽于吹叮当的和捏糖人的。吹叮当的见雷子老六不远不近地瞅着看他,热情说兄弟呀,要不要也来两个,拿回去给娃娃女子,好耍着哩。雷子老六说就看看就看看,隔会儿又说就看看就看看。吹叮当的立马就变了脸色口气,嘟囔说不买你看屡啥呢,咋的你不愿掏钱想要我白给你吹两个不成。雷子老六今日实在好心情,不仅不恼不怒,还宽厚地冲对方笑了一笑。捏糖人的倒是很喜欢有人在一旁观赏。他一边灵巧地捏着糖泥,一边啧啧地自赞自叹,捏成后还要把糖人举到雷子老六眼前炫耀一番，既图看客高兴也图自个儿高兴，这就使雷子老六兴致盎然纹丝不动又消磨了一段时光。雷子老六观看猴子表演就更加认真更加痴迷了。那个汉子用布绳拴着一只全身金赤面目聪睿的小猴，手捏一根细长柔韧的荆条，让小猴在场子做尽了花样动作。围观的人们都是立着看的，雷子老六看着看着就挤进里面蹲了下来。雷子老六跟小猴平视时充满了体恤和悲悯，小猴若是挨了抽打，也用会说话的眼睛讨雷子老六怜惜它疼爱它，有一次居然挤出了两颗清亮清亮的眼泪。雷子老六心旌摇曳心肉软化，临散场时，他不光朝耍猴人的盒子里投放了钱币，还在一旁买了一大把香蕉，双手捧着看小猴一个一个香馋地吃了。这天午后，雷子老六还去文昌阁和关帝庙一带逛了一圈，随后便在老桥头小酒馆坐了下来。酒馆老板孙疙瘩风闻雷子老六得了宝贝惹了许多事端，又见他好多日子不曾光顾他的小酒馆了，一时兴奋就像见了财神爷一般。孙疙瘩经营这个酒馆已有十几年了，因这里小河潺湲柳绿垂挂，店面干净卫生酒菜也干净卫生，所以乡里头有头有脸的人物喜欢，镇街里有头有脸的人物喜欢，据说还接待过省府知事和新军军长。孙疙瘩将雷子老六引上阁楼，安顿他临窗坐了，又亲自下厨切了荤素两个拼盘，把封存多年的杜康老酒拿来斟了，然后就坐在一边，静静地笑笑地看雷子老六吃喝。孙疙瘩等雷子老六三杯暖酒下肚才开口说话。但他绕来绕去话里藏话，却是不提那件传得沸沸扬扬的神秘物件。孙疙瘩说大侄子呀，前一向我去你们那儿趸菜（孙疙瘩因避讳自家绰号，不提"疙瘩冢"仨字），听人说你被山里头土匪绑了，你说我当时是啥感觉，我一是吃惊不小，二是为大侄子那个急哟。我想这土匪绑谁不成，干吗非得绑老六侄儿哩，老六侄儿又不是良田千顷家财万贯。隔会儿又说，听说在这之前，驻军连长还让士兵给你送去了八百大洋，奶奶呀，八百块大洋，要装得装几箩筐哩。说着便做沉思状，摇头感叹道，不过这连长也是日了怪咧，他随便拿八百大洋送人，他自己倒是图个啥呀。雷子老六起初只顾抿嘴儿喝酒，见孙疙瘩越说越多就差捅破一张纸了，遂投杯停箸嘿嘿地笑了。雷子老六拎起酒壶为孙疙瘩斟了一杯，只说来来，喝酒喝酒，来来，喝酒喝酒，其他话则一个字儿也不肯提起。孙疙瘩破例喝了客人酒盅，一时兴奋，连脖子后面的肉疙瘩都抖了一抖。孙疙瘩说，我还听说老六侄儿的铡刀片要得那个厉害，一个人就把上庄一村人顶回去了。又赞叹评价说，上庄人算啥东西嘛，拿几根木头棍棍就想把老六侄儿灭了，这不是白日做梦这是干啥呢嘛。这天晌午直到黄昏暮落，雷子老六一共吃了半斤牛肉喝了十二两烧酒。孙疙瘩一直侍奉左右，楼下的客人都让俩伙计去应付了，这就让雷子老六有了不一样的做派和享受。雷子老六起身付钱时，孙疙瘩死活不依不说，还佯装恼怒抱怨一番，最后连推带搡将雷子老六送到了小石桥上。雷子老六走出好一程了，回头看时，孙疙瘩还站在桥头柳枝下面，笑模笑样地跟他招手。隔两天雷子老六再来时，孙疙瘩仍是笑脸相迎笑脸相送，饭毕仍不收取他的酒钱饭钱，只说先挂着，先挂着，年底再说，年底再说。如此三四回下来，雷子老六终于憋闷不住，赌气说你这是干啥哩，你可千万别信那些闲言碎语，什么金马驹呀，金牛犊呀，那些都是有天没日头的混账话，你要是拿我当财东家对待，那你是真真儿地看走眼了。孙疙瘩于是怪异狡黠地笑了。孙疙瘩说我拿你当财东能咋，不拿你当财东又咋，眼目下是有大财东想结识你，为作你哩。雷子老六一听这话立地打了一个激灵，随之顺孙疙瘩肩头望去，这才忆起那个人坐在另一扇窗牖下面，也有好几回了。雷子老六依稀觉得，那人来的酒馆喝的却是清茶，此前没怎么在意，此刻一想就觉得意味深长了。孙疙瘩于是牵了雷子老六过去，介绍说这位就是下庄的陈守信（仍然不提"疙瘩冢"仨字），家族里头排行老六，人称雷子老六，所谓雷子，意思就是说话痛快，做事也十分痛快。再做介绍说，这位是马镇长，也是咱商会会长马道南先生，马会长名闻三秦誉满乡里，是咱镇街里外有口皆碑的大善人哩。马道南一袭绫罗一副金丝眼镜，开口便久仰久仰幸会幸会，还把双拳抱起轻轻儿送给雷子老六，是那种十足的绅士风度，雷子老六立在他的跟前，立地显得土气多了寒碜多了。但是雷子老六并不低打自己。他尽力拿出一股莽拙和蛮狠劲儿，好让自己不轻易失掉底气失了脸面。雷子老六甚至还用警觉的目光，将马道南从头到脚打量了一番，无非是说你揣摩我哩，我还想好好揣摩揣摩你哩。马道南并不计较雷子老六的村野习气，他吩咐孙疙瘩撤掉甜点换上酒菜，一伸手便请雷子老六上位坐了。孙疙瘩继续扮演他的堂倌角色，既不响应马道南的客套，也不接受雷子老六的邀坐，除了跑上跑下或侍奉左右，说话自始至终都十分地殷勤小心。其间马道南儒雅而又适时地给雷子老六斟酒，雷子老六此前虽已有了三分醉意，但对马道南的敬酒却难以推辞。马道南自己也不空杯，无论是敬对方还是对方回礼敬他，他总是一饮而尽，不留一点一滴。马道南推心置腹入情入理跟雷子老六说话。马道南说他很能体恤雷子老六的处境，依雷子老六躬耕陇亩早出晚归，一年到头混个饥饱落个一文不名也在情理之中。但人生难卜世事难料，所谓三十年河东三十年河西，往前去雷子老六未必就不能大富大贵享誉乡里。马道南还举二三例证，说明发家致富靠的就是机遇、智慧。他期望雷子老六发达以后，莫忘镇街魁星楼里还有一个商会、商界同人老少咸集促膝聚首，既谋生意兴隆，又铺路架桥，助学赈灾，造福乡里，都是情理中事。马道南温文尔雅头头是道，雷子老六听了有点儿感动，又有点儿云里雾里不知今夕何夕。孙疙瘩倒是心知肚明心领神会，他侍立一旁，随时听从马道南吩咐，添酒时添酒，加菜时加菜，偶尔逮着机会了，也恰如其分恰到好处地附和几句。末了马道南叮咛孙疙瘩说，往后去，下庄老六侄儿来镇街散心，就让洪秘书和柴管家作陪，酒钱全记在我私家名下好了。又诚恳对雷子老六说道，老六侄儿农闲时若肯赏脸到寒舍喝茶，敝人虚席以待自当尽心奉陪。敝人的花园虽不及下庄的漉河湾壮阔，但也精心营造咫尺千里，总有几分情趣蕴含其中，想必侄儿不会见外不会推辞吧。雷子老六走出镇街时，小镇已是暮色四合点点灯火了。田野的空气清新而又凛冽，有星星七零八落在天边闪烁。雷子老六轻轻飘飘跌跌绊绊走过一段路程，后来就背靠一个土坎儿蹲下身去。他双臂抱膝搜索枯肠，一时间试图理清一点什么，却终于什么也没弄清，末了竟不能自持，昏昏然睡在星光原野里了。

36

马道南人称马会长货真价实名副其实，又称马镇长就有些水分有点儿恭维了。马道南的所谓镇长不仅是个副的，而且是他捐献五百石谷米二百匹麻布换来的。己巳年关中遭遇大旱，乡间有人饿死的消息接二连三地传来，镇街的商铺渐渐无人问津，眼看着都要关门大吉了。其时马道南为筹建他的花屋，已做了几年的打算。他先后三次请五丈原的风水先生看了屋址。还出八十块大洋，让天津租界里的法国人画了房屋和庭院样稿。原说来年开春就要祭祖动工了，可是某天早上醒来，马道南忽然想到了赈灾济民，以为救危扶困沽名钓誉，才是人生的一大乐事。马道南通过设在山南的三处字号，把一地余粮悉数籴入，着人翻山越岭，一担一担挑到关中挑进镇街里来。又从更为遥远的苏州、扬州弄回一批籼米。在开仓放粮的日子里，马道南一意享受饥民的叩谢和官员的吹捧。他叫人把县衙和镇公所赠送的匾额高高悬起，他自己则亲自点燃烟花爆竹，像小孩儿一样为某个声响某个绽放的礼花雀跃欢呼。马道南捐出的麻布主要用来包裹死尸。在饿殍遍野无人收殓的那段时间，马道南的佣工将那些行将腐朽的尸骨裹了，就地挖个坑儿刨个洞儿埋掉，一时口耳相传，都说救苦救难的菩萨下凡来了。事后不久，马道南向县长沈伯平伸手要官，说是咋说也得给我一个镇长副镇长当当。见县长双目讶然面露难色，又说亏您还是晚清国子监的贡生哩，这叫捐官，在宋明两朝能得一个五品道台，在清代顺治年间也能拿一个七品县令。再说了，我当这个镇长副镇长，说到底也只是一个散官，这在历朝历代也是有规矩的。马道南的要求带有一定的胁迫意味，结果是，这年的仲秋时节，马道南不仅做了一名挂名儿的副镇长，还得了省城统军的一枚金质奖章。往后日子里，马道南果然不食前言不问政事，倒是镇街的大小公职人员，逢年过节都要来马府拜访，跟他说许多与镇街有关和无关的事儿。不过马道南借此当上了商会会长。他先是了却凤愿修建了他的花屋，又把商会会所从老街那座老式的厅房搬到了魁星楼上。马道南大约从捐粮赈灾的义举中尝到了滋味，因此在很长一段时间里，他除了协调生意场上的矛盾纠葛，帮助商家排忧解困打通关节，余下则热衷于各种各样名目繁多的公益事体。有时人们一不留心，就见马道南把镇街拐弯处的土茅厕拆了，二次再来时，就见那儿矗起一座蓝墙灰瓦的新式茅厕。有时有人见诊疗所门口人头攒动人声嘈杂，甫一打听，才知马道南就预防疟子为路人煎熬了上好的土药药汤。国民学校前面那片林子，原是一个从来就有的洼地，雨天泥泞时，曾有新潮女生不慎跌落里头，马道南安排人和马车拉了黄土将大坑填平，又搞来一捆一捆的白桦树苗栽了，才半年就成了一道漂亮的风景。马道南逢年过节还会组织商会会员去养老院慰问孤老；乡间发水后，适时把御寒的被褥衣物送到赤贫者手中。马道南借此落了美名不说，镇街里外有了纠葛甚或殴伤，有人竟然不去镇公所呼号理论，却执意要来魁星楼跟马道南诉说冤屈。当然，马道南的善举不全由他自己出钱。马道南才当会长时，就把商会章程从头到尾修改了一遍，有关公众事体一项，不论五行八作不计实力强弱，几乎是苛责强求违者必究。马道南曾放出口风，说公益之事人人有责，人人都得履行义务，倘若有谁铁公鸡一毛不拔，那他最好离开镇街另寻地界谋生好了。说话间还真的处置了茂庆堂主，让那个爱财如命的干果贩子加倍做了补偿不说，年节聚茶时，还让他单个儿坐了一回红漆椅子。马道南得闻疙瘩冢雷子老六得了稀罕之物，正是他生意平淡、商会事务也十分平淡的一段日子。马道南为此很是兴奋了一阵，一连几个晚上不能按时入睡不说，有一回还伫立在魁星楼上，从小轩窗往疙瘩冢方向，整整凝望了一个黄昏。马道南以为商会有可能平添一位财大气粗的角儿，雷子老六一旦将东西出手，完全有力量买下大半个镇街，或者将漉河两岸所有的水田旱田悉数收在一人名下。但是马道南又担心雷子老六是个有眼无珠或者目光短浅的家伙。如果雷子老六将传说中的金马驹或金牛犊当一般金子卖了，那么遭受损失和抱憾终生的，就不仅仅只是雷子老六了。当然，马道南还操心那件宝贝的安全。有关驻地炮兵和南山土匪的事儿，他多少都听到了一些。这如今雷子老六如果还把它藏在他的土坯房里，某一天被人盗走或被谁明火执仗掠去，不见得就能避免。甚或某天雷子老六被人害了性命，那东西最终了无踪影成为千古谜团也未可料知。马道南思来想去，总觉得他不能袖手旁观无所作为。何况他马道南走南闯北久经商道，把生意从关中都做到天津做到上海去了，以目下镇街里外各色人等理论，也只有他通识黑白两道，能替那个乡巴佬出手并换一个好价钱回来。马道南甚至在静夜跟自己出声说话，说金马驹也罢，金牛犊也罢，如果得其估值一半，你马道南能发多大财呢。又说君子谋财，取之有道，这件事咋说也得两厢情愿，万万不可鲁莽造次。于是马道南跟花屋谁也不打招呼，在年节来临之前就偷偷儿探访开了。马道南最常去的地方是猪羊市场和菜蔬日杂摊点。去这些地方多少有失身份，但在那儿，却能听到来自乡间的各种议论各样消息。马道南不顾猪崽脏兮兮在脚前脚后窜走，不顾羊羔这里咩的一声哀叫，那里咩的一声哀叫。卖菜根的老妪强行把湿漉漉的菜把塞进他的手里，摆杂摊的汉子居然朝他炫耀镰刀的锋利和板斧的厚重，马道南一概笑脸应答，笑脸谢辞。有一天，马道南甚至立在油烟刺鼻的铁锅跟前，听油糕摊主和一个食客呱唧呱唧谈论下庄的雷子老六。为了不致突兀尴尬，他还掏钱买了几个果仁炸糕，直到离开以后，才顺手把它给了一个跛足乞丐。到了正月十五那天，马道南备了车马吃食水囊，特意去疙瘩冢观赏上庄下庄的社火芯子。马道南一到那儿，就让流苏马车返回镇街了，明里说是到了傍晚再来接他，其实只是图个自在方便，不致中途踌躇提前打道回去。这天在等候社火出场的时间里，因了周围多是陌生面孔，马道南不拘小节比以往放松了许多。他不单转来转去，听看客谈论疙瘩冢的人情掌故，有时还主动插进话去，拐弯抹角把话题引到下庄的雷子老六身上。当然，马道南初来时，对上庄和下庄的社火芯子丝毫不感兴趣。以他的走南闯北和见多识广，不单是县城和省城里的秦腔名角，就连开封府的豫剧大师和江南嵊县的越剧女小生，他也是用心领略过的。不仅如此，马道南在西安城里，还经常观赏青年学生的新潮歌剧，在太原城里看过东洋名伶的滋贺舞蹈。有一回在上海由客户作陪，他甚至从头到尾观看了英国人的《莎士比亚》。但是上庄和下庄的高跷芯子在正午出现以后，马道南一时间还是被吸引住了。马道南尤其赞赏老雷子一伙的锣鼓家伙，不承想就在他的眼皮底下，居然还有如此气势磅礴激动人心的民间鼓乐。有一阵，马道南甚至跟其他看客一样为上庄和下庄的芯子喝彩，为能看清一个小丫头的扮相，踮起脚跟在人群里挤来挤去。不过马道南很快就从沉醉中醒悟过来，他扪心自责，说我这是干什么呀，我怎么就真的看起社火芯子来了，心不在焉心有旁骛怕要贻误机会呢。如此作想时，马道南赶紧脱离嘈嘈营营的人群，远远地立在一道土坎儿上面，让心态跟着渐远渐小的锣鼓慢慢儿平息下来。接下来马道南终于有了心得、收获：疙瘩冢巍峨厚重的身影，上庄和下庄精湛高超的传统艺术，让他不独领略了这块土地的悠远绵长，又坚信雷子老六拿在手里的，依其历史渊源与先祖风采，一定是一个价值连城让人瞠目结舌的东西。而且此行不虚，他已完全掌握了雷子老六的遭际和命运，知道了那家伙的脾气禀性和情趣嗜好，以及亲情关系和人际往来，等等，等等。于是马道南不待马车来接就往回走了。傍晚他一脚踏进魁星楼里，滴水不沾先把洪秘书唤了过来。洪秘书又是何等的精明殷勤，一进门就用眼睛说话，待马道南心平气和了，便说先生连日来茶饭不思寝食难安，今日里想必有要紧事情吩咐学生去做。马道南看洪秘书一眼，索性也不隐瞒，一股脑儿把心思和打算跟他讲了。马道南说，我以我的身份拜会这位雷子六哥，你以你的方式让他顺从就范，咱们各司其职各负其责，不达目的决不善罢甘休。洪秘书说先生放心，先生尽管放心好了。见马道南愁眉不解，又说我知道这家伙狡猾着哩，也蛮悍着哩，可咋说还是一个贩夫走卒，咋说他也跳不出咱的手心。小石桥小酒馆的孙疙瘩是在翌日晌午应邀赶过来的。孙疙瘩难得有机会为会长效力，一听说马道南请他去花屋喝茶，指名道姓有事情请他帮忙，兴奋得没解围裙就跑出去了。孙疙瘩到了花屋跟前，才发现了他的仓促慌张。他失急慌忙扯下围裙，欲扔不能，揣着又觉得荒唐惹眼，情急之下就把围裙塞进了路边的杂树棵下，打算转过身来再把它揣了回去。孙疙瘩受会长接见从花屋大门里出来，心下得意正兀自哼着眉碗小曲，却发现有两只半大不小的黄狗在争扯他的围裙。孙疙瘩先是一愣一急，继而便醒悟明白过来，笑骂说狗日的狗，我的围裙尽管满是牛肉味道，可上面一个牛肉渣渣也没有，你两个这是争尿啥呢。他摸起一块碎石准备击打饿狗，一只手都高高举过头顶了，想想又说罢了罢了，扯去吧，扯去吧，遂嘻嘻哈哈一路朗笑着去了。

37

雷子老六再来镇街时，果然就有俩人一前一后跑到小酒馆陪他喝酒。雷子老六知道他们一个是洪秘书，一个是柴管家，知道他们都是马道南的心腹和当红仆从。当然，雷子老六不会无礼无情也不会掉以轻心。那天夜里，他在寒风吹拂野物奔突的原野上，一醉就是一个通宵。醒来后他的前脑和后脑都有点儿沉重，两侧鬓角那儿尤其疼痛得厉害。往村巷走时，膝盖和脚掌酸软乏力，有几次都险些歪倒。但越是这样，雷子老六越想接着之前理清一点儿头绪。他清楚马道南的老酒不是白喝的。马道南纵然不似炮连恃强凌弱，不似土匪狰狞凶狠，也不会像上庄那样明目张胆不计后果，却难说他不算计他雷子老六，不打他金麒麟的主意。雷子老六告诫自己说，陈守信呀陈守信，你经的事多见的人多亏也吃了不老少了，可这回你得留个心眼，你千万不敢麻痹大意让人把你捉了耍了。雷子老六想是这么想说是这么说，可是只在村里待了三天就又坐不住了。孙疙瘩和马道南的器重和热情，对他的确有几许刺激几许诱惑。雷子老六曾反复琢磨：马道南何许人也，他是有钱人中的有钱人，是管有钱人的会长和名义上的镇长哩。更何况马道南在镇街里外还有极好的口碑。雷子老六以为能跟马道南这样的人物交往，本身就是一件光彩荣耀的事儿。再说马道南若兑现诺言鼎力帮扶自己，说不定某一天会助他出了金麒麟，让他成为商会中的一员，继而成为下庄乃至镇街的风光人物。雷子老六如此作想就有点管束不住自己了。之后他是几分清醒几分糊涂再来镇街的。他甚至期望着能与马道南或者他的属下在小酒馆里再一次相遇，只是没想到他前脚才刚进来，洪秘书和柴管家后脚就跟了进来。洪秘书细腿瘦腰操一副山南口音，说话利落动作利落显得十分精明干练。柴管家皮肤黝黑人高马大往人前一站，整个儿比雷子老六冒出了一头。洪秘书和柴管家轮番把盏为雷子老六劝酒。洪秘书热情洋溢言语乖巧，他自己每次只是浅浅地一抿酒盅，却能劝雷子老六当下喝一个甚至两个满杯。柴管家与洪秘书相比就大不一样了。柴管家喝酒时总是仰起脖子先灌下一杯，然后将空酒杯对着雷子老六，一双眼睛眨也不眨瞅看过来，迫使雷子老六一样仰脖子把杯中酒水灌了，这才抱起酒坛为大家再次添酒。如此一来二去，三个人很快就混得热络了。那个孙疙瘩起初还想给大家斟酒，却被洪秘书连着挡了两回，于是在端汤上菜之余，就双手揉搓围裙，立在稍远一点儿的地方笑嘻嘻地侍候、观看。这天雷子老六照样喝了个酩酊大醉。洪秘书和柴管家跟他没提任何喝酒以外的事儿。洪秘书只说交个朋友，交个朋友，往后去，咱哥们儿几个就是好朋友了。于是，在之后打发春二三月慵懒缱绻的日子里，雷子老六于下庄温暖的晌午或细雨蒙蒙的早晨，就会一个人踽踽地走出街巷，又踽踽地朝着镇街的方向走去。下庄人偶尔才会手搭凉棚，远远地瞅看雷子老六。即便他是喝醉酒了回来，下庄人也渐渐不再惊异不再过问了。再后来，雷子老六他们就不止是泡酒馆喝小酒了。洪秘书和柴管家还带雷子老六去"后羿宫"博彩，彩头小虽小些，但往往洪秘书和柴管家输多赢少，雷子老六却输少赢多，这就使大家玩得都十分开心。雷子老六也跟洪秘书、柴管家去过文昌阁听说书人说书。雷子老六对《封神榜》里的英雄不感兴趣，听了才半个时辰，就说没意思没意思，你两个听着，我出去溜达溜达。洪秘书踩着脚跟儿跟出来，畅快说没意思咱们就不听它了，咱们去看"一品梅"和"九岁红"；一品梅的扮相，奶奶的那个美哟，九岁红的嗓子要多酥软有多酥软，保管在你的心窝窝里挠哩，挠哩，挠哩。洪秘书果然说得不错，夜晚戏园子锣鼓一响帷幕拉开，一品梅秀丽的形象就在明晃晃的汽灯下出现了。雷子老六发现戏园子的嘈杂一下子没了声息，一品梅一举手一投足，都牵着众人的视线和心思。九岁红不光扮相凄美，苦音二流更是唱得哀怨忧伤，雷子老六看着听着，眼睛就不由潮湿起来。雷子老六感叹着自己的心慈肠软，侧身看时，却见洪秘书早已神游身外，灯影里正蹙眉敛目做苦思冥想状，说不清他到底在琢磨哪门子事情。柴管家想必也看过多回九岁红了，这时候竟把头耷拉在裤裆间，一下一下认真地打盹，有一霎甚至连涎水都要流下来了。这段时间，雷子老六一直没被邀请去马道南的花屋里喝茶，洪秘书和柴管家好像都不曾提及，雷子老六私下里偶尔想起，却不便涎着脸打问，这事儿说过去也就过去了。有一天天气特别晴好，傍晚时三个人刚刚喝过两杯酒水，洪秘书忽然提起饭后去"天池浴"泡澡修脚。洪秘书眼睛一眨一眨眉毛一翘一翘，说弟兄们吃也吃了，喝也喝了，该看的差不多也都看了，这街面儿上就差一个天池浴还没去过，今儿黑里不妨去那儿放松放松，也不枉咱哥儿几个交往这么一场。雷子老六虽处乡野并不孤陋寡闻，知道镇街的天池浴泡澡归泡澡，修脚归修脚，但明里暗里，也有从山南来的女子，专门伺候那些有钱有势的男人。雷子老六于是便婉言推辞，说泡澡可以，修脚也行，可咱千万不敢花那冤枉钱。洪秘书听后哈哈笑了起来，说你是会长的知己和贵客，会长在这儿记账哩，在那儿也记账哩，你这是多虑了，多虑了呀。雷子老六说记账也不行，俺村里不比镇街里头，传出去人家笑话咱哩。又说我有一个门中伯父，年轻时去西安城里做事，闲下来向人借钱逛了一回保吉巷，你猜后面咋咧，人都说谁谁谁真个没皮没脸，跟人借钱逛窑子哩，这不眼下都七老八十了，孙子一个跟着一个在院子里乱跑，还有人拿这话挖苦他哩。洪秘书被逗乐了，柴管家也嘎哧嘎哧大笑，一个说这是两码事儿，一个说先走先走，去了看着办，去了看着办。于是相互再敬几杯，又啜下一碗或半碗细汤面条，便离开小酒馆往镇街那头走去。到了天池浴，洪秘书和柴管家果然不再鼓动雷子老六。但一切似乎都在按里面的规矩往下做着。泡大池时，三个人还挤在池子一隅又说又笑。洪秘书说柴管家背阔腰圆一片胸毛，就像一头不曾阉割的公牛，这公牛若是发起情来，怕是谁个也休想将他拦住绊住。柴管家说洪秘书肋条突出，一根比一根显豁，若是将里面的东西掏了，正好就是一个标准的鹦鹉笼子。洪秘书和柴管家相互逗乐罢了，回过头又拿雷子老六耍笑，说雷子老六的鸡鸡儿就那么一点点儿，该不是让这儿的场面和阵势吓着了。洪秘书说此一时也彼一时也，别看你老六兄弟眼下是一介农夫，赶明日你依托马会长发了，一定也是这地界有头有脸的人物。又说既这样你就得拿出一点派头来，啥场面不敢见呀，啥事情不敢经呀，说得雷子老六心里一拱一拱的不是一个滋味。接下来都换了宽松柔软的短衣短裤，躺在屏风后面的竹摇椅里歇息喝茶。洪秘书依旧海阔天空跟柴管家聊天，雷子老六不得要领不知所措，因此一段时间里也不插话，只把那茶盅放在嘴唇跟前，抿了一口再抿一口。但是过了不久，三个人就被分开带到各个小房间里修脚。伺候雷子老六的，是一个细眉细眼白皙清秀的年少女子，衣着虽说单薄短小，浑身上下倒也清爽、大方。雷子老六起初心里的确咯噔了一下，想想怕是自个儿少见多怪，因此将惶悚和空虚渐渐地抹去了。雷子老六私下里叫这女子"细眼窝"。细眼窝让雷子老六在一盆说黑不黑说黄不黄的草药水里泡脚，又让他斜躺在仅容一身的卧床上为他修剪脚趾。按摩脚掌时，细眼窝索性就跪在雷子老六膝下，将他的一双大脚抱在怀里，温柔而又有力地揉搓着。她甚至把他的十根脚趾扯扳得叭叭作响。雷子老六龇牙咧嘴倒吸凉气，说不清是畅快是疼痛还是别一样感觉。细眼窝还绕到雷子老六身后为他按摩鬓角、脖颈、肩胛。细眼窝问雷子老六跟会长是啥关系却不要他回答，羡慕说能跟马会长交往的人，一定都是有来头有本事的能人高人。雷子老六心里空虚嘴上胡乱应付了一番，心想来这个地方都是脱了衣服的，人跟人相比，谁能多了什么缺了什么，你细眼窝咋的就看出渠渠道道来了。又琢磨这个澡舒服是舒服，却不知要花多少钱或者多少粮食。随后细眼窝就立在雷子老六胸前了。雷子老六不明白细眼窝要做什么，只拿一对眼珠傻傻愣愣地看她，细眼窝于是就说，你总得给我挪点儿地方呀，不然我咋的让你受活哩，说着就解衣服纽扣，还要往雷子老六的怀里歪坐下来。雷子老六一骨碌就从窄床上滚了下来，又抱住膝头在墙角缩成一团，连声说说好了不做那事的，说好了不做那事的。细眼窝见状扑哧一声笑了，说又不让你掏钱你怕什么呀，敢情你连一点儿小费也不想给我，那你跑到这个地方做啥来了。雷子老六说，我没那个想法，真的没那个想法，我就是真的想那个，这阵儿怕也不能那个了。细眼窝这时突然变了脸色，跟之前相比完全变了一个面目。细眼窝尽管不曾发作也不说什么，但她收拾了东西走到门口时，忽然又回头瞅了雷子老六一眼。雷子老六看得出来，那双瞅他的细眼不单不似先前那么温和了，而且充满了鄙夷和嘲讽。雷子老六瞠目结舌傻愣了半天，心想今儿个这事窝囊极了也屈辱极了，谁下作谁不下作居然颠了一个过儿，于是冲空门解恨骂道，千人踩万人踏的东西，是狗你让他日哩，是猪你也让他日哩，你还怪老子不理你的茬儿。雷子老六闷闷不乐走出小屋，发现洪秘书衣冠齐整神情自若早已坐在那儿了。洪秘书一见雷子老六，先是笑骂柴管家，说那家伙是头不歇晌的驴子，都这时辰了，还不见他的魂儿影儿出来。又神秘兮兮问雷子老六说，感觉如何，感觉可好，味道还不错吧。雷子老六没理睬洪秘书。他一言不发换了衣服，末了才说我走了我先走了，惹得洪秘书一时不知所措，眼睁睁看着他从脚前走了过去。

38

雷子老六自从天池浴出来后，有一阵就坚决不去镇街闲逛了。此前那段时间，他妈走地平发现儿子心绪散漫游手好闲，面儿上没咋显露，心里头却十分着急。她试图让媳妇年巧将雷子老六拴住，夜里同衾顺便劝劝男人，可是第二天一早察言观色，好像媳妇年巧啥都说了，又好像啥也没说，再问又怕有些话不好张口，婆媳间竟有些局促有些难堪了。她自己倒也当面叮咛过雷子老六，说年节说过也就过了，一开春河湾有许多事情要做，你总不能把啥活儿都撇给你爷老老儿的一个人吧。而且还举例说，隔壁老九家早几天就开始拾掇镢锹钉耙和犁铧了，对面家庆他爹上集买了新筐新笼，趁着日头还把积攒的鸡粪在庭院晾晒了一遍。有一天她甚至正儿八经告诫儿子，说隔手的金子不如到手的铜，你那个东西就是值个金山银山，可眼下总得先顾肚子吧，合着你指它将来还账哩，抵债哩。雷子老六回敬他妈说，妈呀你再能行，可你终究是个女人，你不懂就不要乱说，话说多了不起好的作用不说，有时候还给人帮倒忙哩，戗得他妈目瞪口呆无言以对，当下就转身回厨屋去了。现在，雷子老六他妈见儿子收了心思，一下子说话声音高了，走路脚步快了，就连厨屋里做饭，也把刀呀铲呀碟呀碗呀，磕碰得锵啷锵啷作响。雷子老六他爷老雷子受到感染也加紧准备农事，打算惊蛰一声雷响，便和雷子老六一块下河湾一试身手。老雷子披一身阳光在庭院擦拭板锄耙钉，居然时断时续有滋有味地哼起了花旦高腔，惹得雷子老六他妈在厨屋听一句偷笑一声，听一句又偷笑一声，有一回还差点拿刀刃割了指头皮儿。雷子老六自然不会淡忘镇街的小酒馆和天池浴，有时他立在河湾菜地或原坡的麦垄里，想着想着就忆起细眼窝的眉眼儿来了，琢磨着那样一个清新沉静的女子，咋的说翻脸就翻了脸呢？雷子老六庆幸自己没被细眼窝俘获，要不他就欠洪秘书和柴管家多了去了，日后就是见了马会长本人，似乎也不好说话不能孤傲了。这样又过了一段时间，有一天雷子十三从镇街回来捎话给雷子老六，说是商会一位姓洪的秘书受会长托付，特邀雷子老六去马家花屋品尝刚刚采来的岭南绿茶。雷子十三说，那个姓洪的秘书听说我是六哥的兄弟，对我态度立马那个好哟，就跟四川人前日个在戏楼玩变脸似的。雷子十三眉飞色舞指手画脚，详尽描述他在镇街的遭际，可是雷子老六听了咋都难以兴奋起来。不过雷子十三自此又有了一样新的话题。他逢人便说商会马会长如何如何，俺家六哥又如何如何，一时间把街巷的空气又弄得热火起来。雷子老六发现家庆和满堂看他的目光，较此前又有了明显变化，就连保长家盛打老远就跟他招呼，到了跟前，也是春夏秋冬阴晴雨雪地胡扯许多事儿。雷子老六一连三天都在河湾菜地里泡着。到了第四天早上，小酒馆孙疙瘩借签硬菜契约，竟亲自跑到疙瘩家来了。孙疙瘩一见面就抱怨和数落雷子老六，咋呼说大侄子你有多久不去镇街了，洪秘书跟柴管家天天儿地念索你哩，他俩一进门就问老六来了没有，老六来了没有，好像是我老孙头把你藏起来了。孙疙瘩稍事停歇，又故作感叹说，大侄子呀大侄子，难得现时你被人高抬了，想想看，要搁从前，谁把你一个务菜的农夫放眼角角了，眼下何不借风多扬几锨，咋说也要在方圆混出一点脸面来。孙疙瘩离开时，还意味深长地看雷子老六一眼，似乎说，我把该讲的可都跟你讲了，能不能鸟枪换炮出人头地，就看你小子有没有那个福分了。翌日太阳升起以后，下庄的村口破天荒地开来了一辆黑色的卧车。那个像簸箕虫一样的家伙先在巷口停了一阵，然后又嗡嗡响着朝河湾这边跑来，因道路突然一个拐弯窄了没了，便只好停在河床一隅高高的崖坎上面。疙瘩家人老几辈没谁见过这新鲜玩意儿，不单一大帮娃儿吱里哇啦跟在后面追呀撵呀，就连成年男女也都或远或近驻足打望，没有谁一忽儿肯把视线往一边移开。雷子老六在河湾也看见了那个东西。车子刚一停稳，就见洪秘书和柴管家分别从两侧钻了出来。他们挑便捷处下了崖坡，然后在河滩地里曲里拐弯认真地挪步，拐来拐去偏偏儿就到了雷子老六跟前。柴管家二话不说夺掉雷子老六手里的铲锨，又顺手使劲儿插在一旁的垄埂上面。洪秘书则牵了雷子老六转身就走，雷子老六惊叫道，你这是干啥哩，你这是干啥哩？洪秘书也不理睬，直至走到小卧车跟前，这才换手将雷子老六塞了进去。汽车发动以后渐渐跑得快了。雷子老六头一回坐在小卧车里看下庄的树影屋舍，还真有点云里雾里如梦如幻的感觉。洪秘书平视前方没头没脑说道，这叫吉姆，俄国货，西安城里，包括军政府主席、警察局长、交通厅长，统共也就十三四辆喀。突然又把脖颈转向雷子老六，渲染说老六兄弟你架子真大，福分也大，这洋轿子昨天才从迪化那边弄来，咱会长还没坐一回哩，今儿个就开着先接你兄弟来了。雷子老六不知如何作答，才要想想今儿个见了马道南咋说话咋行事，小卧车一忽儿就进了镇街，一忽儿又到了马家花屋跟前。雷子老六没料到马道南会在花屋门口亲自迎候他的到来。马道南对雷子老六的久请不遇虽有微词，却也自责公务缠身商事繁忙，还说了一串失敬失敬抱歉抱歉的客套话儿，让本不自在的雷子老六更加地不自在了。雷子老六先被带到厨屋擦脸净手。柴管家的亲妹子柴果儿负责厨屋的一应事项，她找来羊皮甩子替雷子老六掸了身上浮尘，又打来一盆温水让雷子老六擦洗手脸。雷子老六不相信柴果儿细皮嫩肉白白净净会是柴管家的同胞妹妹，因此柴果儿拽他胳膊为他掸尘时，他便有点儿心慌，她递新鲜毛巾到他手中，他更不敢正眼看她了。随后便来到上房客厅跟马道南会长会面。马道南寒暄过后，依承诺请雷子老六在后花园八角亭喝茶，除了洪秘书侍坐一侧，柴果儿上上下下地忙碌，马道南的小姨太也过来挨雷子老六坐了。其时小花园里牡丹含苞待放芍药刚刚绽出新芽，但树上桃花开了樱花开了，海棠和杜梨也开得恰到好处。水塘这边尤其疏朗宜人。有涓涓活水从花墙一隅引入，至水塘形成一个浅浅的扇面儿瀑帘。又有水从花墙另一隅流出，知之者就明白这水塘何以碧嫩清澈了。水面上风砺石错落有致，与岸边太湖石相互映照，鸳鸯和各色鱼儿则游弋其间，真的如马道南所言，颇有些以小见大咫尺千里的感觉。这一天，马道南请雷子老六喝西乡仙毫。西乡仙毫产于秦岭南麓，以圆润碧嫩形似雀舌得称，柴果儿将茶具摆妥才要斟酌，一股茶香便随着花香在园子里弥散开来。柴果儿沏茶居然十分细致讲究。此前她先将茶尖儿在直杯里用温水冲了涴了，如此三番两次，眼看着茶舌更加地碧嫩玉润了，这才用一根细长精致的匙儿，将其分置在大家的茶盅里面。柴果儿添加热水的姿态洒脱优美，总是出水的一瞬间，将壶嘴儿自茶盅口轻盈地提起，总是注水到那个地方了便戛然而止，且低眉顺眼心恬气定，让人无端地生出些许怜爱来了。马道南于是以手示意，既招呼雷子老六也招呼了大家。雷子老六久居乡野自然不长于品茗，马道南和小姨太才将茶盅连碟盘一齐端起，他这里便径直抓了盅儿，一大口便把一盅热茶吞了下去。柴果儿于是又斟一盅，雷子老六又一口喝了，再斟一盅还是一口喝了。洪秘书见状赶忙解释，说老六兄弟适才在河湾出力流汗口干舌燥，急需解解干渴也是情理中事。马道南和小姨太都说自然自然，不必见外，不必见外。小姨太还从她随身的小皮包里抽出一条纸巾，亲切地让雷子老六擦拭额头的汗珠，并说不出力不知稼穑之苦，今儿个老六兄弟不及你们斯文酸腐，赶明日苦尽甘来，却不知如何风光如何讲究哩。马道南听闻此言大度爽朗地笑了。他从柴果儿手里接过水壶，亲自给雷子老六的茶盅里续了热水，又随口吟出"采来新茶与君尝，三月芽尖四月香"两句。洪秘书听罢击节赞叹，连说好诗好诗，真个是天底下大朴大雅之绝唱呢。马道南说哪里哪里，只不过随便说说，怎么就成好诗就成绝唱。洪秘书说怎么不是好诗，会长若不介意，我斗胆续添两句，那整个儿就算是我的东西了。洪秘书还真真假假请雷子老六作证，雷子老六似懂非懂不好插言，只能勉强一笑，一抬手又将盅里的茶水一口喝了。这天的茶秀，自然不同于以往任何一回的酒肉款待。雷子老六虽说举止粗鄙但内心一点儿也不糊涂。他料想马道南今日里是有话要跟他说了。比如军队，比如土匪，比如上庄，比如有关金麒麟的去处和处置，等等，等等。雷子老六于是静候马道南开口，其间他甚至琢磨了种种应对办法，心想兵来将挡，水来土掩，大不了顺势而为随机应变也就是了。但是马道南始终没提那些个话题。末了倒是雷子老六按捺不住了。雷子老六直截了当，说会长今儿个专门请我喝茶，该不是要跟我有啥事要说吧。说罢顺便巡视一圈，发现洪秘书、小姨太甚至柴果儿的目光都动了一下。马道南这时却说喝茶就是喝茶，说别的什么事情干啥。又说我这是诚心招待老六兄弟呢，难得老六兄弟今日光临寒舍，大家在一起叙叙乡情，说说家长里短，又何尝不是人生一件乐事。随后大家又沏茶喝了一圈儿，马道南推托魁星楼那边还有公干，便披上外衣携小姨太一起走了。这里洪秘书继续留雷子老六喝茶。一会儿柴管家也过来了。柴管家虽说人高马大颜面黝黑，论品茶却跟马会长和洪秘书一样斯文、讲究。柴管家问雷子老六今日这茶味道如何，雷子老六平日粗茶大碗惯了，便说好个啥呀，一股青草味，又不好喝又不解馋，说得大家都笑了。雷子老六自己也狡黠地笑了几声。

39

这天午后，雷子老六大约不会料到他会招致一场羞辱。当然，这羞辱只是雷子老六自个儿的感受，至于洪秘书那边，却是早就期盼早就预谋好了的。洪秘书又是何等聪明之人，那刻见雷子老六把马道南的西乡绿茶调侃得一文不值，便接过话头说，那好呀，咱们不喝茶了喝酒，让果儿妹子在厨屋弄几个凉菜，咱哥几个就在这花屋里痛饮几盅。于是唤过柴果儿做了交代，又央柴管家去小石桥那边抱两坛烧酒过来。柴管家不解，说会长屋里有的是酒，干吗非得去孙疙瘩的酒馆赊账。洪秘书说叫你去你就去好了，哪儿来这么多的闲话废话。洪秘书跟细皮嫩肉的柴果儿高喉咙大嗓门说话，跟人高马大的柴管家却抚肩附耳低声咕哝了几句。雷子老六对此并未在意，他甚至质问洪秘书，说你是马会长的随身秘书，马会长去魁星楼那边做事，你这做秘书的咋的不跟着去呀？洪秘书却不答话，他先是拉扯雷子老六顺着甬道在花园里转了一圈，把那些奇花异草秀木美石挨个儿讲说了一遍，待到二次在亭子里坐定，突然就说你不是问会长有啥话要说吗，今儿个我直言快语告诉你，会长能请你喝茶，是等你自个儿开口哩。雷子老六也不避讳，反问道是说我的宝物吗？洪秘书说这个还用多讲，你不就有了那个破玩意儿，会长才拿你当座上宾哩。雷子老六挖苦说，敢情前一向你三番五次请我喝酒，还拉我去天池浴泡澡修脚，也不见得就是交朋友哩。不过我跟你挑明了说话，我没碰那个骚娘儿们，一指头都没碰，往后去你少拿那个贱东西跟我说事。洪秘书尴尬一笑说，你看你老六兄弟说的，这交朋友跟做事情哪儿能分得清楚。见雷子老六一时狐疑，又说不过你放心好了，会长一不是军队，拿枪杆子逼你哩；二不是土匪，拿绳索绑你用油锅煎你哩；第三更不是村野匹夫，提着棍棒眼睁睁从你手里抢哩。接着就跟雷子老六摊牌，说马道南在天津、上海、汉口、重庆都有商铺银号，可谓财源茂盛汇通天下，雷子老六如果就此出手，马会长愿鼎力相助玉汝于成，让雷子老六一夜发达直叩财富之门。洪秘书还拉里拉杂说了一些亲近抵肠的话儿。雷子老六听了半天不语。洪秘书再三催促时，雷子老六忽然抬起头来，说马会长这样看重我，又想着法子帮我发财，那他自己图个啥呀？洪秘书一愣说，这个你还不明白，镇子里外谁不知会长是性情中人，一日里总想着泽被乡里哩，造福百姓哩，你想想，如果你发了大财入了商会，他这个会长不就更好当了。雷子老六笑道，怪道来他一直等我开口哩，他这是不想落矮，图我个自觉自愿。洪秘书一竖大拇指说，着，算你聪明，算你聪明说到相上咧。雷子老六于是咧开嘴巴笑了。洪秘书顿了顿，又不经意说，不过依商家规矩，一旦宝物出手，按三七分成或二八分成，也是说得过去的。雷子老六听过又一次狡猾地笑了，连着眨眼说，话是这么说，可要是卖了十个钱，偏说是三个钱，他拿一个，我拿两个，结果不就成了倒二八了。洪秘书说，这个你不必担心，你可以跟着去天津、上海呀，当面锣，对面鼓，这个谁也不会瞒了谁的。雷子老六又说，那要是买家也是会长安顿的人呢，到头来我还不是让人捉了，噎得洪秘书哭笑不得无言以对，只好起身往厨屋那边看酒菜去了。雷子老六这里不便断然离开，便兀自坐着，等洪秘书他们过来或者喊他过去，他好请辞再回下庄的街巷里去。这期间，雷子老六看见由花园高墙圈定的天空湛蓝无比，偶尔有一只或几只暮归的鸟儿从头顶匆匆飞过。水里的鸳鸯也凫到岸边来了。小竹林和樱桃、海棠等，好像一刹那变得朦胧起来。有一阵，雷子老六努力分辨风吹竹枝和溪水跌落池塘的声响，却听见厨屋那边，隐约传来了洪秘书与柴管家的争执。洪秘书一定把嗓门压低了再压低，也迫使柴管家欲喊不能欲罢不忍，只好随着洪秘书在那里比比画画喊喊喳喳。柴管家从小石桥小酒馆回来已有了一些时间。雷子老六很想走过去听他们在吵什么，有一回他甚至已立起腰身，但往前只走了两步又转身坐了下来，心想你愿说啥你说啥去，也许跟我有关也许跟我无关，反正再过一会儿，我就回俺下庄屋里去呀。谁知雷子老六这回又想错了。洪秘书的话题既不是他雷子老六，也不是小酒馆的孙疙瘩，而是柴管家的妹子柴果儿。柴管家显然不愿接受洪秘书的安排。但是两个人吵着吵着却渐渐平息下来。洪秘书和柴管家再次出现时，雷子老六还没来得及开口，就被他们一个拽着一个推着，只一会儿就进了厨屋旁的餐厅。洪秘书边走边说，老六兄弟你不要急着回去嘛，今儿个晚上，咱哥几个咋说也得喝上几盅。柴管家虽不言语，却从后面箍紧了雷子老六的腰身臂膀，亲热得真个似兄弟一般。餐桌上的摆设更让雷子老六瞠目，洁白光鲜的桌布上面，除了两坛老酒牛一样在一侧卧着，另有八个一样颜色一样形状的碟儿，盛着的却是有红有黄有绿有白荤素搭配色泽鲜美的下酒菜肴。洪秘书特意按住雷子老六的双肩让他在首席坐了，他自己和柴管家则分坐两侧，摆出的都是一副热情作陪殷勤伺候的姿态。洪秘书还向雷子老六炫耀主人餐厅的字画古玩，说这面墙上的牧牛图是省城大画家吕才子的真迹，倘若真能牵出其中一头，就可换下庄十头犁地的犍牛。那面墙上的四幅立轴，是西北大学章大教授的封笔之作，大小凡二百七十五字，一个字，也就一个字，最少也值你十石苞谷或者八石麦子。又指着架格上的瓶瓶罐罐，说那个青瓷釉色饰瓶，是宋代正宗官窑烧制，其工艺要多复杂有多复杂，绝不似下庄人扣砖哩，旋瓦哩，搁窑巷里随便一烧就能成型上色。那个带把儿的罐儿是汉代的，它不叫罐儿，也不叫坛儿，叫"盉"，看着不如下庄人放盐的坛子漂亮，当年却是皇家御品，保不准还是汉武帝或者汉宣帝使过的东西。洪秘书讲到这里，忽然感到有点班门弄斧的味道，想想雷子老六手里的宝物是何等的勾人魂魄，会长和他又是怎样的处心积虑，再看雷子老六的无动于衷和怪异哂笑，他自己先把急突奔窜的话头拦截住了。于是就唤柴果儿说喝酒一应事儿。一会儿，柴果儿端来温热湿巾让大家擦拭眉目手指，雷子老六照着洪秘书和柴管家的样儿做了。又端上一盘白皮儿点心，说是喝酒前先垫个底儿，待大家开始咀嚼开来，这才回厨屋那边照看她的气锅炖鸡去了。洪秘书于是开坛斟酒。他先是给雷子老六斟了满杯，又给柴管家斟了满杯，到他自己跟前，为显示诚意，似乎倒得更快更多，那酒汁有少许已溢出杯沿儿了。洪秘书给雷子老六敬酒也不含糊，总说先干为敬，先干为敬，总是一仰脖子将酒杯喝个底儿朝天。洪秘书还以惯例将空杯伸给雷子老六查看，这就迫使雷子老六跟他一样，一连喝了满满三杯。接着又示意柴管家给雷子老六敬酒。柴管家不多说话，只把酒杯端起喝了，那边雷子老六才要举起酒杯，他这里就把酒坛儿抱了起来，只待雷子老六喝罢，再给他满满儿斟上。这个夜晚，洪秘书和柴管家轮番与雷子老六把盏碰杯。洪秘书和柴管家热情诚恳滴酒不洒，雷子老六不好推辞，只能将烈酒一杯接着一杯灌下肚去，及至月上中天灯火阑珊，一坛老酒有一半儿都让雷子老六喝了。雷子老六渐渐有了醉意，说话舌头也有些僵硬黏滞。其间柴果儿端了炖鸡上来，雷子老六伸出双手扯下一只鸡腿，嘴里说秘书你吃，秘书你吃，自个儿却像啃馒头一样咬掉一块，末了似乎觉着不妥，又双手递给柴管家，非让柴管家当下吃了不可。柴管家开始还执意抵制，间或把不快和反感凝结于眉眼之间，随后洪秘书示意他忍了受了，他这才接过鸡腿骨，放在自己的碟儿里面。洪秘书借机又劝雷子老六喝酒，说柴管家吃你吃过的鸡腿，咋说你也得陪柴管家几杯，于是雷子老六稀里糊涂又多喝了三杯闷酒。到了子夜时分，眼看着第二个坛子又下去了一半，雷子老六已坐立不稳语无伦次，洪秘书便提议柴果儿也过来喝上两杯，以谢她为大家做了如此可口的菜肴。雷子老六不便说些什么，又见柴管家态度暧昧不言不语，只好由着洪秘书去了。其时柴果儿料理停当已回住处更衣，听见洪秘书招呼便款款跟了过来。柴果儿白衣白裤一脸灿烂笑容，未曾开言先把洪秘书为她斟的酒杯喝了。接着又敬洪秘书和柴管家，再与雷子老六碰杯时，雷子老六便不好拒绝了。柴果儿还伶牙俐齿乖乖甜甜跟雷子老六说话，一会儿说你既然是俺哥的朋友，那么也就是我的哥哥，哥哥，妹子敬你一杯，来，喝；一会儿又说哥哥你能来会长的花屋做客，想必是会长最尊贵的客人，妹子这里再敬哥哥一杯，来，喝。结果柴果儿和雷子老六都一连喝了六杯。柴果儿平日里并不沾酒，因而现在每喝一杯，白皙的脸颊就会增添一圈好看的红晕。柴果儿还用她闪闪眨眨的眼睛瞅看雷子老六，雷子老六稍有迟疑，她便伸出细嫩的手指搊扶他的手指酒杯，迫使他总得把满杯酒水灌下肚去。雷子老六抵挡不住终于天旋地转了。他先是呜哇一声打了一个嘹亮的酒嗝，立起身时一挥手臂，又把一边柴管家的碟儿酒杯锵里锵啷打碎在了地板上面。众人看着雷子老六摇摇晃晃几次险些跌倒，却都不动声色不去扶持，由着他折腾够了，复又扑通一声坐在桌子跟前。洪秘书试探着问雷子老六，说老六兄弟你是不是有点多了？柴果儿也说六哥哥你不勉强，你随意，你随意。雷子老六的的确确醉了，偏说我没醉，我没醉，哪个王八羔子说我醉了。于是要抱起酒坛给柴果儿和他的酒杯添酒，却将小半坛酒水，全倒在桌面上了。

40

雷子老六怎么也没想到，那刻他会躺在柴果儿的床上。雷子老六睡得死沉死沉，洪秘书和柴管家破门而入时，躺在雷子老六身旁的柴果儿，还把一只裸露的胳臂搭在他的胸脯上面。有一阵，洪秘书和柴管家就立在床前等雷子老六醒来。雷子老六好不容易睁开眼睛，只见早晨的太阳已经升得很高，强烈的光线从窗棂和门楣上面直射进来，屋里头白花花一片，且不停晃动着和闪烁着。雷子老六转过头来，这才发现洪秘书和柴管家的眼珠比太阳突兀比阳光还要刺眼。雷子老六不顾事发突然灾祸临头，一瞬间还在琢磨自家的脑壳何以如此沉重、疼痛，直至柴管家如雷咆哮，洪秘书撕扯他的耳朵，他这才真正灵醒过来。雷子老六一个打挺坐起身子，吼叫说你们这是干啥哩干啥哩，这是干啥呢嘛？柴管家二话不说就甩了雷子老六一个嘴巴。柴管家似乎还骂了他家妹子一句，只是事后雷子老六拼命回忆，却是实在想不起来，他到底骂了柴果儿什么，或者压根儿就没骂什么。洪秘书则斥责雷子老六，说你看看你看看，你做的好事你不说啥，还问我们干啥哩。这时候柴果儿好像也从醉酒中醒了过来。她先是呜呜叫着抠抓雷子老六的臂膀脸颊，似乎有一千仇恨都要在指尖发泄出来。她还朝雷子老六啐了一口，骂他你不要脸，你不要脸，末了就抱了衣服护了身子，一个人跑到厨屋那边抽泣开了。雷子老六嘴角流血脸腮也被抓扯破了。柴果儿哭闹时他一动不动，此刻伴着柴果儿的凄厉呜咽，他依然目光呆滞不知所措，就像一头才刚撞了南墙懵里懵懂的公牛。柴管家仍是一副不解恨的样子，他一把将雷子老六从床上拎起蹾在地上，然后又强迫他面向桌子跪了下去。洪秘书走到桌前坐定，像审贼一样开始审问雷子老六。洪秘书谴责雷子老六说，我花钱让你受活你不受活，你装得像个正人君子似的，可你偏偏跑到这儿胡作非为来了。你以为这儿是天池浴，果儿妹子就是搓澡妹，你愿咋么就能咋么，想必你是黑白不分鬼迷心窍了。洪秘书还指责雷子老六背弃友情不识时务辱没了会长一片好心。洪秘书说你以为你是谁呀，有个金马驹或者金牛犊就神气牛屁起来了。老实说，你那东西出了手好说，不出手连一只兔子一只鸡崽也不顶喀。更何况会长待你不薄，咱哥们好酒好菜笑模笑样伺候你多日子了，不想你不知恩图报，还把伤风败俗之事做到马家花屋来了。洪秘书一说起来就没完没了，旁边柴管家虽不吭不哈，但只要雷子老六稍有动静，他便用脚尖踢他屁股，或者卡住他的脖颈，将他的脑壳使劲儿往地面摁去。雷子老六一边忍受羞辱一边搜索枯肠，一时想不明白就大声吼叫，说我没弄她我没弄她我真的没有弄她。雷子老六还申辩说，我记得咱们夜黑里在厨屋喝酒来，最后好像咱们四个都在场的，咋的我就睡到果儿床上了？雷子老六随后提出要见马道南会长。雷子老六说，马会长一定会替我做主，他不像你们这些卑鄙小人，拿这号事情臭人哩，害人哩。柴管家掂量不来雷子老六说话的轻重，只是一时不受他的责骂，遂撒开腿脚做出恨恨要踢的样子，却被洪秘书伸手制止住了。洪秘书也不说话，立起身就朝门外走去，隔会儿回来，便立在雷子老六面前冷笑。洪秘书说你以为会长能容忍你的龌龊，他听后气愤不过，一个人又跑到会馆躲清闲去了，会长说他羞于见你，眼不见心不烦喀。雷子老六不相信洪秘书的编派，用狐疑揣摩的目光瞅看着他，不想这时马道南的小姨太跟脚走了进来。小姨太一改往日的华贵与矜持，一进门就捶胸顿足长吁短叹，说果儿姑娘原是个黄花闺女，到花屋做事也有四五年了，说起来就跟马家人一个样的。又说如果过几年我也不能给会长生一个带把儿的娃娃，说不定还要把果儿许给会长做小，指望她给马家花屋传递香火哩。接下来就戳着雷子老六的鼻子，说这如今出了这号事情，你说让果儿往后咋个见人，让会长咋给世人辩白呀。小姨太表演一番之后便转身离去了，到门口回过头又叮咛洪秘书和柴管家，说你们给我好好收拾收拾他，他要是听说顺教也就罢了，不然就绑他到警局过堂受刑罚去。雷子老六到这时心就凉了下来。雷子老六不惧小姨太的咋呼，知道那女人说了也就说了，却清楚马道南是不来救他了。这个早晨，马家花屋像往常一样肃穆安详。阳光翻过墙头在水面铺洒开来。有黄鸸和画眉照样飞落枝头啁啾。鸳鸯和鸽子还不曾入水或者飞起，只把闲适亲昵的身影显现在乳石之间和屋脊上面。没有谁知道高墙一隅有阴谋在实施之中。街面上，多数店铺都在既定时刻开启了门面。骡马市和杂耍摊那儿也渐渐热闹起来。整个镇街来者熙熙去者攘攘，说是今天单日逢集，人和物比平时果真就多了许多。不久小酒馆孙疙瘩跑来报告，说是雷子老六他妈一大早就来镇街找寻儿子，那女人赶日出敲开小酒馆门板，问了话又跑到街上四处询问，保不准一会儿就到花屋这边来了。洪秘书于是差孙疙瘩再去打探，回话说那女人刚刚离开镇街回了下庄，洪秘书和柴管家就都有些释然，对雷子老六的拷问就此也告一个段落。吃过午饭，洪秘书又变换了一回脸色。他先是劝说柴管家，不许他再打骂或羞辱雷子老六。柴管家虽说老大的不情愿，但还是跟雷子老六拉开一段距离，拿一种无奈却也仇恨的目光瞅他。洪秘书让雷子老六起身穿上衣服，雷子老六因冻馁和跪卧有点儿站立不住，洪秘书便上前扶了一把。洪秘书还让雷子老六跟他分别坐在桌子两旁，又请雷子老六喝水、用餐。雷子老六穿也穿了，坐也坐了，就是不动桌上的茶水和饭菜。洪秘书让过之后便不再勉强，直击要害说，你老六冒死得了宝贝世上人人皆知，马会长原本不让你作难，是助你卖与外埠客商也罢，还是由会长自己收藏也罢，总之都由你决定哩，而且两厢都有所得，比那个小连长的大洋多了去了。谁知你拖拖沓沓，摆架子要派头，从始至终不表态不说，今儿个还把糟蹋果儿的烂子惹下了。洪秘书说到这里特意抿了一口茶水，又说现在摆在你面前有两条路可走，一是老老实实跟会长合作，会长不计前嫌不食前言，一定让你一夜暴富出人头地；二是进监狱，蹲班房，让你妈没黑没明掉眼泪哭去，让你爷气死滚墓疙瘩去，让你漂亮的媳妇改嫁给别人暖被窝去，不信咱就骑着驴儿看唱本，走着瞧吧。雷子老六这时已看清洪秘书嘴脸了。还有马道南和他的小姨太，雷子老六猜想，他们八成就是阴谋的策划者或操纵者。雷子老六更恨柴管家和他妹子柴果儿。有一阵，雷子老六用冷眼瞅看柴管家，心里叫骂说姓柴的你不要脸你妹子也不要脸，你肯定得了黑钱才把你妹子贴赔上了。雷子老六心里骂的柴管家，嘴上又回敬洪秘书，说两条路也罢，一条路也罢，总之我没弄柴果儿，这个柴果儿她心里清楚，你心里也清清楚楚。雷子老六还用他早先对付土匪的话说，再说我压根儿就没有金马驹金牛犊啥的，那天我不过掏了几个泥人人儿，早被我爷扔到茅坑叫雨水淹了。洪秘书一脸冷笑问道，真的没有，果然没有？雷子老六说没有就是没有，有的话，早被军队土匪和上庄弄屎走了，能轮到你们几个这时候插手。洪秘书被激怒了。洪秘书发起火来，比柴管家还要凄厉狰狞。他大吼一声雷子老六，你不要再装蒜了，如果你不识相，我立马报官绑你到警局去，说着就央柴管家去拿绳索，他自己则挽起袖子口吐唾沫做下手状，将空气一下子弄得紧张起来。洪秘书说到底还是吓唬雷子老六的，不想柴果儿偏偏在这时又出现了。柴果儿立在门口一副悲戚样儿，说洪哥你无论如何得为我做主，不然我没脸活了，就死在这个乡巴佬面前。柴果儿还鼻涕一把眼泪一把的，见雷子老六拿鄙夷的眼光瞅她，又说洪哥你看你看，他不认卯不说，好像比我还冤枉哩，今儿个我真的不想活了，说着就冲头朝前拱去，拱的不是雷子老六而是洪秘书。洪秘书于是又咋呼捆绑雷子老六。柴管家因受柴果儿刺激，从厨屋拿来的不是绳索而是一把剁骨砍刀。他啪的一下将砍刀拍在桌上，暴怒说报官能顶个屎喀，大不了让这东西住进牢里死在牢里。又说雷子老六你听好了，今儿个你要是服了咱啥话好说，你要是不服还想抽身回去，那就留下一根手指头再走。雷子老六大约想过手铐也想过大牢，却没料到柴管家如此心黑手辣。他顺手抓起那把砍刀，用一种浑浊又充满仇恨的目光，将在场三人轮番瞅了一眼。柴管家这时候心态已变不敢与雷子老六对视，偶一抬头，竟有恐惧和软懦从眼角流露出来。洪秘书腿脚一软，扑沓一声跌回椅圈里面，整个人立地缩成了一团。柴果儿甚至要尖着嗓子叫喊了，只自言自语嘟囔，要杀人了，要杀人了，乡巴佬要杀人了。再看时，却见雷子老六伸出一根手指，并把它突兀平直地搭在桌棱儿上。雷子老六用砍刀分别指一指洪秘书、柴管家和柴果儿，又一指桌棱上他自己的那根指头，吼叫说，狗日的都给我看好了，狗日的都给我看好了，然后就抡起砍刀，使着劲儿剁了下去。

第六章

41

后来，雷子老六没想到下庄人和雷子兄弟会打他的主意。经过了那些个血腥弥漫的早晨和惊心动魄的黄昏，雷子老六无论怎么思虑怎么琢磨，也觉得应该万事大吉高枕无忧了。在独处将息和舐舔伤口的日子里，雷子老六尽量不去回忆往事，也尽量不与他人提及近来的遭际和屈辱。不管是他妈他爷和媳妇年巧，还是左邻右舍亲戚朋友以及雷子兄弟，只要有人偶尔问起，他只说脸上的抓痕是钻枣刺窝刺破的，对左手一根指头的缺失，则一直讳莫如深刻意回避，弄得大家怪怪的，脸颊上都有了一点儿异样颜色。这样持续了一段日子，河湾里的水柳和白杨相继繁茂了枝叶，原坡上的麦苗和油菜跟着挺起了腰身，雷子老六的指伤结痂后也脱落掉了，于是这个金麒麟的拥有者，又迫不及待屋里屋外地活跃起来。一天夜晚，雷子老六搬掉石槽挖开硬土，重新将金麒麟抱回屋里。为了排遣郁结既久的紧张和烦恼，显示他处变不惊临危不惧的意志与强力，他特意将他妈他爷和媳妇年巧叫到一起，让他们凑在油灯底下观看和抚摸他的宝物，他自己则有意拉开一段儿距离，眯起眼睛欣赏他们惊讶不已小心翼翼的神情和动作。雷子老六不曾忘记先前的吹嘘和承诺，夜里躺下以后，他趴在媳妇年巧身边，将过去说过的话又绘声绘色地说了一遍，撩得年巧跟他做爱的时候，比以往任何时候都要狐媚都要温存。早上醒来，雷子老六将金麒麟放在厨屋案洞里用蒲篮一扣，只是嘱咐他妈和媳妇年巧，在上面苫了一些柴草也就罢了。他妈走地平放心不下试着问道，搁这儿不打紧吧，如果有谁……雷子老六拦住他妈话头说，没啥没啥，这如今谁还进咱宅子折腾哩，难道事情真个没完没了咧。又解释说搁这儿最是保险，越是明处越是谁也料想不到。这一年的春天慵懒而又漫长。雷子老六被天上的日头和河湾里的岚霭迷惑着，却不知艳羡和恭维已化作别一样东西，在街头巷尾悄悄儿弥散开来。最初一段时间，雷子老六尚未发现什么异样，街巷里撞见乡党邻居，他总是爷呀叔呀婆呀婶呀地招呼，问候吃了没吃喝了没喝你这是干啥去呀，人家便给他一个回答还他一个笑脸，眼睛里多有小心殷勤绝无莽撞不恭。雷子老六为此很是愉悦得意，以为早先的憧憬和期望，虽说还没牢牢抓在手里，却也是感觉得到触摸得到了。雷子老六见了保长家盛，仍像以前一样看重这个人物，只是他自己的心肉不再紧缩不再惶惶乱跳了。他在公众场合跟人们说话，遇有家庆在场甚或插言插语，他竟全然不予理睬，好像那个人压根儿就不存在。雷子老六更鄙夷满堂，只要一见面，心里就骂满堂你是条狗，你是一条舔肥沟子咬瘦尻的狗，嘴里却说满堂你这是做啥去，得是给保长捶背，给保长老婆倒尿盆儿去呀，说得满堂脸上青一块紫一块的，想发火却不知说些什么是好。但是有一天，雷子老六忽然感觉脊背有点说痛不痛说痒不痒奇奇怪怪的感觉。这感觉让他走路难受坐立难受夜里躺着更加难受。雷子老六于是把事情跟家人说了。他爷老雷子以为他的脊背要出脓疮啥的，让他先不着急好生歇息并观察几天，待到真正生发出来，也就快要好了。他妈走地平看着儿子心疼，忍不住先熬了草药让雷子老六啜饮，每一回都要守着雷子老六喝完，才肯拿了空碗走开。夜里睡觉时候，媳妇年巧就偎在雷子老六身旁，小心地给他揉搓前心后背。雷子老六歇也歇了，喝也喝了，媳妇年巧每晚替他揉背，累得眼皮粘在一起了也才罢手，谁知雷子老六就是不能随便出门，一出门那种奇怪的感觉又会被他带回家来。雷子老六多少还是意识到了一点什么。一次他从人堆里走过，远远地猛一回头，竟发现人们的目光像发亮的玻璃球儿，一串一串朝他飞来。雷子老六使劲儿眨了眨眼睛，就见那东西明明灭灭稍有收敛，再转身的一霎，又闪电一般地朝他袭来。不仅如此，雷子老六还隐隐察觉，只要他一个人大白天从街巷里经过，家家户户的门缝和窗棂，似乎都藏有这种犀利的光芒。雷子老六不相信人的眼光会飞离眼眶，继而会结痂贴挂在他的背上。他知道这是他的感觉，是他的另一种感官体味和招致的结果。只是有一段时间，雷子老六在回家之后，总要用腰带蘸了盐水甚至碱水，反复地擦洗脊背上那些目光，而且他还清楚地听到了眼球坠落铜盆叮叮当当的声响。如此擦了挂，挂了擦，雷子老六这才感到稍稍轻松了一些，也才能断断续续去原坡或河湾劳作。此后，雷子老六专注于他的八分菜地和三亩麦田。他起早贪黑苦心劳作，尽量不抛头露面招惹他人眼目。他甚至严正告诫自己，在金麒麟出手之前，他必须一如从前做一个靠泥土吃饭的庄户人。雷子老六的心态一旦平和下来，再去原坡麦田或河湾菜地时，只要他一门心思地做事，他的脊背就不再出现那种奇怪难耐的感觉了。雷子老六为此很是轻松兴奋了一段时日。有时他会坐卧田埂或伫立地头，舒心地欣赏连续拔节的麦秆和翠绿肥硕的菜秧，看白云在山巅一会儿聚集成团一会儿飘移为絮。有时他还会脱了鞋子挽了裤脚，一个人下到乍暖还凉的河水里，跟成群结队的小鱼儿或小蝌蚪嬉戏。不过有天早晨，雷子老六突然发现他家的洋芋蔓无端地萎蔫了几株。其时正是洋芋地上开花地下结果的当口，雷子老六见了心里像刀割一般难受。当然，雷子老六不会为几窝洋芋思想不开，何况农家从来就有丰年灾年之说，有果蔬遭野物糟践和小儿偷嘴更是意料中事。谁知第二天再去看时，地里蔫伏的就不是几株而是一大片了。雷子老六先是木桩一样傻站了一阵儿，然后才蹲下身子察看究竟。这一看雷子老六就受不了啦。原来洋芋蔓不是被虫子啃啮或者生了病灾，而是活活被人往上提拔了一截。雷子老六气急败坏地站立起来，连续在原地打了五六个转身，却不知咋么发泄满腹的愤懑之气。他本想破口大骂几声，用最肮脏最残忍的话语直指作恶者的老母或者先人，而且他似乎张了几张嘴巴，最终却没发出哪怕是一丝一线的声音。雷子老六想象得出那人来这里作祟作恶的情景。他一定趁着静夜偷偷儿溜出村子，一路披着月光像幽魂或者厉鬼。动手前他会四下探望甚至有所等待，确信河湾里再没第二个人影了，他才肯实施他的下作勾当。他提拔洋芋秧蔓时很注意把握分寸，既要松动它的根系，又不使它脱离地表，而且还要一如往常挺在那里，不至于让人一下子看到乱象看出端倪。提拔时他无疑是从容不迫的，一株，两株，三株，末了就伫立地头，望着一片看似葱郁实已断命的秧蔓，阴冷而又得意地笑出声来。这个早晨，雷子老六一直都在琢磨是谁会下这个黑手。他以为洪秘书和柴管家不可能做这等屑小之事，他们虽说长于阴谋但更看重脸面，倘若镇街里外传言，说是会长马道南的秘书和管家把一家农户的洋芋拔了，那会让人笑掉大牙，真的还不如拿刀把他们杀了。雷子老六继而又把上庄人排除掉了。他想上庄的双余纵是不甘失败怀恨在心，拔他几株洋芋又能挽回多少损失消解多大怨气。何况后来有说法证明，那个心高气傲固执蛮悍的甲长双余，骨子里恨的是保长家盛而不是他雷子老六。双余甲长从不承认那场械斗输给下庄的家盛了。他认为上庄人拧了家盛胳膊，让家盛在下庄和上庄丧失了保长的尊严，如此是他双余赢了而不是保长家盛赢了。雷子老六感觉得来是下庄有人做的手脚，可他把下庄挨门挨户，齐齐儿将了一遍两遍三遍四遍，直到头皮发麻耳膜裂响，也没能明确地圈画一个人出来。说来也算蹊跷，雷子老六这回压根儿不去怀疑积怨既深的家庆，甚至连鸡肠小肚，极有可能玩这等小人把戏的满堂也排除掉了。雷子老六决心捉拿这个丧尽天良存心捣鬼的家伙。当天中午他便饿着肚子实施他的行为。他知道大晌午的河湾跟夜晚一样安宁，偷窃也罢，毁坏也罢，所有卑琐的勾当，都有可能在这个时间发生。雷子老六藏在河堤拐弯处的柳树底下，睁大眼睛一眨不眨地瞅着自家的菜畦。他看见太阳白晃晃地照耀中天，看见河湾弥漫着一片似光非光似雾非雾十分温暖的气息，偏是看不到一个人影抑或一只能蹦能跳的兔子。雷子老六眼目干涩饥肠辘辘，连腿脚也麻木僵硬了。但他并不善罢甘休，吃毕晚饭又固执地跑到河湾里守候，直到残月从塬垴诡谲地露出脸来，仍不见有谁钻出来再施手脚并承受此前的罪责。这天晚上，雷子老六确信河湾连鬼也不会出现一个时，才又是气愤又是空落地走回家去。隔天早晨，雷子老六正在河湾沮丧地收拾开始枯干的洋芋蔓秧，就见他妈走地平气喘吁吁从村口颠跑过来，告诉他有人拿镰刀拦腰扫割了他家原坡上的麦子。雷子老六他妈用哭腔向儿子诉说麦秆惨遭蹂躏横七竖八的情景，说着说着又戛然而止并睁大了惊异恐惧的眼睛。雷子老六知道瞒不住了，在他妈一句紧似一句的逼问下，只好将洋芋被拔的事儿也如实抖搂出来。雷子老六他妈尚未听罢就腿脚一软坐在了地上。跟着又是捶胸又是打地，将泥土和眼泪弄得满身满脸也不肯停歇。雷子老六无可奈何由着他妈在那里折腾，末了他奋力将她拉扯起来，一路挽着搂着背着扛着，好不容易才进了街巷进了家门。

42

雷子老六他妈回家以后，有好一阵儿才从迷晕中灵醒过来，等到睁开眼睛喝过一口温水，免不了又要把麦子和洋芋遭殃的事儿，跟老雷子和媳妇年巧哭诉一番。雷子老六他妈说麦穗儿没了，等于没粮食吃了，洋芋没了，等于没零钱用了，往后去这日子你叫人咋个过呀，你干脆把俺一家杀了算了，又何必这样坑人害人哩。说着又鼻涕一把眼泪一把的，把个媳妇年巧也弄得眼睛红一阵儿湿一阵儿，劝慰说妈呀你千万不要胡思乱想，如若伤了身子，咱们找谁算账去呀。老雷子向来最重稼穑并以自家的手艺和收成傲视乡里，听罢雷子老六他妈讲述，又见两个女人哭着哭着抱成了一团，便一骨碌从炕上翻滚下来，二话不说就跑出大门骂大街去了。雷子老六这里也不阻拦，只叮咛媳妇年巧好生照顾他妈，然后就去收拾钉耙锄头，准备事态平息之后，再去河湾栽种下一时令的瓜果菜蔬。雷子老六大约不会想到他爷老雷子会有荒唐举动，心想要骂就让他骂去，而且有一阵老雷子的叫骂从屋檐一角挤进屋里，雷子老六还暗自为他爷喝彩，以为那个作恶者就该遭人唾骂，否则下一回他更加得寸进尺更加肆无忌惮。雷子老六如此作想忽然怪异地笑了。不想雷子十三在这个时候偏偏儿跑了进来。雷子十三一露脸就失急慌忙喊叫，说兔娃哥兔娃哥，你看咱爷做啥哩，你赶紧看咱爷在巷子里做啥呢嘛。见雷子老六不理不睬只顾手中的活计，又说你看咱爷做啥哩，他在巷子脱了裤子光着沟子骂街哩。雷子老六听罢呼地站了起来，本想冲出去一看究竟，却被他妈从一旁厉声吆喝住了。其时他妈缓过精神已不再哭闹了，但她余怒未消仍呼呼喘着粗气，赌气发狠说叫你爷骂去，叫你爷骂去，你们谁个也不许拦挡，谁要出去拦挡我就死给谁看，说得雷子老六和雷子十三都张嘴愣了半天。雷子十三自觉讨了无趣，尴尬说我不挡，我不挡喀，随之满心空虚满目慌乱抽身去看热闹了。其实，老雷子多年已不曾施耍他的雷子脾气了，如今心血一热，就不顾后果不要廉耻，实施了下庄一带最为极端的骂街方式。老雷子在大门口当众脱了裤子，把一堆吊儿郎当黑不溜秋的东西赤裸裸暴露出来，然后把裤子搭在肩头作为骂街的标志，长啸一声便一路骂了开去。这天早上，太阳鲜亮温暖地照耀着下庄的街巷，蹲在两侧吃饭喝汤的男人似乎比平日多了许多。下庄人没料到老雷子突然光着屁股出现在他们面前，于是就都停了咀嚼，将大把儿老碗凝固着擎在手中，一律瞅看老雷子精瘦丑陋的身子。下庄人平日见惯了老雷子的雷厉风行与气宇轩昂。想想他的走路，想想他的说话，想想他的装束以及挥动鼓槌的风采和气派。而眼下这个老人，以及他的卑琐，他的丑陋，他的粗糙肮脏的骂声，就实在难以入目入耳了。老雷子大约没顾及以往也没正视当下，只觉筋脉在两臂嘣嘣跳动热血在头顶剥剥冲撞，一时间心绪拧成一股绳儿，只能由着性子由着步脚往前走去。老雷子张牙舞爪气焰嚣张，每走一步或每骂一声，胯下的东西就一嘟噜一嘟噜地颤动一下。有时他还一蹦一跳，好像要借势抓挠什么，或者走着跳着，突然就一个转身，接着又一个转身，懵懂中却不改前行的方向。老雷子的这个举动丑陋而又滑稽，有人从惊愕中回过神来，就朝他怂恿欢呼，好，好，再来一个，再来一个，就像激逗一个娃儿或者一条老狗。待他从大皂荚那边转一圈过来，观看的就不光是蹲在街巷吃饭的男人了。一群大小不等鼻涕邋遢的娃子不远不近跟在他的身后。他们嗷嗷怪叫，跳着蹦着朝他喷吐唾沫和投扔土块，有的还试图用手中的棍儿，戳他暴突的肋骨和干瘪的屁股。满堂的外甥小豹子虽说寄居舅家没多少时日，却比下庄任何一个小子都要烈劂都要捣蛋。初来几天他敢哭着闹着跟雷子老六讨要葱花饼子，如今看见老雷子一个大人居然光了屁股，心下刺激兴奋便横斜里冲了过去，顺手就在老雷子的裆间揪了一把，惹得一帮娃子一时开心惊天动地地呼叫起来。后来这一消息就传遍了下庄的旮旯拐角。下庄的老人经得多见得多了，知道老雷子的举动原本是下庄的一种古老方式，因而不为所动只待最后能有一个分晓。那些做媳妇的和年轻一些的女子，尽管不便抛头露面，却也按捺不住好奇心理，她们纷纷放下手里的活计，小心地躲在街门后面，小心地将一半脸颊和一只眼睛试探出去。尽管她们不好逼视老雷子的羞耻之处，可他一经从她们眼前过去，其中泼野的便指指戳戳叽叽咕咕，羞怯的则低着眉梢抿着嘴角哧哧发笑。但是老雷子已全然不顾这些了。起初一阵，他还在谴责怒骂作恶者的不良行为，吼叫说谁有种谁就当街站出来，不要躲在暗影里打缺德主意做缺德事情。谁知骂着骂着就离了谱儿，不仅骂人家祖宗三代姐妹妯娌，甚至连人家膝下女儿也裹了进去。于是就有人咔吧一声摔了手中老碗，大声斥骂自己的婆娘娃子，警告他们今日的热闹不是随便看的，说老雷子脱了裤子精尿浪荡地骂街，是将一村人都用臊尿脬打了。下庄人就此知道了事件的严重性，除过雷子老六和雷子家族兄弟叔侄，下庄的男人开始窸窸窣窣相互走动，商议着如何给老雷子一点儿颜色看看。他们依据祖上的另一律条，打算像对待狗崽一样将老雷子当街绑缚起来，然后给他嘴里填塞马粪牛粪以至更为肮脏的东西。老雷子如若不肯就范，他们还会把他悬吊起来示众，让瘦狗在他脚下狂吠恫吓，让泼辣女人朝他脸上吐唾沫。其时保长家盛遇到此事就不愿出头露面了。他知道他的权责和村俗是两码事儿，弄不好老雷子给他难堪，下庄人也给他难堪，都是意料中事，因此他只是立在门楼底下朝街巷深处瞭了一眼，便转身回屋里去了。家庆因与雷子老六和年巧的微妙瓜葛也借故回避开了。满堂一时间倒是想得简单，他把对雷子老六的怨恨转移到他爷老雷子身上，以为拾掇了老雷子就是跳臊了雷子老六，因而跑前跑后，比谁都要心切比谁都要活跃。满堂一时来不及去谁家马厩包裹马粪，就把他家鸡窝底下的溏鸡屎用袋子兜了，跟下庄其他男人在巷子一头呈扇形立定，冷眼瞅看老雷子骂骂咧咧从巷子那头朝这边走来。只是他们的谋算早被雷子十三探听到了。雷子十三对如此重大的事件不会无动于衷，不过这一回他没去雷子老六屋里，而是急急地把消息报告给了雷子老二。雷子十三清楚在雷子家族里头，此刻因老雷子已是惹是生非的角儿，能拿捏事情一呼百应的，只有雷子老大或者雷子老二了。只是雷子老大年近花甲不便朝老雷子动手动脚，所以雷子十三经过他的门口，稍一琢磨很快就绕了过去。雷子老二得到消息也觉得情况紧急不可大意，他命雷子十三火速通知其他雷子兄弟叔侄，随之雷子家族以雷子老二督阵，十来个青壮男子呼啦一下冲到街巷，抢在满堂他们前面将老雷子摁倒在了地上。老雷子吱里哇啦拼命叫喊，无奈肩膀腰身屁股脚踝，都被说不清的大手死死钳着，喊着喊着便蔫了下去。当然，雷子家族的男人不会给他们的叔父或者碎爷嘴里填塞马粪牛粪，但是他们捆绑他时丝毫不留情面丝毫也不手软。有一阵，老雷子趁着松动试图挣脱开去，他一边蹬腿一边臭骂，间或还想抽出手臂抽打他的侄孙，不过很快还是被大家制伏住了。他们用老雷子的裤绳绑缚了他的手脚，用裤腰布遮掩了他的羞耻之处，然后由雷子老二高喊一声"起"，轻而易举就将他抬离了是非之地。老雷子回家后倒是很快安生下来。有许久他就坐在屋前的冷石阶上，不动弹不言语连烟锅也忘记点了。跟着还有两滴清泪从眼角溢出，滚过满脸皱褶很快又没了影儿。雷子老六自雷子十三报过信息便没了主意，后来见族里兄弟侄儿将他爷赤条条抬回家门，便越发地尴尬越发地无所适从了。有一阵他和他爷老雷子就隔着一道门槛坐着。他知道他爷心里屈堵难受，却不知如何搭言说话，只能跟他一样悄无声息地消磨时光。媳妇年巧更是颜面发热羞于见人，她把她一个人关进小屋，大半天连粗气都不敢喘息一声。随后她听见来人相继打过招呼走了，做婆婆的也拿了新衣让老雷子换了穿了，她仍然难以为情与老雷子和雷子老六眼目相对。雷子老六他妈一样明白老雷子的作为虽解恨却不光彩。她瞅瞅老的见老雷子憋屈难堪，瞅瞅小的见雷子老六也憋屈难堪，遂抻抻衣襟理了鬓角，稍作迟疑便出街门去了。为了挽回面子，也为了表白老雷子何以发怒何以脱了裤子骂街，整整一个白天，她都东家进去西家出来，反反复复描述洋芋干枯麦秆倾覆的惨烈情景，唠唠叨叨总说，俺到底招惹谁了得罪谁了，偏偏儿就要拔俺的洋芋扫俺的麦子，这不是成心跟俺过不去么。有人接过话茬，说你没招惹谁也没得罪谁，雷子老六他妈于是就愤懑伤心地抽泣，把从鼻管里流出的眼泪和鼻涕，一把一把扔在人家脚下，似乎没谁直截了当地加以阻拦，她就会永远哭诉下去，哪怕太阳压山月亮显影公鸡母鸡上架了也不停歇。

43

那天黄昏，还在雷子老六他妈走地平气咻咻质问村人的时候，一个人趿拉着鞋帮，一步一摆扑沓扑沓，像个智者似的进了雷子老六院子。他跷腿卧进只有老雷子平日才坐的破藤椅中，喧宾夺主告诫雷子老六，说你妈挨门挨户絮絮叨叨鼻涕一把眼泪一把的屁都不顶一个，你爷脱了裤子精尻浪荡骂街只能是又伤沟子又伤脸面。见雷子老六惊讶狐疑地看他，又说你别胡思乱想七猜八猜，上庄人能刀刀枪枪寻你闹事，就不会干那种勾当，大哥我赢了麻将敢提出跟年巧妹子上炕，也不是鸡肠子或者虫肚子。雷子老六说家庆你有话就说有屁就放，别他妈东绕一个弯子西卖一个关子，你再遮遮掩掩我就受不了咧。雷子老六这里一急家庆就嘿嘿笑了。家庆告诉雷子老六，说他刚刚听到有人糟蹋了他家口粮蔬菜也很气愤，跟人说谁个生娃没屁眼的咋做这号事情哩，若是查出来或者被缉留住了，一定要把这个家伙拉出去示众羞辱，让他在下庄永远抬不起头来。只是雷子老六他爷和他妈这一闹腾，众人私下喊喊喳喳说啥的都有，又琢磨这事儿还真的不那么简单，因此掂量过来掂量过去，还是觉得挑个头儿跟雷子老六谈谈最好。雷子老六一时没听明白，就问家庆这事咋个就不简单了？家庆说我打个比方，比如说咱俩一块儿出去搂柴一块儿忍饥抗渴，结果你搂了一筐蒿秆我也搂了一筐蒿秆，不过我顺便在蒿草里头捡了一窝鸡蛋，不知你眼热不热？雷子老六说我烧我的蒿子秆儿，你吃你的鸡蛋黄儿，我犯不着眼热不热的。家庆说，又比如咱俩一块儿挖地哩，我出力流汗你也出力流汗，但是挖着挖着，我一镢头挖出一个袁大头来，而且我独独儿把袁大头揣进怀里，不知你心甲作不作酸？雷子老六说，家庆你不要比方来比方去的，我明白你的意思，你是说我有一个金马驹儿或者金牛犊儿，我就该把它敲成块块砸成面面，一家一户都分一点儿，不然他们就拔我的洋芋还扫我的麦子。家庆一拍大腿一声吼叫，着，又说你真聪明你真痛快一句话就说到点子上了。家庆于是就帮雷子老六分析前因后果权衡利弊得失。他还给雷子老六讲了一个老旧故事。讲之前他说这个故事很有意思，不过你得耐着性子听我把它讲完。雷子老六说讲吧讲吧讲就讲吧，我看你能放一筒啥花出来。家庆于是开讲，说从前有兄弟二人，跟他们的老爹爹住在一个小山沟里。兄弟俩的娘亲三年前病故了，平日里兄弟俩去山坡锄地，老爹爹就在茅屋里为他们烧水熬粥，然后坐在门前杜梨树下等他们收工回来。这天是中秋佳节，老爹爹叮嘱两个儿子干完活早点儿回家，他给他们用白面烙一个可大可大的芝麻月饼，一来敬一敬月亮婆婆祈求风调雨顺，二来一家人粗茶淡饭惯了，借着节气也好吃顿饱饭吃口顺溜食儿。兄弟俩听了自然都十分高兴。到了山上以后，憨厚诚实的哥哥只操心眼前要做的活儿，机灵聪敏的弟弟却想着屋里香甜的月饼。于是弟弟跟哥哥约定，说是铁牛顶仗我回去，青蛙叫唤你回去。哥哥不知其中有诈，居然一口答应下来。太阳落山之前，哥哥锄过一垧地后已从地那头转过身来，跟锄了一半儿的弟弟在地当间会合了。这时，弟弟忽然用他的锄头顶撞了一下哥哥的锄头，呼叫说铁牛顶仗了铁牛顶仗了，我回呀我回呀，然后一溜烟就朝山坡下面跑去。弟弟回家以后，抓起桌上的月饼便大嚼大咽起来。老爹爹感觉有点蹊跷，追问说你今儿个这么早就回来了，这半天咋不见你哥的影儿？弟弟于是就讲了他们事先的约定和事情的经过，老爹爹听后气得差点儿背过气去，劈头盖脑骂了弟弟一顿。老爹爹赶到山上时月亮已从东山梁上升起来了，山坡上除了晚归的鸟雀在空气中啾啾，哪儿会有水里才有的青蛙叫唤。老爹爹于是趴在一道土坎后面，憋足劲儿学了两三声蛙鸣，做哥哥的这才收了锄头，一边走，一边难听地骂了青蛙几句。父子俩一前一后回到茅屋，满以为一家人可以亲亲热热团团圆圆吃饭了，谁知做弟弟的早把一个大饼吃得光光净净，一个人正在那儿用木瓢饮水喝哩。父子三人当下都没说啥，谁知到了夜半，做弟弟的突然抱着肚子叫唤起来，并不停地在炕头打滚，老爹爹和做哥哥的忙活了许久才算把他安抚住了。其时十五的圆月从窗口探进头来，月光清凉，冷静，神秘，总像在说，人不能吃独食呢，吃了独食会闹肚子疼的。从此以后，这家的弟弟再也不敢贪吃独占了，他们的日子才渐渐好了起来。这个黄昏，家庆专注于他的谋略、说辞和故事。雷子老六或轻蔑或惊异，或不安或气恼，但都得让人家家庆把话说完。其间年巧从厦房出来去厨屋为一家人烧汤，这个眉头微蹙步履犹疑的女人，似乎比以往更加妩媚更加迷人，可家庆也只是随意瞥了一眼，很快又认真跟雷子老六讲说故事了。家庆告诫雷子老六，说古人之言你不能不听，前车之鉴你不能不鉴。又说村里头都知道你得了金马驹儿，也知道那东西最少值八百大洋。况且你被土匪绑了，大伙儿吃不香睡不着，都替你操心来着。后来上庄人打你的主意，全下庄都向着你帮着你，末了你却不吭不哈，你想想谁个心里舒畅谁个心里服气。雷子老六给自己打气壮胆，说军队拿枪逼我我没答应，土匪用油锅煎我我眼睛一眨不眨，至于上庄是我一个人顶回去的，难道我怕谁个拔我的洋芋扫我的麦子，我不信谁个厉害，谁明天还会揭我的屋顶溜我的房瓦。家庆这时腾地一下从藤椅里蹦了起来，厉声说兔娃子，我这是替你着想哩，你不要狗咬吕洞宾不识好人心。雷子老六也不示弱，他把短缺了一根指头的手掌伸到家庆跟前，说你看看，你看看，你看这根指头是我发了毒誓砍掉的，谁再狡猾再厉害，也休想从我手里拿走一点东西，不信咱们骑驴看唱本，就一路走着一路瞧着。家庆于是不再说话了，临走只冲雷子老六嘿嘿一笑。雷子老六虽说嘴硬，但家庆走后，大半天却难以回过神来。当天晚上，雷子老六把全家人叫到一起，警示说家庆能来家里公开摊牌，说明他们早已不安好心了。他要他爷他妈多留几个心眼，以防有人入户行窃或者纵火烧屋，要媳妇年巧没事儿尽量少出街门，免得他人说长道短甚至恶语相加。雷子老六不说也罢，一说一家人还真的惶悚起来。媳妇年巧当下脸就白了，拿她一对漂亮凄婉的眼睛，一会儿看看这个，一会儿看看那个，好似真的大难临头了。他妈走地平嘴里嘟囔咱不怕他咱不怕他，两只裤管却在空里不停地抖索晃动。老雷子大半天都不吭声，待堂屋只剩下他和孙子的时候，他突然叹息一声，连声说这祸都是我惹的，都是我惹的，跟着就抡起手掌，在自己瘪瘦如柴的脸上恨恨地抽了几下。夜里睡觉之前，雷子老六亲自插了街门和后门门闩，并抱来一根陈年檀木和一根铁杠，从里面将门板顶牢实了才转身离开。尽管如此，雷子老六一夜仍然没睡踏实。他不知道失眠是什么滋味。开始他还灵醒着躺在炕上，想想这想想那并不觉得烦躁，后来就憋闷难受得厉害了。如此好不容易挨到鸡啼，才要迷迷糊糊打个盹儿，不想媳妇年巧早起准备生火烧水，又窸窸窣窣把他骚扰醒了。雷子老六索性不再相持了，拂晓时他披衣下炕，一会儿从房前绕到屋后，一会儿又从屋后绕到房前，直到确信不会有人袭击他的宅院了，这才解开腰带，颤颤抖抖将一泡冷尿排了出去。

44

随后几天，雷子老六发现他家的宅屋并没受到袭扰。雷子老六去原坡察看麦田，除了此前被拦腰截断的麦茬还在那里高高低低地戳着，剩余不多的麦秆都抽出了肥硕鲜嫩的穗儿。它们沐着早晨和煦的阳光，在小南风的吹拂下轻快地摇曳起伏，让雷子老六既释然又心疼得厉害。河湾里残留的洋芋眼看着也蔫了花蕊老了藤蔓，雷子老六尝试着从一侧刨开一株，竟是一窝疙里疙瘩的洋芋蛋儿。雷子老六于是小心翼翼地翻整地垄，村里村外碰见乡邻尽量不去大声说话，回到家里也寡言少语鲜见走动，让他妈他爷平添了许多心病。媳妇年巧几天来更是虚空得厉害，从早到晚除了尽心操持家务伺候长者，一有空闲就坐在临窗的炕沿儿上缝补纳缀，仄起耳朵捕捉院里有啥动静。那个早晨，年巧大约不会料到有什么大的闪失。下庄人都在自家院子生活，却把陈年麦秸堆放在村口打麦场四周，每到早晨或者黄昏，总有女人或娃娃挎了竹笼去那儿撕扯麦草。年巧也是一大早挎了竹笼出门去的。年巧走过街巷时，还好没碰见一个人影，出了街巷到了自家麦秸垛跟前，仍然没碰见一个人影。年巧自觉浑身清爽心情舒畅，她抬头看了一眼南边的山头，又让目光在河湾柳堤那儿停驻了片刻。她想她纳好麦秸很快就可以回去了，谁知弯腰蹲下身去，才要扯出第一把麦草，就听一旁的垛子后面发出一串哧哧的笑声。年巧吃惊不小心里噔地跳了一下，一只手还在麦秸垛里插着，细听却又不见了一丝声息。年巧于是又扯麦草，不想哧哧的笑声再次响起，而且味道怪异充满了得意与狎辱。年巧不放心立起身来，试探着绕过麦秸垛去看究竟，这一看突然就像惊动了一窝鹌鹑，扑棱棱跳出七八个大小不等的娃子，打头的正是满堂的外甥小豹子。小家伙们偷看年巧的腰身恰在忘我之时，突然惊散以后，又大呼小叫相互追逐打闹起来。年巧不明就里也不好呵斥责骂，待再次弯腰撕扯麦草，心里头便一片空白一片茫然。后来，年巧终于扯够麦秸能往回走了。她形单影只离开麦场地界，踽踽地快到村口时，小豹子他们在身后就扯着嗓子喊叫起来：年巧的头，油不油；年巧的嘴，美不美；年巧的腰，飘不飘。一波声浪才息，一波声浪又起：年巧的脸，谁都舔；年巧的奶，谁都揣；年巧的屄，谁都日。小豹子他们不谙世事不计后果，喊得轻松而又快乐，年巧乍听自家名字先是一愣，继而像遭了五雷轰顶，一下子一点儿知觉都没有了。她直直在原地戳着，那只沉重的竹笼曾试图从她的臂弯里滑开落地，最终却跟她的主人一起，一动不动凝结成一道奇特的影像。后来，下庄有人终于发现了年巧的痴呆失语。有人把消息传到雷子老六屋里，他妈走地平打头冲出街门跑到村口，一路差点儿跌了几个跟头。众人七手八脚吵吵嚷嚷将年巧抬回屋里，扶她靠被卷儿卧了，又是灌水又是掐捏人中，年巧却无声息仍像死去了一般。年巧苏醒时已是大晌午了。她睁开眼来，见一家人都围在她的跟前，稍一迟疑，就有薄明的泪水迅速蓄满了眼窝，跟着又倏地一下滚出了长长的两行。雷子老六他妈心疼地拿手指为媳妇抹泪。他爷老雷子平日里从不管琐屑事儿，这时候却也抖着双手，把拧过的湿毛巾递了过去。雷子老六跟他妈他爷一样守在媳妇年巧跟前，只是才要搭话，年巧却是生疏而又仇恨地看他一眼，随之把头转向了一边。雷子老六大约猜到了几分，待他妈他爷一个跟着一个逼问，说这到底咋了，这到底咋了嘛，遂呜哇一声叫喊就朝门外冲去。雷子老六的担忧很快就被证实了。街巷里有人拦住他跟他讲述事情经过，雷子老六强忍怒火听完，便一头扑进了对门家庆屋里。其时家庆才从外面回来刚刚端起饭碗，雷子老六一把夺过来，啪的一声就摔在门口台阶下了。雷子老六长时间瞪住家庆，一副仇恨凶狠几欲杀人的模样。家庆吓得浑身颤抖，回过神赶紧辩解，说这事不怪我不怪我的，要说一定是满堂这狗日的口风不严，把我跟年巧妹子的事儿跟人说了。家庆二话不说拽住雷子老六就走。半道上，家庆既像帮雷子老六分析，又像自个儿嘟嘟嚷嚷，说今早儿的事我听人说了，打头喊叫的就是满堂屋里的小豹子，舅舅外甥，外甥舅舅，不是他满堂胡㖞哩还能有谁。一会儿又指天发誓，说老六你看着，待会儿见了狗日的满堂，他认错赔罪也就罢了，若是嘴硬赖账，我非打断他的腿脚不可。两人一块儿冲进满堂街门，满堂却不在家。满堂媳妇见家庆和雷子老六脸色难看，一副笑脸很快也拉得长了，才要准备倒水递烟来着，又把水壶咚地往锅台上一蹾，将烟蒲篮横着撒到炕沿儿上，里面的烟末便噗地撒满了半张光席。雷子老六和家庆不管不顾死等满堂回家。其间满堂媳妇几次提说满堂去大窑村他姐家了，分明有启发他们早点儿离开的味道。但雷子老六不肯动弹，家庆一时硬撑着也不肯动弹，于是她只好丢下他们，嘴里咕哝着去做自家事了。午后时分满堂终于从外面回来了，听媳妇说家庆和雷子老六在屋里等他，当院就高喉咙大嗓子叫喊，不料一脚刚刚踏进屋门，家庆劈头就甩了他一个巴掌。满堂捂着脸颊一连蹦了几蹦。满堂媳妇扑进来责骂家庆，说家庆你是个瞎熊，满堂平日里哥长哥短地尊你，你凭啥啥话不说就拿耳刮子抽他哩。家庆说抽他耳光还算轻的，一会儿说清楚了，我还要弄断他的腿哩。满堂这时放下手来，待到知晓挨打因由，却坚持他从没说过一句闲话。满堂说小豹子乱嚷嚷是事实，这是娃的错，可娃也是听旁的娃娃说的。今儿个我就是为这事去了大窑村，我跟俺姐说让小豹子早点儿回去，省得这小子早晚在下庄惹是生非。满堂说罢就要去街巷捉小豹子回来作证，却被家庆一扯袖管制止住了。家庆缩在木凳儿上做沉思状，使得满堂大半天不好说啥，雷子老六大半天也不好说啥。满堂媳妇在一旁干看着着急，家庆便说妹子你出去一下，男人的事，你一个妇道人家最好不要插嘴。满堂媳妇极不情愿地出去了。家庆就说现在要问只能问保长了，老六你看相着办，若是去保长屋里，他认了倒还好说，若不认，反过来说你跟我给他栽赃，那这事就不好收场了。雷子老六无言以对，只把两腮咬出清晰的肉棱来，把指关节在两腿之间捏得嘎巴作响。这个午后，下庄的街巷里很少有人影走动，一种持续不散味味道道的气氛，像一口硕大无比的锅盖，沉重地扣压着每一间屋舍每一个心房。雷子老六回到家里时，媳妇年巧仍在小屋土炕上卧着。年巧大约粒米未进滴水未沾，雷子老六打从门口走过，瞥见紧靠炕栏的木柜上面，一双碗筷清冷而又醒目地摆放着。他妈走地平拎一只马扎儿坐在门口一侧，既不缝缀也不纳补，分明是在提防屋里有什么不测。雷子老六一时没看见他爷老雷子的身影，一个人六神无主在堂屋待得久了，才听见他爷在后院一隅干巴地咳了一声。老雷子显然不愿陷于尴尬难堪境地，在两个女人落寞相守几近永恒之中，依惯例他只能识趣地躲开。他宁愿蹲在一个不为人知的地方，把烟包里的烟末一锅连着一锅地焚烧吞吸下去，或者就像一只蟾蜍，蜷缩着，一动不动，跟四周的土色融为一体。当然，雷子老六比他爷老雷子更怯惧这样的场面。不消说他妈走地平的悲凉揪心揪肺，单是媳妇年巧此前又怨又恨的一瞥，就足以让他毛骨悚然战栗不已。不仅如此，雷子老六还惧怕与他爷老雷子四目相对，生怕老雷子追究起来，他是实在难以启齿，而且老雷子一旦动起怒来，必定会惹出更大的事端更大的麻烦。于是爷孙两个一个躲在后院不肯进屋，一个缩在堂屋不肯动弹，如此挨到太阳落山黄昏降临，这院里的死寂才被满堂跟他的外甥搅动开来。满堂一进街门就把小豹子摁住跪在庭院中央了。一会儿，满堂还解下腰间的布带抽打小豹子的屁股。满堂每抽一下，小豹子就吱里哇啦哭叫一气，说舅呀我不敢咧，舅呀我不敢咧。但满堂并不在意小豹子的求饶，依旧抡圆了布带不停地抽打，似乎没谁过来劝说阻拦，他就会可着劲儿一直抽打下去。后来，雷子老六这边先是他妈走地平说话了，说满堂你这是何苦哩，一个碎娃知道些啥呀，要不是有大人在背地里戳腾，几个娃儿能编出那样恶心的话来。隔一阵儿老雷子穿过堂屋也跑了过来。老雷子全然不管满堂手里的布带，有几下甚至打在了他的手上肩上。他只是拉起小豹子，连同满堂一起，将他们扯着揉着弄到了街门外面。老雷子反身哐啷一下关了街门，有许久立在那里呼呼喘气，间或还把脚掌咚咚地跺踩了几下。这时候，雷子老六他妈只能端了冷饭再去厨屋温热，雷子老六也从堂屋挪步出来，硬着头皮走回媳妇年巧屋里。这天夜里，下庄的街巷和院落出奇地凛冽安宁，偶尔的一阵鸡鸣狗吠，比以往任何时候都要响亮、惊心。

45

　　自打满堂教训了外甥小豹子之后，下庄有关年巧的谈论热过一阵便渐渐冷了下来。眼下在下庄，满堂虽说也嫉恨雷子老六，但他却不能不正视雷子老六的存在。满堂不愿独背砸刮辱没年巧的骂名。他拉小豹子负荆请罪，就是为了昭示他的心迹和决意。他一路不停地叱骂他的外甥，有时还做出举手要打的样子，或者虚空地朝着小豹子的屁股踢出一脚。满堂从雷子老六屋里出来以后，第二天一早就把小豹子送回大窑村他姐家了。下庄其他娃子见小豹子挨了打骂遭了遣返，都知道一不小心闯了大祸，又觉着先前的起哄叫喊并无多大意趣，遂把玩乐放到别的事上去了。一段时间，下庄的街巷和田野又恢复了往日的平和和温馨。在雷子老六家里，雷子老六和他爷老雷子一早起来照旧去原坡或河湾劳作，他妈走地平除了尽心操持家务，从早到晚还要小心地应对媳妇年巧，年巧愿濯米便让她濯米，年巧愿扫地便让她扫地，闲暇无事的时候，婆媳两个就坐在向阳的屋阶上，随意地拆换两个男人的过冬衣物。有一天，年巧终于再一次走出家门了。正午时她先是拎了罐儿去原坡给雷子老六送水，午后至黄昏又在河湾濯洗老雷子的棉衣棉被套子。她感觉一脚踩出街门就把自个儿曝给全世界了。但是街巷里的娃子并没像先前那样起哄喧闹。年巧从他们身边经过时，他们甚至看都没看她一眼。年巧在村口也曾碰见下庄的几个男女，他们招呼她，她也应答他们，彼此都感到跟先前并无什么两样。这样一来，年巧就有了心情观赏初夏的原野了。忽然发现麦兰儿已经开了紫色的花絮，跟麦穗一起在清爽的小南风里摇曳。五月的蜻蜓依附着花蕾或麦穗时翔时驻。间或还有磕头虫噌的一声亮开甲翅飞离开去。年巧蹲在小河边时，还用心看了一看水中的影子。其间若是搓洗累了，她会抬起头来，越过水面去看对岸的柳枝芦苇水鸟。有一阵，她甚至脱了脚上的鞋袜，试探着将脚丫伸进冰冷的流水里去，嘴里咝咝地抽着凉气，眼角却溢出一缕不易察觉的快意来。但是这样的平和和安宁不久又被打破了。有几天，下庄的街巷忽然激荡起一股更加淫亵更加放浪的气息。下庄的老人妇女和娃子对此浑然不觉。下庄的青壮男子除雷子家族以外，却都在传播一种大体相近的说法，说是他们都睡了雷子老六家的年巧，千真万确将那个漂亮的女人弄了。这事儿若由下庄人相互说起，提问者往往问得直截了当，你睡没睡年巧呀？应对者的回答更是干脆利落，睡咪睡咪，咱也睡咪。他们以此发泄对雷子老六的不满，同时让猥亵的心思获得短暂的释放和满足。后来风声就传出下庄飞到上庄以至镇街去了。下庄人去邻村做事或去镇街赶集，总有人当面打问质询，下庄的好事者便振振有词，说年巧的毛毛是黄褐色的，年巧左边的奶子下面，还有一颗圆圆的黑痣哩。又说我要是没睡年巧，我咋能知道这些呀？末了还会加上一句，不信你去下庄问他雷子老六好了，看他媳妇奶子下面到底有没有一颗痣。当然，有时有人不明就里会问到雷子兄弟或子侄跟前，这就免不了招致一顿臭骂甚至拳脚相加。雷子叔侄绝不因一时的隙隔不顾家族的名声。倒是始作俑者家庆，连日来从不涉猎这个话题，即便是在稠人广众之中，听闻别人如何放浪如何津津乐道，他都不会插进去说一句闲话。满堂这一回学乖巧了，跟家庆一样也刻意回避这件事情。至于保长家盛那儿，这个工于心计不露声色的能人，则一定会保有保长的尊严、矜持。比如家盛保长有天听说又有人扎堆儿拿年巧说事，遂撇下老碗冲出门去，把几个后生劈头盖脸大骂了一通。家盛保长还叫住从一旁走过的满堂，说满堂你过来你过来，他们几个都说他们睡了年巧，这话你信还是不信？又说我试着问你一下，平日里你也是吃着碗里瞅着锅里，你难道也跟年巧那个那个了？满堂知道家盛要的是啥花招，赶紧辩白说，保长呀你千万不敢这样说话，年巧是啥女人，就跟挂着露水的花骨朵似的，她能让我满堂这样的下三赖沾身，我没做这梦，我从来没做这梦喀。保长家盛的举动无异于扬汤止沸，下庄的青壮后生不仅没有收敛反倒更加地放肆了。这情形自然瞒不住雷子家族里的雷子十三。雷子十三知道下庄不少人对雷子老六不满，但他绝不相信他的门中嫂子会勾引别的男人。只是有人说得蹊跷说得有鼻子有眼，又让他心生疑窦心存忧虑，几天里急得跟猴儿似的。后来，雷子十三终于鼓足勇气去告雷子老六和老雷子了。雷子十三踏进雷子老六家门，先是小心地叫住雷子老六，又蹑手蹑脚神秘兮兮地把老雷子叫到一起。雷子十三没想到老雷子并无想象中的暴跳如雷和破口大骂。雷子老六也像他爷老雷子一样不吱一声，只是有一阵儿牙关紧咬面目青黑，好像恨着什么或者懊恼着什么似的。其时年巧见家里来了本家兄弟，便从厨屋提了水瓶拿了茶缸招呼雷子十三。年巧趔进堂屋时，雷子老六和老雷子依旧一动不动一脸的难看颜色，雷子十三却慌里慌张尴尬傻笑，说不用招呼不用招呼，你快忙去你快忙去。年巧何等聪明又何等敏感，当下就感觉气氛和味儿不对，搁下东西便脚步慌乱地走离开了。接下来雷子十三又几次来雷子老六家里说事，有一回还叫来了雷子老大和雷子老二。他们一聚拢便关了屋门，窸窸窣窣不让年巧听见，也不让屋里另一个女人听见。有一天年巧跟婆婆一块去村巷磨坊里推碾苞谷糁儿，傍晚时她拎了木桶先行回来，进门道时她明明听见雷子十三和自家的两个男人在院子里说话，谁知她一出现，他们立马就不吱声了。年巧知道他们的谈论跟她自己有关。她借故还要去磨坊拿余下的东西，一个人却跑到雷子十三院里一意等他回来。月上枝头雷子十三终于进了街门，抬头见年巧直戳戳立在月光底下，竟惊得出了一身冷汗。年巧说十三兄弟你说实话，你这几天跑来跑去，到底是做啥哩？停顿一下又问，你们说话说你们的，可总是躲我避我，得是有啥不好的事情跟我有关。年巧目光犀利语气犀利不容雷子十三分辩。雷子十三嗫嚅说，年巧嫂子我实在不好说啥，我只是问你一句，你胸膛上面究竟长没长一颗黑痣。年巧知道一直担心的事情终于发生了，一时间她没能回应雷子十三，只有激愤委屈的泪水，迅速地蒙蔽了两只眼睛。年巧迟滞无助地离开了雷子十三。夜里她眼睛一眨不眨熬到天亮。第二天，忽然有人捎话过来，说是年巧的娘家爹病了，年巧最好能抽出身子去镇街探视一下。年巧匆匆收拾了东西去镇街看望她爹，原以为爹的生病会将她的心思打岔开去，却没想到她爹正是因了流言蜚语才躺倒的。年巧她爹没呵斥抱怨女儿。年巧进门时她爹由她妈扶着刚喝完汤药，落枕后才要歇息平缓一阵儿。他睁开眼睛看了女儿一眼，目光由呆滞一下子变得活泛了。他甚至还努力地朝年巧笑了一笑。年巧明白爹的心思，知道他信赖他的女儿，他这是宽慰她，是给她撑腰鼓劲儿哩。但爹越是这样，年巧心里越发不是一个滋味。她想她虽说不像街巷里沸腾的那样是个坏女人，却毕竟在那个夜晚让家庆脏了身子，这是她无心也无法跟她爹说清楚的。因此在这个白天，年巧心绪空落手脚迟钝，她只是帮她妈为她爹熬了新的汤药，又拿湿绢儿为她爹擦了额头脸颊，午饭没吃就告辞离开了。年巧走出镇街时双腿当下就沉重起来。她先是在镇街通往下庄的泥草路上艰难地走了一阵，然后就在路边的井台儿上坐了下来。其时，南边的山岭像以往一样清晰葱郁，田野起伏由近及远仍那么清新，还有蓝天白云村舍炊烟，但在年巧眼里，所有这些此刻全都没了形迹。年巧并不忧虑家庆辱没了她的身子。她以为在那个夜晚，她以自己独特的方式阻止他来着。家庆不顾劝阻执意而为那他就是禽兽。她当时灵魂出窍浑身麻木其实就是一根木头。等她灵醒过来再次投进雷子老六怀抱，她坚信她的身子跟从前一样干干净净。当然，年巧憎恨家庆的胡乱张扬，但这同样不足以将她击垮，搁在此前，倘若她得知家庆公开了一段不为人知的秘密，那她会朝他的脸上吐唾，并无情地谴责他的下流无耻，让她难免遭受羞辱的同时，也让他丢人现眼身败名裂。可现在下庄的后生差不多都说睡她年巧了。要紧的是她的胸前的确长有一颗要命的黑痣。她想她此刻实在不能走回下庄去了。她在路边枯井跟前坐了很长很长一段时间，直到原坡下面有了人和牛的影子，知道再也不能耽搁下去，便伸出腿脚松开双臂，哧溜一声又呼地一下跌入了黑咕隆咚的井底。年巧被人发现救起并抬回下庄已是黄昏时分了。那眼枯井虽已干涸却有半腿雨水污泥沉在下面。年巧仅仅擦伤了一只膝盖丢失了两只鞋子。下庄人听说年巧思想不开寻了短见，整条街巷一瞬间就要爆裂开了。人们里三层外三层将雷子老六的院子围裹起来。有人急于瞧上年巧一眼，嘴里喊着年巧年巧，娃呀娃呀，却不能将密密匝匝的脊背分开，一时间急得都要哭了。其时年巧当院歪在雷子老六怀里，看着无有大碍却还处在昏迷之中。雷子老六期待年巧醒转过来，他爷和他妈心里头翻江倒海面儿上也无声无息，整个庭院有一阵就像沉入了无底的深渊。后来年巧终于醒转过来。年巧一灵醒雷子老六却哇的一声哭了。雷子老六眼泪合着哭腔，动情说年巧你是个好女人，谁说啥都不顶啥，我说你是好女人你就是个好女人。又抬起满是泪水的面孔，冲众人强打精神吼道，我知道有人拿年巧打我哩，可我不怕，到最后只能是他错打算盘咧。

46

转眼到了夏天。疙瘩寮的夜晚似乎格外闷热，风是热的，汗是黏的，白天被日头炙烤过的墙壁到夜半也不肯降温。蚊子和跳蚤本来就十分猖獗，有几个晚上，一种谁也不曾见过谁也叫不出名儿的飞虫，突然又成群结队地飞来，惊心动魄前赴后继冲向亮着灯光的窗纸。冲撞，毙命，又冲撞，又毙命，窗台和窗下的台阶上，一忽儿就落了厚厚一层。人们无法在屋里歇息了，老人和妇女娃娃就卸了门板，不拘礼节地躺在庭院或街巷属于自家的屋檐底下。青壮男子则拎了席子枕头，人人一副自在享乐的神态，相厮着去村口打麦场或者更远的原畔上消磨时间。他们数看天上的星星，端详大冢巍峨神秘的剪影，急切地离开了女人却喋喋不休地讲述与女人相关的各样事情。他们的谈论都避讳雷子老六和他的金马驹儿。自打年巧——那个漂亮可怜的人儿出事以后，下庄人说过一阵就不再提她了。人们很快就将目光转移在了雷子老六身上。只是大家越是急切地盼望有什么事情发生，越是讳莫如深谨言慎行一点儿也不夸张。他们知道满街巷只有雷子老六还缩在他家土炕上，遭汗渍遭虫咬遭受酷热的煎熬。在这样的夜晚里，天籁空奇，地籁诡谲，正是刺激想象和产生隐秘的绝佳时机。没有谁声明他要创造什么举动，也没谁看见谁独自离开原畔场院，将一种阴谋或者别的企图付诸实施。总之大家都在子时甚或更晚一些进入梦境，在拂晓被凉风吹透脚心被清露打湿眉发，这才夹着席筒走回家去。但在雷子老六家里，睡在庭院中的老雷子一连几夜都听到一种奇怪的声响。这声音似乎来自遥远的星空下面，又似乎近在咫尺就在自家院墙根下。老雷子自信没有听错。他时常于夜色中坐起身来，吧嗒吧嗒地抽他的旱烟锅儿，把火镰隔一阵击打一下，隔一阵又击打一下。老雷子还用干燥的咳嗽给自己壮胆并警告想象中的偷儿鬼魅，这样兴许会安宁一阵，或者把外界的一点什么动静暂时遮盖下去。有一次，老雷子分明听见院墙外面窸窸窣窣有什么异样，他惊叫一声直起腰来，却见小夜风徐徐吹着，屋脊上一弯冷月倒挂，清辉铺地与以往并无二致。老雷子的叫声惊醒了雷子老六他妈和媳妇年巧。她们一时不顾多想，一个穿着裤衩一个光着脚丫就跑了出来，又都喊叫雷子老六，说快看你爷咋的了，快看咱爷咋的了。雷子老六听到召唤一声呼应也冲出屋门。大家围着老雷子又是询问又是抚慰，以为老雷子做了噩梦以至梦魇住了，待到弄清事情因由，就都毛骨悚然盗汗背出一时间说不出话来。这一夜，一家人不眨眼睛敛声屏气共同捕捉每一声音响，直到确信不会发生什么意外了，这才发现手足麻木腰酸腿痛，浑身就像散了架儿一般。第二天一早，雷子老六他妈起来打扫庭院，忽然发现门口沿阶下卧着一条青蛇。她倒过扫帚把儿试图赶走青蛇，谁知尚未触及蛇尾，自个儿却着实吓了一跳。原来那蛇只有两三寸长，小巧精致像极了雷子老六小时候玩耍过的那只。雷子老六出来看时，竟也暗暗地吃了一惊。他将小蛇捧起来拿到街巷里放生，满以为小蛇会像从前那样听他指令溜回南洞里去，谁知它在地上停了一阵儿，却摇头摆尾爬到门口石墩跟前，一动不动缩成了一个好看的圆盘。这时，街巷里就有人围拢过来，挤眉弄眼嘁嘁喳喳，相互间说许多神奇鬼怪的话儿。他们还歪着脖子瞅看雷子老六家的屋顶和上方的天空，用异样的目光打量雷子老六以及他妈他爷和媳妇年巧。后来有人跑到洞庙里去，把村里发生的事情跟慧心婆婆说了。慧心婆婆以为那蛇应该就是洞庙里的细物，二话不说就跟来人跑了过来。慧心婆婆分开人群，看见小蛇的一霎眼珠立时亮了起来。又微闭双目双手合十道一声阿弥陀佛，然后用她宽大的衣袖拢了小蛇，小脚一颤一颤肩膀一抖一抖地走离开了。雷子老六无奈地看着慧心婆婆的背影，无奈地看着大家轰地一下散了。雷子老六心里很不舒服，闷闷不乐回到屋里，一倒头便躺了整整一天。他爷老雷子和他妈走地平也感觉腻歪，掩饰不住就把眉头和嘴角一直拧着，牵带媳妇年巧做好饭菜了，却不好问他们吃是不吃，一个人就悄没声息地坐在灶火坑里。当天夜里，一家人都不敢在院子里睡觉了，熄了灯就缩在各自屋里忍受酷热的煎熬。拂晓时分，雷子老六和他爷老雷子同时听到咚的一声，天亮后出门看时，就见一只硕大肥厚的老鳖，四仰八叉一动不动在庭院一隅躺着。老雷子一时思想不通，琢磨这旱天旱地的，又是静夜关门闭户时分，院子里何以就有了这样一只大鳖。有一霎他侧过头才要询问，就见雷子老六脸色苍白十分难看，一个人僵在那里像一根枯朽的木桩。老雷子试着摇一摇他的孙子，雷子老六动是动了一下，可是挪过一步仍那么僵直地站着。老雷子于是更加地困顿迷惑，慌乱中叫过雷子老六他妈和媳妇年巧，将雷子老六连推带拽弄回了屋子。他们安顿雷子老六坐在炕沿儿上吁气缓神。雷子老六好不容易灵醒过来，他妈走地平便迫不及待地询问究竟，说娃呀你这是咋了么，你有啥话跟妈说，由妈给俺娃做主。他爷老雷子也从一旁劝导，说不用着急，慢慢儿说，慢慢儿说。雷子老六于是说起儿时的南洞，南洞里的青蛇，以及除他之外谁也不曾见过的那只大鳖。雷子老六还抬头问他爷他妈，说那只老鳖我先前只是随便说说的，从没逮过它，也从没把它带回巷子，它咋的跟小蛇一样也跑到咱家来了？经雷子老六这么一说，大家这才明白院里的青蛇和老鳖，与雷子老六和他的金麒麟有了瓜葛，一时间心里头空空荡荡都有点儿发怵。这一回，雷子老六不再像上次放生小青蛇那样公开声张了。他安排他妈去街门口望风，让他爷撬开院里废弃多年的渗井，他自己走过去抱起大鳖，咕咚一声就扔了下去。老雷子依原样儿覆盖了石板，又把炭灰密密实实踏了踩了，这才坐在木凳儿上平缓喘息。雷子老六一家惊魂甫定，都祈盼事情就此能有一个了结，谁知雷子老六他妈大晌午出门向人讨借一样东西，就听到满街巷都在议论那条小蛇那只大鳖，说小蛇和大鳖原本与金马驹一样同属洞庙里的神物，如今金马驹易主挪了地窝儿，青蛇和大鳖自然而然也就跟着来了。还说雷子老六一家自此若要安宁，就得把金马驹像小蛇一样送回南洞里去，否则家里头逢凶遇灾不说，弄不好一村人都跟着带灾哩。有一阵雷子十三跑来也将街上的消息复述了一遍，所谈跟雷子老六他妈的听闻并无多少差异。雷子十三还特别提醒老雷子，说爷呀爷呀这事看来闹腾大了，大伙既然说得有鼻子有眼的，说不准真的有神有鬼哩。从此，雷子老六家里便笼罩起一种神秘恐怖的气氛。大家轻易不再出门，但是无论哪个去街巷走上一遭，回来后，背脊上又都有了那种说痒不痒说疼不疼奇奇怪怪的感觉。到了夜里，媳妇年巧先是给婆婆挠了脊背，感觉婆婆能安然入睡了，这才回到自己屋里，又跟雷子老六相互挠搓按摩，只把老雷子一个耽在他的炕上，翻来覆去总是睡不踏实。这期间，包括家庆满堂和保长家盛在内，隔几天便有人来找雷子老六。他们向他报告外面新近发生的消息，遮遮掩掩明明暗暗劝雷子老六权衡利弊得失，要么对大家承诺共享金马驹的财富利益，要么就干脆把它送回洞庙里去。家庆以为在年巧跳井前后，全下庄只有他神清气定没在人前说一句闲话，因此见了雷子老六，仍是一副快嘴利舌自主神气的样儿。家庆说你看看你看看，我说过独食不能吞的，你偏偏儿不听，这下犯了众怨不说，连神呀鬼呀的都不答应咧。保长家盛面上虽说平和，说话也慢条斯理极富人情味儿，无端地却让雷子老六怵他几分。家盛说好好想想，好好想想，神明鬼怪，人情世故，利弊得失，看看哪个划算，看看哪个划算，好像雷子老六不听他的，天一会儿就会倾塌下来。除此之外，街巷里信佛吃素的老婆婆还结帮结伙去南洞祈祷，她们焚烧纸钱香表，行三叩九拜大礼，把十瘪的额头在石板地上磕得咚咚作响。有一天她们甚至簇拥了慧心婆婆，神情肃穆浩浩荡荡走进街巷，把香火纸表烧到雷子老六家门口来了。慧心婆婆神色凝重又悠然自得，俨然一副出家佛子的心态气派。老婆婆们一时更是轻狂得了得，她们公然布置法场施行礼数，全然不把一旁的雷子老六放在眼里。雷子老六没有阻拦，也不让他爷他妈出面阻拦，一任她们虔诚之极跪成一片，一任她们扑轰一声点了成堆纸钱，又冷眼观看小旋风裹起灰蝶，翩翩跹跹飘飘摇摇在窗前和屋檐舞蹈。这情景足足持续了一个黄昏。夜里议事时候，雷子老六依然不言不语无动于衷。他爷老雷子先是长吁短叹了一番，他妈走地平接着就愁苦地絮叨鬼神之事，惹得雷子老六一时烦躁，断喝一声那蛇压根不是那蛇，那鳖压根不是那鳖，遂使一家人云里雾里，越发地惶悚越发地不得安宁了。

47

这样的日子持续到秋天来临，疙瘩冢居然下了一场罕见的透雨。黑云最初是从塬垴一步一步翻滚上来的，跟着一股凉风掠过原野掠过屋脊，整个大冢和村舍就笼在迷蒙的烟雨中了。大雨连着下了三天三夜。间或夹杂着长风号啸和电闪雷鸣。那颗炙烤大地形同炭火的日头终于藏匿了一阵，再出现时，就不似先前那样火辣那样让人生畏了。酷热才一结束，下庄的男人便不再留恋原畔场院，像干涸的土地需要雨水滋润一样，整夜整夜与自己的女人厮守着，缠裹着。一段时间，下庄的街巷似乎比以往安宁了许多。尤其是在晌午或者黄昏，下庄的炊烟此起彼伏氤氲漫漶，与光雾或者岚霭相互濡染，打原头望去，寂静的村舍就更加恬静祥和了。雷子老六他爷老雷子常在半夜或黎明前醒来，除了谁家窗口温存的呢喃或一声两声婴孩的啼哭，就再也听不到那种让人心惊肉跳的声响了。雷子老六似乎也归于安适淡泊，一日里照常吃饭照常作务歇息，有时还端起老碗到街门口或皂荚树下跟人们扎堆谝闲。在过去这个夏季，雷子老六一直不耽迷女色，入秋以来也不曾与年巧同衾共枕，只是某一夜心血来潮，居然把年巧从酣睡中弄醒欲事亲热。年巧睡意蒙眬慵懒缱绻未作任何抵触，她甚至还将薄被掀开一角，将一只手臂轻轻儿搭在雷子老六肩上，倒是雷子老六觉得突兀荒唐，一瞬间又寡冷了一番意趣、热血。其实雷子老六内心里一直很苦。有时候他想起慧心婆婆诅咒般的阿弥陀佛和福就是祸祸就是福的谶语，无论他在什么地方，无论在做什么事情，神情立地就会黯淡下来。雷子老六知道有关他的麻烦并未结束，预感经过一段安宁之后，还会有这样那样的怪事发生。他甚至期待某个变故的发生，比如军队，比如土匪，比如蛮悍的双余和奸诈的洪秘书，他想他都会极力抗争和——应对，真那样他的心绪反会安稳踏实一些。可是这一回雷子老六还是错了。有一天，一种似牛非牛似马非马像鹿鸣又像蛙鼓的叫声在静夜里骤然响起，雷子老六相信满世界的人无论醒着还是睡着，都会听到这一惊心动魄的叫声。其时雷子老六已沉入梦境，被惊醒后一个打挺从炕上跳下直奔厨屋。他拨开柴草掀起蒲篮，发现他的金麒麟仍金光闪闪地站在那里，好端端绝无扬鬃蹶蹄冲天嘶鸣的一丝儿迹象。雷子老六不囿于一时的所见和感受。他把金麒麟重新掩藏以后，便肩抵灶台双手抱膝守在它的跟前，看它会不会像他梦中听闻的那样奇怪地吼啸起来。雷子老六不一会儿就歪着脖子睡过去了。待他睁开眼来，厨屋的窗户和半个屋壁已是一片光明，刺得他的眼睛一连眨了几眨才适应过来。雷子老六还感到一只耳朵有点疼痛，细辨才知是他妈走地平撕扯过他。媳妇年巧也站在他的跟前审视他的怪异行为。他妈问他你这是弄啥哩，你一夜不睡屋里咋卧到灶火坑来了。雷子老六反问他妈和媳妇年巧，说你们夜里听见那个那个没有，怪得很怪得很哩，咋会是那样一个叫声。他妈走地平和媳妇年巧都说听见了听见了，可是那声音在外面绝不在咱家厨屋里头。一会儿雷子老六他爷老雷子也跑过来了。老雷子说他半夜起来走出街门，认真听了也仔细看了，那叫声十有八九是从村外大冢上传过来的。雷子老六听他爷这么一讲，知道那怪叫跟他的金麒麟无涉，于是立起身来一拍屁股，一连声说去屎它的去屎它的，一个人该做什么又做什么去了。接下来几个夜晚，那种似是而非的兽吼总是子时一过就传进屋来，细辨的确来自大冢之巅，听起来显而易见无孔不入。后来就分散四处了，一会儿在街巷这头，一会儿在街巷那头，一时间虽不再恢宏昂扬铺天盖地，却东呼西应南伏北起，让人愈发地感到神秘、恐怖。这天拂晓，雷子老六不再贪睡跑到街巷里打探虚实。他从街巷这头走到街巷那头，又从街巷那头走到街巷这头，发现家家户户门窗紧闭鸦雀无声，及至日头升起一竿高了，下庄的街巷仍无人影也无禽畜的影子。雷子老六于是走离村巷，斗胆攀上了大冢之巅。他转着身子将大冢四周察看了一遍又是一遍，发现与以往并无什么异样，倒是深秋时节，坡坎上的野枣刺开始掉落叶片了，那些个红的黄的绿的酸枣却结得正繁，一嘟噜一嘟噜，一串串一串串，还有鲜红如细灯一般的枸杞果儿，一时间让人感慨系之，陡生了许多苍凉与心悸。有一阵雷子老六就在冢头踏踏实实坐了下来。他看见田野褪去绿色变得萧条了，看见南山苍苍莽莽逶迤而去像条蟒龙。下庄的村舍沉寂而又无聊，偶尔才有人影晃动或鸡鸣狗吠隐隐约约传来。雷子老六俯瞰庙院时还看见了慧心婆婆。慧心婆婆一如往常在洞庙里烧香礼佛，步脚蹒跚，形单影只，一会儿不知去了哪个角落，一会儿又在梧桐疏朗的树冠下出现了。雷子老六琢磨若是此刻下去，慧心婆婆一定不会像从前那样对待他了。她也许会把他拒之洞外，最起码也要念几声阿弥陀佛，让他识趣趁早一点离开。雷子老六这样想时就起身从大冢上面退了下来，一时间没了心劲去其他地方察看，遂闷闷不乐地走回家去。这段时间，跟雷子老六一样担惊受怕的还有他妈走地平和媳妇年巧。经历了之前许多的事情，雷子老六他妈知道那些奇怪的兽吼，一定跟她的儿子和金麒麟有关。她不怕妖邪也不惧神呀鬼呀啥的。但她操心儿子的安全，生怕他再次遭遇不测或者犯傻自个儿做出糊涂事来。她把媳妇年巧叫到跟前，叮咛她一定要细心看住自己的男人。我管白天，你管夜里，她毫不犹疑斩钉截铁，要是有啥事情，你就大声叫我，要不喊你爷起来也行。雷子老六他妈这一安排就苦了媳妇年巧。年巧白天得帮着婆婆料理家务，到夜里虽已疲惫困乏，却不敢跌倒头便睡，或者说是睡了，梦里头也诚惶诚恐，稍有一点响动就一个激灵惊醒过来，惹得雷子老六挖苦她说，你这是何苦哩，你要是真的睡不着觉，咱两个就起身到河湾洗石头去。雷子老六他妈毕竟要老到一些。白天在屋里，她不露声色便可窥知雷子老六的一举一动，雷子老六若是出去，无论是下地干活还是跟人聊天，她都能拉开一段时间一段距离，悄悄儿从暗处盯着他的行踪。那天拂晓雷子老六在街巷里来回走动，她就藏在街门后面，只把一对眼目中的一只探到门外，骨碌骨碌地跟着雷子老六翻动。雷子老六攀上大冢时，她则在场院一侧的田埂上剜撅野菜，斜刺里盯住的，却是雷子老六映衬在天上的剪影。雷子老六后来终于发现他妈跟踪他了。有一回他刚刚走出巷口，顺势往雷子十三家的土墙角一闪，不大一会儿他妈就迈着碎步跟了过来。雷子老六跟他妈说，你不要总这样当我的尾巴，我又不是三岁四岁的鼻涕娃娃，能让野猫吃了让野狗叼了，觑得他妈无言以对，一时间眼泪巴巴地转身去了。雷子老六嘴硬归嘴硬，青天白日里也还好说，只是到了静夜时分，一个人总得跟外界和内心的恐惧抗争。有天夜里，雷子老六好不容易睡着了，忽然就被马的嘶鸣牛的吼啸惊醒过来。那是一种哀怨低回时疾时徐的叫声，雷子老六用心捕捉了许久，也分辨不出它到底来自厨屋还是后窗外面。雷子老六自然吓得不轻，他用被子蒙住全身，把脑袋弯下几乎塞进了胯裆之间，仍无法阻隔牛一句马一声的叫唤。事情的进展也许来得快了一些。当天夜里临近拂晓，随着一阵如常的鸡啼，牛和马的叫声终于平息下去了。雷子老六将头从被窝里试探出来，忽然发现后窗上一个黑影一闪，旋即又不见了。雷子老六断定那是人的身影。他打开后门追撵出去，但见后院里空空落落无声无息，只有墙头的蒿草如霭似雾，在清晨乍起的冷风里瑟瑟发抖。雷子老六周身发冷又呆若木鸡，瞅看墙头他心里扑腾扑腾乱跳，返回时忍不住又惊恐地望了一眼。隔天夜里，雷子老六侧身躺在窗户下面，望着外面青幽幽的亮光，两只眼睛咋说也合不上了。如此挨到夜半，雷子老六先是听到一阵人兽难辨杂沓纷乱的脚步，接着便有一个马头和两只牛角清晰地映在了窗纸上面。那马头和牛角忽隐忽现忽上忽下，间或还相互缠绕相互碰撞，跟着便是一阵低沉怪诞的吼叫。雷子老六的心肉在胸腔噌噌地跳动起来。他侧过脸颊去看一旁的年巧，想必年巧跟他一样有所察觉，却见年巧仍处在深沉的睡梦之中，只拿一只手一只脚紧紧地箍着他的身子。这一回，雷子老六决意要搞个明白。当窗外以及稍远的地方再次牛吼马嘶时，雷子老六猛地打开后门，就见后院矮墙外面，一顺溜儿站着几十个人。他们把手掌圈成喇叭捂在嘴上仿牛马吼叫，首尾相衔顺着墙根踩踏出一种沉闷震颤的声响，见雷子老六出来，一时间收煞不住，居然虚张声势像模像样依旧表演了一番，直到有人叫骂停下停下，还不赶紧停下，一个个这才茫然失措凝固不动了。雷子老六眼尖，认出他们全是下庄的男人。其中乔装打扮充当牛头马面逃离窗户的，显然是家庆和满堂两个。不仅如此，雷子老六还发现了他的堂兄堂弟。从雷子老大到雷子老五，从雷子老七到雷子十三，还有雷子老大雷子老二雷子老三的八九个儿子，他们似乎都在惹事的人群里面。这天夜里，下庄的天穹幽邃冷冽，残月和星辰狰狞乖张，一种巨大的难堪紧紧攫住了阴谋的组织者和参与者。他们目光怪诞颜面鬼绿，一律冲雷子老六尴尬地笑着。雷子老六原地打个寒战，就觉颈骨和头骨一阵裂响，毛发也随之一根根直立起来。

48

　　雷子老六是在一个残阳滴血鸡犬不宁的黄昏听到金麒麟嘶鸣的。自从那回与村人和雷子叔侄在他家后院遭遇之后，雷子老六便硬生生变了一个样儿。白天他抑郁寡欢无精打采总是提不起神来，坐卧打盹，吃饭打盹，连走路也迷迷糊糊就跟睡着了似的。夜里尤其惊惧惶悚得厉害。他虽说不再跟媳妇年巧亲近做爱，却夜夜蒙起被子，把头脸抵在年巧的胸怀里面，像一只负有箭伤瑟瑟发抖寻求庇护的小鹿。早晨起来阳光普照万物都很安全的时候，雷子老六仍难以自持，眼前七七八八闪闪烁烁，总是矮墙外面那些狰狞绿色的嘴脸。雷子老六尤其不能将堂兄堂弟和一帮侄子从大脑里驱逐出去。他们的模样挨个儿在他的眼前映现，或冷酷或浪笑全都扭曲了形状。雷子老六无法接受这个事实。他知道下庄人嫉恨他，比如家庆满堂，比如保长家盛，他们巴不得他在某个早晨丢失了金麒麟甚至丢失了身家性命。但是雷子家族的掺和就让他不可思议痛心疾首了。这期间，他也曾懵懵懂懂走出街门，试图在街巷或村口碰见哪个堂兄堂弟，问一问他们为何也跟他过意不去。可是一个白天他都没看见雷子兄弟一个影儿。倒是在河湾柳堤岸上，雷子老六不经意跟保长家盛相遇了。家盛保长眼看着躲避不开，却还是硬着头皮跳下堤坎，往旁边奔一条泥草小径去了。雷子老六糊里糊涂看着家盛保长的背影，左想不得其解，右想仍不得其解，及至午后回到家里，嘴里嘶嘶作响脑壳不停摇晃也没理出一个头绪。他妈走地平见他神不守舍日见憔悴，有几天就干脆不让媳妇年巧下厨了。她亲自动手，用尽心思做各种可口饭菜让雷子老六享用。雷子老六吃也吃了喝也喝了，但依旧面目憔悴神不守舍不见丝毫起色。媳妇年巧则一意用温情暖化雷子老六。白天她一步不离守在雷子老六跟前，夜里雷子老六像孩儿一样依偎过来，她便敞开温热的胸脯接纳了他，用她柔软的手指轻轻地摩挲他的脊背，或者埋下头去，用她湿润的嘴唇反复碰触他的额头。年巧还像对待婴孩一样拍打雷子老六促他入睡，末了雷子老六终于睡了过去，年巧却是嘤嘤地哭了。年巧的呜咽和红肿的眼睛让老雷子和另一个女人都十分地难受。做婆婆的宽慰媳妇，说娃呀你不要太在意你的男人，他今儿个犯迷糊了，明儿个说不定就灵醒了，结果自己都觉得苍白寡淡，说着说着也鼻酸眼湿了。老雷子则试图说服孙子放弃金麒麟。整整一个白天，老雷子都在找寻与雷子老六说话的机会，只是每次话一出口，雷子老六就用一种混浊可怕的目光看他。老雷子不敢和雷子老六对视，只好把嗌在口中的话再咽回肚子里去。那个黄昏到来之前，雷子老六就发现庭院里有些异常。其时他站在他家堂屋的屋檐底下，像近来一些时日一样灵魂出窍神思飘移，结果他的紊乱也导致了物象的变异和时空的颠倒。他看见村外的大冢拔地而起接住了天盖云朵，又看见白日无光一瞬间由一个变成了七个。原坡上的玉米是到拔节抽穗时节了，但它们挤挤挨挨吵吵闹闹，像树木一样高大像林涛一样澎湃。瀍河水原先是向西流的，南山上的云彩此前也缓缓朝着东天移动，这时候忽然都转了方向，喧哗奔涌比往常急促了许多许多。雷子老六不相信这个世界是如此的光怪陆离。他使劲揉搓了一下眼窝，又噼里啪啦抽了自己一串耳光，但眼前的一切仍不可思议不可理喻。太阳压山的时候，血一样的余晖忽然映红了窗棂屋檐瓦脊，落日的黄昏就跟已逝的早晨一样灿烂辉煌。雷子老六先是听到街巷里有狗猖猖狂吠，接着自家已经上架的公鸡母鸡又都飞了下来。它们惊慌地拍打着翅膀，嘎嘎鸣叫在庭院里跑来跑去，把细碎的绒毛抖搂一地也不停歇。猪圈里的两只猪崽则拼命拿猪头碰撞墙垛，一个后退几步，一使劲猛地冲撞上去，另一个也跟着后退几步，一使劲猛地冲撞上去。雷子老六还看见老鼠从墙洞里探出头来，睁着圆溜溜的眼睛察看院里的动静。后来它们就出了洞穴，一只跟着一只，倏地从墙根这头窜到墙根那头，又倏地从墙根那头窜到墙根这头来。一只鼠崽甚至慢慢吞吞朝雷子老六走来，肆无忌惮地停在他的脚前，用前爪不停地捋它长长的髭须。雷子老六终于被鸡鸣狗吠和猪突鼠窜扰得烦了，就挪动腿脚退回屋里寻求安宁。雷子老六似乎没忘记他的金麒麟。就在这个黄昏，当他走进厨屋才要俯下身子时，他分明看见那只硕大的蒲篮在那里剥剥地跳动起来。他还听见一种细微的似牛非牛似马非马像鹿鸣又像蛙鼓的声音，从蒲篮底下挤出直撞他的耳膜，并在他的胸腔激起一片空洞的回响。雷子老六出于本能从厨窗往后院望去，当他确信矮墙外面不似往日藏着人影且叫声不绝时，便腾地从厨屋里蹦出，大半天戳在院子中央，既不敢离开也不敢回头再看一眼。夜半从梦中醒来，隔着半截连锅墙壁，雷子老六感到他的金麒麟在厨屋案板下面又吵闹起来。雷子老六这回不像黄昏时分那样胆怯了。他欠起半个身子，尽量不粗声呼吸或搞出什么响动，以免金麒麟觉察以后中断它的鸣叫。于是，雷子老六不仅听见了那种奇怪而又熟悉的嘶鸣，而且分辨出其间杂有蹄脚的奔腾和鬃尾的甩响。后来，金麒麟的吵闹和奔腾越来越急，以至充斥了屋宇鼓胀了耳膜仍不肯停歇。雷子老六为此惊悚不已又兴奋不已。有一阵，他急于向家人诉说他的发现和惊异，以求他们分担他的恐惧和压力。雷子老六相信媳妇年巧一定跟他一样听到金麒麟的响动了。他爷老雷子和他妈走地平也一定清清楚楚地听到了。可他低头看时，却见媳妇年巧在他身旁慵懒舒服地呢喃着，才瞌睡时是怎么一副样儿，此一时仍然是怎么一副样儿。雷子老六多少有一点儿失望。他伸出手去试图摇醒年巧，不料年巧闭着眼睛嘟囔一句，翻过身面对墙壁又睡了过去。雷子老六点起油灯，摸索着又去他妈屋里和他爷屋里分头看了，结果不光他妈走地平睡得很死，他爷老雷子将干瘦的屁股暴露无遗，一动不动并均匀执着地打着呼噜。雷子老六反身回到自己炕头，为他妈他爷和媳妇年巧的麻木迟钝很是懊恼了一阵。第二天早晨一家人一起喝粥的时候，雷子老六突然凄惨地笑了，木讷说它叫唤哩，夜里睡觉它叫唤哩。他爷老雷子莫名其妙睁大了干涩困惑的眼睛，他妈走地平赶紧用手背碰触他的额颅，看他是不是发烧在说胡话，雷子老六仍然木木讷讷，只说它叫唤哩，夜里睡觉它叫唤哩。饭后不长时间，雷子老六突然不知哪里去了。最早发现这一情况的是媳妇年巧，惊诧说刚才明明还在这里，咋的一眨眼就不见人影影了。雷子老六他妈比媳妇年巧还要揪心还要着急，吆喝老雷子和年巧快去找人，她自己则不擦湿手不解套袖围裙就率先跑出门去。大家分头去了原坡河湾和大冢洞庙那边，回过身又挨家挨户在街巷里问了一圈。不料晌午时分他妈走地平再次进了厨屋准备烧火，却发现雷子老六斜顶着蒲篮，一个人缩在案板下面的柴火堆里，正喋喋不休地跟金麒麟念叨着什么。雷子老六他妈打了一个愣怔，说不清是喜是忧，只觉眼泪唰的一下便流了下来。一会儿雷子老六他爷老雷子和媳妇年巧也都进了厨屋。雷子老六旁若无人兴奋迷离，一只手捧着那只兽物，一只手不停地抚摸它奇异的头颅和带甲的背脊。隔会儿雷子老六还哼哼吟唱，细辨仍是先前唱过的两句：我把这金銮殿打造停当，不请他皇上老儿专迎你雌雄凤凰。他爷老雷子和他妈走地平心里很不是个滋味。媳妇年巧走过去把雷子老六拉扯起来，雷子老六于是就冲大家嘿嘿笑了，又说它叫唤哩，夜里睡觉它叫唤哩。于是大家一起动手将雷子老六安顿在他的炕上，又熬姜汤让他拥着被子喝了，末了还把浸湿的布巾捂在他的额上。为了验证雷子老六的说辞是否确实，夜里一家人围着土炕，一边察看雷子老六的变化，一边倾听厨屋那边金麒麟的动静。到了与前夜不差分毫的那个时刻，四下里依然十分安宁，一家人差不多快要粘住眼皮了，雷子老六忽然呼地坐起身来，惊惊悚悚喊道金麒麟叫哩金麒麟叫哩。他爷老雷子才要张口制止，雷子老六便认真打出一个手势，示意他爷千万不要动作不要声张。隔会儿雷子老六还央使媳妇年巧送水过去，说金麒麟一定喊得渴了，咱得让它喝点水润润嗓子，见年巧一时不肯动弹，他自己便分开大家要下炕去，却被他爷老雷子死死拦挡住了。雷子老六他妈确信儿子是被阴魂拿捏住了，她模仿漉河一带神汉或巫婆的做派，失急慌忙从厨屋端来一碗凉水，将三根竹筷聚拢了栽入清水之中，说声立立立，三根筷子果然就立在水碗里了。然后又摸来一把青幽幽的菜刀，每在水里浸染一下刀刃，就在炕沿板上噼噼啪啪拍打一阵刀片，嘴里还呸呸呸地不停地吐着唾沫星子。末了说这下好了，这下好了，鬼魂离开我儿走了，鬼魂离开我儿走了。老雷子借此机会也佯装训斥雷子老六，说不许胡说了，赶紧给我睡去，要不鬼魂一会儿又来拿捏你了。但是雷子老六不管他妈怎样折腾他爷怎样训斥，坚持说他听到了金麒麟的嘶鸣。他甚至大声模拟那种奇怪的叫声，声音凄厉刺耳表情惟妙惟肖，结果把媳妇年巧吓得要死，削肩弯腰缩在灯影里瑟瑟颤抖起来。

49

　　这天夜里，困扰雷子老六和整个下庄的事情终于发生了。雷子老六悄悄儿溜出家门，一个人在下庄清冷的街巷里来来回回地游走。下庄的男女老少很快听到了一种轻微却又激越的脚步，起初震颤着脚下的大地和眼前的空气，继而就在人们的心头回响起来。下庄人从来没听过人走路会是这样一种声响，感觉街巷里是不是真的有了邪异之事，于是都用被角蒙住头脸，惶恐地期待夜深人静甚至黎明的到来。有胆大者撩起窗帘或拉开门缝，定睛瞅了几个来回，这才发现那人影是雷子老六。接下来瞅看雷子老六的男人和女人就多了起来。雷子老六不管不顾走过一圈又是一圈。他似乎不知疲惫也不觉乏味。后来月亮悄没声地升了起来，把光线投进街巷也投在雷子老六身上。雷子老六铺在地上的影子很长很长，一会儿飘飘忽忽地拖在身后，一会儿又一晃一晃地颠在脚前。渐渐地，雷子老六就感到一向笔直的街巷变得七扭八歪了，两旁的房屋高高低低轮番跳动，就连那棵粗壮的皂荚，似乎一瞬间也要倾倒下来。有一阵，雷子老六终于奔走累了，四下环顾张望，心里总想着跟下庄人说点什么。雷子老六挨家挨户拍打人家的街门，等到主人穿上衣服出来，他便向人家诉说他的金麒麟，说那东西是他冒生死从死人骨头里刨出来的，白骨累累，骷髅一个挨着一个，全是钻洞掏宝丢掉性命的。又说炮连连长抬八百大洋来换他的金麒麟，刺刀尖都逼住他的喉咙尖儿了。八百大洋，那是多大一个数呀，籴米或者割肉，几辈人都吃不完哩。还有山上那些个土匪，他们拿利刃旋他的屁股，用滚油煎他的皮肉，要多凶残有多凶残，他到最后都不知道啥叫个疼了。雷子老六还特别强调，上庄人是他斩割了猪头吓回去的。你想想，上庄人那刻都冲进街巷冲进俺家院子里来了，他能说走就走说溜就溜，还不是害怕我的铡刀片儿。雷子老六说到商会会长以及洪秘书的美人计时，一点儿也不遮掩了。我宁愿剁掉一根指头，让一只手废了也不能钻他的圈套，说着就伸出手去，有时竟戳到对方眉眼跟前，非得让人家细瞅断指的碴口和黑疤。这个夜晚，雷子老六说过一家又是一家，真真切切絮絮叨叨差不多总是一样词儿。下庄人这时候大都避讳这件事情，生怕雷子老六指认自己参与了牛马的嘶鸣和窗影的滋扰，有的勉勉强强听雷子老六说完，间或会尴尬一笑或应和两声，有的则不等雷子老六说完，便毫不客气地把门板关掩上了。雷子老六于是来到家庆门前，照准家庆的柴栅啪地就是一脚。家庆听到响动跑到院里，发现雷子老六怒气冲冲又痴痴呆呆立在那里，一张脸当下一拧就变了颜色。家庆说兔娃子呀，我睡了年巧妹子是实，那是你答应了的，咱们挂面不调盐有言在先。可是我从来没跟谁说过这事，前一向大伙都议论年巧妹子哩，我家庆连一个臭屁也没敢放。家庆还说那天夜里我没去你家后院装神弄鬼，八成是你夜不观色眼睛花了。家庆不打自招又矢口否认，雷子老六迷迷怔怔充耳未闻，到底也没弄清家庆在辩解什么。俩人如此相持到了天色微明，雷子老六终于走离开去，接着又在满堂家的土墙院闹腾起来。雷子老六挤开院门之后，先把井台上的水桶扑通一声扔进井里，又把满堂媳妇晾挂在绳子上的菜梗当庭抛了一地。雷子老六还驱赶架上尚未落地的公鸡母鸡，打开栅栏让三几个猪崽在院子里东窜西跑。满堂他爹闻声出来阻拦，吼叫说兔娃子，你妈的个屄，你胡闹啥哩。雷子老六二话不说，顺手操起屋檐下的拾粪笊篱，不偏不倚刚好扣在满堂他爹头上。雷子老六似乎没忽略保长家盛的存在。家盛保长住在巷子北头一块台地上面，那里地势突出光照鲜亮原是财神庙遗址，当年家盛出任保长后就把那地界占了，既建了宽大屋子又搭建了宽大门楼。这个拂晓有许久了，雷子老六立在家盛保长高高的门楼下面，一动不动僵硬得有点儿森然。其时，原上的冷风掠过原坡扑进村舍，掀起了雷子老六的头发衣襟。下庄有人赶早起来去官道上捡拾马粪，瞧见雷子老六戳在家盛保长屋前，事后跟人说起，那天夜里雷子老六把整个下庄几乎折腾遍了，唯独怯惧保长的威势没敢碰人家大门一根指头。下庄多数人都相信这个传言。但是在雷子老六那里，那一刻他死死盯住保长家盛的大门，胸腔肺腑早被仇恨的怒火燃烧着了。在雷子老六的意念里，他是感到他的双眼喷射出两个圆圆的火球，撞击上去很快就将家盛的宅屋点燃了。大火烧起以后，灼热了雷子老六的眼窝和脸颊，他的胸襟和裤脚也随着攥紧的拳头毕毕剥剥地响动起来。雷子老六多少有些解恨有些释然。他看着大火和浓烟冲天而起，熊熊燃烧将屋瓦木料化成一堆灰烬，这才一步一回头地走离开了。后来，雷子老六又挨个拍打雷子老大以至雷子十三的街门。雷子兄弟这时已知晓雷子老六在街巷寻衅滋事了，他们不仅不出来见他劝他，差不多都用木杠把街门牢牢地顶住了。雷子兄弟中只有雷子十三不改好事与猎奇习性，一时间按捺不住，便将门闩轻轻儿抽开，将两页门扉悄悄儿打开一条缝隙，不想正与门口的雷子老六撞个正着，随即啪的一声又将门板合上了。雷子十三来不及插上门闩，只好用双掌从里面拼死顶着。雷子老六在外面也使劲儿推搡，两人相持既久，结果还是雷子老六怒吼一声，拿肩膀将门扇一下子撞击开了。雷子老六一伸手便揪住雷子十三的领口。雷子十三满脸窘迫瑟瑟发抖，回话说六哥你得饶我，那事不光是我一个，大哥二哥三哥四哥五哥参加了，七哥八哥九哥十哥十一十二都参加了。又拖着哭腔说，六哥你要信我哩，我是跟着看热闹去了，我的确是跟着看热闹去了。雷子老六继续揪住雷子十三不放，手劲儿却比之前放松多了。他抬起头来，用空洞无神的眼睛看天，喃喃说自己人咋日自己人哩，自己人咋日自己人哩。雷子十三趁这机会一缩脖颈挣脱开来，咣当一声又把雷子老六关在大门外了。雷子老六思想不通委屈之极，就抱头蹲在门楣底下，呜呜地哭泣起来，间或又说自己人咋日自己人哩，自己人咋日自己人哩。这个早晨，下庄的天空格外晴朗冷清，北风吹拂悠扬绵长，雷子老六的哭声就擦着屋檐挤出街巷，又顺着蜿蜒西去的漉水，永无止境地朝平原深处荡去。太阳出来时，雷子老六突然奔回家里，声音变异撕肝裂肺地喊道：

我不要金麒麟了——

雷子老六一头跌倒在厨屋门槛跟前，家里人闻声出来拉他进屋，雷子老六居然像一只死狗死死地蜷卧在那里。他妈走地平见状嘤嘤地哭泣起来。他爷老雷子似已料到事情的结局和后果，一腔怨愤一时难以发泄，就满脸冷酷满目哀伤，无助地瞅看寥廓的天宇。媳妇年巧恪尽天职一步不离守在雷子老六跟前。看着男人要死不活的样子，这个女人就想起以往担惊受怕的日子和被动接受家庆糟践的情景，还有后来孺小的恣意呐喊和下庄人的群起羞辱，所有这些，都让她不堪回首悲恸不已。有一阵，她瞅着雷子老六突兀干巴不停嚅动的喉结，忽然就有了一种将他扼死的强烈的欲望。但是雷子老六不长时间就醒了过来。雷子老六睡过一觉之后，已完全摆脱了多日的迷谵和沉重。他走进厨屋抱起他的金麒麟，从他爷老雷子他妈走地平和媳妇年巧眼皮底下，毫不犹豫地走了出去。其时已是下庄人吃粥喝汤的当儿，街巷里蹲着吃饭的男人忽然停了动作，一律擎着大碗直起了腰身。他们用怪诞的目光瞅看雷子老六，惊愕战栗一如中了邪魔一般。后来，家家户户的女人也都跑出来了。她们的赶凑热闹与她们的男人多少有些不同。她们只想看看金麒麟，看一眼那个被炒得沸沸扬扬，如今已揭去面纱的神秘宝贝。一群娃子像上回追逐老雷子一样跟在雷子老六后面，长一声短一声地喊叫，有胆大者就跑到雷子老六跟前，跳着蹦着去摸那个奇形怪状金光闪闪的家伙。雷子老六沉静自如不卑不亢。金麒麟在他怀里昂首扬鬃熠熠生辉。雷子老六于是有意走得慢了一些，好让下庄人都看清了金麒麟，并断定他陈守信说到做到，今日里他是的确把它送回南洞去了。雷子老六似乎看见了家庆满堂和保长家盛，还有雷子老大雷子老二直到雷子十三。他们神情不再张狂眼睛不再发绿，但也不无满足不无得意之色。雷子老六既憎恨他们又惧怕他们。现在他终于解脱终于释然了。他在离开村巷时，还感到肠胃一阵蠕动，随之臀间一松，竟是一个嘹亮悠长的声响。那个白天，下庄人来不及跟上去看个究竟。他们达到了目的却有点怅然若失，因此有许久就像泥塑一样栽在街巷两旁。但是慧心婆婆和一帮娃子在场。他们目睹了雷子老六从洞口钻进，又从洞口爬出的全部过程。慧心婆婆还像先前那样温和慈善，只是双手合十念起阿弥陀佛，已不再带有诅咒意味了。

第七章

50

甲申年九月初八日，也就是雷子老六将金麒麟送进大冢刚刚一年光景，疙瘩冢忽然来了一位商人模样的男子。有人发现他是黄昏时分从原坡上下来的。那阵儿，炊烟和岚霭才在村口的麦苗地里弥漫开来，村前的原坡还不曾被浓厚的暮色吞没，那人的影子突然就在堖塬清幽的天幕上出现了。羁旅者经过长途跋涉似已十分疲惫。他暂时卸下鼓胀的行囊，伫立原头擦拭额颅和脖颈上的汗珠，又用双拳同时捶打肩膀腰身。他朝隆起的大冢和错落的村舍凝望了一阵，感觉终于到达目的地了，这才吁出一口带雾的气息，一步一摇如熊蠕动走下坡来。来客是个个子不高相貌平平却极精明的中年人。穿戴朴素洁净谈吐平和文雅。有时说着说着，就笑出一脸的春风来。疙瘩冢虽处通衢大道，但祖祖辈辈重农抑商，向来不开旅舍酒馆接纳过往旅者，所以下庄人就把这位不速之客称为生人。下庄人只数雷子十三猎奇好事。还在生人于原头立成一幅画面的时候，蹲在巷口喝粥的雷子十三就盯上他了。其时雷子十三一边跟街巷两旁的蹲食者前言不搭后语地说话，一边却拿余光瞟睨塄垴上的生人，琢磨这人是何方人氏，三十六行属哪个行当，到下庄这儿又是做什么来了，一时间心猿意马急切难耐竟又兴奋起来。生人一步一步走下原坡走近村口时，雷子十三撇下碗筷也一点一点儿站立起来。雷子十三还迎上前去接受生人的问讯。下庄人看见他们立在巷口比比画画嘀嘀咕咕，以为生人接下来会继续赶路，抑或他是下庄谁家的远亲，问清楚了会指明哪家屋舍哪个门楼，不想到了最后，居然由雷子十三把生人领回家里去了。雷子十三进门前讪讪地朝众人笑着，一时尴尬竟不顾脚下的碗碟筷子了。雷子十三一进门就央使他妈给生人温水洗尘。之后又熬粥汤又烙面饼，又特意炒了一盘豆腐一盘洋芋片儿。雷子十三还把他爹藏匿许久的半瓶烧酒搜腾出来，待他妈把饭菜摆上石桌，便跟生人在星月下面郑重地碰了几杯。夜里睡觉之前，生人解开随身携带的帆布行囊，将一副镏银手镯赠予雷子十三他妈，将一只红铜烟锅和一只玛瑙烟嘴赠予雷子十三他爹，又抖抖地拎出一块上等绸料，说是留给雷子十三未来的媳妇倒也恰当合适。生人当下没给雷子十三礼物，只是自信地朝他一笑，雷子十三也报以浅浅笑意，想必进门之前俩人就有了某个承诺或某种默契。雷子十三一家自然高兴得了得。雷子十三一时心血来潮，就把一套新缝的被褥铺在他的炕上让生人享用，他自己则抱起那床常年棉絮，出门进门跟他爹他妈挤睡连锅炕去了。生人这里并不急于睡眠，和衣斜卧之后，又摸出一本说大不大说小不小的书册，就着一豆灯光读看起来。生人读书沉静而且耐心，雷子十三他爹夜半起来尿尿，顺着门缝朝雷子十三屋里瞅了一眼，发现生人靠着背栏仍在瞧那书册。生人似乎觉察门外有人偷窥，却也不慌不乱不愠不火，只是抬头朝门窗这边看了一眼，倒是雷子十三他爹心下空虚，身子一缩步脚一歪赶紧走离开了。在此之前，雷子十三专为生人的灯盏换了灯芯添了清油。雷子十三去插街门的时候，虽说天黑已有好久了，却见街巷不少的窗户仍亮着灯光。下庄人因了不速之客话题就多了起来，似乎在这样一个夜晚，只要雷子十三那里不见灯灭人息，整个下庄也就不会轻易地沉睡过去。第二天大半天时间，生人都在施行他的小恩小惠。早晨快要喝粥的时候，先有三五个娃子和丫头跑来瞧稀罕新奇。他们扒着门框探头探脑，有好事者自己不愿打头进去，却使劲儿把前面的伙伴推进院里，跑回来又被使劲儿推进院里。这情景很快就被生人注意到了。生人招一招手让他们进来，见他们躲躲闪闪反倒缩回头去，就央雷子十三走过去一个一个拉扯，于是这些娃儿都面带生涩在院子当间站立定了。生人弯下腰身，笑容可掬地给他们散发糖果，每个人一会儿都满满地攥了一把。下庄的娃子没见过用漂亮糖衣包裹着的洋糖，如今见它们在手里铮铮铮铮悦耳动听地发响，未曾转身涎水就从口角溢出来了。接下来直到晌午时分，下庄的娃子和丫头陆陆续续差不多都跑来了。生人便和雷子十三一起把糖果分发给他们。看着孩子们一拨拨进来又一拨拨走开，雷子十三兴奋不已生人也兴奋不已。雷子十三和生人间或还相视一笑，一个为本土孩子的贪馋多少有点讪然歉然，一个则处心积虑难掩一时的心满意得。与此同时，在保长家盛屋里，家庆和满堂正扒着家盛保长撺掇生人和雷子十三。昨日黄昏生人甫一进村，家庆和满堂很快就得到消息了。他们对生人不知底细心存芥蒂，对雷子十三不打招呼自行接待生客尤其不满。他们在家盛屋里等到夜半不见男主人回来，天亮后再来就把他堵在被窝里了。家庆吵嚷说下庄的屋舍不是外人随便住的，那个生人咋的说留就留说住就住下来了。满堂吵嚷说就是住也得顾住场面不是，在下庄到底是保长拿事哩，还是十三拿事哩。他们鼓动家盛保长去雷子十三家里看看，至少也应当把雷子十三叫来问讯问讯，如果生人没有县府或者镇公所的文函，当下又说不出个子丑寅卯来，那就让他滚得远远的，少在下庄的街巷里抛头露面惹是生非。家盛当然不比家庆急迫不比满堂蛮憨，沉吟说先不急，看看再说，先不急，看看再说。于是就一起分析生人的来龙去脉和应对办法，设想了一种情形又设想另一种情形。至晌午，下庄的街巷已是煦日照耀一片融暖了，家盛的女人也做好了饭菜，客气说请家庆满堂跟保长一起用餐。家庆和满堂这时候才要告辞，不想雷子十三忽然牵领着生人前来拜访保长，于是相互瞅看一眼，复又坐下不肯离开了。雷子十三一进街门就喊保长叔，保长叔，我给你带贵客来了，我给你带贵客来了。挑了门帘进屋，赶紧又作介绍，说了客人又说主人，把谁都天花乱坠地夸赞了一番。生人为保长准备了厚重的四色礼盒，说话间又拿出两排成色极佳的雪茄恭恭敬敬呈上。家盛保长在堂屋置茶水招待客人，宾主落座以后，相互彬彬有礼又说了一番客套话儿。家盛收了礼物已不带敌意了，包括侍立一旁的雷子十三，家盛保长以为他还算乖巧识礼，因而矜持着又满目含着笑意。接下来，家盛保长尽管没公丗朝生人索要文凼，也没拿生人当路人一样追究审查，却也在关切和问候之中，不经意地打问了生人的来路、行当、年庚、高堂、妻室，以及此番来去等等，等等。生人谦和殷勤毕恭毕敬，一时间俩人都好像十分健谈十分投机，这就让雷子十三足不出户便长了不少见识。当然，家盛保长也过问生人在雷子十三屋里的起居饮食，叮咛雷子十三一定要尽心尽力，万勿慢待了远道而来属于整个下庄的尊贵客人。雷子十三难得家盛保长肯定自己又看重自己，连说保长叔你放心，保长叔你放心，我一定让客人吃好睡好把事做好，临走说咱下庄一千个好一万个好哩，惹得家盛和生人都笑，雷子十三却有点不好意思了。其时家庆和满堂在里屋有点按捺不住了。他们走出来跟保长家盛告辞，俩人都瞥了生人一眼却不再把他放在眼里。家庆和满堂更不理识雷子十三。雷子十三讪讪地朝他们谄笑，却被满堂重重地踩了脚背，虽龇牙咧嘴却没敢弄出一丝声息。家盛保长微微笑过，便把家庆和满堂介绍给生人，说他们都是他的好兄弟，依他们的能说会道和聪明才干，自然也是他的得力助手和下庄的头脸人物。生人听过介绍稍稍有些尴尬，家盛保长看在眼里，就把两排雪茄分别塞给家庆满堂。家庆和满堂往外走时，生人抱拳打躬跟近两步，连声说改日一定登门拜访，改日一定登门拜访，待家庆满堂走过庭院走出街门了，这才收了目光转过身来。随后生人和雷子十三又在家盛屋里待了一阵，下庄人在街巷或村口看见他们时，差不多又是一个黄昏了。下庄的男人以为生人见过了保长已无须多疑，他想干啥由他干啥好了，眼下无须再作打听，无须急着弄个清爽、明白。下庄的女人向来不理户外之事，偶尔有谁出得门来，也只拿冷漠的眼光打量这位不速之客。雷子十三征得生人同意，又带他在下庄的街巷走了一遭。他们不便挨家挨户造访，但见有谁立在门里门外或迎面走来，雷子十三必定加了名讳叫伯叫叔叫婶叫姑，一方面算是招呼，一方面算是代生人拜见父老乡亲了。随后雷子十三便携生人步出街巷来到村外。雷子十三殷勤地向生人讲解疙瘩冢的川坡地形和风土人情，一时间眉飞色舞话语滔滔，抖尽了自个的聪明和特长。他们在原坡舒适的田埂上漫步，在河湾拂着柳枝看水中的涟漪游鱼，把炊烟缭绕和荷锄暮归指点了一遍又指点一遍。夕阳衔山时，雷子十三还跟生人一起攀上了大冢之巅，于是生人便看到了巍峨苍莽的南山，蜿蜒抖动一如练带的漉河，以及被河水环绕的淡泊宁静的村舍，以为这就是一幅绝美的乡野画卷了。那一刻，生人忽然显得异常兴奋，连声赞叹说下庄好风水，下庄好风水哟，跟着还在一旁嘿嘿一笑，竟把雷子十三小小地吓了一跳。

51

　　生人从此就在雷子十三屋里长住下来，据说图的是进村跟人说话方便，外出去田野考察也很方便。从那里传出的消息说，生人家居太原，往来于秦晋之间，世代以收购药材皮毛为业。疙瘩冢尽管多见麦子苞谷洋芋红苕，不见天麻黄芪丹参茱萸，也从不豢养水獭黑貂狐狸长毛兔子之类，但向阳湿润的河滩地里，却极适合种植一种叫作"补骨脂"或"破故纸"的东西。又说这种开淡紫色蝴蝶花的植物，难得在大山以北培养，其果短而肥厚，其籽可以入药，专治肾虚阳痿、腰膝冷痛、嘘寒喘咳、泄泻遗尿等等，是西安和太原城里的稀缺药材。最初几天，生人在雷子十三的陪同下，挨家挨户赠送形同黑豆细如米粒的补骨脂种子，交代时辰水肥作务收晒，并承诺来年多少多少银元收取，把个下庄人大都激逗得火烧火燎云里雾里一时不知如何是好。下庄也有少数几人并不买账。生人跟雷子十三才在家庆屋里坐定，顺手把一包补骨脂种子递给家庆，家庆看也没看就把纸包丢在了炕席一角。生人大约忽视了此前在保长屋里说过的客套话儿，如若登门，最起码也得给家庆备一样两样像样的礼物。因此生人在那里一如既往讲解补骨脂的入药性能，讲种植出售这种东西有多大多大收益，家庆却表情木然神思游移，把一根草绳在脚前搓来搓去总也不肯停歇。家庆还让他的邋遢婆娘给自己端来水喝，而且咂巴咂巴故作姿态，生人见状便知趣地跟雷子十三走离开了。满堂听罢介绍则是另一副嘴脸。他挖苦生人和雷子十三说，你们说种这东西跟种豆子差不离，还说这东西能补肾壮阳，让裤裆里的玩意儿说硬就硬起来，这不跟咱下庄拿豌豆喂叫驴一个样嘛。说过哈哈大笑一通，又说我敢说你这东西屁也不顶，要说还是年巧的腰眼儿沟蛋子管用，两样哪一样看了都叫人睡不安生。生人拿狐疑的眼光瞅看满堂，满堂说你想知道年巧是谁，你出门问他雷子十三好了。雷子十三拉生人走出满堂屋门，一时满脸燥热沮丧到了极点。但是生人并不气馁，反过来还安慰雷子十三，说不打紧不打紧的，慢慢儿都会明白过来。生人再到下一户时，果然神清气爽和颜悦色，谈笑间早把方才的冷遇丢在脑后了。一个刮风下雨的日子，生人眼睛眨也不眨就到雷子老六家里来了。生人走近雷子老六街门口时，一个人站在雨水和泥泞之中，把一座普通的农家瓦舍静心地端详了一番。生人的叩门礼貌而又执着。雷子老六他爷老雷子此前已得知生人和补骨脂一事，而且他相信栽种药材比作务菜蔬划算，因此对生人的光临便十分热情。老雷子烧了滚烫滚烫的开水泡了节梗茶叶，又让生人拿粗纸卷他的旱烟末子，生人则让老雷子吸他的裹金雪茄，主客当庭促膝交谈，气氛随意而且十分融洽。生人跟老雷子谈四时节气，谈饮食养生，谈家长里短，其间体贴入微免不了嘘寒问暖，既图老雷子高兴也图自个儿高兴。生人并不在意老雷子多么看重补骨脂，也不奢望他非种植那玩意儿不可。要紧的是他来过雷子老六家了，像街巷里大多数人家一样，接下来他跟雷子老六一家也能混热络了。其时，雷子老六缩在屋里睡他雨天的长觉。在这个阴云低垂阴雨连绵的季节，雷子老六怅然若失，只能用睡卧来打发冗长的日子。雷子老六沉湎往事又想起他的金麒麟了，因而对生人和他的药材种子丝毫不感兴趣。有一阵，雷子老六对生人的不期而至似乎有所警惕，感觉这家伙下雨天也四处游说，毕竟有点儿异样有点儿蹊跷。他甚至将蒙住头脸的被角掀到一边，仄起耳朵用心捕捉生人跟他爷老雷子说话。但是生人绝口不提雷子老六，也丝毫没有与雷子老六谋面交谈的迹象和意思。雷子老六一时理不清头绪，竟稀里糊涂溜下土炕打开屋门，一瞬间就立在生人和他爷老雷子面前了。雷子老六用极不友好极不信任的目光瞅看生人。生人猝不及防有点吃惊也有点狼狈，但只是一霎便又恢复常态了。他甚至兴奋地迎住雷子老六的目光，继而又把雷子老六从头到脚打量了一番。生人这里才要搭话，老雷子也张口想说点什么，雷子老六忽然咧开嘴巴喑哑地一笑，让生人心里头倏地紧张了一下。雷子老六不顾生人也不顾他爷老雷子，他原地打了三个转身，还把一只手高高举起在空中画一圆圈，随后又回屋里睡觉去了。他爷老雷子这时候赶紧替孙儿圆场，解释说这是我的孙子，年前跟村里惹了一点麻烦生了一点闲气，一入秋就犯心病，病了就这个样子，你千万别往心里去。生人于是换了话题，又是问病又是问药，并承诺明年来下庄收购补骨脂时，一定带了上好方剂，帮雷子老六调养身子并祛除病根。老雷子唯唯诺诺万般感谢，把生人送出屋门送进街巷里了，他自己还立在屋檐下面看着人家的身影。当晚一家人无话。第二天早上喝粥的时候，雷子老六他妈和媳妇年巧像往常一样先招呼老的再招呼少的，却发现一个得意扬扬另一个则紧皱眉头额角。老雷子不知深浅再提补骨脂时，雷子老六忽然把大碗朝桌上一蹾，一下子就有粥汤漾了出去，两根筷子也跟着弹跳起来。雷子老六警告他爷老雷子说，好我的瓜爷哩，你不敢高兴得太早了，谁知道那个人打的是啥主意，弄不好人家把你卖了，你还帮着人家数钱哩。雷子老六说的当然也是补骨脂。他没想太多。他那时大约不会想到别的事情和变故，罢了只说去他妈的补骨脂破故纸，什么玩意儿嘛，也不管他爷老雷子有多难堪，他妈走地平和媳妇年巧有多诧异，遂立起身子往街门外面去了。这个白天下庄的街巷已风停雨住，南山的影子很快也在村郭之外显现出来。雷子老六似有满腹心事跟人诉说，但他很快发现，下庄人不管男女不分老少，好像都不在意他的存在了。人们热衷于生人和他的补骨脂种子，三个一堆五个一伙，都在谈论种植到底能否成功，来年生人会不会再来高价收购，又担心若是耽误了一料两料庄稼，到时候束手无策怕只能喝风屁屁了。雷子老六因为话不投机很难接近他们，受逆反心绪驱使他也不搭理他们。他甚至有意跟他们拉开距离，以免听见"补骨脂"仨字心里头腻歪。雷子老六也曾想到家庆满堂和保长家盛，知道补骨脂纵是金粒粒银米米，以家庆他们的做派也不会去出那个苦力。雷子老六很想跟他们说说生人，提醒他们一定要多长一个心眼，千万不敢让生人把下庄一村人当猴儿耍了。雷子老六先是立在家庆街门跟前，琢磨半天又走离开了。接着又立在满堂街门跟前，琢磨半天还是走离开了。雷子老六索性不去保长家盛屋里了，以为家盛跟家庆满堂一样，此一时压根就不会把他放在眼里。雷子老六孤独伤心地走出街巷，一个人围着大冢转了好几个圈儿，又在大冢靠近南洞的泥草地上坐至日上中天，这才踽踽地一步一摇地走回家去。

到了夜半，雷子老六忽然来了蛮悍劲儿，他要一个人去探摸生人的底细了。雷子老六起身时，不小心胳膊肘儿重重地压了年巧一下。年巧这时候已不在意雷子老六折腾了。她感到疼痛便放声哎哟了一声。雷子老六开门关门时，他爷老雷子和他妈走地平也没吭声。其实他们听到了他的响动，听见他腾腾地走过庭院，腾腾地走出街门去了。其时下庄人依习惯早都熄了灯盏，但在村口雷子十三家里，由生人蛰居的小屋依旧亮着微弱的光晕。雷子老六顺着门楼和一段土墙走了几个来回，然后瞅准一处豁口，身子一缩一蹿就进了雷子十三的院子。雷子老六平生头一回翻越他人墙院，但他一点儿也不理亏也不胆怯。有一阵他甚至挺立庭院当央，为他的举动很是神圣庄严了一回。雷子老六贴近门扉和窗牖时仍不慌不忙。他试图轻轻地戳破那层窗纸，好看清生人在小屋里的一举一动。雷子老六一时也的确那样做了。他甚至瞅到了生人专心致志藉灯读书的身影。只是再看第二眼时，那屋门忽然哗的一下开了，生人走出来，用一双阴冷犀利的眼睛盯住雷子老六。雷子老六没有躲避。雷子老六一时也没打算躲避。生人说你是雷子老六吧，你大名叫陈守信小名叫兔娃子，只因在家族里排行第六所以人们叫你雷子老六。又说你在跟踪我，监视我。我一个药材商人，与医家一样行治病救人之道，赚钱赚的也是明白钱，你有什么可怀疑的。生人说到这里还把手中的书册挥了几挥。雷子老六借着星月看了，竟是一卷发了黄的《千金翼方》。一会儿雷子十三和他爹他妈也从那边屋里出来了。他们虽不说话，却都拿抱怨谴责的目光瞅看雷子老六。生人这时更加来了劲儿，他反身进屋拎出他的行囊，当下打开来让雷子老六检查。雷子老六不肯动弹，生人自己便一样一样翻检，除了生活用品和几件换洗衣物，余下就是几本医书和一包一包的补骨脂种子。接下来生人就不再言语了。雷子十三和他爹他妈则转过脸来继续瞅看雷子老六，这等于朝他们的堂兄或者侄子下达逐客令了。雷子老六翻起眼珠瞪了生人一眼，又轮个儿把雷子十三和他爹他妈瞅了一遍。雷子老六没遮掩他的行为和目的,今夜晚他是翻墙跳进他们家的,现在他拧过身子,一使劲紧跑几步,又从豁墙那儿跳了出去。雷子老六踩着月光重新走在下庄的街巷里。有一阵他回头看了一看月下的大冢,说不清心里头是踏实了还是虚空着。他为他不便言说又无人相助的一块心病,一时间是沮丧极了又懊恼极了。

52

　　生人在下庄遭遇的第二次挫折,是被人拿麻绳儿绑了。那天夜里,生人沉着支走雷子老六以后,以为一个让他头疼的顾虑既已打消,往后去进一步实施他的计划,想必已无虞无碍了。雷子十三和他爹他妈也宽慰生人,说雷子老六原本言语怪异行为乖张,这一阵不知哪根筋又拧着了,要生人不必与他计较也不必把这事搁在心里。生人当然不比他们想的简单,但他毕竟将雷子老六打发走了,当晚总算踏实地入了一场梦境。第二天一早出门时,生人感觉不必事事都由雷子十三作陪了。生人说十三兄弟你忙你的,我到田野里随便走走。雷子十三煞住脚步,忙说先生你自便你自便,却怅怅看着生人背影,摇头晃脑地苦笑了一下。这个早晨,生人立在君临河湾的台地上,望着下庄清新的原野和清澈的河水,把郁积在胸的一股闷气舒服地呼了出去。他还伸出手臂,从容地做着扩胸动作,下庄有人起早赶驴儿上路,以为那是城里人的一份清闲癖好,因而谁也不顾谁的存在,这早晨就越发地宁静温馨了。接下来生人准备回村继续推介他的补骨脂种子,谁知才刚走下台地,突然横斜里蹿出两个人来,生人这里来不及眨一下眼睛,一只粗布袋儿就罩在他的头上了。他们还拧过他的胳膊,把他的双手绑在了脊背后面。生人没做一点儿抵抗,由着他们把他推搡了半天,说是来到一口枯井跟前才停了下来。其中一个这时候命令生人跪下，生人不从，另一个就拼命往下摁压生人臂膀，生人无奈只好扑通一声坐在了地上。随后他们便开始威胁生人。一个说外乡人你到底来俺下庄做啥来了，今儿个你老实交代也罢，若不老实，明年的今日就是你的忌日。一个说这口井就是你的坟墓，我一脚踢你下去，你再叫唤也没一个人听见。生人听他们说话有点耳熟，想想好像在保长屋里见过他们，稍后又分别跟他们说过话的，心下的惊惧多少还是销蚀了一点。生人坚持须摘掉头套松开绑缚才肯回话。生人说大丈夫不畏死，但必须死个清楚死个明白，不然你们休想从我这儿得到任何好处。待头上手上的约束真正解了开去，生人回过头来，果然就是家庆和满堂两个熟人。生人同时看见了那个黑咕隆咚深不可测的枯井，在井口周围，竟是一片摇着白絮寂寞萧瑟的苇子。但生人毕竟见多识广不是等闲之辈。他避开锋芒将话题引到一边，连声说在下错了，在下错了，在下原说过要拜访二位的，不想随后忙昏了头脑不说，还把二位当作一般的种植户了。生人此前死也不肯下跪，这时却一边立起身来，一边频频朝家庆和满堂抱拳作揖。家庆和满堂这时候仍不买账。家庆说你不要再耍嘴皮子了，你说的比唱的还好听。满堂说你说这话比凉水还水，你哄鬼鬼才相信你哩。说着两人一挤眼睛一努嘴巴，又拧了生人胳膊让他转过身去，生人一时还没反应过来，就被他俩高高拎起，呼地将整个身子沉进了黑井里面。家庆说你不老实我就松手呀。满堂说你不老实我也松手呀。生人这回真的害怕了。他知道他们是在诈他，却担心他们一旦失手，他自己白白葬送了性命。接下来家庆和满堂将生人提起来又放下去，放下去又提起来，生人则一遍又一遍喊叫，你们饶了我，我给你们银元，我给你们银元。家庆和满堂眼浅，见生人说有银元馈赠，当下就不再蛮野凶悍了。他们跟生人在荒野重新立定，生人随手从衣兜摸出绢帕疙瘩，解开来，真的竟有十七八块大洋。生人把银元一分为二摞在家庆满堂掌心，又承诺还有别一样珍贵礼物相赠，这一幕一时间就这样了了。这个早晨，下庄人没谁知晓有阴谋甚至有谋杀在野外发生，也不知阴谋的策划者会因十几块大洋，轻易就放弃了初衷、打算。太阳升起之后，下庄人看见生人由家庆和满堂作陪，三个人又说又笑亲亲热热走进街巷里来，都以为他们是夜里去镇街喝酒看戏或做别的事情回来晚了。这以后，生人在下庄已完全活泛通畅了。也许家庆和满堂给生人吃了定心丸儿，比如承诺不再干涉他和他的补骨脂，比如承诺还要做他的靠山后盾等等，总之除了家庆满堂，此后下庄再没谁欺生刁难生人了。当然，生人在那个神秘的补骨脂之外，有时也来街巷，跟人们聊些别的事情，涉及五谷杂粮婚丧嫁娶以至龙狮礼花社火芯子，竟然一点儿都不外行。生人还知道瀍河两岸数十里地，就数老雷子的鼓点儿厉害。知道下庄和上庄摆擂摔跤已有好几辈了。有一回，生人甚至当街向雷子老二讨教苞谷面搅团的做法吃法，说是到了明日晌午，一定让雷子十三他妈给他也打上半锅尝尝。末了又要跟满堂媳妇学说方言土话。满堂媳妇来街巷喊小豹子回屋吃饭，小豹子今儿个刚来下庄就跑得无影无踪了。生人觉得满堂媳妇的那声吆喝十分特别，就一定要她多喊几遍教他，他自己学着学着却又变成山西腔了。这阵儿雷子十三因为得了生人好处，每到吃饭或者喝汤时候，总要殷勤地唤生人回去。逢着生人跟四邻说得投机酣畅，雷子十三就喜眉笑眼毕恭毕敬侍立一旁，好像生人是他未来的丈人，或是荣归故里让人引以为荣的三星将军。但是生人并不一味垂青雷子十三。一个刮风下雨不能出行的日子，生人在家庆屋里居然泡了整整一天。生人不嫌弃家庆媳妇的饭菜不好下咽，也不惧喝了家庆的烈酒心辣脸热。生人听家庆海阔天空古往今来，雷子十三一连去了家庆屋里三回，都见生人跟家庆一个姿势在低桌两边坐着。生人无意跟雷子十三回去。家庆谈兴正浓看也不看雷子十三一眼。雷子十三冷在一旁久了，只好拧转身子悻悻地走离开去。到了夜里，生人又与家庆满堂家盛耍了一宿麻将。生人风度儒雅满目灵气且牌艺极佳，刚刚转了两圈就坐庄不肯下来了，惹得家庆满堂暗暗叫苦，只怕输光了几个零钱而陷于尴尬难堪。后来渐渐就有了变化。其间生人好像还盯过一阵家盛保长，又好像为自己打了一张错牌连声叹息了一番，结果临近天明，却无端输给了家庆和满堂一堆纸票，输给家盛保长八九块大洋。生人当然不全耽于博弈，间或有谁去后院墙角撒尿，抑或饿了去厨屋那边加粥，生人就认真陪剩下的两个吹牛，听他们说下庄上庄许多的人和事情。接下来一个日子，生人就将他的行踪完全从庭院和街巷转挪到野外去了。生人关注的焦点是下庄的川道和河湾。下庄人早起拾粪或者赶路时候，往往看见生人已在河滩里了。生人用脚丈量下庄人的土地，用行家里手的目光打量晨雾夕岚与阴晴变化，还把雨后初霁经太阳蒸晒的沙土，放在手心里细致地捻弄。有时候生人走动或弯俯累了，就停下来直起腰身，用手背轻轻拂去额上的汗珠，或手搭凉棚，看一看南山和大冢以作小憩。下庄人被生人的敬业精神深深感动了。他们远远看着他的身影，谈论着他的药材种植工程，一个打消了原来的疑问和顾虑，另一个很快也不再犹疑不再多想了。有人甚至还打发老人或小儿给生人送去了汤水干粮，其热诚相待与随意自然，就好像生人是自家田里的一个劳力。下庄人还就补骨脂纷纷与生人签立合约，许诺如期种植精心作务从头至尾决不偷懒耽搁，一时间把雷子十三的土墙院都要挤得破了。终于有一天，生人在做了充分的准备之后，与下庄的合作者相携去了南洞。他们在菩萨洞里设了祭坛，一行人摩肩接踵挤挤挨挨，从洞里一直延伸到了院坑之间。慧心婆婆好不容易才从外面挤了进来，一时兴奋居然点亮了所有的高胎蜡烛。生人神情肃穆朝佛像供献果品点心，又把补骨脂种子跟稻谷小米高粱麦子大豆等五谷杂粮一起摆在供品中央，然后焚香化表行三叩九拜大礼，祈求菩萨保佑风调雨顺来年收获有成。生人声音洪亮言辞铿锵诵唱祭文，为的是洞内能够听见洞外也能听见。生人说医者亦佛，佛者亦医，今吾侪前来拜佛，图的便是与佛共祈福祉，惠及生灵。又说下庄自古物华天宝，从来人杰地灵，众乡亲今日若是辛勤耕耘，到明日必有丰厚回报。末了还拖了颤音长啸：我意如斯，我情所系，佛光照耀，佛心可鉴，说毕眼眶里竟真的泪光闪烁了。不仅如此，生人还带头匍匐于菩萨膝下，下庄人于是跟着纳头长拜，大半天过去也不肯立起身来。祭祀罢了便捐功德，生人除率先朝功德箱投掷了一沓钱币，间或还代缺钱缺物者捐了不少零钱。慧心婆婆此前被冷落久了，眼见洞庙里香烟缭绕功德箱满，一时眉开眼笑手忙脚乱，差点儿丢了佛子的体面与尊严。慧心婆婆还留生人参观她的洞庙，一会儿一个洞进一个洞出，指点了这儿又指点那儿，就连慧清婆婆闭锁许久的耳房也察看过了。末了就得寸进尺，提出一个不小的数目要生人捐钱修缮洞庙。生人难得光明磊落从容不迫察看洞庙，对慧心婆婆的非分要求满口答应，只说等下回吧，下回来一定带足银两，将这庙院修整得跟正规佛寺一模一样。生人和几个头脸人物最后离去之后，慧心婆婆有许久仍兴奋得了得，借着既有的供品和香火蜡烛，又把念过的经文从头诵念了一遍。这一天，下庄的街巷跟洞庙一样充满了激情。人们抚今追昔憧憬未来，一时间说不尽的补骨脂和药材先生。有人还把下庄的前景跟雷子老六联系起来，坚持说金麒麟是疙瘩冢下庄和上庄的祥瑞之物。自打雷子老六将金麒麟送回大冢那天，下庄的盛世太平和物阜人康其实就看得见了。

53

这天夜里，小南风仍像以往那样徐徐吹着，星辰还像昨晚一样稀疏高远。夜半下庄整个儿入眠以后，瀄水的奔流和喧豗便荡漾扑撒开来，覆遮了下庄的每一扇窗牖每一个梦境。觅奶的婴儿偶尔会嘹亮地啼哭几声。慵懒的呢喃在屋檐底下浅吟低唱。有许久许久了，下庄的村舍从没像今夜这样恬淡、静谧。临近拂晓，忽然有鸡鸣狗吠短促而又惊心。下庄人并不怀疑这个世界有什么变故，他们耽恋黎明时的瞌睡，困乏缱绻让自身重入梦境，让街巷复又归于片刻的宁馨之中。后来，慧心婆婆的惊叫就在街巷传荡开了。慧心婆婆神色慌张跌跌绊绊扑进村口，一会儿从街巷这头跑到街巷那头，一会儿又从街巷那头跑到街巷这头。慧心婆婆用她干瘦的手掌拼命地拍打东家西家的门板窗棂，并一遍又一遍喊叫，乡党爷们快起来呀，不得了啦，乡党爷们快起来呀，不得了啦。这是一个令人心惊肉跳毛骨悚然的时刻，多少年后，下庄的女人只要在静夜思念她们的丈夫或者儿子，就会想起那个拂晓慧心婆婆撕心裂胆鬼魅一样的叫声。她们以为她们的噩梦就是从那时开始的，而且一经上演往复，好像永远永远也没一个完结。其时，下庄的男人女人都被惊醒都出了一身冷汗。雷子老六从酣睡中醒来，听到呼叫第一个冲出门去，与声嘶力竭拍打街门的慧心婆婆当即撞了一个满怀。慧心婆婆这时已是一个彻头彻尾的俗人了。她抓住雷子老六的衣襟，未曾说话先在雷子老六脚前软成了一堆。雷子老六拉她起来，心虚地吼叫说，婆婆呀，你赶紧说话，你赶紧说话呀，又腾出一只手掌匐挈她的前心后背，生怕她昏厥过去延误了事情。慧心婆婆纠缠了一阵，还是睁开了她的浑浊的眼睛。出事了，出大事了，慧心婆婆嗫嚅说。又说陈家六哥呀，我没骗你，真的出大事了。慧心婆婆说她原本睡得好好的，有一阵感觉该起来拂尘烧香了，忽然就有一个黑影像大鸟一样落进了她的庙院。那黑影身手敏捷在庙洞里飘进飘出，她以为那是她的梦觉，不想黑影最后钻进慧清婆婆空置的耳房，就再也不肯出来了。慧心婆婆说她没去慧清婆婆的耳房里察看，等她礼过早佛从庙洞里出来，才发现慧清婆婆的耳房敞开着，屋里头乱七八糟一片狼藉，那个小偏洞张着黑咕隆咚的口子，显然被人重新撬开了。慧心婆婆磕磕绊绊气喘吁吁诉说事情的经过和她的发现，雷子老六好不容易听明白了，就脸色苍白失急慌忙朝南洞跑去。这个早晨，雷子老六在卧病一年之后又钻了一次大冢。在此之前，他只说他再也不会钻爬这个死亡之窟了，也料就普天之下没二人有胆量冒此风险。其时雷子老六冲出街巷，有几次险些栽倒在地。他跑到洞庙立在庙院门口时，由于郁闷慌堵得厉害，竟哇地放出一声长长的悲鸣。雷子老六不知道他是怎样爬进大冢，又怎样从大冢心腹爬出来的。他的大脑自始至终都是一片空白白，就像大冢心腹一样，混混沌沌空空洞洞已然了无一物。雷子老六不知由何力量驱使，从洞庙上来又奋力攀上大冢之巅，结果置身高处四顾茫然只好溜了下来。其时在下庄街巷，慧心婆婆继续大呼小叫引发人们的恐惧，等到雷子老六在村口出现时，街巷里已聚集许多人了。他们分列街巷两旁，期待并瞅看雷子老六朝他们一步一步走来。雷子老六满身泥土满脸黑灰，一路步履沉重摇摇晃晃，进村后却紧跑几步，猛地一下就跪趴在了街巷中央。雷子老六用双手拍打地面并凄厉悲怆地喊叫，金麒麟没了，金麒麟没了，我的金麒麟被人偷了，说过拿头拼命抵顶地面，恨不得顶出一个洞来将脑壳塞进地底下去。下庄人一时间惊得呆了，都叹息这咋么可能哩，这咋么可能哩，却一律傻傻愣愣站着，谁也不顾雷子老六的呼天抢地和自戕自残了。这时还是老雷子分开众人扑到孙儿跟前，与随后赶到的雷子老六他妈和媳妇年巧，将雷子老六强行拉扯起来。雷子老六自然不愿跟他们回去。他拼命挣扎，嘴里仍喊我的金麒麟没了，我的金麒麟没了，四个人疙里疙瘩都到家门口了，突然一猫腰一甩臂膀硬是挣脱开了。其时下庄人扎成一堆议论金麒麟的盗失，大家稍作沟通，便无一例外地想到了倡导药材串门走户的生人，于是前呼后拥直奔雷子十三屋里。有人几脚踢开生人寄居的小屋，发现屋里土炕依然桌凳依然，被褥也折叠得整整齐齐，生人和他的行囊却不知哪里去了。众人一时暴怒又冲进隔壁屋里，将胆小怕事蒙头蒙脸的雷子十三赤条条从被窝拽了出来。雷子十三他妈和他爹受到惊吓惶恐不已，一时间难挡众人威势，只说十三呀你惹下啥祸了，快说你惹下啥祸了。雷子十三缩头抱肩战战兢兢蹲在脚地一角，经大家一句紧似一句追问，这才描述了生人的行踪和迹象。雷子十三证明生人也像雷子老六一样弄成了一个泥猴。他说他和他爹他妈睡觉之前，生人明明在屋里亮着灯光看书，可他睡了一觉醒来，却发现生人从大门外面回来了。生人满脸满身都是灰土，夜光下虽说轻手轻脚不慌不乱，可还是来到他们窗前听了一会儿动静，迫使他缩回头来半天未出一点声息。雷子十三又说生人于拂晓开了街门出去了，当他再次探头看时，就见生人肩上扛着他的行囊，只一闪就不见了人影。雷子十三还要解释生人离去之后他的疑虑和判断，众人却拦了他的话头，连叫完了完了，又说这不明摆着生人就是贼嘛，于是便将怨恨发泄到雷子十三身上，以为是他引狼入室才惹出了天大的乱子，硬是将他劈头盖脸臭骂了一顿。他们还威胁恫吓雷子十三，明言如果追不回金麒麟来，就把他塞进洞庙那个黑窟窿里用砖堵死，再让慧心婆婆烧香念经求得佛的宽宥，说完不管雷子十三如何跪地求饶，遂踅回街巷继续说事议事去了。在这个早晨，下庄每个人似乎都是金麒麟的主人。他们满心赤诚慷慨激昂，竞相说话又都力主自己的见解主张，结果吵吵嚷嚷争来争去也没一个一致的主意。这时有人捻着胡须斟酌再三，终于抖搂了大家一个共存的担心：生人虽说伶牙俐齿能说会道，但吐字生硬音调异常，说不定是个东洋人哩！于是气氛突然像冰块一样冷却凝固下来，整条街巷顿时跌进一种可怕的死寂之中。有一阵，下庄人连自律自责甚至相互埋怨的劲儿也没有了。大家面面相觑呆若木鸡，只有雷子老六他爷老雷子这时候从他家屋门口移步过来。老雷子步履蹒跚战战兢兢，头一摇问一句，头一摇又问一句：金麒麟，就是那个宝贝，真的叫东洋人偷去咧？金麒麟，咱的那个宝贝，愣是叫东洋人弄走咧？有人拖着哭腔回答说，是叫东洋人弄去咧，是叫那个生人弄去咧。老雷子听罢周身一颤，然后像他的孙儿那样跪伏于地，连喊两声天哪天哪，就再也不作声了。那一刻，引发再一个高潮的是雷子老六的一声吼啸。在此之前，雷子老六形体肮脏面目狼狈一直立在人堆外面。在大家束手无策心灰意冷几乎到了溃散的地步，雷子老六突然像母猫一样呜哇叫唤一声，还不快撵，还不快撵，两只眼睛当下就喷出血火来了。这天是下庄历史上最具荣辱最激动人心的日子。人们似乎抛却了既往的褊狭与卑琐，激荡于胸的是融入骨血的别一样激情。保长家盛挺身而出敲响了那面搁置既久的铜锣，锣音急突洪亮撞击终南山壁，回荡过来又铺天盖地，关中平原几乎一半的村庄，都听到了这一躁动不安又极富号召力的声响。下庄最先响应的是雷子十三。雷子十三遭到责骂幡然悔悟。他在众人离开之后很快穿了衣服跟了出去，声言说如果真能如愿抓住生人，他会生吞了那个风流倜傥道貌岸然的倭贼，好让他雷子十三洗刷耻辱也解了心头之恨。雷子十三一改以往言行相悖胆怯怕事的猥琐模样，居然挽起衣袖气宇轩昂地立在了皂荚树下。他还用手掌聚了嘴巴，急切动情地呼唤他的兄长侄儿，鼓动他们义无反顾前去捉拿下庄共同的仇人，于是从雷子十二到雷子老七，从雷子老五到雷子老三，还有他们大大小小高低不等的一群子侄，雷子家族的青年壮年全都举起了粗壮的胳臂。家庆和满堂打开始就一直缩在自家门里察看动静。他们先前因与生人你来我往打得火热，总感觉若是露面会招致冷落或者非议，这会儿见大伙的激情像火山一样爆发开了，便连呼带喊摩拳擦掌也奔了过来。家庆和满堂还帮着家盛保长和雷子老六跑前跑后张罗事情，招呼这个快去做啥做啥，招呼那个快去做啥做啥，一时间活跃得又跟从前一个样了。这支队伍很快就聚起百十号人，所用武器全是农家的铁铲铁叉。他们来不及歃血盟誓，队伍稍作整理又齐声一个呐喊，便虎狼一般朝村外扑去。他们的妻子或者母亲一拨一拨跑来为他们送行。雷子老六他妈来得最早，媳妇年巧随后也满脸惊惧地赶了过来。下庄的女人不知从此会成永诀。她们多数跟年巧一样，被突如其来的事件攫紧了肉体灵魂。她们目送她们的丈夫或子弟慷慨出征，一时间神情紧张深情相望，连心也随他们一起远去了。

54

　　下庄的男人作别亲人离开村子，一上原坡便衔枚而行疾步如飞。他们一律咬着各自的衣角，像端钢枪钢炮一样将铁器挺在胸前，一时间像农夫不像农夫，像士兵又不像士兵，因而看上去十分地奇特怪异。起初他们的脚步还有点凌乱杂沓，你跑你的，我跑我的，谁也不去顾及脚步的大小和节奏的快慢，有时免不了你撞我一下，我碰他一下，甚至有谁差点儿被谁踩掉了一只鞋子。但是跑着跑着就趋于一致踩成同一个节律了，而且夸嗒夸嗒作响震颤不已，打一旁看去十分雄壮威风。雷子老六弯腰弓背牙关紧咬始终跑在队伍的最前面。下庄的男人大敌当前不计前嫌，无形中已将雷子老六当作了他们的领军人物。他们心甘情愿听他指令，随他或迅疾或舒缓，不断变换奔跑的节奏和姿势，似乎只要雷子老六不叫苦叫累，他们谁个也不会松懈意志不会落下步脚。家庆和满堂也充当了重要角色，他们不仅跟雷子老六前后呼应配合默契，必要时还会跑出队列前后移动，招呼大家如何节省体力又如何快捷有序地向前行进。这一天，从神禾原到少陵原，从白鹿原到华阴古道，沿途五县数十镇的村庄和行人，都看到了这支只顾行进不出声息的队伍。人们不知这支队伍的来历和去向，也不知他们如此怪异如此行进意欲何为。有人在田间耕作，拭汗时才一抬头，这支队伍突然就出现了。有人在道旁走路，当下来不及避让，这支队伍突然就出现了。还有人在屋门口吃饭，一块馍馍噎在嗓子眼上，这支队伍突然就出现了。又见他们挟风而来绝尘而去，一刹那未曾细数未曾琢磨就又不见了踪影。因此在以后许多年里，但凡是个目击者，都会向他们的子孙讲起某个早晨某个黄昏，那支奇异的队伍震颤大地叩击人心的脚步。他们极尽渲染夸张，说那是天兵自天而降似也无妨，说他们赛过真正的兵家也毫不过分。最初，下庄人是迎着一轮鲜嫩的太阳奔跑的，阳光灿烂无遮无拦为他们镀上了一层绚烂的色彩，刺激他们的眼睛比日光更加犀利比日影更加璀璨。后来就把太阳扛在肩上了。后来就把太阳甩在身后并且越抛越远了。这一天，下庄人逢沟跨沟逢梁越梁，遇有荆棘野林泥塘沼泽，也会毫不犹豫毫无畏惧地钻爬踏踩过去。他们经过了密疏不同大大小小九十一个村庄。蹚过了漉河汤河浐河灞河罗夫河柳叶河长涧河遇仙河方山河等大小一十九条河流。当夜幕降临笼盖四野复被晨曦撕破时，一条亘古长流的大水突然横在了他们面前。下庄人不识大水真实面目。但他们知道它的存在。他们从人老几辈那儿，知晓它从遥远的青海高原而来，在北地委蛇行走日夜兼程，将黄土訇然冲开将秦晋两省分割于峡谷两旁，然后在秦晋豫边境打一个弯儿，又汹涌澎湃往东海奔去。下庄人还知道潼关要隘就在这儿，自从战争爆发以来，这里一直就是抗御敌夷的最后一道防线。于是下庄人不能再向前行进一步了。但是他们始终未见生人或叫东洋人的影子。也许生人轻捷如兔一直在他们前面逃窜。也许生人诡计多端先步行后乘车绕的是豫陕公路。总之在现在这个时刻，生人已经过了风陵渡——而那边，已是东洋人肆虐践踏的地盘了。这个早晨，太阳照旧从地平线上升起，但不久就被云团和雾障遮蔽住了。天地间一时混沌一片。冷风强劲从千年河套呼啸而过，助大水激荡起巨大轻佻的浪波。下庄人疲惫不堪义愤之极，不死的是金麒麟的精灵和呼唤。面对泱泱大水，雷子老六终于忍受不了捶胸顿足骂道——日你妈人！日你妈洋人——家庆满堂和雷子兄弟跟着也都吼叫起来。但暴怒是有限的，一阵歇斯底里过后，痛心疾首的下庄人就转过身子，面朝家乡大冢方向，齐刷刷跪了下去。其时，天空层云密布大地一片苍茫，下庄人将额骨一律抵住泥土，用心灵感应家乡大冢的存在和谴责，将母亲和妻儿在心底呼唤了一遍又呼唤一遍。雷子老六还打头吼啸那种由他们祖先传唱下来，属于整个下庄的无词无调的歌谣。那谣儿苍冷、嘶哑，每一节每一拍都带着心血从灵魂深处喷涌而出。下庄人满目泪水齐声应和齐声呐喊，让激愤和忏悔融入大水弥扬空际存留于天地之间。那一刻，在古潼关关隘的废墟上，一位苍老的牧羊人目睹了这一幕场景。牧羊人虽说饱经沧桑见多识广，但眼前的一切仍让他周身战栗唏嘘不已。可惜牧羊人半年之后就死去了。牧羊人活着的时候，尽管一如往常日复一日来关隘放牧，一成不变立于废墟之上看大水洋洋滔滔奔腾而去，却从未向谁说起那个早晨那个奇异的发现。下庄的老人和妇女盼过了冬天又盼漫长的春天。起初一段日子，不管阳光明丽还是风吹雨打，他们都会集结村口，或攀上大冢或登上塬垴，踮起脚跟伸长脖颈朝东方地平线那儿张望。他们眼目温和脸面平静，内心却被希望鼓荡着，燃烧着。后来连阴雨就结束了。后来雪花就飘起来了。渐渐地，下庄的街巷里，围坐火炉的抽烟者少了，卧病土炕的老人多了起来。下庄的女人则常常于夜半就着一豆灯光缝补纳缀，把对儿子或丈夫的思念一针一针嵌进鞋底，又一根一根无穷无尽地抽扯出来。不久静夜里便有了怨妇的啜泣，低沉，压抑，悠长，东边一声西边一声，高处一声低处一声，这里刚刚消逝平静下来，那里就又抽抽噎噎呜咽开了。翌年春暖苗绿时节，疙瘩家陆续传回远征之人这样那样的消息。先是有人说，其时雷子老六他们没能撵上生人追回金麒麟来。他们痛恨东洋人，为报仇雪耻便入了关麟征将军一伙，往东开拔打鬼子去了。草鞋岭一役异常激烈异常残酷。下庄人所在营连扼据山隘长达三天之久。他们打退了十倍于己之敌的十八次进攻，全营三百官兵一大半捐躯殉国。下庄的子弟尤其死得惨烈。雷子十三被炮弹炸伤了胸腔炸飞了一只胳膊一只耳朵，临死一直爹呀娘呀地叫唤呻吟。家庆和满堂一个被飞子击中了脑门当即倒地毙命，一个被鬼子的燃烧弹活活烧成了一段焦尸。雷子老六在下庄子弟中最是顽强最是骁勇，经他之手打死的东洋鬼子，他已记不清楚或者不去记它了。阵地行将失守之时，他还抡起大刀，就像当年在下庄舞耍铡刀一样，痛快淋漓一连砍杀了三个敌人，最后又抱住一个鬼子曹长，咬住那厮的咽喉跟他一起跌入了百丈悬崖。下庄人一仗下来已所剩不多，余下的十几个后生，发誓不血耻辱不消仇恨决不生还。他们擦干净身上的血迹，打磨掉手中大刀的豁口，稍作休整又随关将军往汉口一带打会战去了。不过这个消息传回下庄不到一月天气，又有人说雷子老六一伙不是向东而是逆着大水踏着黄土去了北边，在北地简陋的窑洞前，集体宣誓加入了王胡子的三五九旅。其时王胡子的部队一边开荒种田一边纺线织麻，准备来年渡过大水越过阎锡山防地，与东洋鬼子在东线战场一决雌雄高低。雷子老六入伍三天就当了一名连副，由他牵头的下庄后生经过短暂训练，足足为王胡子增添了一个整连的兵力。家庆和满堂也由雷子老六提名一个做了排长一个当了班长。雷子十三因为长于信息眼色灵活，一不小心扮演了通信员的角色，一时间很是得意很是快乐，连走路都是跑着跳跃着了。下庄人不愁挥起锄头刨地搭上绳䌷犁耙，这活儿在他们这些人里，个个都是行家里手。但他们最怕轻摇纺车抽扯线线，包括闲暇时候扭秧歌打腰鼓，他们为此费尽了心思受尽了作难。此外他们还要训练、射击、拼刺、投掷、擒拿、格斗等等，因此一个冬天一个春天，他们都无暇旁顾并始终处于紧张与兴奋之中。后来他们就随作战部队往前线开拔了。也许战场就在大水那边，也许战场还在太行沂蒙以至更远的辽河岸边，总之他们出征之后便没一点儿消息了。另有人信誓旦旦言之凿凿，说是下庄的子弟像他们的祖先一样愚顽固执。他们恨透了生人也就是那个东洋鬼子。离开下庄时他们抱有充足的激情和信心。如果他们不能如期捉住生人追回金麒麟，不能凯旋神气活现踏进下庄街巷，那么他们就会跳下悬崖，投进滔滔浪波被大水冲走淹死。他们会把雷子十三先行抛扔下去以示警诫以下狠心，然后由雷子老六打头，三个或五个抱成一团，从容悲壮地跌入空谷与死亡之中。又说这个推测绝对可靠不会有半点虚假差池，下庄人应当清楚自己的血脉性情。那个牧羊人其所以哑然失语又很快倒头殒命，就是无法承受下庄人的群情昂奋与集体自戕。于是悲伤便笼罩了疙瘩冢。下庄人在每年农历九月初八的夜晚，都要去南洞佛庙里磕头烧香。他们不能判定她们的丈夫或子弟已彻底死去，因此只能在日见羸弱形销骨立的慧心婆婆主持下，将供品和香火送给释迦牟尼和观音菩萨。他们纳头敬拜长跪不起，自日落到子夜再到翌日拂晓才肯离开。从洞庙归来的路上，雷子老六他爷老雷子提着马灯，他妈走地平拎一面铜锣，媳妇年巧抱一只公鸡乖觉地跟在后面。老雷子叫响雷子老六的乳名，苍凉悲伤地呼唤：回来哟，回来哟，于是走地平敲响手中的锣儿，媳妇年巧跟着弹公鸡一指，让公鸡在怀里嘎地叫唤一声。这叫关魂。可以祭奠死者也可以救治生者。有几年，只要到了那个日子，疙瘩冢就被这种虔诚的呼唤震颤着了。

1994 年 6 月草写于陕西师范大学
2013 年 5 月扩写于长安城南乡居
2021 年 8 月改定于陕西师范大学

图书在版编目（CIP）数据

金麒麟 / 刘明琪著 . -- 北京：作家出版社，2025.4
ISBN 978 - 7 - 5212 - 2795 - 6

Ⅰ. ①金… Ⅱ. ①刘… Ⅲ. ①长篇小说 – 中国 – 当代
Ⅳ. ①I247.5

中国国家版本馆 CIP 数据核字（2024）第 084756 号

金麒麟

作　　者：刘明琪
责任编辑：翟婧婧
装帧设计：百丰艺术
出版发行：作家出版社有限公司
社　　址：北京农展馆南里 10 号　　　邮　　编：100125
电话传真：86 - 10 - 65067186（发行中心）
　　　　　86 - 10 - 65004079（总编室）
E – mail: zuojia@zuojia. net. cn
http: // www. zuojiachubanshe. com
印　　刷：三河市北燕印装有限公司
成品尺寸：152 × 230
字　　数：210 千
印　　张：16.5
版　　次：2025 年 4 月第 1 版
印　　次：2025 年 4 月第 1 次印刷
ISBN 978 - 7 - 5212 - 2795 - 6
定　　价：50.00 元
